Gina Mayer

Morgen wirst du sterben

GINA MAYER

MORGEN WIRST DU STERBEN

THRILLER

Ravensburger Buchverlag

Bibliografische Information der Deutschen Nationalbibliothek:
Die Deutsche Nationalbibliothek verzeichnet diese Publikation
in der Deutschen Nationalbibliografie.
Detaillierte bibliografische Daten sind im Internet
auf **www.dnb.d-nb.de** abrufbar.

MIX
Papier aus verantwortungsvollen Quellen
FSC® C006701

Originalausgabe

Lektorat: Iris Praël
Umschlaggestaltung: init. büro für gestaltung, Bielefeld

Landeshauptstadt
Düsseldorf

Das Kulturamt der Landeshauptstadt Düsseldorf hat
dieses Buch mit einem Arbeitsstipendium gefördert.

Printed in Germany

1 2 3 4 5 17 16 15 14 13

ISBN 978-3-473-40091-1

www.ravensburger.de

Durch den Türspion sehe ich die vertrocknete Topfpflanze, die Frau Franz aufs Fensterbrett im Treppenhaus gestellt hat, und die zerdrückte Coladose daneben. Und Sören, der aus dem dritten Stock nach unten rennt. Sören geht in meine Klasse, aber er ist nicht mein Freund. Letzte Woche hat er mich auf dem Spielplatz mit dem Gesicht in den Sandkasten gedrückt, bis ich Sand im Mund und in den Augen und in der Nase hatte und fast erstickt wäre. Aber so schnell erstickt man nicht, sagt Sören.

Sören starrt auf den Türspion und in mein linkes Auge. Vor lauter Schreck fahre ich zurück und falle fast von meinem Schemel. Dabei kann er mich von draußen doch gar nicht sehen. Oder doch?

Als ich wieder durch den Spion gucke, sehe ich gerade noch seinen Kopf auf der Treppe, dann ist er weg. Ich sehe die Topfpflanze, ich sehe die leere Coladose, ich sehe eine dicke Stubenfliege, die gegen die Fensterscheibe fliegt.

Dad sehe ich nicht.

Mama telefoniert in der Küche mit Harry, ich höre, wie sie sich mit ihm streitet. Ich kann unter Druck nicht arbeiten, jammert sie. Wie soll das denn gehen, ich bin doch keine Maschine! Dann schreit sie laut Scheiße, schmeißt das Telefon auf den Tisch und knallt mit den Schranktüren, als ob die schuld wären.

Harry ist nicht Mamas Freund, sondern was anderes, aber ich weiß nicht genau, was.

Komm jetzt endlich zum Essen!, schreit Mama. Was stehst du da die ganze Zeit an der Tür rum, es geht doch nicht schneller, wenn du da rumstehst!

Das weiß ich. Aber ich will sehen, wie Dads Kopf an der Stelle auftaucht, wo Sörens Kopf gerade verschwunden ist. Dad weiß nämlich, dass ich hinter dem Spion stehe, und wenn er die Treppe hochkommt, dann lacht er mich an.

1

Marilyn Monroe hatte Kleidergröße 42.

Das war der Satz, der Sophia am Leben hielt. Ihr Mantra. Wenn es ihr ganz besonders schlecht ging, murmelte sie ihn leise vor sich hin.

So wie heute. Heute war Montag. Montags ging es ihr immer schlecht. Montags hatte sie in den ersten beiden Stunden Sport und vor dem Sportunterricht musste man in die Umkleidekabine.

Raus aus den Klamotten. Das war das Schlimmste. In Sophias Volleyballkurs waren zwanzig andere Mädchen und alle hatten Größe 36, bis auf Britta, die passte in 32. Und Sophia natürlich. Sophia mit Kleidergröße 42 wie Marilyn.

42. Das galt heute bereits als Übergröße. Wer Größe 42 trug, war fett. Aber Marilyn, die Göttin, das Sexsymbol schlechthin, war nicht fett gewesen, sondern perfekt. Leider waren diese Zeiten vorbei. Genau wie das Schönheitsideal. Und Marilyn war tot.

Sophia schob die Jeans nach unten. Unglücklicherweise glitt die Hose nicht einfach von ihren Hüften wie die Röhrenjeans, die Luzie neben ihr fallen ließ. Sophia musste ihre Hose von Oberschenkeln und Waden pellen wie die Haut von einer Weißwurst.

Luzie zog jetzt ihr T-Shirt über den Kopf und warf es über den Garderobenhaken. Erst dann wühlte sie in ihrer Tasche nach dem Sporthemd. Sie trug nur ihren weißen BH und den Slip. Trotzdem ließ sie sich beim Suchen alle Zeit der Welt. Und sie konnte sich auch alle Zeit der Welt lassen, denn ihr Körper war straff und braun gebrannt und unglaublich schlank.

Bei Sophia sah die Sache dagegen ganz anders aus. Bei ihr war Eile angesagt. Raus aus den Jeans. Rein in die Jogginghose, so schnell, dass die anderen ihre wabbeligen, weißen Beine gar nicht zu Gesicht bekamen.

»Fertig?«, fragte Emily.

»Sekunde noch«, sagte Sophia und zerrte ihre Trainingsjacke aus dem Sportbeutel. Dann wurde sie rot, weil sie merkte, dass Emily gar nicht mit ihr gesprochen hatte, sondern mit Luzie. Klar. Die Zeiten, in denen Emily auf sie gewartet hatte, waren vorbei.

»Fertig.« Nun beeilte Luzie sich doch. Sie zog sich um, schnappte ihre Wasserflasche und rannte mit Emily in die Halle, ohne sich nach Sophia umzusehen.

»Marilyn Monroe hatte Kleidergröße 42«, murmelte Sophia. Und schreckte zusammen, als hinter ihr jemand lachte.

Britta.

Britta war klein, dünn und picklig und trug eine Zahnspange, obwohl sie schon sechzehn war. Seit der Fünften versuchte sie sich mit Sophia anzufreunden. Aber das Letzte, was Sophia brauchte, war eine Freundin, die noch uncooler war als sie selbst.

»Das ist ein Mythos«, sagte Britta.

»Was?«, fragte Sophia.

»Dass Marilyn Größe 42 hatte. Stimmt nicht. Sie hatte 38.«

»Quatsch«, sagte Sophia unsicher.

»38 ist schon der Hammer. Ich meine – für eine Schauspielerin. Das wär heute unvorstellbar. Voll fett«, sagte Britta und ließ Sophia einfach stehen.

Das war die Retourkutsche dafür, dass Sophia sie nicht zu ihrem Geburtstag eingeladen hatte. Aber das machte die Sache nicht besser. Marilyn Monroe hatte Kleidergröße 38.

Aus der Turnhalle gellte Herrn Baumgarts Trillerpfeife. Kunststoffsohlen quietschten auf dem Hallenboden. Sophia hätte am liebsten geweint.

Nach Sport kam die große Pause. Danach Physik. Das war ätzend, aber zumindest musste man sich dafür nicht ausziehen.

Sophia hastete sofort aus der Turnhalle, den Sportbeutel unter dem einen, ihre Schultasche unter dem anderen Arm. Sie fühlte sich abscheulich, wie immer nach Sport, weil sie sich hinterher nicht richtig wusch, sondern sich nur den Schweiß vom Oberkörper rieb. Deo unter die Achseln, fertig.

Bloß nicht in den Spiegel schauen. Bloß raus hier. Mit gesenktem Kopf rannte sie über den Schulhof.

»Sophia?«

Sie hielt inne, blickte sich suchend um und sah in fremde Gesichter.

»Du bist doch Sophia Rothe?« Ein junger Mann näherte sich ihr, ein ziemlich gut aussehender junger Mann, der ihr bekannt vorkam. Aber woher sie ihn kannte, fiel ihr nicht ein.

»Was gibt's denn?«

»Felix. Ich bin mit deinem Bruder befreundet. Wir haben uns neulich beim Badminton kennengelernt.«

Ja, richtig. Felix. Der neue Badmintonpartner ihres Bruders. Beim Turnier am vergangenen Wochenende hatte er im Finale gegen Moritz gespielt. Moritz hatte gewonnen. Natürlich hatte er gewonnen. Moritz gewann immer.

»Wo ist er denn?«, fragte Felix.

»Wer?«

»Dein Bruder.«

»Keine Ahnung. Zu Hause vermutlich.«

»Zu Hause? Aber … er geht doch hier zur Schule. Hat er mir am Sonntag noch erzählt.«

»Er *ging* hier zur Schule. Aber seit dem Schriftlichen hat er keinen Unterricht mehr. Morgen sind die mündlichen Prüfungen, danach ist er ganz fertig.«

Felix klopfte sich mit der Faust ein paarmal gegen die Stirn. »Boah, ich Idiot! Hat er doch gesagt. Na, vielleicht kannst du mir ja helfen.«

»Worum geht's denn?« Aus dem Augenwinkel sah Sophia Luzie und Emily aus der Sporthalle kommen. Sie spürte ihre Blicke. Wie sie Felix ansahen. Und dann sie selbst. Und dann wieder Felix. Sie wusste genau, was sie dachten: Was ist das denn für ein Typ, was will der bloß von Sophia?

Es tat gut, Luzies und Emilys Blicke zu spüren. Sophia hätte gerne noch länger hier gestanden, so lange, bis auch der Rest des Volleyballkurses an ihr vorbeigezogen war.

Felix wühlte jetzt in seiner Tasche und holte einen Schlüsselbund heraus.

»Hier. Hab ich heute Morgen bei meinen Sportklamotten gefunden. Gehört das vielleicht deinem Bruder?«

Die Schlüssel. Moritz hatte in den letzten Tagen wie verrückt danach gesucht. Der Haustürschlüssel, der Wohnungsschlüssel, der Spindschlüssel für den Sportclub, der Fahrradschlüssel – alle hingen an einem Bund und der war seit Sonntag verschwunden. Ihr Vater hatte bereits einen Schlüsseldienst beauftragt, der sämtliche Schlösser austauschen sollte. Ein halbes Vermögen hätte das gekostet, aber glücklicherweise war es dazu noch nicht gekommen.

»Ich hab keinen blassen Schimmer, wie die Schlüssel in meine Sporttasche geraten sind«, sagte Felix. »Vielleicht hat Moritz die Taschen verwechselt. Sie hingen direkt nebeneinander.«

»Na, der wird vielleicht froh sein, wenn er hört, dass du sie hast«, meinte Sophia. »Hast du ihn schon angerufen?«

»Sein Handy ist aus. Deshalb bin ich direkt hierhergekommen. Bescheuert. Na, gut, dass ich dich getroffen habe.«

»Warte mal.« Sophia zog ihr Handy aus der Tasche und rief zu Hause an. Moritz meldete sich nach dem achten oder neunten Klingeln. Er klang verschlafen, wahrscheinlich hatte sie ihn gerade geweckt. Beneidenswert, dachte Sophia. Einen Tag vor dem mündlichen Abitur pennt er einfach aus, als ob nichts wäre. Sie selbst würde längst am Schreibtisch sitzen und büffeln, dass ihr Kopf rauchte, um die Prüfung am Ende doch wieder zu verhauen.

»Was ist denn?«, fragte Moritz genervt.

»Hier ist die Polizei für dich«, sagte Sophia und gab ihr Handy an Felix weiter.

»Dein Bruder war ganz schön erleichtert«, sagte Felix, nachdem er Moritz die frohe Botschaft mitgeteilt hatte. »Ein Glück, dass die Schlösser noch nicht ausgetauscht waren.« Er reichte ihr die Schlüssel. »Also dann. Sag Moritz noch mal schöne Grüße. Ich seh ihn ja übermorgen beim Badminton.«

»Klar, mach ich.«

»Du hast jetzt wahrscheinlich Unterricht.«

»Physik.« Sophia verzog das Gesicht. »Mein Lieblingsfach.«

Er lachte. »Mochte ich auch nie. Na, schade. Ich hab heute Morgen frei. Hätt dich ja auf einen Kaffee eingeladen, aber so …«

»Ich hab um zwanzig nach zehn eine Freistunde«, sagte Sophia hastig. Und noch während sie redete, schoss ihr das Blut ins Gesicht. Rosa, rot, violett.

Wie blöd kann man sein, hörte sie Emily sagen, obwohl die in Wirklichkeit längst weitergegangen war.

Während der kurzen Zeit, in der Sophia und Emily befreundet gewesen waren, hatte Emily ihr einmal die fünf wichtigsten Verhaltensregeln fürs Flirten erklärt. Die erste Regel hieß: Mach niemals, niemals, niemals den ersten Schritt. Die anderen vier Regeln hatte Sophia vergessen. Sie brauchte sie ja jetzt auch nicht mehr, weil sie die Sache gleich von Anfang an verbockt hatte. Sie sah, wie Felix zögerte. Wahrscheinlich überlegte er fieberhaft, wie er aus der Nummer wieder rauskam.

»Macht ja nichts«, stammelte Sophia, obwohl er noch gar nichts gesagt hatte. »War nur so ein Gedanke. Ich muss jetzt auch echt los.«

Dabei hatte es noch nicht einmal geläutet.

»Nee«, sagte Felix. »Das ist doch eine super Idee. Ich hol dich um zwanzig nach zehn am Haupteingang ab. Vielleicht kennst du ja ein Café in der Nähe?«

»Nein«, sagte Sophia. »Ich meine, ja, klar kenn ich ein Café, aber du musst nicht extra wieder herkommen. Wir können uns auch ein anderes Mal treffen.«

Ihr Herz raste, ihre Hände schwitzten, ihre Beine zitterten. Ob ihm auffiel, wie aufgeregt sie war?

»Ich hol dich ab«, sagte Felix.

Sie wollte ihm sagen, dass es nicht nötig sei, aber ihr Mund war auf einmal so trocken, dass sie keinen Ton herausbrachte. Sie öffnete ihn und schloss ihn wieder wie ein verendender Vogel.

»Wolltest du nicht los?«, fragte Felix.

Sie nickte, hob die Hand und rannte weg, ohne sich von ihm zu verabschieden.

Die Physikstunde rauschte an ihr vorbei. Sie kniff sich abwechselnd mit der linken Hand in den rechten Arm und mit der rechten Hand in den linken Arm. Und dachte daran, dass Felix jetzt irgendwo rumhockte, die Zeit totschlug und genervt war.

Kaffee trinken mit einer fetten Sechzehnjährigen, das Highlight des Tages.

Und ich bin nicht einmal geduscht, dachte Sophia. In der Pause raste sie zurück in die Umkleide, wo sich eine kichernde Herde Fünftklässlerinnen gerade umzog. Sie riss sich die Bluse vom Leib und lehnte sich mit dem halben Oberkörper über ein Waschbecken, während sie gleichzeitig den Wasserhahn aufdrehte. Kaltes Wasser klatschte auf ihre Haare. Als sie erschrocken den Kopf zurückzog, knallte sie mit der Stirn gegen den Beckenrand. Nachdem sie sich mühsam aufgerichtet hatte, sah sie sich von Fünftklässlerinnen umringt, die sie mit offenen Mündern anstarrten. Und merkte, dass sie ihr Handtuch oben im Physiksaal vergessen hatte.

»Kann mir eine von euch mal ihr Handtuch leihen?«, fragte sie die Mädchen.

Keine der Schülerinnen antwortete. Sie wirkten auf einmal so verschreckt, als hätte Sophia eine Waffe gezogen.

»Hier!« Sophia fischte einen Fünfeuroschein aus der Hosentasche und wedelte damit durch die Luft. »Den könnt ihr euch verdienen.«

Eine kleine Schwarzhaarige nahm den Geldschein mit spitzen Fingern und reichte ihr dann ein Handtuch. Atemlos sah sie zu, wie Sophia sich abtrocknete.

Es nützte nicht viel, Sophias Haare waren wie der Rest ihres Körpers: dick. Wilde, unzähmbare Locken. Wenn sie einmal nass waren, blieben sie nass.

Sophia drückte das Handtuch der Schwarzhaarigen in die Hand und sprintete zurück ins Schulgebäude. Als sie oben im Physiksaal ankam, war sie bereits wieder vollkommen verschwitzt. Und hatte eine Beule an der Stirn.

Noch zwanzig Minuten. Zehn. Fünf. Vier. Drei. In zwei Minuten erwartete sie Felix am Haupteingang der Schule. Der schöne, coole Felix, nach dem sich Luzie und Emily umgedreht hatten, wartete auf Sophia. Die vorhin auf dem Schulhof schon schlimm ausgesehen hatte, aber jetzt war alles noch viel schlimmer geworden. Jetzt lagen ihre Haare nass und schwer auf den Schultern, nur die oberste Schicht war trocken und kräuselte und drehte sich in alle Richtungen. Jetzt war die Beule ganz dick und rot.

Ich gehe einfach nicht hin, dachte sie. Er wird zuerst ein bisschen sauer sein und dann sehr erleichtert. Ich gehe nicht hin, Moritz soll ihm morgen sagen, dass mir schlecht geworden ist. Sie packte nach dem Läuten ganz ruhig ihren Ordner in die Tasche und schob die Stifte ins Mäppchen. Und ging mit rasendem Herzen zur Treppe und Stufe um Stufe nach unten und trat ins Foyer und ging am Lehrerzimmer vorbei.

Ich verdrücke mich in den Computerraum, beschloss sie, aber der Entschluss blieb in ihrem Kopf stecken, er kam irgendwie nicht bei ihren Füßen an. Denn ihre Füße gingen nicht zum Computerraum, sondern einfach weiter in Richtung Ausgang, durch die offene Tür nach draußen, und erst jetzt blieben sie stehen. Nun gab es kein Zurück mehr.

Sophia schaute sich um. Felix war nicht da. Er hat mich versetzt, dachte sie. Die Aufregung fiel von ihr ab und machte einem Gefühl der Leere Platz. Na klar, dachte Sophia. Was hab ich denn erwartet.

Da hörte sie die Hupe. Und dann sah sie ihn. Sein Wagen stand direkt vor dem Schultor, er winkte ihr aus dem offenen Fenster zu.

»Sophia!«, rief er, und wieder hatte Sophia den Eindruck, dass alle Schüler die Köpfe drehten und in seine Richtung starrten. Sie winkte ebenfalls und spürte die Blicke jetzt auch auf ihrem Gesicht und genoss die Aufmerksamkeit.

Sie ging ganz langsam auf den Wagen zu. Jeder einzelne Schritt fühlte sich verdammt gut an.

Das Café war gar kein richtiges Café. Ein paar Stehtische in einer Bäckerei mit Kaffeeausschank. Sie waren die einzigen Gäste.

Felix bestellte Latte macchiato, aber die Espressomaschine war gerade kaputt. »Gibt nur Filterkaffee«, sagte die Bedienung mürrisch. »Möchten Sie auch etwas essen?«

»Nein danke«, sagte Sophia und Felix wollte auch nichts.

Die Kellnerin verschwand hinter der Theke. Sie warf einen sehnsüchtigen Blick auf das Kreuzworträtsel, das sie wegen Sophia und Felix zur Seite gelegt hatte.

Sophia schluckte. Das Hochgefühl, das sie vorhin noch empfunden hatte, war weg. Felix war nur hier, weil Sophia sich ihm hemmungslos an den Hals geschmissen hatte. Weil er zu höflich war, sie von sich zu stoßen.

Er lächelte sie an. Wahrscheinlich hätte er gerne auf die Uhr gesehen, aber auch das verbot ihm seine Höflichkeit.

Sag doch was!, beschwor Sophia sich selbst in Gedanken. Die Stumme-Fisch-Nummer macht alles noch viel schlimmer, als es ohnehin schon ist.

»Du bist schon fertig mit der Schule?«, fragte sie schließlich.

»Schon länger. Allerdings hab ich auch kein Abitur. Ich bin nicht so ein Überflieger wie dein Bruder. Hab die Schule nach der Zehnten geschmissen. Immerhin hat mich meine Mutter dazu gezwungen, die mittlere Reife zu machen.«

»Puh. Zum Glück.«

»Finde ich inzwischen auch. Damals war ich nur genervt.«

»Nee, ich meinte: Zum Glück bist du nicht so ein Überflieger wie Moritz.«

Felix lachte. »Na ja, manchmal wär ich froh, wenn mir alles so leichtfallen würde wie ihm. Der hat's doch echt drauf, oder? Er hat mir erzählt, dass er Medizin studieren will …«

»Das schafft er auch. Im Moment hat er einen Durchschnitt von eins Komma eins.«

»Wow. Na, ich hatte zum Schluss einen Schnitt von drei sieben.«

»Ich bin auch nicht viel besser.« Vermutlich waren Felix seine Noten damals scheißegal gewesen, wahrscheinlich hatte er für die Schule keinen Finger gerührt. Sophia dagegen strengte sich an und lernte wie verrückt und blieb dennoch nur mittelmäßig.

Die Kellnerin brachte den Kaffee. Als sie die Tassen vom Tablett auf den Stehtisch stellte, schwappte die Hälfte des Inhalts auf die Untertassen.

»Ups!«, sagte Sophia.

Die Frau durchbohrte sie mit ihren Blicken. »Kann ja mal passieren, oder?«

»Klar doch«, sagte Sophia und kicherte, weil Felix hinter dem Rücken der Bedienung eine angsterfüllte Grimasse zog. Misstrauisch hob die Kellnerin den Kopf und wandte sich zu ihm um. Aber nun lächelte er schon wieder unschuldig.

»Ich hol einen Lappen.« Weg war sie.

»Prost!« Felix hob seine tropfende Tasse. »Auf uns Loser! Ich freue mich, dass du mich nicht verachtest.« Er nahm einen Schluck Kaffee. »Bah.« Angewidert stellte er die Tasse zurück. »Das schmeckt ja wie destillierte Dachpappe.«

»Woher weißt du denn, wie destillierte Dachpappe schmeckt?«

»Bei uns zu Hause gab es nichts anderes. Wir waren bitterarm. Sonntags gab es ein hart gekochtes Ei für alle sieben Kinder. Das musste für die ganze Woche reichen.«

»Och, das tut mir aber leid. Kein Wunder, dass du so schlecht in der Schule warst. Du konntest dich wahrscheinlich vor lauter Hunger nicht konzentrieren.«

»Viel schlimmer. Der Lehrer hat mich immer rausgeworfen, weil mein Magen so laut knurrte, dass sich die anderen nicht konzentrieren konnten.«

»Oje.«

»Und du? Was für ein hartes Schicksal liegt hinter dir?«, fragte Felix, legte den Kopf schief und sah sie an. Dieser Blick. Er war ein bisschen spöttisch und sehr neugierig und sehr, sehr warm. Sophia fühlte, wie er durch ihre Brust drang und ihren ganzen Körper mit kribbelnder Wärme erfüllte, und dann stieg die Wärme aus ihrem Leib in ihren Kopf und brachte ihr Gesicht zum Glühen. Rosa, rot, violett. Zum Teufel aber auch!

Zum Glück kam jetzt die Bedienung mit dem Lappen zurück und wischte zuerst Felix' Untertasse trocken und dann die von Sophia.

»Bitte schön, die Herrschaften«, sagte sie drohend, bevor sie sich wieder auf ihr Kreuzworträtsel stürzte.

Was Sophia über Felix erfuhr: Er jobbte tagsüber im Media Markt und bereitete sich abends in einem Fernlehrgang aufs Abitur vor. Er spielte zweimal in der Woche Badminton und ging gern ins Kino. Er mochte Green Day, die Foo Fighters und Nirvana, von denen Sophia nur den Namen kannte. »Die sind auch uralt«, grinste Felix. »So wie ich.«

Er war zwanzig, vier Jahre älter als Sophia. »Das ist doch nicht uralt!«, protestierte sie und dachte: Das ist perfekt. Zwanzig und sechzehn. Wir sind wie füreinander gemacht.

»Und was hast du nach dem Abitur vor?«, fragte sie.

»Ich will studieren.«

»Was denn?«

»Das erzähl ich dir erst, wenn wir uns besser kennen«, sagte Felix.

Wenn wir uns besser kennen. Das klang vielversprechend. »Da bin ich aber neugierig«, sagte sie.

»Wann musst du eigentlich zurück zur Schule?«, fragte Felix beiläufig.

Sophia warf einen Blick auf ihre Armbanduhr. »Oh Mann!«, rief sie so laut, dass die Bedienung vor Schreck ihren Stift fallen ließ. »Ich hätte schon längst da sein müssen. Die sechste Stunde hat angefangen.«

»Na, dann müssen wir uns jetzt auch kein Bein mehr ausreißen. Zu spät ist zu spät.« Er winkte der Kellnerin. »Wir möchten zahlen.«

Als er sie zur Schule zurückfuhr, wurde Sophia wieder ganz still. Das war's jetzt wohl, dachte sie. Gleich setzt er mich ab und fährt weiter und vergisst mich.

Auf einmal war sie sich ganz sicher, dass er eine Freundin hatte. Er sieht super aus und ist witzig und klug, dachte sie. So einer ist doch nie und nimmer solo. Und selbst wenn: Würde er sich dann ausgerechnet für jemanden wie Sophia interessieren?

La Bomba hatten die Jungen sie früher immer genannt. Das hatte Emily ihr einmal erzählt. Vielleicht nannten sie sie auch immer noch so und Sophia wusste es nur nicht.

»Was ist los?«, fragte Felix. »Du bist so schweigsam. Hab ich was falsch gemacht?«

Sophia schüttelte den Kopf. »Nein, Quatsch.« Er hatte alles richtig gemacht. Und sie hatte sich Hals über Kopf in ihn verliebt.

»Komm schon«, sagte Felix. »War doch nur eine Stunde, die du verpasst hast! Wegen so was schmeißen sie dich nicht gleich von der Schule. Glaub mir, mit diesen Dingen hab ich Erfahrung!«

Sie lachte, aber es klang seltsam gequetscht.

»Ich kann ja mit reinkommen. Ich erzähle deinem Lehrer, dass du auf der Straße umgefallen bist und für einen Moment dein Gedächtnis verloren hast. Oder dass dich unser Hausdetektiv im Media Markt beim Klauen erwischt hat.«

»Tolle Idee. Lass mal lieber. In der Sechsten hatten wir Frau Baumann, die findet so was überhaupt nicht komisch.«

»Was unterrichtet die denn?«

»Musik.«

»Oje! Das ist schlecht. Musiklehrer haben grundsätzlich Minderwertigkeitskomplexe.«

Jetzt hatten sie die Schule erreicht. Felix hielt vor dem Tor und stellte den Motor ab, obwohl hier absolutes Halteverbot herrschte.

»Also, was ist? Soll ich dich begleiten und die Schuld auf mich nehmen? Ich eigne mich hervorragend als Sündenbock, glaub mir!«

»Unsinn.« Sophia schüttelte den Kopf. Obwohl die Vorstellung mehr als verlockend war, mit Felix im Schlepptau durch die Schule zu marschieren. »Vielleicht hab ich Glück und Frau Baumann hat gar nicht gemerkt, dass ich nicht da war.«

»Wie du willst«, meinte Felix. »Aber sag Bescheid, wenn sie gemein zu dir ist. Hörst du?«

»Ganz bestimmt.« Dann beugte er sich zu ihr herüber. Sophia hielt den Atem an. Sein Gesicht so nah an ihrem, das raubte ihr den Atem. Seine Fingerspitzen berührten behutsam die Beule an ihrer Stirn.

»Was hast du denn da gemacht? Wolltest du mit dem Kopf durch die Wand?«

»Das erzähl ich dir, wenn wir uns besser kennen«, keuchte Sophia.

Da lachte er und dann küsste er sie. Nur auf die Wange und auch nur ganz kurz. Aber immerhin. Ein Kuss.

»Na dann«, sagte er leise. »Bis bald.«

Bis bald. Ging's vielleicht auch ein bisschen konkreter? Aber jetzt bloß nichts Falsches sagen, dachte Sophia. »Okay.« Sie tastete nach dem Türgriff und stieg aus. Der Boden schwankte, als ob sie betrunken wäre.

Das ist die Liebe, dachte Sophia. Sie war schon ein paarmal verknallt gewesen, in Timo aus der Parallelklasse und dann in Frederik aus der Theater-AG. Aber so etwas hatte sie noch nie erlebt. So tief und machtvoll und echt.

Das Fenster an der Beifahrertür surrte nach unten. »Ich meld mich!«, rief Felix. »Mach's gut!« Dann ließ er den Wagen an und war weg.

»Tschau«, murmelte Sophia. Sie musste sich richtiggehend zusammenreißen, um nicht die Hand zu heben und ihre Wange zu berühren, die Wange, die Felix gerade geküsst hatte. Wie die bescheuerte Heldin in einem bescheuerten Liebesfilm.

»Wer war das denn?«, fragte Eva, die neben dem Tor stand und rauchte. »Dein Freund?«

Sophia zuckte mit den Schultern und ging einfach an ihr vorbei. Ich meld mich, dachte sie. Aber wann? Wann?

»Du hast Musik verpasst«, rief Eva ihr nach. »Die Baumann ist total ausgerastet.«

Die Welt stand kopf. Sophia war verliebt und schwebte über allen Wolken. Und Moritz, der kluge, tüchtige, erfolgreiche Überflieger-Moritz, war abgestürzt. Hatte versagt. Zum ersten Mal in seinem Leben. Und ausgerechnet jetzt, wo es darauf ankam.

»Neun Punkte«, sagte sein Vater fassungslos. »Mensch, Moritz, was war denn los?«

Er war Frauenarzt und freute sich sehr darüber, dass auch Moritz Medizin studieren wollte. Noch dazu an seiner ehemaligen Uni in Heidelberg. »Ist doch schön, wenn der Beruf in der Familie bleibt«, sagte er immer. So als spräche er über ein Schmuckstück, das man von Generation zu Generation weitervererbte.

»Warst du aufgeregt?«, fragte seine Mutter.

Aber Moritz war vor Prüfungen die Ruhe selbst. Warum sollte er sich auch aufregen? Seit der Grundschule schrieb er praktisch ununterbrochen Einsen.

»Moritz, hallo?« Herr Rothe beugte sich nach vorn und versuchte seinem Sohn in die Augen zu blicken. Aber das ging nicht, weil Moritz wie hypnotisiert auf das Spiegelei auf seinem Teller starrte.

»Was ist los mit ihm?«, wandte Herr Rothe sich nun an Sophia. Aber genauso gut hätte er das Spiegelei fragen können. Sophia hatte nun wirklich keinen blassen Schimmer, warum Moritz seine mündliche Abiturprüfung verpatzt hatte. Sie und ihr Bruder waren zwei Welten, zwei unterschiedliche Sonnensysteme. Alle paar Lichtjahre ging eine Nachricht von einer Welt zur anderen.

»Hast du mein Handyladekabel gesehen?«

»Nö.«

»Kann ich deines ausleihen?«

»Wenn du es irgendwo findest.«

Danach herrschte wieder Funkstille.

»Haben dich die Prüfer fertiggemacht?«, fragte Frau Rothe behutsam.

»Es gibt ja ein Protokoll«, sagte Herr Rothe. »Wenn man dich unfair behandelt hat, muss die Prüfung wiederholt werden.«

Moritz schüttelte nur den Kopf und schob seinen Teller von sich.

»Na, eigentlich müsste es allen klar sein, dass man die Prüfung nicht werten kann. In den letzten Jahren hattest du immer einen glatten Einserschnitt.«

»Es war alles korrekt«, sagte Moritz. Seine Stimme klang heiser, als ob er krank wäre.

»Wie meinst du das?«, fragte sein Vater.

»Ich hatte einen Blackout. So was gibt's.«

»Aber warum denn? Hat dich dieser bescheuerte Numerus clausus verrückt gemacht? Na, hör mal, du hast doch alles andere spielend hinter dich gebracht.«

»Wie wirkt sich das Ganze denn auf die Endnote aus?«, erkundigte sich Frau Rothe.

Moritz hob den Kopf, aber er sah seine Eltern immer noch nicht an, er blickte durch sie hindurch. Sein Gesicht war sehr bleich und seine Augen glänzten.

»Moritz«, sagte Herr Rothe erschrocken. »Was ist denn los mit dir?«

»Nichts.« Moritz schob seinen Stuhl zurück und stand abrupt auf. »Ich hab keinen Hunger, sorry.« Und dann verschwand er einfach.

Sophias großer Bruder Moritz. Wo immer Sophia hinging, er war schon da. Und leuchtete ihr den Weg, ein strahlendes Vorbild.

»Deinen Bruder hab ich auch schon unterrichtet«, erklärten die Lehrer jedes Mal zu Beginn eines neuen Schuljahres mit glänzenden Augen, wenn sie Sophias Nachnamen im Klassenbuch lasen.

»Ach, du bist die Schwester von Moritz?«, fragte der Badmintontrainer. »Ein toller Spieler.«

Sogar der Zahnarzt kannte Moritz und schwärmte Sophia von seinen gesunden Zähnen vor.

»Von dem kannst du dir ruhig eine Scheibe abschneiden«, sagten alle. Natürlich nicht wörtlich. Schließlich wusste jeder, dass man Geschwister nicht vergleichen soll. Aber ihre Gesichter sagten es. Und ihre enttäuschten Bemerkungen, nachdem sie Sophia ein bisschen besser kennengelernt hatten.

»Ihr seid ja wirklich total unterschiedlich, du und dein Bruder.«

»Sind wir auch«, sagte Sophia dann immer.

Alle Welt liebte ihren Bruder, nur sie mochte ihn nicht besonders. Wenn er weg wäre, wäre es einfacher für mich, dachte sie oft. Und freute sich auf den Tag, an dem er endlich auszog, um zu studieren.

Nachdem sie Felix kennengelernt hatte, bedauerte Sophia allerdings, dass sie und Moritz so wenig verband. Wenn sie sich besser verstanden hätten, hätte sie Moritz über Felix ausquetschen können. Sie wollte alles über ihn wissen. Woher Moritz und Felix sich kannten, ob sie nur Badmintonpartner waren oder auch Freunde. Wo Felix wohnte, was er gerne aß, ob er wirklich sieben Geschwister hatte und was er außer Badminton noch so machte. Ob er eine Freundin hatte. Das interessierte sie natürlich am meisten.

Aber so wie die Dinge zwischen ihnen standen, hatte es überhaupt keinen Sinn, Moritz auszufragen. Er würde nur verächtlich grinsen. Vergiss ihn, Sophia, der ist echt eine Nummer zu groß für dich. Oder vielmehr zu klein. Bei deinem Umfang.

Felix. Felix. Felix. Felix. Sie konnte an nichts anderes mehr denken. Ruf mich an, dachte sie sehnsüchtig. Bitte, melde dich! Auch wenn du nichts für mich empfindest. Wir können Freunde werden. Solange ich nur in deiner Nähe sein kann.

Sie zog ihr Handy aus der Tasche. Keine neuen Nachrichten, kein verpasster Anruf. Felix kannte ihre Handynummer nicht, aber er hätte Moritz danach fragen können. Sophias Blick fiel auf die Postkarte, die sie über ihrem Schreibtisch an die Wand gepinnt hatte. Marilyn Monroe. Kleidergröße 38, nicht 42. Voll fett, hörte sie Britta wieder sagen. Sophia reckte sich, riss die Karte ab und warf sie in den Papierkorb. Dann schaltete sie ihren Computer an. »Felix«, tippte sie in die Google-Suchleiste. Und löschte die Buchstaben wieder. Sinnlos. Sie kannte ja noch nicht einmal seinen Nachnamen.

Pling! Ihr E-Mail-Programm zeigte sieben ungelesene Nachrichten an. Sophias Herz begann zu galoppieren. Vielleicht hatte Felix eine Mail geschickt. Daran hatte sie bisher noch gar nicht gedacht. Dabei war der Gedanke naheliegend. Moritz' und Sophias E-Mail-Adressen unterschieden sich nur durch den Vornamen. Wenn Felix die eine kannte, kannte er auch die andere.

Sie öffnete den Posteingang. Werbung, Werbung, Werbung. Eine Nachricht vom Leiter des Schulchors mit den neuen Probeterminen. Zwei Freundschaftsanfragen für Facebook. Eine Mail ohne Betreff. Und ohne Absender. Spam, dachte Sophia. Oder eine Nachricht von Felix. Obwohl es natürlich keinen Grund für ihn gab, ihr eine anonyme Nachricht zu schicken. Ihre Finger zitterten dennoch so, dass sie dreimal auf die Mail klicken musste, bis sie sich endlich öffnete.

Sie hatte plötzlich das Gefühl, dass Felix neben ihr saß und sie ansah, den Kopf ein bisschen schief gelegt, und wieder füllte sich ihr ganzer Körper mit Wärme. Dann las sie die Nachricht. Einmal. Zweimal. Dreimal. Und verstand sie nicht. Und las sie noch einmal und endlich drangen die Worte in ihren Verstand vor. Jetzt war ihr nicht mehr warm, jetzt war ihr auf einmal kalt, so kalt, dass sie zitterte.

Es ging um Sarah, das war ihr klar. Um Sarah und das, was sie ihr angetan hatten. Aber ich war das doch gar nicht!, dachte Sophia. Emily hatte sich das Ganze ausgedacht. Die anderen hatten mitgemacht. Alle, auch Sophia. Und wer immer ihr die Mail geschickt hatte, wusste Bescheid.

Komm jetzt endlich essen!, schreit Mama. Sie hat den Tisch gedeckt, drei Teller, drei Gläser und Besteck, aber nur auf einem Teller liegt ein Leberwurstbrot, und in einem Glas ist Saft, das ist für mich.

Mama und Dad essen das Essen, das Dad mitbringt, denn Dad braucht nach der Arbeit was Ordentliches, aber Mama kann nicht kochen. Sie kann nicht kochen, weil sie nicht kochen können will. Einmal hat sie Kartoffelbrei mit Würstchen gemacht, der Kartoffelbrei ist total verbrannt und die Würstchen sind geplatzt. Damals wohnten wir noch im alten Haus, aber daran will ich nicht denken. Es lässt sich aber nicht aufhalten. Wenn das alte Haus einmal in meinem Kopf ist, dann geht es nicht mehr raus. Dann muss ich weiterdenken, wie Papa Mama angebrüllt und den Kartoffelbrei mitsamt dem Topf in den Müll geschmissen hat und die Würstchen hinterher, und Mama hat gelacht, da hat er ihr eine geschmiert, aber wie. Aber Mama hat einfach weitergelacht, obwohl ihre Nase geblutet hat, die hat keine Angst gehabt, aber ich schon.

Ich presse mein Gesicht an die Tür, so fest, dass meine Stirn wehtut, so drücke ich die Gedanken an Papa nach hinten, bis sie irgendwo in meinem Kopf verschwinden. Ich schaue durch den Türspion ins Treppenhaus und sehe die Topfpflanze und die Coladose. Die Fliege ist nicht mehr da und Dad auch nicht.

Wenn Dad kommt, muss er erst mal essen, und dann trinkt er ein Glas Wein mit Mama, und dann spielt er mit mir. Wir bauen eine Fabrik aus Lego. Eine Wunschverwirklichungsfabrik, sagt Dad. Vorne steckt man einen Wunsch rein, dann läuft er über ein Fließband in eine Maschine, und hinten kommt dann genau das raus, was man sich gewünscht hat.

Aber so was gibt's nicht in echt, sondern nur im Spiel, sonst hätte ich meine eigenen Wünsche schon längst in die Wunschfabrik gebracht. Dann würde Dad nicht mehr aufstehen und sagen: *So, jetzt muss ich aber,* und den Mantel anziehen. Dann würde er im Schlafzimmer neben Mama schlafen und morgens mit uns frühstücken und mich auch mal zur Schule bringen. Und vielleicht würde Sören mich dann in Ruhe lassen.

Komm jetzt essen!, sagt Mama. Aber sofort. Es ist schon sieben.

Ich steige von dem Schemel runter und will gerade weggehen, da höre ich ein Geräusch im Treppenhaus. Schnell wieder rauf auf den Schemel und rausgucken und da ist er da.

Er steht schon vor der Tür und klingelt. Ich kann sein Gesicht nicht sehen, nur seine Schulter, aber ich weiß, dass er lacht.

2

Julie machte die Wohnungstür zu und ließ ihre Tasche zu Boden fallen. Sie lehnte sich mit dem Rücken gegen die Tür und schloss die Augen. Geschafft.

Durch ihre Lider flirrten rötlich die Sonnenstrahlen. Die Wohnung roch nach frischer Farbe und Putzmittel mit Zitronenduft und Staub. Ihre Wohnung. Ihre erste eigene Wohnung.

Gestern waren ihre Möbel aus Lohbrügge nach Ottensen gebracht worden. Vier Fahrten mit Joes kleinem Lieferwagen. Ein Schrank, ein Schreibtisch, ihre breite Matratze. Bücherregale. Die Anlage. Ein paar Kisten mit Büchern, Klamotten, Geschirr. Das war's. Mehr besaß sie nicht. Mehr brauchte sie nicht. Jetzt war ihr ganzes Hab und Gut hier und sie war hier und alles war gut.

»Die ersten Nächte werden wahrscheinlich ganz schön hart«, hatte Esther zu ihr gesagt, als sie sich vorhin von ihr verabschiedet hatte. »Zum ersten Mal so ganz allein.«

So ein Quatsch, dachte Julie jetzt. Hart war das, was hinter ihr lag. Die letzten achtzehn Jahre. Das Leben mit Marianne, ihrer überdrehten Mutter, die ständig von einer Laune in die andere fiel, die mittags drei Kilo frischen Lachs kaufte und ihn abends in den Müll warf, weil sie Fisch nicht riechen konnte. Die den Flur in einer Woche hellgrün, rosa und gelb strich und dann einen Maler bestellte, der alles wieder weiß tapezierte. Die allen Bekannten, Nachbarn, Freunden mit ihrem Comeback auf die Nerven ging. »Ich komm ganz groß raus«, sagte sie. »Mein Agent ist sooo zuversichtlich.«

Ende der Neunziger hatte Marianne bei einem Independent-Label eine CD aufgenommen. Ihr Song »Paranoia« hielt sich eine Woche lang in den Top 100 der deutschen Charts. Sie hatte Gigs in vielen Hamburger Clubs, ein paarmal war sie auch in Berlin, Bremen und Osnabrück aufgetreten. Auf ihrer *Tournee* – wie sie die Städtetrips großspurig nannte – war sie schwanger geworden. Julie hatte den Schlussstrich unter ihre Karriere gezogen. Das verkündete sie jedem, der es wissen wollte, und denen, die es nicht wissen wollten, erzählte sie es auch.

»Das Music-Business ist knallhart«, erklärte sie. »Als alleinerziehende Mutter hast du da keine Schnitte. Da bist du sofort raus, so was von raus.«

Hauptsache, du hast eine Entschuldigung, dachte Julie.

Sie öffnete die Augen wieder und atmete tief durch. Vorbei. Die Lebenslügen und Ausflüchte ihrer Mutter. Ihre Zicken und Allüren und Launen. Das alles ist nicht mehr mein Bier, dachte Julie.

Sie war frei. Ab dem Wintersemester hatte sie einen Studienplatz an der Hamburger Schauspielschule. Und obwohl es bis dahin noch mehr als drei Monate waren, hatte sie jetzt schon eine Wohnung in Ottensen angemietet.

»BAföG gibt es doch erst ab September«, hatte Marianne gesagt. »Wie willst du denn bis dahin die Miete zahlen?«

»Indem ich Geld verdiene«, hatte Julie entgegnet. »Das ist ein irres Konzept, Mama. Man geht arbeiten und bekommt dafür Kohle und davon bestreitet man seinen Lebensunterhalt.« Danach war sie ausgezogen.

Und nun war sie hier. Durch die hohen Fenster fiel Sonnenlicht auf die Schachteln und Kisten, die sie gestern an der Wand entlang aufgestapelt hatten. In einem der Umzugskartons musste die alte

Kristallvase ihrer Oma sein. Julie hatte die Seitenwände der Kisten mit Edding beschriftet. Bücher, CDs, Badezimmerkram, Geschirr.

Der Karton mit dem Geschirr stand natürlich ganz unten. Sie wuchtete die anderen Kisten zur Seite und kramte die Vase aus der Schachtel. Holte Wasser, entfernte das Papier von den Ringelblumen, die sie auf dem Markt gekauft hatte, stellte die Blumen in die Vase und die Vase auf den Schreibtisch neben ihren Laptop. Und die Sonne fiel genau auf die gelben Ringelblumenblüten, brachte sie zum Leuchten und brach sich in den Facetten der Kristallvase.

So schön, dachte Julie.

Sie machte sich eine Tasse Nescafé mit H-Milch und stellte sich damit auf den Balkon, der eigentlich kein Balkon war, sondern nur ein winziger Vorsprung hinter den Fenstertüren der Küche. Sie würde Blumenkästen am Gitter anbringen und Geranien pflanzen, dachte sie. Spießerblumen, hörte sie ihre Mutter sagen.

»Halt du dich da raus«, murmelte Julie.

Im Moment stand allerdings nur ein zersprungener Unterteller mit ausgedrückten Kippen auf dem Boden. Angewidert kippte Julie die Zigarettenstummel in den Müllsack, der an der Küchentür hing. Danach wanderte ihr Blick durch den leeren Raum. Morgen sollte die Küchenzeile geliefert werden. Und wenn sie erst mal aufgebaut und installiert war, würde sie jeden Abend kochen. Nie mehr Pommes, Pizza und Tiefkühlgerichte, dachte sie. Junkfood gehörte der Vergangenheit an, genau wie ihre Mutter.

Als es klingelte, schreckte sie zusammen. Marianne, dachte sie.

Es war aber ein junger Mann, den sie noch nie gesehen hatte. Dreckige Jeans, verwaschenes T-Shirt, Zottelhaare, ein ungepflegter Fünftagebart. Was wollte der denn hier? Betteln?

»Ich hoffe, ich störe nicht«, sagte der Typ. »Ich bin gerade in die Wohnung im Erdgeschoss eingezogen.«

Also wirklich, dachte Julie. Was wohnten denn hier für Leute im Haus?

»Was gibt's denn?«

»Ich wollte mal fragen, ob du mir vielleicht eine Rohrzange leihen kannst.«

»Tut mir leid. Mein Werkzeug ist irgendwo verpackt. Ich bin nämlich auch gerade erst eingezogen.«

»Wirklich? Das ist ja ein Zufall!« Der Mann streckte ihr seine Hand hin. »Christian.«

»Hi.« Julie zögerte einen Moment, da fiel es ihm selbst auf, dass seine Hand total dreckig war.

»Sorry.« Er wischte sie betreten an seiner Jeans ab. »Ich installiere gerade meine Küche. Ein Albtraum, sag ich dir.«

Julie lachte. »Das mit der Küche steht mir noch bevor.« Eigentlich sah der Typ ganz nett aus. Ein bisschen heruntergekommen, aber wenn er den ganzen Tag in der Küche gearbeitet hatte … Immerhin schien er handwerklich geschickt zu sein. Das könnte unter Umständen ganz praktisch sein, dachte Julie.

»Also, mit der Zange wird's schwierig, wie gesagt. Aber wenn ich dir einen Kaffee anbieten kann …?«

»Gerne!« Ein strahlendes Lächeln. Zumindest seine Zähne waren weiß.

»Ist aber nur Nescafé.«

»Meine Lieblingsmarke.«

Sie machte ihm auch eine Tasse, dann standen sie gemeinsam vor dem Küchenfenster und hielten sich an ihren Bechern fest.

»Und?«, fragte Christian. »Woher kommst du?«

»Lohbrügge«, erklärte Julie.

»Wo liegt das denn?«

»Hier in Hamburg. Aber weiter draußen. Muss man nicht kennen. Wirklich nicht.«

Er zuckte mit den Schultern. »Ich kenn mich in Hamburg überhaupt nicht aus. Ich komme aus dem Rheinland. Bonn.«

»Da war ich noch nie.«

»Muss man auch nicht kennen.« Er nahm einen Schluck Kaffee und verzog das Gesicht.

»So schlimm?«, fragte Julie.

»Nee. Zu heiß.«

»Ich bin übrigens Julie.«

»Schön hast du's hier, Julie. Meine Wohnung ist viel kleiner und dunkler.«

»Danke. Ich bin auch sehr zufrieden. Hab ziemlich lange danach gesucht.«

»Hat sich gelohnt. Ich hatte kaum Zeit zum Suchen. Vor drei Wochen hab ich den Vertrag unterschrieben, am Montag fange ich an. Ich war froh, dass ich auf die Schnelle überhaupt noch eine Wohnung gekriegt habe.«

»Was machst du denn? Beruflich, meine ich.«

»Ich bin Erzieher. Ich arbeite in einem Jugendzentrum. In Hamburg-Veddel.«

»Oje.«

Christian lachte. »Was soll das denn heißen?«

»Veddel ist nicht gerade die beste Gegend.«

»Ach so. Ich dachte schon, du magst keine Erzieher.«

Bingo, dachte Julie und nahm schnell noch einen Schluck Kaffee.

»Und was machst du? Studentin, oder?«

»Ab September.«

»Und was studierst du?«

»Schauspielschule.«

»Was, echt? Wow! Ist doch irre schwer, da reinzukommen, oder?«

»Das kannst du laut sagen.«

Von neunhundert Bewerbern wurden gerade einmal acht angenommen. Und Julie war eine davon. Die meisten hatten sich schon an zig anderen Schulen beworben: München, Stuttgart, Wien, Berlin. Julie hatte es nur einmal versucht und war gleich akzeptiert worden. Sie hatte sich nicht einmal richtig vorbereitet.

Im Gegensatz zu Valerie, die monatelang gebüffelt und geübt hatte. Valerie. Ihr wütendes Gesicht tauchte plötzlich in Julies Erinnerung auf. Sie war ausgerastet, als sie erfahren hatte, dass Julie den Platz bekommen hatte.

»Wie konntest du mir das antun?«, hatte sie geschrien. »Du Verräterin! Ich hasse dich!«

Seitdem herrschte Funkstille. Zu Julies Abschiedsparty war Valerie nicht erschienen, natürlich hatte sie auch nicht beim Umzug mitgeholfen.

»Und jetzt studierst du schon mal die ersten Rollen?«, fragte Christian.

»Quatsch. Ich hab ganz andere Sorgen.«

»Und welche?«

»Morgen wird meine Küche geliefert. Ich hoffe, ich krieg sie aufgebaut. Ich meine, ich hab vorher alles genau ausgemessen und geplant, aber oft passt es dann doch nicht richtig rein …«

»Willst du das etwa selbst machen?«, fragte Christian entgeistert. »Puh, da hast du dir aber ganz schön was vorgenommen.«

»Meinst du? Vielleicht leiste ich mir dann doch lieber einen Monteur.« Sie nagte an ihrer Unterlippe und starrte sorgenvoll in den Innenhof.

»Kannst du kochen?«, fragte Christian.

»Ob ich … was? Natürlich kann ich kochen. Sehr gut sogar.«

»Dann machen wir einen Deal. Ich bau dir deine Küche auf. Bin ja jetzt im Schwung, sozusagen. Und du kochst mir dafür ein geiles Essen. Drei Gänge, Wein, Kerzenlicht, der ganze Zauber. Wär das okay?«

Julie zögerte. Der erste Teil der Abmachung war großartig. Wenn Christian ihr die Küche aufbaute, konnte sie dem teuren Küchenmonteur wieder absagen und sparte locker zweihundert Euro. Aber die Gegenleistung. Ein Candle-Light-Dinner mit Christian, dem Gutmenschen? Und wenn er sich danach Hoffnungen auf mehr machte und ihr nicht mehr von der Pelle rückte? Das konnte ganz schön lästig werden, immerhin wohnten sie im selben Haus.

»Hey«, sagte Christian. »Ich will dich nicht anmachen oder so. Ich lebe nur seit Wochen von Pizza und Gyros. Meinetwegen können wir die Kerzen auch weglassen. Hauptsache, ein gutes Essen.«

Das klang schon besser. Mehr als ein Dinner zu zweit war nämlich wirklich nicht drin, da war sich Julie ganz sicher.

»Für mich ist der Deal super«, sagte sie. »Ich koch nämlich wirklich gerne. Aber bist du dir sicher, dass du dir den Stress mit der Küche wirklich noch mal antun willst?«

»Für ein Drei-Gänge-Menü tu ich alles.«

»Vier«, sagte Julie. »Ich mach dir sogar vier.«

Christian schwitzte. Natürlich hatte Julie den Raum nicht richtig ausgemessen. Die Arbeitsplatte war viel zu lang und ein Schrank musste gegen einen schmaleren ausgetauscht werden.

»Du fährst zu IKEA und regelst das mit dem Schrank«, sagte Christian. »Und ich leih uns im Baumarkt eine Stichsäge aus. Das kriegen wir schon hin.«

Er brachte auch noch ein paar Bretter mit und zimmerte ihr ein Weinregal, das genau in den Leerraum passte, der zwischen Tür und Wand entstanden war.

»Wow!«, sagte Julie. »Woher kannst du so was?«

»Liegt mir im Blut«, erklärte er. »So wie dir das Theaterspielen. Erzähl mir doch mal von der Aufnahmeprüfung. Was musstest du denn machen?«

»Ich habe einen Monolog aus *Der Widerspenstigen Zähmung* vorgetragen. Das hat den Prüfern offensichtlich so gut gefallen, dass sie mich in die zweite Runde gelassen haben. Da musste ich dann einen Dialog zwischen Faust und Gretchen spielen.«

»Du als Gretchen«, sagte Christian. »Kann man sich schlecht vorstellen.«

»Ich war ja auch nicht Gretchen. Ich hab den Faust gespielt.«

»Haha. Wie bist du denn darauf gekommen?«

»Ist doch die viel interessantere Rolle. Ich hab das Ganze als lesbische Tragödie angelegt, eine bescheuerte Idee. Aber immerhin fanden die Prüfer mich so interessant, dass sie mich noch eine Runde weitergelassen haben. Das war echt blöd.«

»Hä? Wieso war das blöd?«

»Ich hatte keine dritte Szene vorbereitet. Ich hatte doch nicht im Traum daran gedacht, dass ich so weit komme.«

»Und? Was hast du gemacht? Geheult?«

»Nee, ich hab ein Lied gesungen.«

»Paranoia« hatte sie gesungen, weil es das einzige Lied war, das sie auswendig konnte. »Paranoia«, das Lied, mit dem ihre Mutter erfolgreich gewesen war, bevor Julie ihr einen Strich durch die Rechnung ihres Lebens gemacht hatte. Julie hatte Marianne nie erzählt, dass sie die Aufnahmeprüfung ausgerechnet mit ihrem Lied bestanden hatte. Sie hatte es niemandem erzählt. Die Jury hatte sich ja auch nicht *wegen,* sondern *trotz* des Liedes für Julie entschieden.

»Das Stück ist total grausam«, hatte einer der Prüfer hinterher gesagt. »Aber du hast Potenzial.«

»Also, ich find das grandios«, sagte Christian. »Dass du dich das traust. Dich einfach hinzustellen und loszusingen. Ich würde mir vor Aufregung in die Hose pissen.«

»Da ist doch nichts dabei. Du baust aus ein paar Brettern und Platten eine Küche auf. Das ist tausendmal komplizierter.«

»Die Küche schraubt dir jeder Idiot zusammen. Mit ein bisschen Geduld hättest du das auch selber hingekriegt. Aber Theater spielen, das kann nicht jeder.«

Wie er sie jetzt ansah. So warm und sehnsüchtig. Alarmstufe Rot, dachte Julie. Wenn ich nicht höllisch aufpasse, wird das richtig kompliziert.

»An der Ecke ist ein Starbucks«, sagte sie laut. »Ich hol uns mal zwei Latte. Die Nescafé-Plörre kommt mir schon zu den Ohren raus.«

Warmes Spargelgemüse mit Hähnchenbrustfilet
an Tomatenvinaigrette
Basilikum-Rucola-Salat mit Erdbeeren
Lammfilet auf Knoblauchpüree mit gebackener Zucchiniblüte
Avocado-Himbeer-Tarte

Das Menü hatte sie mit Kreide an die Tafel geschrieben, die Christian noch am selben Morgen an die Küchenwand geschraubt hatte.

»Das ist ja wie im Restaurant«, sagte er beeindruckt.

Julie hatte eine Damasttischdecke aufgelegt. Darauf stand das zarte Porzellangeschirr ihrer Großmutter, das Marianne nie benutzt hatte, weil es nicht spülmaschinenfest war. Sie hatte frische Blumen besorgt und nach reiflicher Überlegung sogar eine Kerze angezündet.

»Hoffentlich hält das Essen, was die Deko verspricht«, sagte Julie. »Du hast es dir jedenfalls redlich verdient. Weiß gar nicht, wie ich je wiedergutmachen kann, was du für mich getan hast.«

Fast eine Woche lang hatte Christian für sie geschuftet. Nun waren alle Schränke aufgebaut und eingeräumt, der Herd und die Spüle waren angeschlossen, sogar die Art-déco-Lampe, die Julie bei eBay ersteigert hatte, hatte Christian installiert.

Julie reichte ihm ein Glas Prosecco. »Prost. Auf dich und deine Meisterleistung.«

»Auf deine Küche«, sagte Christian und versuchte ihr beim Anstoßen tief in die Augen zu sehen, sie konnte seinem Blick gerade noch ausweichen. Du liebe Zeit, das fing ja gut an. Vielleicht hätte sie sich doch lieber einen Monteur leisten sollen. Andererseits hatte sie sich von dem gesparten Geld schicke High Heels geholt, die ansonsten einfach nicht drin gewesen wären.

»Bitte, nimm Platz«, sagte sie. »Was trinkst du zum Essen?«

»Cola.«

»Wie bitte?«

»War nur ein Scherz. Was immer du vorschlägst.«

»Dann mach ich einen Chardonnay auf.«

Sie servierte die Vorspeise. Auf ihrem CD-Player lief David Garrett.

Was ist das denn für eine Spießerveranstaltung?, hätte Marianne gesagt, wenn sie jetzt in die Küche gekommen wäre. Aber sie konnte nicht in die Küche kommen, sie hockte in Lohbrügge, in der kleinen, hässlichen, vollgestopften Hochparterre-Wohnung, in der Julie die ersten achtzehn Jahre ihres Lebens verbracht hatte. Dreiunddreißig Kilometer lagen zwischen ihr und Julie. Der Gedanke versetzte Julie so in Hochstimmung, dass sie ihr Weinglas in einem Zug leerte.

Der Wein stieg ihr sofort zu Kopf. Sie hatte seit dem Frühstück kaum etwas gegessen. Sie schob ihr Glas zur Tischmitte. Christian verstand das als Aufforderung und schenkte ihr nach.

»Und? Hast du dich gut hier eingelebt?«, fragte er.

»Klar. Ich bin ja Hamburgerin, für mich ist das alles nicht wirklich neu. Und selbst?«

»Ich find's gut hier. Auch wenn ich von der Stadt bisher noch nicht viel gesehen habe.«

»Dafür kennst du meine Küche in- und auswendig.«

Er prostete ihr zu. »Vielleicht machst du ja mal eine Stadtführung für mich.«

»Klar. Obwohl ich mich mit der Stadtgeschichte nicht sehr gut auskenne.«

»Ich meinte auch eher das Nachtleben. Die Bars und so …«

»Ach so. Wenn du willst, können wir nachher noch ausgehen.« War vielleicht gar keine so schlechte Idee. In einem Club war die Atmosphäre nicht so intim wie hier in der Wohnung.

»Gerne.« Christian war begeistert.

Julie servierte den Salat. Christian probierte und verdrehte die Augen.

»Ganz köstlich. Du solltest echt ein Restaurant aufmachen.«

»Mach ich wahrscheinlich später auch. Als arbeitslose Schauspielerin.«

»Arbeitslos? Blödsinn. Du kommst ganz groß raus.«

»Na, mal sehen. Ich hab mich heute übrigens beworben.«

»Schon das erste Casting?«

»Nee, ein Aushilfsjob in einer Boutique. Die Inhaberin war ganz angetan. Eigentlich wollte sie sich heute Abend noch melden.«

»Ist doch erst acht«, meinte Christian. »Die arbeitet bestimmt noch.«

Julie zuckte mit den Schultern. »Ich hoffe, die nimmt mich. Ich brauch die Kohle. Und ich hab keine Lust, mir für einen Aushilfsjob die Hacken wund zu laufen.«

»Die nimmt dich. Garantiert. So wie du aussiehst.« Dem folgte wieder ein langer, bewundernder, sehnsüchtiger Blick, und Julie beeilte sich, das Thema zu wechseln.

Nach dem Essen gingen sie tanzen. Julie übernahm den Eintritt im Club, dafür bestand Christian darauf, die Drinks zu bezahlen.

Julie hatte schon zum Essen zu viel Wein getrunken, die Cocktails gaben ihr den Rest. Aber Christian ließ nicht locker, sobald ihr Glas leer war, stand er schon mit dem nächsten Caipirinha da. Und weil sie schwitzte, schüttete sie ihn in sich hinein. Und tanzte und schwitzte noch mehr und trank noch mehr und tanzte und schwitzte und trank.

»Total geil hier!«, schrie Christian ihr zu und drückte ihr das vierte Glas in die Hand.

Sie strahlte ihn an. Das war das sicherste Zeichen dafür, dass sie zu viel getrunken hatte. Wenn sie betrunken war, wurde sie sentimental und weich und harmoniesüchtig. Und tat Dinge, die sie hinterher bitter bereute.

»Nein«, sagte Julie.

»Was?«, schrie Christian.

»Ich glaub, ich muss jetzt nach Hause«, brüllte Julie zurück.

»Es ist erst drei«, sagte Christian, als sie wieder draußen auf der Straße standen. »Komm, wir trinken noch einen Absacker. Weil der Abend so schön war.«

In Julies Ohren wummerten immer noch die Bässe, dabei waren sie hier auf der Straße gar nicht zu hören. Christians Gesicht schwappte auf den Wellen ihrer Betrunkenheit auf und ab.

»Keinen Absacker mehr.« Sie schüttelte den Kopf, aber nur ganz kurz, weil dadurch der Boden unter ihren Füßen ins Wanken geriet. »Da hinten ist ein Taxistand.« Ihre Stimme stolperte über die Silben.

Christian legte seinen Arm um ihre Schultern. Das fühlte sich gut an, weil ihr nämlich erbärmlich kalt war. Sie trug nur ein dünnes Sommerkleid und die Nacht war kühl. Es war jedoch nicht richtig, sie durfte sich nicht auf Christian einlassen, sie musste standhaft bleiben. Aber wie sollte man standhaft bleiben, wenn sich alles drehte?

»Geht doch gar nicht«, murmelte Julie.

»Was hast du gesagt?« Christians Gesicht war ganz nah an ihrem. Er roch so gut. Sie musste ihn unbedingt fragen, welches Parfüm er benutzte. Aber nicht jetzt. Jetzt musste sie nach Hause. »Alles klar mit dir, Julie?«

Sie schüttelte den Kopf, aber diesmal nur ganz vorsichtig. »Ich bin vollkommen fertig.«

»Wir fahren zurück«, sagte er. Dann legte er ihr seine Jacke um die nackten Schultern. Und ließ sie los. Verdammt, warum ließ er sie denn jetzt los? Warum küsste er sie nicht? Warum versuchte er nicht wenigstens, sie zu küssen? Fand er sie etwa doch nicht gut?

Christian wedelte mit den Armen, dann hielt ein Taxi neben ihnen. Er schob sie auf den Rücksitz und setzte sich neben sie.

Sie starrte auf die Laternen, die am Fenster vorbeiglitten wie Goldfische in einem dunklen Fluss, und wartete darauf, dass Christian sie an sich zog oder eine Hand auf ihr Knie legte, aber er saß einfach nur da und blickte ebenfalls in die Dunkelheit. Da schlief Julie ein und wachte erst vor ihrem Haus wieder auf. Ihr Kopf dröhnte.

»Ich wünschte, der Coffeeshop hätte noch offen«, sagte sie. »Ich könnte echt noch einen Espresso vertragen. Aber ich hab ja nur den Scheiß-Nescafé im Haus.«

»Ich hab mir heute eine Espressomaschine gekauft«, sagte Christian. »Wenn du willst, mach ich dir noch einen.«

Es war das erste Mal, dass sie seine Wohnung betrat, und sie war schockiert. Ein mittelgroßes Zimmer, ein kleines, dunkles Bad und eine winzige Küche. »Das ist mein Reich«, sagte er ein wenig verlegen. »Bei dir ist es schöner.«

Seine neue Espressomaschine war allerdings ein Hit. Ein chromblitzendes riesiges Monstrum. »Wow!«, meinte Julie. »Die sieht aber professionell aus.« Professionell. Nach einer Flasche Wein und vier Caipirinhas brauchte sie drei Anläufe, bis sie das Wort einigermaßen verständlich herausbrachte.

»Ist sie auch«, sagte Christian. »Allerdings gebraucht. Sonst hätte ich sie mir nicht leisten können.«

Ihm war der Alkohol gar nicht anzumerken. Dabei hatte er ebenso viel getrunken wie Julie.

»Erstaunlich«, sagte Julie.

»Was?«

»Dass du kein bisschen blau bist.«

»Bin ich doch. Aber das merkst du nicht, weil du noch blauer bist.«

Julie hickste. »Ich wette darauf, dass du das gleich ausnützen wirst.«

»Was?«

»Dass ich so blau bin. Blauer als du.«

Er stellte zwei Espressotassen unter den Filterhalter und drückte den Startknopf. Das Mahlwerk ratterte wie ein Presslufthammer. Die Maschine klickte, klackte, brummte, summte. Dann strömte schwarzer Kaffee aus den Düsen.

»Nein«, sagte er, als er ihr ihre Tasse reichte.

»Was – nein?«

»Ich würde das niemals ausnützen.«

»Warum nicht?«, fragte Julie.

»Weil du mich morgen dafür hassen würdest.«

»Das stimmt.«

»Und ich will nicht, dass du mich hasst.«

»Du willst, dass ich dich liebe«, stellte Julie fest.

»Genau.«

»Aber das passiert nicht«, erklärte Julie. »Du bist nämlich nicht mein Typ.«

»Abwarten«, sagte Christian und nahm gedankenverloren einen Schluck Espresso.

»Ah«, sagte Julie, als ihre Tasse leer war. »Das tut gut. Ich will noch einen. Und dann geh ich schlafen.«

Als er die zweite Tasse zubereitete, fiel ihr aus irgendeinem Grund die Boutique wieder ein. Die Inhaberin hatte ihr doch fest versprochen, sich zu melden. Ich gebe Ihnen heute noch Bescheid, hatte sie Julie versichert. Inzwischen war heute gestern. Und sie hatte nicht angerufen. Oder vielleicht doch?

Vielleicht hatte Julie das Klingeln nur überhört?

Sie kramte ihr Smartphone aus der Tasche. Vier Nachrichten auf der Mailbox, eine neue Textnachricht, verkündete das Display.

»Aha«, sagte sie.

»Was – aha?« Die Espressomaschine begann wieder zu röhren und zu rumpeln.

Sie hörte die Mailbox ab. Joe hatte zweimal angerufen, er wollte die Bohrmaschine zurück, die er Julie geliehen hatte. Esther wollte wissen, wie es ihr ging. Dann die Frau aus der Boutique: »Wollte nur Bescheid geben, dass ich mich freue, wenn Sie am Montag hier anfangen.«

»Hurra!«, murmelte Julie.

»Was gibt's?« Christian reichte ihr den Espresso.

»Das mit dem Job hat geklappt. Montag fang ich an. Also morgen, sozusagen.«

»Na, siehst du. Ich hab dir doch gesagt, dass dir keiner widerstehen kann.«

Noch schnell die SMS lesen und dann der Kaffee und dann ins Bett. Eine Nachricht von einem unbekannten Teilnehmer. Wahrscheinlich Werbung. Dabei hütete Julie ihre Handynummer wie ihren Augapfel. Sie öffnete die SMS und las. Dann schaltete sie das Handy aus und legte es weg.

In ihrem Kopf begann sich alles zu drehen, mehrere Gedanken rasten gleichzeitig los und flogen durcheinander. Und immer wenn Julie einen von ihnen zu fassen bekam, entwischte er ihr sofort wieder und schoss weiter. Diese Raserei, dieses Chaos in ihrem Kopf machte sie ganz schwindlig.

»Was ist denn los?«, fragte Christian. »Du bist auf einmal kalkweiß. Ist dir schlecht?«

Nein, wollte Julie antworten, aber im selben Moment merkte sie, wie der Espresso und die Caipirinhas und der Wein und alle vier Gänge des Menüs aus ihrem Magen nach oben drängten. Sie presste sich eine Hand vor den Mund und schaffte es gerade noch ins Bad.

Mama hat vergessen, wie man Kaffee kocht. Sie hat das Kaffeepulver in den Filter gelöffelt.

Du musst zuerst die Tüte reintun, sage ich.

Aber sie hört mich gar nicht. Sie stellt die Maschine an und das ganze Pulver fließt in die Kanne. Schmeckt ja scheußlich, sagt sie, als sie den ersten Schluck nimmt.

Weil du die Tüte vergessen hast, sage ich.

Ach ja, richtig, wo hab ich nur meinen Kopf!, sagt sie. Und dann zündet sie sich eine Zigarette an und raucht und schüttet den Kaffee in den Ausguss.

Meistens raucht sie am Fenster. Sie macht es auf und bläst den Rauch in den Hinterhof, wo die Mülltonnen stehen, und drückt die Kippe am Fensterbrett aus und wirft sie nach unten zu den anderen Kippen, die Frau Franz dann wieder aufkehren darf, und macht das Fenster wieder zu.

Ich will, dass sie das Fenster aufmacht.

Dad mag den Zigarettengestank in der Wohnung nicht, sage ich.

Er kommt heute nicht, sagt sie. Er ist weggefahren.

3

»Ich habe Ihnen die Unterlagen fertig gemacht.« Frau Klopp legte die Dokumentenmappe auf Philipps Schreibtisch. Danach sammelte sie drei schmutzige Kaffeetassen vom Tisch, aus dem Regal und vom Fensterbrett, stapelte sie übereinander und stellte einen leeren Joghurtbecher samt Löffel in die oberste Tasse. Geschickt balancierte sie den Geschirrstapel in Richtung Tür.

»Das müssen Sie nicht tun«, sagte Philipp unbehaglich. »Ich kann das auch selbst wegbringen.«

»Lassen Sie mal. Das ist doch kein Problem.«

Es war aber doch ein Problem, denn jetzt war sie an der Tür und hatte keine Hand mehr frei.

»Warten Sie, ich helfe Ihnen …« Philipp erhob sich, aber Frau Klopp war schneller. »Nicht nötig.« Sie öffnete die Tür mit dem Ellenbogen. »Wenn Sie mich nicht mehr brauchen, mache ich jetzt Feierabend.«

»Bitte, natürlich.«

Er sah, wie sie ihren breiten Hintern durch die Türöffnung schob, hörte das Geräusch ihrer Gesundheitsschuhe auf dem Parkett im Flur. Ein Schmatzen, das immer leiser wurde. Und dachte an Yasmins Absätze. Klackerdiklack. Sieben Zentimeter. Und darüber ein Meter zwanzig lange Beine.

»Ach, eh ich es vergesse«, rief Frau Klopp aus der Büroküche. »Der Tisch bei *Amadeo* ist reserviert. Ab acht.«

»Vielen Dank!«

»Schönen Abend noch!«

»Gleichfalls!« Aber das hörte sie schon nicht mehr. Die Bürotür ging. Frau Klopp hatte Feierabend.

Philipp auch. Er warf einen Blick auf seine Armbanduhr. Gleich sieben. Wenn er sich vor dem Essen noch duschen und umziehen wollte, musste er sich beeilen. Als er den Computer ausschaltete, ging sein Handy.

»Ja?«

»Marcel hier. Bist du noch im Büro?«

»Wollte gerade Feierabend machen. Was gibt's denn?«

»Ich bin in der Wohnung. Wär gut, wenn du eben noch vorbeikommen könntest.«

Philipp unterdrückte einen Seufzer. Sein Freund Marcel hatte die Bauleitung für den Umbau des Apartments übernommen, das Philipp vor einem Jahr gekauft hatte und in dem er und seine Freundin eigentlich schon längst hätten wohnen sollen. Aber aus der Renovierung, die Philipp ursprünglich geplant hatte, war eine komplizierte Kernsanierung geworden. Die Holzbalken, die den Dachstuhl des Altbaus trugen, hatten sich bei genauerer Überprüfung als morsch herausgestellt und mussten ausgetauscht werden. Und das Dach war an mehreren Stellen undicht.

Philipp war der Meinung, dass dieses Problem auch die anderen Wohnungsbesitzer betraf. Aber die Hausgemeinschaft sah das nicht so und wollte sich nicht an den Kosten beteiligen. Jetzt prozessierte Philipp gegen die anderen Eigentümer.

Es war ein schlechtes Zeichen, dass Marcel anrief. Er meldete sich eigentlich nur bei Philipp, wenn neue Probleme in der Wohnung auftraten. Alles andere regelte er selbstständig. Dabei war er kein Architekt, er studierte erst seit einigen Semestern Architektur.

Aber er hatte sein halbes Leben auf Baustellen gejobbt, war geschickt, belastbar und absolut zuverlässig und viel billiger als ein professioneller Bauleiter.

»Ich hasse dieses verdammte Penthouse«, murmelte Philipp, während er sein Hemd aufknöpfte und auszog. Er ließ es neben dem Schreibtisch zu Boden fallen und ging mit nacktem Oberkörper in den Flur. Als er seine bleiche Brust im Garderobenspiegel sah, musste er an Yasmins braune Haut denken, aber diesmal schaffte er es, den Gedanken zu verdrängen, bevor er ihn erregte.

Er öffnete den Schrank neben der Garderobe. Zum Glück hatte er immer ein paar saubere, gebügelte Hemden dort hängen. Es kam schließlich öfter vor, dass er es vor einem Abendtermin nicht mehr nach Hause schaffte.

Vivian war überglücklich gewesen, als er ihr an ihrem Geburtstag erzählt hatte, dass er das Apartment kaufen würde. »Ein schöneres Geschenk hättest du mir gar nicht machen können«, hatte sie gejubelt. Dabei hatte er ihr die Wohnung ja gar nicht geschenkt. Noch waren sie nicht verheiratet, noch gehörte das Penthouse ihm allein. Und noch konnte er es ohne Probleme wieder abstoßen. Das Geld, das er bisher in die Wohnung gesteckt hatte, wäre natürlich verloren. Aber lieber ein Ende mit Schrecken als ein Schrecken ohne Ende.

Heute war er mit Vivian bei ihrem Lieblingsitaliener verabredet. Er würde ihr den Platinring schenken, den er für sie hatte anfertigen lassen. Und um ihre Hand anhalten.

Ach Philipp. Du bist so unglaublich, hörte er sie flüstern.

Und dann? Würde er sich räuspern und sagen: Ach, übrigens, mit der Wohnung in Schwabing wird es doch nichts. Ich werde sie wieder verkaufen.

Nein, das war unvorstellbar, das konnte er ihr nicht antun, nicht an diesem Abend. Es gab ja auch gar keinen Grund, irgendetwas zu überstürzen.

Er fand erst nach langem Suchen einen Parkplatz, der auch noch kilometerweit von der Wohnung entfernt war. Er musste zwei Stationen mit der Tram fahren, um zurückzukommen.

»Da bist du ja endlich.« Marcel empfing ihn schon an der Penthousetür. »Ich dachte schon, du kommst gar nicht mehr.«

»Hör bloß auf. Diese Gegend ist echt das Letzte. Wenn wir jemals hier einziehen, verkauf ich mein Auto.«

»Das hätte ich an deiner Stelle schon längst getan.« Marcel war passionierter Vespafahrer. Autos fand er spießig. Genau wie gebügelte Hemden und Anzüge. Konnte er sich auch leisten, im Gegensatz zu Philipp.

Philipp hatte sich vor eineinhalb Jahren mit seiner eigenen Computerfirma selbstständig gemacht. Und wer mittelständischen Unternehmen für teures Geld integrierte IT-Lösungen verkaufen wollte, konnte nicht in Jeans und T-Shirt bei den Firmenchefs aufkreuzen. Manche Unternehmer waren ja schon befremdet, dass Philipp nur Renault fuhr statt BMW. Mit einer Vespa hätte er da keinen Schnitt gemacht.

»Was gibt's denn? Ich muss in einer halben Stunde bei *Amadeo* sein.«

»Wer ist das denn?«

»Ein Restaurant.« *Das Restaurant,* um genau zu sein. »Ich bin mit Vivian verabredet.«

»Ach so. Wir hätten uns doch auch morgen treffen können.«

»Ach wirklich? Vorher am Telefon klang es, als ob es etwas unglaublich Wichtiges zu besprechen gäbe.« Philipps Stimme klang jetzt sehr ungeduldig, aber Marcel schien es gar nicht zur Kenntnis zu nehmen.

»Na ja, wie man's nimmt. Ich wusste ja nicht, dass du noch was vorhast. Sorry.«

»Egal. Schieß los.«

»Der Elektriker hat totalen Mist gebaut. Die neuen Leitungen sind absolut schwachsinnig verlegt. Ich hab's zum Glück bemerkt, bevor die Wände wieder zugespachtelt worden sind.«

»Echt? Na, wenn du es noch rechtzeitig bemerkt hast, ist doch alles in Butter.« Philipp war genervt. Die Parkplatzsucherei und das Treppensteigen hatten ihn ins Schwitzen gebracht, sein frisches Hemd war nicht mehr frisch, sondern hatte hässliche nasse Flecken unter den Achseln und am Rücken.

»Ich würd den Typ am liebsten rausschmeißen«, sagte Marcel.

»Welchen Typ?«, fragte Philipp.

»Na, den Elektriker.«

»Dann tu das doch. Weg mit ihm, wenn er nichts taugt.« Er warf einen Blick auf seine Uhr. Zwanzig vor acht.

»So einfach ist das nicht«, meinte Marcel. »Wir haben einen Vertrag mit ihm. Du weißt doch selbst, wie kompliziert solche Dinge sind.«

Philipp runzelte die Stirn. »Was willst du denn jetzt von mir?«

»Du hast zwei Möglichkeiten. Entweder wir lassen ihn weitermachen und riskieren, dass er noch größeren Mist baut. Oder du zahlst ihm ein paar Hundert Euro und bist mit ihm fertig. Dann holen wir uns einen neuen Mann, der weiß, was er tut.«

Philipp rauschte das Blut in den Ohren. Ruhig bleiben!, ermahnte er sich selbst, aber dafür war es zu spät. Er war schon lange nicht mehr ruhig. »Was sind denn das für Alternativen? Entweder ich ertrage den Pfusch oder ich zahl den Typ aus? Das ist doch glatte Erpressung! Wieso hast du das Arschloch überhaupt genommen, wenn es jetzt nichts als Ärger macht?«

»Ich wollte ihn nicht«, sagte Marcel ruhig. »Du hast darauf bestanden, dass wir ihn nehmen. Weil sein Angebot um dreihundert Euro billiger war als das von Blumenthal.«

Philipp blickte wieder auf die Uhr. Achtzehn Minuten vor acht. Vivian wurde sauer, wenn man sie warten ließ. Sie hasste Unhöflichkeit. Genauso wie Schweißflecken auf dem Hemd.

»Okay«, sagte er betont langsam. »Was würdest du mir raten?«

Marcel zuckte mit den Schultern. »Wenn du ihn auszahlst, sparst du dir eine Menge Stress. Aber die Kohle ist natürlich auch weg. Wenn du ihn behältst, müssen wir ihn im Auge behalten. Aber ich bin kein Elektriker, ich kann für nichts garantieren.«

Philipp nickte. Ruhig bleiben. Wenn er jetzt die Beherrschung verlor, war Marcel weg. Das hatte er Philipp klargemacht, gleich in der ersten Woche, als Philipp wegen einer rostigen Wasserleitung ausgetickt war. Wenn du einen auf großen Macker machen willst, musst du dir einen anderen suchen, hatte Marcel ihm erklärt. Ich ertrag ziemlich viel, aber ich lass mich von niemandem anbrüllen.

Und wenn Marcel hinschmiss, konnte Philipp einpacken. Er brauchte ihn. Als Bauleiter. Und als Freund, vor allem als Freund. Sie redeten längst nicht mehr nur über Kostenvoranschläge, Schimmelbeseitigung und Isolierungsmethoden. Sondern auch über Aufträge, die nicht rund liefen. Unzufriedene Kunden. Sogar über Vivian sprach Philipp mit Marcel. Dass er Angst hatte, sie zu verlieren, wenn er ihr nicht das Leben bot, das sie von zu Hause gewohnt war.

Und Marcel erzählte Philipp im Gegenzug von seinem Studium. Wie stolz er darauf war, dass er es auf die Fachhochschule geschafft hatte. In unserer Familie hat bisher noch keiner studiert, sagte er. Wir sind Macher, keine Theoretiker. Und von seiner Mitstudentin Eva, in die er verknallt war, aber an die er einfach nicht rankam.

»Denk einfach drüber nach«, sagte Marcel jetzt. »Heute musst du gar nichts mehr entscheiden.«

Philipp warf noch einen Blick auf die Uhr. Siebzehn vor acht. »Ich muss los«, sagte Philipp.

Marcel nickte. »Wo ist der Laden denn?«

»Welcher Laden? *Amadeo?* Auf der Adalbertstraße.«

»Das ist doch gleich um die Ecke. Komm, wir rauchen noch eine, dann bring ich dich mit der Vespa hin.«

Er zog eine Packung Marlboro aus der Tasche und bot Philipp eine an. Eigentlich waren sie beide Nichtraucher, aber manchmal überkam es Marcel. Dann kaufte er sich eine Packung Zigaretten und rauchte eine nach der anderen, bis die Packung leer war. Um danach wieder wochenlang aufs Rauchen zu verzichten.

»Sorry«, murmelte Philipp, nachdem er den ersten Zug genommen hatte. Auch er rauchte nur gelegentlich. Wenn man ihm eine anbot und er es nötig hatte. So wie heute.

»Wofür denn?«, fragte Marcel und öffnete das Fenster.

»Ich steh total unter Strom. Hast du doch gemerkt. Diese Scheißwohnung macht mich fertig.«

Marcel zuckte mit den Schultern. »Verkauf sie wieder. Und zieh mit Vivian raus aufs Land.«

»Aufs Land? Mit Vivian?« Philipp lachte spöttisch. »Die würd lieber Gift nehmen als umziehen.«

Marcel blies nachdenklich den Rauch aus der Nase. »Was für ein Quatsch!«

Philipp fragte sich, ob er damit Philipps Bemerkung meinte oder Vivians Einstellung oder ihre ganze Beziehung. Auf jeden Fall hat er Recht, dachte er. Es ist der totale Quatsch. Hirnverbrannt. Andere Leute in meinem Alter machen richtig einen drauf, studieren irgendwas oder fliegen um die Welt. Und ich klotz von morgens bis abends wie ein Bekloppter und steck jeden Cent in eine Wohnung, die mir im Grunde nichts bedeutet.

»Und jetzt?«, fragte Marcel.

»Nichts – und jetzt.« Philipp nahm einen letzten Zug an seiner Zigarette. »Ich werde Vivian gleich einen Antrag machen.«

»Was, echt? Herzlichen Glückwunsch.«

»Wart erst mal ab. Vielleicht gibt sie mir ja einen Korb.«

»Nie und nimmer. Mann, ihr wollt heiraten! Das ist ja absolut geil.«

In Philipps Tasche summte sein Handy. Eine SMS. Vielleicht war das Vivian. Um ihre Verabredung im letzten Moment abzusagen. Oder sie saß schon im *Amadeo* und wartete auf ihn. Aber warum rief sie dann nicht einfach an?

Er kramte sein Telefon aus der Hose. Und las. Und hatte plötzlich das Gefühl, dass der ohnehin schon morsche Parkettboden unter ihm vollkommen brüchig wurde und nachgab und er in Zeitlupengeschwindigkeit nach unten sank.

»Schlechte Nachrichten?«, fragte Marcel.

Philipp klappte das Handy zu. Irgendwo in seinem Kopf schrillte etwas, es war ein helles und scheußliches Geräusch. Wie der Bohrer beim Zahnarzt.

»Kann man so sagen.« Er stellte mit einer gewissen Verwunderung fest, dass alles, worüber er sich gerade noch geärgert hatte, mit einem Mal vollkommen bedeutungslos geworden war. Der unfähige Elektriker, das teure Apartment – es spielte keine Rolle mehr. Er hatte jetzt ein anderes, ein viel größeres Problem.

»Was ist denn los? Hat sie dich versetzt?«

»Nichts. Ein bescheuerter Kunde. Ist egal.«

»Echt?« Marcel glaubte ihm kein Wort. Es stimmte ja auch nicht.

»Ich muss jetzt los«, sagte Philipp.

Marcel nahm seinen Helm vom Fensterbrett. »Dann wollen wir mal. Hoffentlich halten uns die Bullen nicht an. Ich hab keinen zweiten Helm dabei.«

»Wird schon gut gehen.« Auch das war jetzt egal.

Marcels Vespa war nicht viel schneller als ein Fahrrad. Sie tuckerten gemächlich durch den Münchner Abendverkehr. Philipps Gedanken rasten dagegen auf Hochtouren. Diese SMS. Er hatte die Nachricht nur einmal gelesen und dennoch hatte sie sich ihm eingeprägt. Wort für Wort für Wort.

Was vergangen ist, ist nicht vergessen. Es kommt wieder. Es holt dich ein. Am 2. Juli wirst du zahlen.

Keine Unterschrift. Aber Philipp wusste trotzdem, von wem die Nachricht kam.

Es holt dich ein. Geschieht mir recht, dachte Philipp. Jetzt fliegt mir die ganze Scheiße in die Fresse. Ich hab's nicht besser verdient.

Marcel bog von der Leopoldstraße in die Adalbertstraße ein. Noch zweihundert Meter, dann waren sie da. Dann musste Philipp

Vivian küssen und den Crémant bestellen und ein Menü aussuchen und Vivian anlächeln und den Ring aus der Tasche ziehen und ihr einen Antrag machen. Und Vivian, die nicht Bescheid wusste, würde Ja sagen. Aber wenn sie Bescheid wüsste, dachte Philipp, dann würde sie ihre Sachen aus meiner Wohnung holen und meine Sachen aus ihrer Wohnung auf die Straße schmeißen und zu ihren Eltern rennen und heulen. Und vor lauter Kummer sieben Kilo abnehmen. Und allen ihren Freundinnen erzählen, wie fies ich sie behandelt habe.

»Halt an!« Er rüttelte Marcel an der Schulter.

»Was ist denn jetzt wieder?« Ohne langsamer zu werden, drehte Marcel irritiert den Kopf zu ihm.

»Halt an!« Zu laut, er war viel zu laut. Reiß dich zusammen, ermahnte er sich selbst.

Marcel brachte die Vespa am Straßenrand zum Stehen.

»Was gibt's? Wir sind fast da.«

»Ich weiß. Ich kann da jetzt nicht hin.« Philipp sprang vom Rücksitz.

»Bitte was? Spinnst du komplett?«

»Die Sache mit … diesem Kunden. Ich muss das klären. Ich hab sonst keine ruhige Minute mehr.«

»Was willst du denn heute Nacht klären? Du erreichst doch keinen mehr. Und außerdem: Vivian wartet auf dich.«

»Ich hab die Privatnummer von dem Typ. Wirklich, Marcel, ich pack das heute nicht mit Vivian.«

»Aber du wolltest ihr doch …« Nach einem Blick in Philipps Gesicht unterbrach sich Marcel. »Wie willst du ihr das erklären?«

»Keine Ahnung.« Das Bohrgeräusch in Philipps Kopf wurde noch lauter. Philipp steckte sich die Finger in die Ohren, aber das half nichts, das Geräusch kam ja nicht von außen, es war in ihm drin. »Kannst du nicht mit ihr reden?«

»Ich?« Marcel riss die Augen weit auf. »Ich kenn sie ja kaum. Was soll ich ihr denn sagen?«

»Sag ihr ... mir geht es nicht gut. Ich hab mir den Magen verdorben.« Iiiiiiiaaaiiiiii, machte der Zahnarztbohrer. »Nee, sag ihr, ich hab Migräne. Sie soll mich nicht anrufen, ich leg mich hin. Und ich meld mich, wenn's mir besser geht.«

Marcel wirkte jetzt wirklich besorgt. »Migräne«, wiederholte er. »Und das soll sie dir abkaufen?«

»Ich hab das öfter.«

Marcel zuckte die Schultern. »Sag mal, Philipp, was ist denn wirklich los? Hier geht's doch nicht um eine blöde SMS von einem Kunden. Da steckt doch mehr dahinter.«

Natürlich steckte da mehr dahinter. Yasmins Titten steckten dahinter und ihr Hintern und ihre ein Meter zwanzig langen, braun gebrannten Beine. Aber das konnte er Marcel nicht sagen, jedenfalls nicht jetzt.

»Bitte, Marcel«, sagte er. »Sie sitzt wahrscheinlich schon im *Amadeo* und wartet auf mich.« Er kramte zwei Fünfzigeuroscheine aus der Tasche. »Hier, lad sie zu einem Crémant ein und esst was auf meine Kosten.«

Marcel schob seine Hand mit den Geldscheinen zurück. »Lass das, bist du bescheuert?« Er wirkte nun wirklich sauer. »Also gut, ich red mit ihr. Obwohl mir die Sache nicht gefällt.«

»Danke.« Philipp suchte nach Worten. »Nimm wenigstens die verdammte Kohle. Dann fühl ich mich nicht ganz so scheiße.«

Marcel grinste, aber es wirkte alles andere als fröhlich. »Manche Dinge kann man mit Geld nicht regeln. Aber ist schon okay. Ich kümmere mich um Vivian. Soll ich dich nachher noch anrufen, wie es gelaufen ist, oder willst du mit mir auch nicht sprechen?«

Nein, dachte Philipp. Ich will mit keinem mehr reden. Lasst mich alle in Ruhe.

»Doch, klar«, sagte er stattdessen. »Ruf mich an.«

Frau Heimann will Mama unbedingt sagen, dass ich zum dritten Mal die Hausaufgaben vergessen habe. Deshalb muss ich mit ihr im Klassenzimmer warten, bis Mama mich abholen kommt. Aber als Mama kommt, merke ich sofort, dass sie nicht mit Frau Heimann reden will.

Ich habe jetzt überhaupt keine Zeit, sagt sie. Wir müssen los.

Dann kommen Sie in meine Sprechstunde, sagt Frau Heimann. Aber wirklich.

Natürlich, sagt Mama, aber Frau Heimann glaubt ihr nicht, das sieht man ihr an.

Mama zieht mich am Arm aus dem Klassenzimmer, ich vergesse meine Jacke am Kleiderhaken, so eilig hat sie es wegzukommen.

Was ist denn los, wo müssen wir denn hin?, frage ich sie, während wir in die Trambahn springen und eine Station später schon wieder raus und in eine andere Bahn.

Wir müssen hier weg, sagt Mama. Sie sind wieder hinter uns her. Und läuft mit mir ins Einkaufszentrum, bei C & A rein, die Rolltreppe hoch in den ersten Stock, da verstecken wir uns in einer Umkleidekabine.

Du musst ganz ruhig sein, flüstert sie. Sie dürfen uns nicht finden, sie dürfen uns auf keinen Fall finden.

Wer?, will ich fragen, aber sie hält mir den Mund zu, und wir bleiben eine lange Zeit in der Umkleidekabine, eine Stunde oder zwei oder so.

Es ist der einzig sichere Ort in der ganzen Stadt, flüstert Mama.

Wir warten und warten, bis eine Verkäuferin kommt und sagt, dass wir wieder rausmüssen. Und Mama fängt an zu weinen und die Verkäuferin will wissen, was los ist, und alle Leute gucken, und dann kommt der Chef der Verkäuferin, und dann rufen sie die Polizei.

Und die Polizei ruft Dad an, der kommt und holt uns da ab.

Was ist denn bloß los?, fragt er, als wir endlich zu Hause sind.

Aber Mama ist schon am Telefon und bestellt Pizza für alle. Dreimal Pizza-Salami, das ist unsere Lieblingssorte, sagt sie und lacht. War doch alles nur Spaß.

4

Ihr glaubt, ihr seid mich los. Aber ich vergesse euch nicht. Ich bin bei euch alle Tage bis zum 2. Juli.

Das war die E-Mail, die Sophia bekommen hatte. Die Nachricht kam von Sarah, da war sich Sophia ganz sicher. Sarah Volker. Dass sie nicht unterschrieben hatte, passte zu ihr. Sie hatte immer versucht sich unsichtbar zu machen. Aber das war ihr nicht gelungen. In der Fünften hatten die Jungs sie immer mit ihrem Nachnamen angesprochen. Volker, ein Jungenname, das hatte Sarah gefallen. Und dass die anderen in der Pause mit ihr Fußball gespielt und Pokemonkarten getauscht hatten.

Aber in der Mittelstufe hatten auch die Jungen kapiert, dass Sarah keine von ihnen war. Dass sie weder zu den Mädchen noch zu den Jungen gehörte.

Ich vergesse euch nicht. Als ob Sophia Sarah vergessen könnte! »Du musst dich entscheiden«, hatte Emily damals zu ihr gesagt. Da hatte sie sich entschieden. Gegen Sarah. Für sich selbst.

Ich muss mit Emily reden, so schnell wie möglich, dachte sie. Denn wenn Sarah Sophia eine Mail geschickt hatte, dann hatte Emily ebenfalls eine bekommen. Luzie wahrscheinlich auch. Und Emma und Marie. Aber Emily auf jeden Fall.

Sie war schließlich diejenige gewesen, die mit dem ganzen Mist angefangen hatte, dachte Sophia. Wenn Emily nicht angefangen hätte, wäre es nie so weit gekommen. Wenn ihr anderen nicht mitgemacht hättet, wäre es auch nicht so weit gekommen, sagte Sarahs Stimme in ihrem Kopf.

Dass sie sich noch so gut an ihre Stimme erinnerte! Es war fast ein Jahr her, dass Sarah die Schule verlassen hatte. Von einem Tag auf den anderen war sie plötzlich weg gewesen.

»Eure Mitschülerin kommt nicht mehr«, hatte ihre Klassenlehrerin, Frau Walch, eines Morgens verkündet. Mit todtrauriger Miene, so als ob Sarah gestorben wäre.

Eines Morgens, dachte Sophia. Wann genau war das gewesen? Irgendwann kurz nach dem Anfang des neunten Schuljahres. Nicht im Juli, da war sie sich sicher. Was sollte also dieses Datum, der 2. Juli? Emily weiß es, dachte Sophia. Ich muss mit ihr reden.

Sie holte ihr Handy aus der Tasche, um sie anzurufen, aber dann legte sie es wieder weg. Emily wohnte nur vier Straßen weiter. Sie würde bei ihr vorbeigehen.

Was willst du sie denn fragen, erkundigte sich Sarahs Stimme in Sophias Kopf. Ob sie sich genauso schuldig fühlt wie du? Da kannst du lange drauf warten, bis Emily so was wie Schuld empfindet.

Du hast doch keine Ahnung, gab Sophia zurück. Du warst doch so was von außen vor und daneben, was weißt du schon von Emily. Oder von mir.

Ich weiß alles, erwiderte Sarah und kicherte. Vor allem über dich. Lass mich raten, jetzt, wo ich nicht mehr da bin, machen sie dich wieder fertig …

Sophia hatte plötzlich das Gefühl, dass ihr jemand folgte. Sie warf einen nervösen Blick über die Schulter. Die Straße war leer, aber das bedeutete nichts. Vielleicht stand Sarah in einem Hauseingang oder lehnte hinter einem Baumstamm.

»Was hast du vor?«, murmelte Sophia.

Wart's ab, sagte Sarah in ihrem Kopf.

Emily wohnte in einem hässlichen, gelb verklinkerten Mehrfamilienhaus, einem Haus, das nicht zu ihr passte. Eine Villa mit Pool und Tennisplatz hätte zu ihr gepasst. Oder ein altes Schloss. Prinzessin Emily. Wahrscheinlich ist sie nicht zu Hause, dachte Sophia, als die Gegensprechanlage zu summen begann.

»Ja bitte?«

»Hier ist Sophia Rothe. Ich möchte zu Emily.«

»Komm rauf.«

Ihre Klassenkameradin erwartete sie vor der Wohnungstür im Treppenhaus. Sie starrte Sophia so genervt an, als wäre sie ein Zeitschriftendrücker oder von den Zeugen Jehovas.

»Was gibt's denn?«, fragte sie, wobei sie ihre perfekt geformten Augenbrauen nach oben zog.

»Ich muss mal mit dir reden«, keuchte Sophia, die vom Treppensteigen außer Atem war. Außerdem raste ihr Herz mit einem Mal vor Aufregung. Was für eine bescheuerte Idee, einfach hier vorbeizukommen.

Emilys Augenbrauen wanderten noch ein Stück weiter ihre Stirn hinauf. »Also?«

Unten im Haus ging eine Wohnungstür. Aus der Nachbarwohnung drang Musik. Sophia blickte sich nervös um. »Kann ich einen Moment reinkommen?«

Widerwillig deutete Emily auf die geöffnete Wohnungstür. »Durch den Flur, dritte Tür links.« Als ob Sophia nicht wüsste, wo Emilys Zimmer war.

Auf Emilys Bett lag ein junger Mann. Er starrte auf das Display seines Smartphones und hörte Musik. Als Sophia ins Zimmer trat, blickte er nicht auf.

Am liebsten hätte sie direkt wieder kehrtgemacht und wäre aus der Wohnung marschiert. Selbst wenn im Treppenhaus Sarah Volker mit einem Messer in der Hand gewartet hätte. Emily war keine Hilfe. Die Mail von Sarah hatte sie wahrscheinlich einfach gelöscht, ohne auch nur einmal mit ihren langen Wimpern zu zucken.

»Dario!«, sagte Emily jetzt in ziemlich scharfem Ton.

Der Typ hörte sie immer noch nicht. Er drückte selbstvergessen auf dem Display seines Handys herum, sein Kopf wippte im Takt der Musik, die Emily und Sophia nicht hören konnten.

»Dariooo!« Jetzt stand Emily direkt neben ihm und brüllte in sein Ohr. Dario drehte den Kopf in ihre Richtung, dabei sah er Sophia und fuhr so erschrocken hoch, als wäre sie seine Freundin und hätte ihn bei einem heimlichen Date erwischt.

»Hi!« Er riss die Stöpsel aus den Ohren. Aus den Kopfhörern dröhnte Lady Gaga.

Emily stellte Sophia nicht vor.

»Was wolltest du mir denn jetzt sagen?«, fragte sie sie nur genervt. »Wir sind grade auf dem Sprung, also schieß los.«

Ihr Freund sah nicht so aus, als wäre er auf dem Sprung irgendwohin. Er saß jetzt auf dem Bett, strich sich mit einer etwas affektierten Bewegung die langen Haare aus der Stirn und blickte Emily vorwurfsvoll an.

»Hast du deine E-Mails heute schon abgerufen?«, fragte Sophia.

»Vor zehn Minuten.«

»Und?«

»Was und?«

»Hast du auch eine Nachricht von Sarah bekommen?«

»Bitte was? Von welcher Sarah?«

»Volker.«

»Hä?«

»Pickelsarah«, sagte Sophia.

»Ach die. Ich glaube nicht, dass die mir schreibt. Was will sie denn? Ein Klassentreffen organisieren?«

»Nee«, sagte Sophia. »Keine Ahnung, was sie will. Deshalb bin ich ja hier. Weil ich wissen wollte, ob sie sich auch bei dir gemeldet hat. Und ob du was damit anfangen kannst.«

»Was hat sie denn konkret geschrieben?«, fragte Emily. Man konnte richtig sehen, wie ihre Genervtheit sich in Neugierde verwandelte. Sie hat überhaupt nicht die Spur eines schlechten Gewissens, dachte Sophia beeindruckt.

»Nichts«, erwiderte sie. »Ich meine, so wirres Zeug halt.«

Vielleicht kam die Mail ja doch nicht von Sarah, überlegte sie plötzlich. Aber wer sonst könnte ihr so eine Nachricht schreiben? *Ihr glaubt, ihr seid mich los. Aber ich vergesse euch nicht.*

»Versteh ich nicht«, meinte Emily. »Ist sie etwa immer noch sauer auf uns wegen dem Blödsinn von damals? Das war doch nur Spaß.«

Sarah Pickle.

Emily und ihre Freundinnen hatten sie bei allen möglichen Gelegenheiten heimlich fotografiert. In der Umkleide in der Turnhalle, in der Mensa beim Essen, auf dem Schulhof. Und hatten die Bilder hinterher bearbeitet. Statt Unterhemd und Höschen trug Sarah auf dem Foto plötzlich Reizwäsche. Und sah aus wie ein heruntergekommener Pornostar in Aktion. Die Statusmeldungen textete Emily selbst, passend zu den sexistischen Darstellungen. *Sarah Pevau ist heute wieder gaaanz scharf auf eure Kommentare.* Und andere Wortspiele auf ähnlichem Niveau.

Sophia hatte für Emily die Fotos manipuliert, weil sie kurz vorher einen Photoshop-Kurs gemacht hatte und sich als Einzige mit digitaler Bildbearbeitung auskannte. Sie war wirklich nicht wild darauf gewesen mitzumachen. Am Anfang hatte sie sich sogar geweigert, Emily zu helfen. »Das ist doch total kindisch.«

»Klar«, hatte Emily zugegeben. »Aber lustig. Und wir verwenden doch nicht einmal Sarahs richtigen Namen. Weiß doch keiner, dass sie das ist auf den Bildern.«

Nur deshalb hatte Sophia sich auf die Sache eingelassen. Weil sie überzeugt gewesen war, dass es nur ein harmloser Witz war. Hahaha. Das war natürlich erst recht ein Witz. Sie hatte von Anfang an genau gewusst, dass Emily keine Grenzen kannte. Dass sie nicht eher aufhören würde, Sarah zu quälen, bis diese am Boden lag. Nicht weil sie Sarah hasste. Im Grunde genommen hatte Emily gar nichts gegen sie. Sarah war keine Gegnerin für sie, sie war wie einer der Tintenfische, die sie in der siebten Klasse im Biounterricht seziert hatten. Eine Spezies, die sie untersuchte, um mehr über ihre Eigenheiten und Verhaltensmuster herauszufinden. Sarah war für Emily ein Experiment.

»Keiner kommt auf sie«, hatte sie Sophia versichert. Aber natürlich kamen alle auf Sarah, weil Emily und die anderen die Facebookadresse überallhin verteilten. Die Einzige, die nichts von der Seite ahnte, war Sarah selbst. Als sie endlich dahinterkam und die Seite sperren ließ, hatte die virtuelle Sarah bereits 5000 Freunde akzeptiert, mehr ging nicht auf Facebook.

Sarahs Mutter marschierte schnurstracks zur Schulleitung und beschwerte sich. Der Direktor veranstaltete daraufhin eine wahre Hexenjagd, er ließ jeden aus der Klasse einzeln antanzen und tobte und schimpfte und drohte, aber glücklicherweise hatten so gut wie alle Dreck am Stecken. Keiner verriet Emily. Und auch Sophia kam ungeschoren davon. Allerdings war sie die ganze Zeit kurz davor gewesen, sich selbst zu stellen. Das Einzige, was sie daran hinderte, war die Vorstellung, dass Emily sich mit einer ähnlichen Aktion an ihr rächen könnte. Vielleicht hatte sie auch einfach Angst davor, von der Schule zu fliegen.

»Wovon redet ihr eigentlich?«, fragte Dario jetzt. »Wer ist denn diese Sarah?«

»Ach, Schnee von gestern«, sagte Emily.

Sophia überlegte einen Moment, ob sie ihm die Augen öffnen sollte. Aber dann hielt sie doch den Mund. Genau wie damals. Genau wie die anderen.

Nachdem Sarah die Schule gewechselt hatte, hatte keine ihrer Klassenkameradinnen sie mehr erwähnt. Sie war für sie alle gestorben.

Sophia war immer davon ausgegangen, dass den anderen die Sache genauso peinlich war. Doch so war es nicht, jedenfalls nicht bei Emily. Nachdem Sarah aus ihrem Blickfeld verschwunden war, hatte sie das Interesse an ihr verloren. Aber jetzt war es wieder erwacht.

»Hast du die Mail dabei?«, bohrte sie. »Was will sie denn?«

»Ist echt nicht so wichtig. Ich kann sie dir ja mal bei Gelegenheit zeigen.« Oder auch nicht. Sophia wandte sich zur Tür. »Also, ich geh dann mal. Ihr wolltet ja auch los …«

»Wir wollen los? Was hast du denn noch vor, Emily?«, fragte Dario, der Einfaltspinsel.

Sophia unterdrückte ein Grinsen. Emily unterdrückte einen Wutanfall, aber nicht mehr lange. Armer Dario. Sobald Sophia den Raum verlassen hatte, war er fällig.

»Schönen Tag noch!« Sophia floh.

Seltsam. Warum hatte Sarah nicht an Emily geschrieben? Es musste ihr doch klar sein, dass die sich damals die ganze Aktion ausgedacht hatte. Und nun wandte sie sich nur an Sophia! Vielleicht hatte die Mail ja auch gar nichts mit Sarah zu tun, überlegte Sophia. Vielleicht war sie für eine andere Person bestimmt und ist nur versehentlich in meinem Eingangsordner gelandet. Sophia beschloss, nicht mehr darüber nachzudenken. Daraufhin fiel ihr prompt Felix wieder ein. Felix, der sich nicht mehr bei ihr gemeldet hatte, seit er sie gestern vor der Schule abgesetzt hatte. Felix, der sich auch morgen und übermorgen nicht mehr bei ihr melden würde. Weil er in einer ganz anderen Welt lebte als Sophia. In der Welt der Schönen, Angesagten, Coolen, Sportlichen, Erwachsenen.

Sie dachte daran, wie er die Beule auf ihrer Stirn berührt hatte, ganz sanft und vorsichtig. Und bekam vor Verlangen eine Gänsehaut am ganzen Körper. Und weiche Knie. So weich, dass sie sich einen Moment lang an einen Laternenmast lehnen und die Augen schließen musste.

Vor ihren geschlossenen Lidern sah sie sein schmales Gesicht, die dunklen Augen, die Grübchen neben seinem Mund, wenn er lachte. Wie er wohl küsste?

Auf der Straße hupte ein Auto. Erschrocken riss sie die Augen wieder auf. Das Hupen hatte einem Fahrradfahrer gegolten, der vom Radweg auf die Fahrbahn geschossen war. Das Auto, das ihn fast angefahren hätte, stand direkt vor Sophia. Sie sah den aufgebrachten Fahrer, dessen Mund auf- und zuging und der mit den Händen gegen das Lenkrad trommelte. Aber weil die Scheiben geschlossen waren, hörte sie keinen Ton.

Dann entdeckte sie Moritz. Er stand auf der anderen Straßenseite und starrte erschrocken in ihre Richtung. Unwillkürlich blickte sie sich um, ob hinter ihr vielleicht ein Mörder mit erhobener Axt stand. Aber da war niemand. Eine alte Frau mit einem Dackel an der Leine. Zwei Kinder, die auf den Bus warteten.

»Alles okay, Moritz?«, rief Sophia.

Aber ihr Bruder hörte sie nicht. Der Fahrzeuglärm auf der Straße war viel zu laut. Er bemerkte sie auch gar nicht, wurde ihr jetzt bewusst, er starrte an ihr vorbei ins Leere. Gruselig. Erst dieser Blackout beim mündlichen Abitur und nun sah er offensichtlich am helllichten Tag Gespenster.

»Moritz!« Sie winkte mit beiden Armen. Aber ihr Bruder hatte sich schon abgewandt und ging weg, ohne sie zur Kenntnis zu nehmen.

Egal. Wenn er sie gesehen hätte, hätte er ihr ja auch nicht erzählt, was mit ihm los war.

Sie rannte über den Zebrastreifen, am Supermarkt vorbei, und wollte in ihre Straße einbiegen, blieb dann aber am Kiosk stehen. Aus dem Seitenfenster leuchtete ihr ein rotes Quadrat entgegen. Ritter Sport Marzipan. Ihre Lieblingssorte.

»Nein«, murmelte Sophia. Vor knapp zwei Wochen hatte sie sich nämlich ein vierwöchiges Schokoladen-Moratorium auferlegt. Vier Wochen lang wollte sie keinen Riegel, keinen Bissen, keinen Krümel Schokolade zu sich nehmen. Das war grausam, aber angesichts ihres Übergewichts mehr als angebracht. Denn der erste Krümel einer Tafel Schokolade war ihr Verderben. Auf den ersten Krümel folgte ein Stück, dann ein ganzer Riegel und noch einer und noch einer, bis nur noch ein paar Schokoflocken in der Packung waren, und auch die stippte Sophia noch mit dem Zeigefinger auf und leckte sie ab. Zweitausenddreihundertsechsunddreißig Kilojoule.

»Nein danke«, sagte Sophia stolz und wollte sich abwenden, aber dann musste sie wieder an Felix denken. Und daran, dass er sich niemals bei ihr melden würde und sich noch viel weniger in sie verlieben würde. Ganz egal, ob sie für die nächsten zwei Wochen auf Schokolade verzichtete oder für den Rest ihres Lebens.

Sie ging zum Kiosk und brauchte gar nichts zu sagen, denn Herr Sauerbier, der Inhaber, kannte sie gut und wusste, was sie brauchte. Er schob ihr gleich eine Tafel Schokolade über die Theke, sie reichte ihm einen Euro, er gab ihr zehn Cent zurück. »Diese Woche im Angebot«, sagte er und zwinkerte ihr zu, als habe sie etwas gewonnen. Dabei hatte sie verloren.

Sie kochte sich Rooibostee mit Sahne-Karamellgeschmack, stellte die Kanne und eine Tasse auf ein Tablett, legte die Schokolade daneben und wollte alles in ihr Zimmer tragen, als es klingelte. Wahrscheinlich war das Moritz, der wieder mal zu faul war, seine Schlüssel aus der Tasche zu kramen. Mit dem Tablett in der Hand ging sie zur Tür und klinkte sie mit dem Ellenbogen auf.

Es war nicht Moritz. Es war Felix.

Sophias Magen plumpste in ihre Kniekehlen. Die Teekanne auf ihrem Tablett kam ins Rutschen, im letzten Moment hielt Sophia sie auf.

»Moritz ist gerade weg.« Ihre Stimme klang seltsam gequetscht. Seit gestern Mittag dachte sie praktisch pausenlos an Felix, wenn man mal von der Unterbrechung durch die blöde E-Mail absah, und jetzt fiel ihr nichts Besseres ein als dieser lahme Satz.

»Echt? Und du erwartest Besuch?«

»Ich? Besuch?« Ihr Gesicht war so heiß, sie musste knallrot sein. Wahrscheinlich hielt er das für ihre normale Gesichtsfarbe, er kannte sie ja nur mit leuchtender Birne.

»Der Tee.« Felix deutete mit dem Kinn auf Sophias Tablett.

»Ach so. Der Tee ist für mich.« Und die Schokolade auch, dachte Sophia. Die ganze Tafel, deshalb bin ich auch so fett.

»Na dann.« Er zuckte mit den Schultern und wandte sich zum Gehen.

»Halt, warte doch!« Sophias Stimme überschlug sich vor Aufregung. »Soll ich ihm was ausrichten?«

»Wem?«

»Moritz.«

»Nö. Ich wollte gar nicht zu Moritz.«

Schluck. »Ach so.« Meine Güte, sie war heute wirklich die Schlagfertigkeit in Person.

»Ich dachte, ich schau mal bei dir vorbei, ob du eine Tasse Tee und ein Stück Schokolade für mich hast.«

»Hab ich. So ein Zufall.« Sophia hob das Tablett ein Stück in die Höhe. Die Tasse schlug mit leisem Klingeln gegen die Teekanne, weil ihre Hände so zitterten. »Willst du reinkommen?«

»Och, wenn es dir lieber ist, trink ich den Tee auch gerne im Treppenhaus.«

Sie lachte. »Du darfst in mein Zimmer. Aber nur ausnahmsweise.«

Und dann saß er auf ihrem Schreibtischstuhl und trank Tee, als ob das das Allernormalste der Welt wäre. Und tat so, als ob er sich wohlfühlte. Schade, dass sie ihr Zimmer in den letzten sieben oder acht Jahren nicht mehr aufgeräumt hatte. Auf dem Boden türmten sich schmutzige Klamotten, der Papierkorb quoll über und der Schreibtisch bog sich unter der Last von ungespülten Tassen, Büchern, Ordnern, Tellern, Keksdosen, Abfall.

»Schokolade?« Sie bot ihm die offene Packung an und schob

dabei eine benutzte Unterhose so unauffällig wie möglich mit dem Fuß unters Bett.

»Hm. Marzipan. Meine Lieblingssorte.«

»Echt? So ein Zufall. Meine auch.«

Er grinste. Machte er sich über sie lustig?

»Hast du gestern Ärger bekommen?«, fragte er dann.

»Warum denn?«

»Na, weil du zu spät zum Unterricht gekommen bist.«

»Nee. Ich meine, es ging.«

»Hab gehört, dass dein Bruder im Mündlichen eingebrochen ist.«

»Hat er dir das erzählt?« Sie fragte sich, worüber Moritz und Felix noch so sprachen. Ob Felix Moritz erzählt hatte, dass er sie zum Kaffeetrinken eingeladen hatte? Und was hatte Moritz darauf geantwortet? *Mein Beileid, du hast doch was Besseres verdient.*

»Ja, klar. Wir haben gestern telefoniert. Schade, oder? Hoffentlich reicht die Note noch für die Aufnahme zum Medizinstudium.«

»Hoff ich auch für ihn. Er wird bestimmt ein guter Arzt.« Das war eine glatte Lüge. Tief in ihrem Innersten war Sophia überzeugt, dass es Moritz, dem starken, erfolgreichen Moritz, sehr schwerfallen würde, mit kranken, schwachen, angsterfüllten Patienten umzugehen.

Felix nickte. »Vielleicht hat es ja auch was Gutes«, meinte er dann nachdenklich.

»Wie meinst du das?«

»Na, vielleicht bringt ihn der Rückschlag ja dazu, darüber nachzudenken, ob er das wirklich will – Arzt werden.«

»Wie meinst du das? Natürlich will er das. Seit dem Kindergarten will er Arzt werden. Wie unser Vater.«

»Na, wenn er sich da so sicher ist, dann wird ihn eine verpatzte mündliche Prüfung auch nicht abhalten können.«

Sophia zuckte mit den Schultern. Sie wollte nicht über ihren Bruder reden. Sie wollte mehr über Felix erfahren. Was er machte und dachte und warum er sie heute besucht hatte. Vor allem das.

»Warum bist du hergekommen?«, platzte sie heraus.

Felix hatte sie allerdings gar nicht gehört. Er drehte die Teetasse in seinen schönen schmalen Händen und starrte auf die Fotos, die über Sophias Bett hingen. Uralte Fotos, auf den meisten war Sophia noch ein Kind. Auf einem Bild stand sie auf einem Sprungbrett im Freibad, auf einem anderen Bild rannte sie mit ihrem Vater über eine Wiese und zog einen sonnengelben Lenkdrachen hinter sich her. Sie war damals acht oder neun Jahre alt gewesen und kein bisschen fett.

Sophia nahm noch ein Stück Schokolade. Dann schob sie das Stanniolpapier wieder in Felix' Richtung.

Aber auch das bemerkte er nicht. Er schwieg und Sophia schwieg auch. Es war aber kein peinliches Schweigen. Es fühlte sich eher so an, als ob sie einander schon viele Jahre kannten und vertrauten. Ein gutes Schweigen.

Ich liebe dich, dachte Sophia, und dann erschrak sie darüber, wie heiß und wahr sich dieser Gedanke anfühlte.

Als es an der Fensterscheibe pochte, fuhren sie beide zusammen.

»Egon«, rief Sophia und stand auf.

Der dicke honigfarbene Kater hatte mit der Pfote ans Fenster geklopft, damit sie ihn hereinließ. Egon gehörte eigentlich einer Nachbarin, aber Frau Blunt war so alt und verwirrt, dass sie ständig vergaß, ihn zu füttern. Also hatte Sophia den Kater adoptiert und Egon ließ sich mit großer Begeisterung von ihr füttern, streicheln und verwöhnen. In letzter Zeit hatte Sophia allerdings den Verdacht, dass er sich auch noch von anderen Nachbarn verköstigen ließ, der Kater wurde nämlich immer fetter. Seitdem servierte sie ihm nur noch sehr überschaubare Portionen und Egon ließ sich deutlich seltener bei ihr blicken.

»Kommst du auch einmal wieder vorbei?«, fragte sie jetzt, nachdem sie das Fenster geöffnet und Egon vom Fensterbrett gepflückt hatte.

Der Kater schnurrte behaglich. Sie ließ sich wieder auf dem Bett nieder und streichelte über sein weiches gelbes Fell.

»Ein schönes Tier«, sagte Felix und strich ebenfalls über Egons Rücken und dabei berührten sich ihre Hände. Sophias Herz setzte für einen Schlag aus. Felix zog seine Finger zurück. Schade aber auch.

Felix hob den Kopf und sah sie an. »Ich wollte dich einfach wiedersehen«, sagte er. Erst nach ein paar Sekunden wurde ihr bewusst, dass das die Antwort auf ihre Frage von vorhin gewesen war.

Heute müssen wir wieder fliehen, aber wir gehen nicht mehr zu C&A, weil die Verkäuferin mit den Männern unter einer Decke steckt, sagt Mama.

Wir fahren mit dem Taxi zu Harry, aber der ist nicht da. Oder vielleicht ist er da und macht nicht auf. Mama kickt mit dem Fuß gegen die Tür.

Nützt alles nichts, wir müssen weiter. Wir fahren mit dem Zug, Mama will zum See, aber nach einer Weile kommt ein Schaffner und will unsere Fahrkarten sehen. Und dann müssen wir aussteigen.

Was machen wir denn jetzt bloß?, fragt Mama. Wir können auf keinen Fall zurück in die Wohnung.

Ruf doch Dad an, damit er uns holt, sage ich, und das macht sie auch.

Bis er kommt, verstecken wir uns im Bahnhof auf dem Damenklo. Mama rennt immer wieder raus und guckt, ob er schon da ist oder ob die Männer irgendwo auftauchen, und dann kommt sie wieder zu mir. Ich freue mich so, als er endlich kommt, aber Dad freut sich nicht, er ist total sauer.

Was ist denn bloß los?, fragt er. Ich war mitten in der Arbeit, ich kann da doch nicht ständig alles stehen und liegen lassen.

Die waren wieder hinter uns her, sagt Mama. Und dann weint sie, weil sie merkt, dass er ihr nicht glaubt.

Ich bring euch jetzt nach Hause, sagt Dad, aber so geht das nicht mehr weiter. Und zu Mama sagt er: Du brauchst Hilfe.

Sie nickt und lächelt schon wieder. Weil Dad jetzt da ist. Aber als wir zu Hause sind und Dad sagt, dass er nicht mit hochkommt, weil er noch einen Termin hat, fängt sie wieder an zu weinen.

Das kannst du doch nicht bringen!, schreit sie, aber er muss und steigt in sein Auto und fährt weg.

Du Scheißkerl!, schreit Mama und heult noch lauter, bis Frau Franz aus dem Fenster guckt.

Glotz doch nicht so, du Funzel!, schreit Mama, dann nimmt sie mich an die Hand und reißt mich weg. Wir gehen nicht in die Wohnung, weil da wahrscheinlich die Männer auf uns warten. Wir gehen zu Resi, das ist eine Freundin von Mama, die hat eine Art Hotel. Da können wir schlafen.

5

Renate Koch war hochzufrieden. Julie hatte an ihrem ersten Arbeitstag in der Boutique bereits zwei Blusen, eine Strickjacke, drei Röcke und einen Seidenschal verkauft. Obwohl es gerade einmal Mittag war. Und obwohl nur drei Kundinnen den Laden betreten hatten. Alle drei hätten ihn auch wieder verlassen, ohne irgendetwas zu erstehen, wenn Julie genauso tatenlos wie Renate hinter dem Ladentisch stehen geblieben wäre, die Mundwinkel zu einem vornehmen Lächeln verzogen, der Blick resigniert.

Aber Julie war nicht stehen geblieben, sondern auf die Kundinnen zumarschiert. Zu Renates Entsetzen hatte sie der ersten Dame das grüne Wolltop, das diese aus dem Regal genommen hatte, gleich wieder aus der Hand genommen.

»Grün ist nichts für sie. Viel zu kalt. Wenn ich Ihnen etwas vorschlagen darf, nur mal so als Idee …« Die olivgrüne Bluse, die sie der Kundin dann präsentierte, gefiel tatsächlich. Das gleiche Stück gab es auch in Rotbraun, ebenfalls eine schmeichelhafte Farbe. Und nachdem Julie einen Berg von passenden Röcken, Hosen und Accessoires zur Umkleidekabine geschleppt hatte, entschied sich die Dame, die bis zu diesem Tag noch nicht einmal ein Taschentuch bei Renate gekauft hatte, für drei Teile im Wert von 369 Euro und 97 Cent. Während Renate die Kreditkarte durch den Schlitz des Lesegeräts zog und die Sachen in Seidenpapier einschlug, stürzte Julie sich bereits auf die nächste Kundin.

Um eins begann Renates Magen laut zu knurren.

»Wenn Sie möchten, können Sie gerne Pause machen«, bot Julie an, so als wäre sie die Chefin und nicht Renate. »Dafür mach ich dann früher Schluss.«

»Sind Sie sicher? Es ist doch Ihr erster Tag …«

»Kein Problem.« Julie fragte sich, wie Renate es geschafft hatte, ihr Geschäft fünf Jahre lang über Wasser zu halten, so dilettantisch, wie sie sich anstellte.

Als sie weg war, sammelte Julie die herumliegenden Klamotten wieder ein, faltete sie zusammen und legte sie zurück in die Regale. Danach arrangierte sie die Fächer neu, kombinierte düstere Farben mit leuchtenden und helle mit dunklen und achtete darauf, dass die verschiedenen Materialien besser zur Geltung kamen.

Inzwischen hatte sie allerdings ebenfalls Hunger. Sie überlegte, ob sie den Laden kurz abschließen sollte, um in die Bäckerei auf der anderen Straßenseite zu laufen. Aber ehe sie sich dazu entschließen konnte, kam neue Kundschaft.

Weil Julie gerade ein Bodenregal einräumte, sah sie zuerst die Schuhe. Ausgelatschte Sneakers. Darüber verwaschene Jeans, darüber ein Karohemd. Das war kein Kunde.

»Hi. Störe ich?«, fragte Christian. Er hob eine Papiertüte in die Höhe. »War gerade beim Bäcker und wollte mal sehen, wann du Pause hast. Aber wenn es jetzt nicht passt …«

Essen! Julies Magen knurrte gierig. »Was hast du denn da drin?«

»Nur ein Sandwich mit Käse, Gurke, Tomaten und Salat. Wenn du so was magst.«

»Perfekt!«

»Bist du allein?« Sein Blick glitt suchend durch den Laden.

»Ja. Die Inhaberin macht Pause. Läuft super hier. Ich hab toll verkauft.«

»Klasse.« Er runzelte die Stirn. »Scheußliches Zeug hier, oder?«

Julie zuckte mit den Schultern. »Eher so die klassische Linie. Nicht mein Fall.« Allerdings hätte sie sich die meisten Teile auch nicht leisten können.

»Na, von Mode versteh ich gar nichts.«

Christian trat von einem Fuß auf den anderen. Worauf wartete er denn jetzt? Dass sie ihm einen Kaffee anbot? Das konnte er vergessen. Wenn Renate aus der Pause zurückkam und diesen abgerissenen Typ im Laden sah, war Julie den Job sofort wieder los.

»Du hast doch heute auch deinen ersten Tag gehabt«, fiel ihr plötzlich ein. »Wie war's denn bei dir?«

»Das Jugendzentrum ist ganz in Ordnung. Natürlich nicht so chic wie hier.«

»Nee, klar.« Sie trat an ein Regal, nahm einen Pullover heraus, faltete ihn neu und legte ihn dann wieder zurück. »Hör mal, ich muss hier noch ein bisschen aufräumen ...«

»Ich dachte, wir können vielleicht zusammen essen ...«

Sie lächelte bedauernd. »Das ist gerade ziemlich schlecht.«

»Dann will ich mal wieder los«, meinte er enttäuscht und wandte sich zur Tür.

»Wolltest du mir nicht das Sandwich ...?«

»Ach klar. Ich Idiot. Hier, guten Appetit.«

Erst als er den Laden wieder verlassen hatte, sah sie, dass zwei Sandwiches in der Tüte waren. Offensichtlich hatte er ihr auch noch sein eigenes Mittagessen überlassen.

Mach dir keine Hoffnungen, mein Lieber!, dachte Julie, während sie die beiden Brötchen in der kleinen Teeküche hinter dem Ladenraum verschlang. Wir passen einfach nicht zusammen. Auch wenn du noch so unglückliche Hundeaugen machst.

»Vergiss es.« Julie knüllte die Brötchentüte zusammen und warf sie in den Mülleimer. Und dachte wieder an die SMS.

Sie erinnerte sich gar nicht mehr genau an den Text. *Ich werde dich nie vergessen.* Oder irgendetwas in der Art. Und dann ein Datum, da hatte irgendein Datum gestanden.

Als sie vom Kotzen zurückgekommen war, hatte sie die Nachricht gelöscht. So besoffen, wie sie war, hatte sie gar nicht richtig darüber nachgedacht, was sie tat. Weg damit so schnell wie möglich. Natürlich war ihr sofort klar gewesen, dass Valerie die Nachricht geschrieben hatte. Valerie, die einmal Julies beste Freundin gewesen war. »Nichts kann uns trennen, wir sind wie Schwestern«, hatte sie immer gesagt. Aber seit der Aufnahmeprüfung galt das nicht mehr. Seit der Aufnahmeprüfung waren sie Feindinnen.

Du hast mir nicht einmal die Chance gegeben, dir alles zu erklären, dachte Julie. Stattdessen das. Eine anonyme SMS.

»Du hast sie doch nicht mehr alle«, murmelte Julie. Mit dem Handrücken fegte sie ein paar Brötchenkrümel von ihrer Bluse und ging zurück in den Laden.

Christian hatte aufgegeben. Nach dem Besuch in der Boutique ließ er sich nicht mehr bei Julie blicken. Sie begegneten sich auch nie zufällig im Treppenhaus oder auf der Straße. Ob er überhaupt noch unten wohnte? Julie beschloss, es herauszufinden. Sein Name stand noch an der Tür, aber als sie klingelte, machte er nicht auf. Auch beim zweiten und dritten Mal nicht. *Hallo, ich bin die Nachbarin von oben. Erinnerst du dich noch an mich? Komm doch mal hoch!,* schrieb sie auf einen Zettel und warf ihn in den Briefkasten.

Das war am Freitagabend und am Samstagmittag stand er vor ihrer Tür. »Hi, Julie. Du wolltest mich sprechen?«

»Wollt nur mal wissen, ob's dich noch gibt.«

»Klar. War nur ein bisschen eingespannt in den letzten Wochen.«

»Und jetzt? Hast du Lust auf einen Kaffee?«

»Gerne. Aber nur, wenn ich ihn machen darf.«

Er brachte die Tassen nach oben, sie tranken den Kaffee vor Julies offenem Küchenfenster. In den Blumenkästen, die sie am Balkongitter angebracht hatte, blühten Stiefmütterchen und Geranien. Bienen umsummten die Blumen.

»Was macht dein Job?«, fragte Julie.

Er verzog das Gesicht. »Anstrengend. Diese Kids sind so … fertig.«

»Fertiger als in Bonn?«

Er schnaubte verächtlich. »Gegen Hamburg ist Bonn ein Paradies. Die Jugendlichen, mit denen ich hier arbeite, sind total verwahrlost. Neulich hatte einer der Jungs eine Knarre dabei, mir ist das Herz in die Hose gerutscht, kann ich dir sagen. Und Springmesser sind an der Tagesordnung.«

»Was? Damit lasst ihr sie ins Jugendzentrum?«

»Offiziell natürlich nicht. Waffen, Drogen und Alkohol sind tabu. Aber die schmuggeln immer wieder was rein. Das ist ein Kampf gegen Windmühlen.«

»Klingt nicht gut«, meinte Julie. Sie warf Christian einen schrägen Blick zu. Er sah auch nicht gut aus. Er war blass und unrasiert und starrte müde in seinen Latte macchiato. Als ob er die Nacht durchgemacht hätte.

»Tut es dir leid, dass du hierhergezogen bist?«, fragte sie.

Er dachte eine Weile über die Frage nach. »Vielleicht war es ein Fehler«, gab er dann zu. »Diese Stadt ist irgendwie zu viel für mich.«

»Zu viel?«

»Na ja, Bonn ist klein und überschaubar. Wie ein Dorf. Ziemlich langweilig, aber auch verlässlich. Du hast immer jemanden zum Quatschen, wenn's dir mal nicht gut geht. Früher ging es mir oft auf die Nerven, dass man immer dieselben Gesichter sieht. Aber jetzt …«

»… vermisst du es«, beendete Julie seinen Satz.

Er nickte stumm. »Am Donnerstag fahr ich hin. Ich hab ein paar Tage Urlaub.«

»Was, jetzt schon Urlaub? Du hast doch gerade erst angefangen zu arbeiten.«

»Überstunden abfeiern. Ich hab schon jede Menge Überstunden.« Er gähnte. »Sorry.«

»Vielleicht ist das ja keine so gute Idee.«

»Was?«

»Na, jetzt nach Bonn zu fahren. Dadurch wird dein Heimweh doch noch schlimmer. Bleib lieber hier. Ich nehm mir auch frei und dann zeig ich dir die Stadt. Die Ecken, in die man als Touri sonst nicht so kommt. Und abends gehen wir aus.« Sie wunderte sich über sich selbst. Warum war sie denn auf einmal so nett zu Christian? Dabei war sie doch nicht einmal betrunken.

»Das ist lieb von dir.« Er lächelte dankbar. »Und wahrscheinlich hast du sogar Recht. Aber ich kann das mit Bonn nicht mehr absagen. Meiner Mutter geht es gesundheitlich nicht so gut, sie freut sich darauf, mich zu sehen.«

»Hast du eigentlich Geschwister?«

»Einen Bruder. Der lebt aber in Kuwait. Mein Vater ist vor ein paar Jahren gestorben.«

»Oh weh. Da ist es natürlich extrablöd, dass es deiner Mutter nicht gut geht.«

Er seufzte. »In dem Jugendheim, in dem ich meine Ausbildung

gemacht habe, wird eine Stelle frei«, sagte er dann. »Die haben gefragt, ob ich wieder zurückkommen will.«

»Und?«, fragte Julie.

Er zuckte mit den Schultern.

»Wenn du zurückgehst, wirst du es bereuen«, prophezeite sie ihm. »Du wirst dir dein Leben lang vorwerfen, dass du Hamburg nicht wenigstens eine Chance gegeben hast. Warte noch eine Weile. Ein halbes Jahr. Wenn du es nach einem halben Jahr immer noch total scheiße findest, darfst du zurück. Aber so lange musst du durchhalten.«

»Wer sagt das?«

»Ich sage das.«

»Na, dann muss es ja wohl stimmen.«

Sie grinste. »Mir kannst du vertrauen.«

»Kann ich das?«, fragte er ernst.

Sie zog eine Grimasse. »Ich fänd's auf jeden Fall total schade, wenn du wieder nach Bonn abhauen würdest. Wir haben uns doch noch gar nicht richtig kennengelernt.«

Er sah sie ungläubig an. »Echt? Stimmt das?«

»Klar.« Und es stimmte wirklich, stellte sie selbst mit einer gewissen Überraschung fest. Wenn Christian jetzt einfach auszog und aus ihrem Leben verschwand, würde ihr etwas fehlen.

»Na dann.« Er wies auf ihr Glas, das schon wieder leer war. »Noch einen?«

»Nee. Keinen Kaffee mehr. Ich hab Hunger. Wie sieht's bei dir aus?«

»Ich könnte auch was vertragen.«

»Dann komm. Ich zeig dir meinen Lieblingsitaliener. Wenn du da mal gegessen hast, willst du nie wieder zurück nach Bonn.«

Nach dem Essen ging Julie in der Boutique vorbei. Der Samstag war eigentlich ihr freier Tag, aber sie hatte am Tag zuvor ihre Jacke im Laden liegen lassen.

»Gut, dass Sie kommen«, ächzte Renate, kaum dass sie durch die Tür war. »Hier ist die Hölle los, einer allein kann das gar nicht schaffen.« Sie sah Julie so vorwurfsvoll an, als sei sie schuld daran, dass Renate so viel zu tun hatte. War sie ja auch.

»Ich kann jetzt aber nicht«, meinte Julie. »Ich hab gleich noch eine Verabredung.« Die Verabredung hatte sie mit ihrem Sofa und dem Fernseher und einer Tüte Gummibärchen, aber so genau musste Renate das nicht wissen.

»Bitte, Julie«, sagte Renate. »Sie können mich doch jetzt nicht hängen lassen.«

Dabei versuchte sie eine voluminöse Steppweste in eine Papiertüte zu stopfen. Die Weste quoll aber immer wieder heraus wie Hefeteig aus einer zu kleinen Schüssel.

»Geben Sie mal her.« Julie hielt die Tüte auf, Renate stopfte von oben, die Kundin nahm ihre Einkäufe entgegen und ging, aber hinter ihr warteten bereits zehn andere darauf, bedient zu werden.

Als Julie den Laden verließ, war es acht und ihr Schädel dröhnte, als ob sie zwei Flaschen Wein getrunken hätte.

Eigentlich war sie noch mit Joe und Esther im *Womb* verabredet, einem neuen Club auf der Reeperbahn. Sie hatte sogar mit dem Gedanken gespielt, Christian zu fragen, ob er mitkommen wolle. Aber jetzt war an Ausgehen nicht mehr zu denken. Nach Hause und aufs Sofa und das so schnell wie möglich, das war die einzige Option. Sie schrieb Joe eine SMS und nahm ein Taxi.

Als sie an Christians Wohnung vorbeiging, hörte sie Musik. Ob er Besuch hatte? Vermutlich nicht. Er kannte doch hier keinen Menschen. Außer seinen schwer erziehbaren Jugendlichen. Und Julie. Ich hätte mich mehr um ihn kümmern sollen, dachte sie, während sie mit bleischweren Beinen Stufe um Stufe erklomm.

Dann schüttelte sie den Kopf über sich selbst. Vor zwei Wochen hatte sie Angst gehabt, dass Christian ihr ständig am Rockzipfel hängen würde. Nun wollte er wieder zurück zu Muttern und das passte ihr auch nicht.

Vor ihrer Wohnungstür wühlte sie in ihrer Tasche nach dem Schlüssel und fand ihn nicht. Sie brauchte ihn auch gar nicht, stellte sie plötzlich fest. Die Wohnungstür war nämlich schon offen. Sie musste vergessen haben abzuschließen, als sie mit Christian zum Essen gegangen war. Dachte sie. Aber dann erinnerte sie sich ganz genau, dass sie die Tür zugezogen hatte.

Und nun war sie auf. Aufgebrochen. Jemand hatte ein Stemmeisen zwischen Türrahmen und Tür geschoben.

Julie schloss die Augen und hörte, wie das Blut in ihren Ohren rauschte, und spürte das Hämmern in ihrem Kopf. Nein. Nicht heute, nicht jetzt.

Aus der Wohnung drang ein lautes Rascheln. War der Dieb etwa noch in der Wohnung? Sollte sie die Polizei rufen?

Christian, dachte sie. Und rannte los, stürmte die Treppen wieder nach unten und drückte mit der linken Hand seine Klingel und hämmerte mit der rechten gegen seine Tür.

Es dauerte eine ganze Weile, bis er aufmachte. Er wirkte verschlafen, aber als er ihr Gesicht sah, war er sofort hellwach. »Ist was passiert?«

»Bei mir … oben in der Wohnung … da ist jemand drin.«

»Was? Wer?«

»Einbrecher.«

»Bei dir ist jemand eingebrochen?«

»Ich glaube, sie sind noch da. Kannst du die Polizei rufen?«

Er starrte sie ungläubig an. »Bist du dir sicher?«

»Die Tür ist offen. Aufgebrochen. Und ich habe was gehört.«

»Warte hier.«

Bevor sie noch etwas sagen konnte, war er an ihr vorbeigerannt und stürmte die Treppen nach oben.

»Bist du bescheuert?« Sie rannte ihm nach, aber er war viel schneller.

»Christian, warte auf mich, verdammt noch mal!«

Er hörte sie nicht oder wollte sie nicht hören. »Hallo?«

Jetzt war er oben angekommen. Seine Stimme schallte durchs Treppenhaus, sie klang laut und vollkommen furchtlos. Aber das würde ihm nichts nützen. Die Taktik funktionierte vielleicht in Bonn, aber nicht hier in Hamburg.

»Mach keinen Mist!« Sie flog jetzt die Treppen hinauf.

Die Tür zu ihrer Wohnung stand sperrangelweit offen. Drinnen war alles still. »Christian?«

»Scheiße.«

Sie atmete tief durch und trat ein.

»Bleib draußen!«, rief Christian.

Zu spät. Sie stand schon neben ihm. Und sah, was er ihr hatte ersparen wollen: die Verwüstung. Die Einbrecher hatten ihre Bücher aus dem Regal gerissen und die Blumen aus den Kästen vor dem Küchenfenster. Abgerissenene Blüten und Erde waren überall verteilt: in der Küche, im Flur, auf dem hellgelben Teppich im Wohnzimmer. Alle Fenster standen offen. Der Durchzug hatte die Blätter und Zettel von ihrem Schreibtisch geweht, das war das Rascheln gewesen, das sie vorhin gehört hatte.

»Diese Schweine«, sagte Christian. »Diese Stadt ist echt das Letzte.«

Sie starrte an die Wand. Auf die Unterschrift, die der Eindringling dort hinterlassen hatte.

»Ich ruf die Polizei.« Christian zog sein Handy aus der Tasche. »Wo bewahrst du denn deine Wertsachen auf? Bargeld, Kreditkarte, Schmuck? Du musst nachsehen, was die geklaut haben.«

»Die haben nichts geklaut.«

»Bitte?« Er tippte die Nummer des Notrufs in sein Handy.

»Lass das«, sagte Julie scharf.

Er sah sie überrascht an. »Was ist denn jetzt los?«

»Keine Polizei«, sagte Julie.

»Ich verstehe kein Wort.«

»Ich weiß, wer das getan hat.«

Valerie hatte das getan.

Valerie hatte die Tür aufgebrochen, Valerie hatte Julies Blumen aus den Kästen gerissen und die Wohnung verwüstet. Valerie hatte ein rotes V an die Wand über ihrem Sofa gesprüht.

Ich hätte wissen müssen, dass so was passiert, dachte Julie. Und dachte daran, wie Valerie sich im letzten Sommer an Dennis gerächt hatte, nachdem sie ihn mit Jackie erwischt hatte. Valerie hatte die beiden zufällig auf dem Sommerdom gesehen, eng umschlungen in der Achterbahn. Danach war die Beziehung mit Dennis zu Ende gewesen, aber erledigt war das Ganze für Valerie noch lange nicht.

Sie hatte sich sein Auto vorgenommen, ein fast neues Audi Cabriolet, das ihm mehr bedeutete als jedes Mädchen auf dieser Welt. Julie hatte Schmiere gestanden, während Valerie die Reifen aufstach, die Seitentür aufbrach und mit Sprühsahne einen Totenkopf auf die Rückbank sprühte. Weil die Sahne sofort danach in sich zusammenfiel und Valerie auch keinerlei Übung im Sprayen hatte, sah das Ganze hinterher aus wie ein nasses Smiley. Ein stinkendes Smiley, denn es war ein heißer Sommer und die Sahne wurde sofort schlecht. Wahrscheinlich würde Dennis beim Geruch von verdorbener Milch sein Leben lang an Valerie denken.

»Ich muss echt aufpassen, dass ich dich nie wütend mache«, hatte Julie später zu Valerie gesagt. Daran erinnerte sie sich jetzt. Und an das, was Valerie daraufhin geantwortet hatte. Auch das fiel ihr plötzlich wieder ein.

»Du und ich, wir sind doch Freundinnen«, hatte Valerie gesagt. »Ich könnte dir niemals wehtun.«

Und nun das. Die aufgebrochene Tür, die Blumenerde, die vollgeschmierte Wand. Und alles nur wegen dieser lächerlichen Prüfung, wegen einem Studienplatz, den Julie bekommen hatte und Valerie nicht.

Das kann doch wohl nicht wahr sein, dachte Julie und spürte, wie ihr die Tränen in die Augen schossen. Sie wollte nicht weinen, Valerie war es gar nicht wert, dass sie jetzt zu heulen anfing.

»Wer hat das gemacht, Julie?«, fragte Christian. Und seine Stimme klang so bestürzt und gleichzeitig so liebevoll und zärtlich, dass Julie den letzten Rest an Kontrolle verlor. Die Tränen begannen zu fließen, ein Rinnsal, ein Bach, eine Sturzflut, die sich nicht mehr eindämmen ließ.

»Ach du Schreck.« Er suchte nach einem Taschentuch und fand keins, schließlich holte er ihr eine Rolle Klopapier aus dem Bad.

Sie riss sich ein Stück ab, putzte sich die Nase, trocknete sich die Augen und heulte weiter.

Da nahm er ihr die Rolle wieder ab, zog sie an sich und küsste sie.

Die Frau, die vor uns in der Schlange steht, ist nett. Sie hat eine Tüte mit Gummibärchen in der Tasche und fragt mich, ob ich auch welche will, und ich will. Aber Mama sagt Nein.

Er ist allergisch gegen Gummibärchen, sagt sie. Das stimmt nicht. Sie hat Angst, dass die Gummibärchen vergiftet sind, das ist es.

Die Männer machen so was, flüstert sie mir zu. Sie vergiften Süßigkeiten und Getränke. Nie was von Fremden annehmen, hörst du?

Die Gummibärchen waren bestimmt nicht vergiftet.

Wir stehen am Schalter an, weil Mama Geld braucht. Es dauert sehr lange, bis wir endlich an der Reihe sind. Mama soll ein Papier ausfüllen, aber da hat sie plötzlich unsere Adresse vergessen. Ist mir gerade irgendwie entfallen, sagt sie. Na, so was, sagt sie und schaut mich an.

Agnes-Bernauer-Straße 143a, sage ich.

Ach ja, richtig, sagt sie.

Der Mann hinter dem Schalter guckt komisch, als ob sie ihn verarschen will.

Sag Dad nichts davon, sagt sie, als wir wieder draußen auf der Straße sind.

6

Philipp hatte lange gezögert, bevor er eine Sekretärin engagierte. Als Einmannunternehmen, dachte er, ist man unabhängiger, flexibler und spart eine Menge Geld. Aber als sich die unerledigten Schriftsachen nicht mehr nur auf seinem Schreibtisch, sondern auch auf dem Fensterbrett, den Besucherstühlen und dem Besprechungstisch stapelten, hatte er eingesehen, dass es so nicht mehr weiterging.

Yasmin Färber war die erste Bewerberin, die er zum Vorstellungsgespräch einlud. Ihre Referenzen und Zeugnisse waren erstklassig. Sie war charmant und sah atemberaubend aus. Obwohl sie ihre Bluse damals bis oben hin zugeknöpft hatte.

Philipp sagte allen anderen Bewerberinnen ab und stellte sie sofort ein.

In den ersten Wochen schuftete Yasmin wie ein Tier. Unermüdlich und klaglos grub sie sich durch einen Berg von Altlasten. Abends verließ sie das Büro nicht vor neun oder zehn Uhr. Und auch am Wochenende erschien sie zum Dienst.

»Gehen Sie es ruhig an«, hatte Philipp damals zu ihr gesagt. »Was ich monatelang aufgeschoben habe, müssen Sie jetzt nicht in ein paar Tagen wegarbeiten.«

Aber sie schüttelte nur den Kopf und machte weiter Überstunden, bis sie Ordnung in das Durcheinander seiner Verwaltung gebracht hatte. Selbst Frau Klopp lobte heute das hervorragende Ablagesystem ihrer Vorgängerin.

Zum Dank hatte Philipp Yasmin zum Essen eingeladen. Frau Färber, damals war sie ja noch Frau Färber für ihn.

Als der Aperitif kam, blickte er sie feierlich an. »Ich verbiete Ihnen ab heute und für alle Zeit, am Wochenende das Büro zu betreten. Sie arbeiten viel zu viel. Ich kann das nicht länger verantworten.«

»Soll nicht wieder vorkommen.« Yasmin lächelte. »Jetzt ist das Schlimmste ja erst mal erledigt.«

»Auf Sie und Ihr Organisationstalent.« Philipp hob sein Sherryglas. Sie stießen an.

»Auf weiterhin gute Zusammenarbeit«, sagte Yasmin.

Beim Hauptgang erzählte sie ihm von ihrem früheren Unternehmen. Yasmin war von einer Kollegin so gemobbt worden, dass sie gekündigt hatte. Elf Monate war sie arbeitslos gewesen. »Es war nicht so, dass ich nichts gefunden hätte. Ich konnte einfach nicht mehr. Ich brauchte eine Auszeit. Sie können sich gar nicht vorstellen, wie diese Frau mich fertiggemacht hat.«

»Worum ging es denn?«, fragte Philipp betroffen.

»Um nichts, im Grunde ging es um gar nichts. Der Chef hat mich vorgezogen, weil ich einen besseren Job gemacht hab. Sie war länger im Betrieb und eifersüchtig. Aber egal, vergessen wir's. Ich bin froh, dass es vorbei ist.«

»Warum sind Sie gegangen? Sie hätten sich doch bei Ihrem Chef über die Kollegin beschweren können. Oder beim Betriebsrat. Vielleicht hätte man der anderen gekündigt, dann wären Sie das Problem los gewesen.«

»Aber wie hätte ich dann vor den anderen Kolleginnen dagestanden?« Yasmin schüttelte den Kopf. Aber dann lächelte sie. »Und außerdem: Wie würden Sie jetzt dastehen? Ohne mich?«

»Schlecht, ganz schlecht«, meinte Philipp lachend und winkte dem Kellner und bestellte eine Flasche Wein.

Bei der Nachspeise gingen sie zum Du über. Yasmin erzählte Philipp, dass sie sich vor einem halben Jahr von ihrem Freund getrennt habe. Oder vielmehr er von ihr. »Aber inzwischen bin ich drüber hinweg.«

Das wäre die ideale Gelegenheit für Philipp gewesen zu erwähnen, dass er sich in Kürze mit Vivian verloben wollte und dass sie gemeinsam in die Wohnung in Schwabing einziehen wollten. Aber er ergriff sie nicht. Hinterher versuchte er sich einzureden, dass er das Private außen vor lassen wollte. Aber das glaubte er selbst nicht.

Es waren Yasmins neue Stiefel, die ihm schließlich den Rest gaben. Dunkelrotes Leder, zehn Zentimeter Absätze, darüber ein ziemlich kurzer Rock, darüber die Bluse, die jetzt nicht mehr so weit zugeknöpft war, so stöckelte sie durch den Flur. Und an Philipps Schreibtisch vorbei. Es war ihr vollkommen egal, ob ihn das irritierte. Es irritierte ihn ja auch gar nicht. Es machte ihn geil.

Als Yasmin um sieben ihren Mantel von der Garderobe zog und ihren Schal umlegte, stand er ebenfalls auf. »Ich hab einen Bärenhunger«, sagte er. »Und du?«

»Ich auch. Und mein Kühlschrank ist total leer. Ich muss schnell noch was einkaufen, bevor der Supermarkt zumacht.«

»Vergiss den Supermarkt. Lass uns was essen gehen.«

Sie nickte sofort, als ob sie nur darauf gewartet hätte. Vielleicht hatte sie ja auch darauf gewartet.

Als sie das Büro gerade verließen, rief Vivian an.

»Wann kommst du denn? Wir warten alle schon.«

»Bitte? Wer ist *wir?*«

»Na, hör mal, mein Vater hat heute Geburtstag. Hast du das etwa vergessen?«

Natürlich hatte er das vergessen. Den Geburtstag von Vivians Vater vergaß er jedes Jahr. Genau wie den ihrer Mutter.

»Sollen wir mit dem Essen auf dich warten?«, fragte Vivian.

»Auf keinen Fall. Hör zu, Vivian, es wird schwierig heute. Ich hab … noch einen wichtigen Termin mit einem Kunden, ein neuer Kontakt. Hat sich spontan ergeben. Du weißt doch, dass es im Moment ein bisschen mau bei mir aussieht, also, ich hoffe, ihr habt Verständnis.«

Das war gemein, das war supergemein. Aber Yasmin wartete am Eingang zur Tiefgarage in ihren roten Stiefeln. Sie schrieb eine SMS und tat so, als ob sie nicht lauschte, aber Philipp war sich sicher, dass sie die Ohren spitzte.

»Das ist aber blöd«, sagte Vivian enttäuscht.

»Richte deinem Vater herzliche Glückwünsche aus«, sagte Philipp und legte auf. Und ging mit Yasmin essen, aber nicht zu *Amadeo* oder in die *Languste* oder in einen der anderen Läden, in die er für gewöhnlich mit Vivian ging. Er fuhr mit ihr in ein türkisches Restaurant in Haidhausen, das Marcel ihm einmal empfohlen hatte.

Das Ambiente war abscheulich, das Essen schmeckte scheußlich, und Philipp war sich sicher, dass Yasmin genau wusste, warum sie hier waren.

»Tut mir leid«, sagte er zerknirscht, als der Wirt die Rechnung und zwei Raki brachte. »Man sollte so was niemals tun.«

»Was?«, fragte sie amüsiert und wieder hatte er das unangenehme Gefühl, dass sie bis auf den Grund seiner Seele schauen konnte.

»Man sollte sich nicht auf Restauranttipps von Freunden verlassen.«

»Worauf denn sonst?«

Er zuckte mit den Schultern.

Sie schob den Raki von sich. »Ich brauch jetzt einen ordentlichen Drink. Du auch?«

Ja, das war ganz in Philipps Sinn. Diesmal schlug Yasmin die Kneipe vor. Zu seiner Erleichterung war es eine Bar in Bogenhausen, in der er noch nie gewesen war. Philipp trank drei Wodka und Yasmin vier.

»Wow«, meinte er beeindruckt. »Du bist aber ganz schön hart im Nehmen.«

»Das war nötig, um das schlechte Essen zu vergessen.«

»Noch einen?«

»Nee, danke.« Sie winkte dem Kellner. »Zahlen.«

Die Wodkas übernahm sie, obwohl Philipp alles versuchte, sie davon abzuhalten.

»Kann ich dir denn wenigstens noch einen Kaffee anbieten?«, fragte er.

»Türkisch?«, fragte sie spöttisch.

»Italienisch. Und ich koch ihn selbst«, sagte er und hielt den Atem an.

Sie zögerte. Dann nickte sie. »Warum nicht.«

Und dann kam alles so, wie es kommen sollte. Sie gingen zu ihm, tranken Kaffee und hatten Sex. Yasmin übernachtete bei ihm, am nächsten Morgen machten sie es noch einmal, frühstückten, fuhren zur Arbeit und nachmittags zog er sie auf das Sofa in seinem Büro und zog ihr die Feinstrumpfhose aus und schlief noch einmal mit ihr.

Sie war wunderschön. Ein schlanker, braun gebrannter Körper, große Brüste, lange Beine. Das unterschied sie von Vivian, die klein und blond und niedlich war. Ansonsten ähnelten sich die beiden auf ganz erstaunliche Weise. Der Sex mit Yasmin war genauso wie mit Vivian. Wenn man einmal davon absah, dass er verboten war.

Yasmin meinte es ernst, genauso ernst wie Vivian, das wurde ihm schnell klar. Nach dem Sex im Büro sah sie ihn nachdenklich an. »Wie geht das jetzt weiter mit uns?«

Er zuckte ratlos mit den Schultern. »Ich weiß es nicht. Ich muss erst mal richtig zu mir kommen. Die ganze Sache hat mich vollkommen überwältigt.«

Drei Sätze. Drei Lügen. Lüge eins: Er wusste ganz genau, wie es weitergehen würde. Er würde sich mit Vivian verloben und mit ihr in die neue Wohnung ziehen und sie heiraten. Und die Sache mit Yasmin so schnell wie möglich beenden. Lüge zwei: Da gab es nichts zu überlegen. Lüge drei: Die Sache hatte ihn nicht überwältigt. Er hatte genau gewusst, was er tat. Allerdings hatte er nicht damit gerechnet, dass Yasmin die ganze Sache vollkommen anders sah als er.

»Woran denkst du?«, fragte Philipp, als sie sich wieder anzogen.

»An nichts«, sagte sie. »Ich kann nicht mehr klar denken. Weil ich so verknallt bin. Wie ein Teenager.«

Verknallt? Das klang nicht gut. Das klang kompliziert. Das gefiel ihm gar nicht.

»Mein letzter Freund war das totale Arschloch«, erklärte sie ihm. »Er hat mich angelogen und betrogen. Ich hab mich zum Schluss gefühlt wie der letzte Dreck. Deshalb hab ich auch so lange gezögert, bis ich mich auf dich eingelassen habe.«

Lange gezögert? Moment mal, dachte Philipp. Yasmin war sofort mit ihm essen gegangen und hatte ihn danach in die Bar eingeladen und war mit ihm nach Hause gekommen.

»Ich merk doch schon seit Wochen, was mit dir los ist«, fuhr Yasmin fort.

»Was ist denn mit mir los?«, fragte Philipp nervös.

»Na, dass deine Beziehung zu Ende ist. Ihr zofft euch doch nur noch.«

Bitte was? Wovon sprach Yasmin? Neulich hatte er sich am Telefon mit Vivian gestritten, das stimmte. Aber so was kam doch in den besten Ehen vor. Die Notlüge mit dem Kundentreffen war natürlich nicht nett gewesen. Aber auch das war doch wohl … verständlich.

Yasmin knöpfte sich die Bluse zu. »So war es bei mir und Jonas auch. Jonas ist mein Ex. Erst haben wir uns ständig gestritten, dann hat er mich betrogen und dann war Schluss. War besser so, auch wenn ich lang gebraucht habe, bis ich es kapiert habe.«

Philipp schwitzte. Er suchte nach Worten. Das mit uns, das war doch nichts Ernstes. Ein kleiner Seitensprung, eine Abwechslung. Nichts, was meine Beziehung mit Vivian gefährden könnte. All das wollte Yasmin nicht hören. Es stimmte ja auch nicht. Dass er mit Yasmin rumgemacht hatte, hatte zwar keine tiefere Bedeutung für Philipp. Aber wenn Vivian davon erfuhr, dann war alles aus. Dann war Schluss. Das würde sie ihm nicht verzeihen.

Er war trotzdem wild entschlossen, reinen Tisch zu machen. Das war seine einzige Chance. Die Sache mit Yasmin so schnell wie möglich zu beenden, Vivian alles zu gestehen und Buße zu tun. Bis sie ihm irgendwann einmal verziehen hatte. Oder auch nicht.

Am nächsten Morgen rief er Yasmin in sein Büro. »Es tut mir leid«, sagte er. »Ich weiß, ich bin ein Arschloch, aber du musst mich verstehen.«

Yasmin musste gar nichts. Sie fiel aus allen Wolken. »Was ist denn los? Kannst du mir das mal erklären?«

»Es wird nichts mit uns beiden, das ist los. Ich liebe meine Freundin, mir ist das leider zu spät klar geworden. Tut mir leid.«

Sie starrte ihn fassungslos an. Öffnete den Mund und klappte ihn wieder zu.

»Du … also … ich halte große Stücke auf dich als Sekretärin. Das weißt du ja. Aber nach allem, was geschehen ist, können wir natürlich nicht mehr zusammenarbeiten.« Er entließ sie. Ohne Angaben von Gründen, sie war ja noch in der Probezeit.

Sie packte direkt ihre Sachen und ging. Er hörte ihre roten Stiefel im Treppenhaus, klackerdiklacker, die Schritte entfernten sich, dann war sie weg.

Er rief Vivian an und verabredete sich für den Abend mit ihr. Danach rannte er eine halbe Stunde im Büro auf und ab, raufte sich die Haare, schwitzte und heulte sogar ein bisschen. Das hatte er nicht mehr getan, seit er zwölf war.

Um fünf Uhr klingelte es an der Tür. Yasmin, dachte er alarmiert. Sie ist noch mal zurückgekommen und will mir eine Szene machen. Es war aber Marcel.

»Was ist denn mit dir los?«, fragte er besorgt, als er Philipps bleiches Gesicht sah. »Bist du krank?«

»Ja.« Philipp ließ sich auf seinen Stuhl fallen und schloss die Augen.

»Fieber?« Marcel legte eine Hand auf die Stirn. »Fühlt sich eigentlich nicht so an. Aber du siehst total schlecht aus.«

»Danke.«

»Nee, im Ernst. Soll ich dich zum Arzt bringen?«

»Ein Arzt kann mir nicht helfen«, sagte Philipp. »Aber du vielleicht.«

»Hä? Hör mal, wenn dir schlecht ist, dann fahr ich dich lieber in die Notaufnahme …«

»Quatsch. Setz dich.«

Marcel setzte sich. Philipp sprang wieder auf. »Ich brauche deinen Rat.«

Marcel schwieg.

»Ich … es geht um folgende Sache. Also, was würdest du tun, wenn du …« Er rannte zur Tür und wieder zurück.

»Wenn du was?«, fragte Marcel. »Hast du Krebs? Oder Aids?«

»Unsinn.« Diese Unterhaltung war ebenfalls Unsinn. Marcel würde ihm nicht helfen können. Niemand konnte das. Aber jetzt hatte Philipp das Gespräch angefangen, jetzt musste er es auch zu Ende bringen.

»Es ist wegen Vivian. Ich hab … Scheiße gebaut und nun weiß ich nicht, ob ich es ihr sagen soll.«

»Kommt drauf an, wie wichtig dir die andere ist«, sagte Marcel.

»Es ist vorbei. Es war blöd. Unwichtig.«

»Dann behalt es für dich.«

»Vivian bedeutet mir alles. Ich muss doch ehrlich zu ihr sein.«

»Warum? Wenn du ihr die Wahrheit sagst, tust du ihr weh. Vielleicht verlässt sie dich deswegen. Obwohl es vorbei ist. Obwohl es unwichtig war. Willst du das?«

Nein, das wollte Philipp nicht. Marcel hatte Recht. Es war dumm, es war kompletter Blödsinn, die ganze Beziehung aufs Spiel zu setzen wegen einem einzigen Fick. Na gut, drei. Das konnte er Vivian nicht antun. Das wollte er sich selbst nicht antun. Es war das Beste, nichts zu sagen. Und auch das Einfachste.

»Sonst noch was?«, fragte Marcel.

»Reicht das nicht? Danke, Marcel, du hast mir sehr geholfen.«

»Bitte, gerne. Stets zu Diensten.« Marcel grinste. »Lass es beim nächsten Mal«, sagte er dann, plötzlich wieder ernst. »Das ist es nicht wert. Wirklich nicht.«

Philipp nickte. So weit war er inzwischen auch.

»Dann wäre das geklärt«, sagte Marcel.

Philipp hatte Yasmin seitdem nicht mehr wiedergesehen. Oder doch, einmal war er ihr im Supermarkt begegnet, an der Gemüsetheke. Er bemerkte sie, bevor sie ihn sah, jedenfalls hoffte er, dass sie ihn noch nicht entdeckt hatte, und zog sich hastig zurück. Über die Schreibwarenabteilung an den Kassen vorbei nach draußen. Danach war er nie mehr in diesen Supermarkt gegangen.

Angerufen hatte sie ihn jedoch mehrmals. Vorzugsweise nachts. Sein Telefon hatte geklingelt, er war drangegangen, aber niemand meldete sich. Ein leises Atmen, das war alles, was er hörte.

»Yasmin? Verdammt, sag was, wenn du da bist!«

Keine Antwort. Irgendwann legte er auf.

Ein paar Nächte später rief sie wieder an. Vivian hatte zum Glück einen tiefen Schlaf. Meistens wachte sie nicht mal auf, wenn das Telefon klingelte. »Falsch verbunden«, sagte er, wenn sie es doch einmal mitbekam.

»Das passiert aber oft bei dir«, meinte sie.

Er überlegte, ob er eine Fangschaltung installieren sollte. Aber so wie er Yasmin kannte, rief sie von unterschiedlichen Anschlüssen aus an, damit er sie gar nicht erst zurückverfolgen konnte. Also beschloss er, sie einfach zu ignorieren. Irgendwann würde es ihr zu dumm werden. Dann hätte er Ruhe.

Ab da nahm er den Hörer nicht mehr ab, wenn die Rufnummer unterdrückt war. Und wechselte die Mobilfunknummer und stellte nachts das Telefon ab.

»Alles okay bei dir?«, fragte Marcel, als er ihm seine neue Telefonnummer gab.

»Klar«, meinte Philipp. »Ich wollte nur aus dem alten Vertrag raus.«

Marcel nickte. Yasmin erwähnten sie beide nicht mehr.

Inzwischen ging er wieder ganz normal ans Telefon. Yasmin rief ihn nicht mehr an. Er hatte Frau Klopp eingestellt, die vernünftiges Schuhwerk und eine pflegeleichte Kurzhaarfrisur trug. Sein Leben hatte sich wieder eingependelt, dennoch hatte er die ganze Zeit das Gefühl, dass Yasmin ihn beobachtete. Dass sie nur darauf lauerte zuzuschlagen.

Und dann war es so weit. Ausgerechnet an dem Abend, an dem er Vivian den Heiratsantrag hatte machen wollen. Das war doch kein Zufall, das konnte doch kein Zufall sein!

Philipp lief in großen Schritten durch den Englischen Garten, obwohl es elf Uhr vormittags war und auf seinem Schreibtisch ein Berg von Arbeit auf ihn wartete. Aber er hatte es im Büro nicht mehr ausgehalten. Der Raum war zu klein für seine Sorgen, er musste nach draußen. Hier im Park war es allerdings auch nicht besser. Es war der erste sonnige Tag seit Wochen, der Englische Garten war voller Studenten, Mütter, Kindergruppen. Sie joggten, walkten und radelten über die Wege, sie schoben Kinderwagen oder lagen reglos auf ihren Handtüchern und Liegestühlen in der Sonne.

Philipp dachte an Yasmins ebenmäßig braune Beine. Vielleicht war sie ja auch hier. Vielleicht badete sie ganz in der Nähe in der Sonne und dachte sich dabei den nächsten Anschlag auf sein Leben aus. Vielleicht hört sie mein Telefon ab, dachte Philipp. Blödsinn. Wie denn? Nach der Kündigung hatte Yasmin ihre Sachen gepackt und das Büro verlassen und war nicht mehr wiedergekommen.

Wirklich? Ihren Büroschlüssel hatte er jedenfalls erst zwei Tage später im Briefkasten gefunden. Zeit genug, um einen Nachschlüssel machen zu lassen.

»Ich muss die Schlösser austauschen«, murmelte Philipp so laut, dass sich der Jogger, der ihn gerade überholt hatte, überrascht zu ihm umdrehte.

Er schauderte. Vielleicht hatte Yasmin auch seinen Computer gehackt und manipulierte seine Webcam. Und las seine E-Mails und wusste, was er tat, und kannte seine Gedanken. Sie würde nicht eher aufgeben, bis sie seine Beziehung zu Vivian zerstört hatte.

Ich muss das alles sofort überprüfen, dachte Philipp. Er beschleunigte seine Schritte, er rannte jetzt fast. Er wollte zurück ins Büro und sein Leben wieder in den Griff bekommen. Aber dann blieb er abrupt stehen. Das wollte sie doch nur erreichen. Dass er in Panik geriet, dass er Angst bekam.

Ruhig, ermahnte sich Philipp. Denk nach. Welche Möglichkeiten hast du? Er konnte reinen Tisch machen und auspacken. Dann würde Vivian ausrasten und ihn verlassen. Er konnte darauf warten, dass Yasmin das für ihn übernahm. Auch dann wäre Vivian weg. Zwei Alternativen mit dem gleichen Ergebnis. Es wäre aus.

Als er zurück ins Büro kam, summte sein Schädel. Aber er hatte einen Entschluss gefasst: Er würde nicht nach Yasmins Pfeife tanzen. Er würde das Spiel beenden. Die Karten aufdecken. Wenn Vivian alles wusste, hatte Yasmin gewonnen. Aber auch verloren. Denn mit der Enthüllung verlor sie ihre Macht über Philipp. Und dann? Nichts dann. Er wollte nicht an Vivians Tränen, ihre Vorwürfe, ihre Verzweiflung denken. Seine jetzige Situation war unerträglich. Daraus musste er sich befreien. Alles Weitere würde sich zeigen.

Das Klingeln des Telefons riss ihn aus seinen Gedanken.

»Hallo?«

»Hier ist Vivian. Geht es dir besser?«

»Besser?« Ach, richtig, die Kopfschmerzen. Angeblich hatte er ja gestern Migräne gehabt. »Viel besser. Tut mir leid, dass ich dich versetzt habe.«

»Marcel hat dich doch vertreten. Es war ein netter Abend.«

»Na, dann ist es ja gut. Was machst du gerade?«

»Lernen.«

»Ich würd dich gerne sehen.«

»Jetzt? Das geht nicht. Ich schreib morgen eine Klausur.«

»Es ist wichtig.«

»Worum geht's denn?«

»Nicht am Telefon. Wir müssen uns treffen. Wirklich, Vivian.«

»Huch, du machst mir ja richtig Angst. Ist was passiert?«

»Kannst du ins *Capriccio* kommen? In einer halben Stunde?«

Ein kurzes Zögern. »Klar«, meinte sie dann.

Der erste Schritt in Richtung Abgrund war getan. Philipp stand auf und trat in den Flur. »Ich muss noch einmal weg«, teilte er Frau Klopp mit.

»Schon wieder?« Seine Sekretärin musterte ihn erstaunt. »Ich wollte gerade zu Ihnen. Das Büro von Dr. Campbell-Schildknecht hat sich gemeldet, mit der Bitte um Rückruf. Und Herr Diesler hat schon dreimal versucht Sie zu erreichen. Aber Sie hatten Ihr Handy ausgeschaltet.«

Herr Diesler war Marcel. »Was wollte er denn?«

Frau Klopp zuckte mit den Schultern. »Das hat er mir nicht verraten. Aber es sei dringend.«

Die Wohnung. Wahrscheinlich war eine neue Katastrophe passiert. Aber das brauchte Philipp jetzt nicht mehr zu kümmern, erkannte er plötzlich. Wenn Vivian alles erfuhr, würde sie sich von ihm trennen, würden sie niemals heiraten. Dann brauchte er auch die Wohnung nicht mehr. Ich wäre … frei, dachte er mit einer Erleichterung, die ihn überraschte und erschreckte.

»Ich rufe ihn von unterwegs aus an. Um Dr. Campbell-Schildknecht kümmern Sie sich bitte. Sagen Sie ihm, ich melde mich morgen. Mir geht es nicht gut.«

»Das tut mir leid. Gute Besserung.«

Er nickte kurz und verließ das Büro.

Vivian trug das hellblaue Kleid mit dem runden Ausschnitt und dem weiten Rock, das er so liebte. Ein breites weißes Band hielt ihr blondes Haar zurück. Sie sah so hübsch aus, so jung und unschuldig und verletzlich.

»Da bist du ja endlich.«

Er küsste sie. Vielleicht war es das letzte Mal.

»So, jetzt erzähl! Ich bin ganz nervös. Was ist geschehen?«

Dieses Lächeln. Ein bisschen ängstlich, aber auch neugierig. Nie wieder würde sie ihn so anstrahlen. *Ich habe dich mit meiner Sekretärin betrogen.* Sieben Worte. Ein Schlussstrich.

»Hast du schon was bestellt?«

»Tee. Und was trinkst du?«

»Ein Wasser.« Sein Mund war auf einmal furchtbar trocken. Er winkte der Kellnerin, die ihn ignorierte. Egal.

Vivian verschränkte die Arme vor der Brust und sah ihn erwartungsvoll an.

Philipp räusperte sich. Dann klingelte sein Handy. Marcel. Im

Auto hatte Philipp schon versucht ihn anzurufen, aber nur die Mailbox erreicht.

»Entschuldigung.«

Vivian seufzte.

»Hallo?«

»Na endlich. Wo um alles in der Welt steckst du?«

»Im Café. Ich … treffe mich gerade mit Vivian.«

»Oh. Das tut mir leid.«

»Was gibt's denn, Marcel?«, fragte Philipp ungeduldig.

»Hier ist was passiert. Du musst sofort herkommen.«

Die Oberstudienrätin, die im vierten Stock wohnte, hatte Alarm geschlagen, als sie die nassen Flecken an ihrer Decke bemerkt hatte. Kurz danach war das Wasser auch schon an ihren Wänden heruntergelaufen. »Unten bei Schlucks ist auch schon alles nass«, verkündete sie aufgeregt, als Philipp und Vivian an ihrer Wohnung vorbeihasteten.

»Ich komme nachher noch zu Ihnen«, versprach Philipp.

»Wie konnte denn so etwas passieren?«, rief sie ihm nach.

»Wenn ich das mal wüsste«, sagte Marcel, als Philipp ihm kurz danach die gleiche Frage stellte. Nachdem die Frau ihn angerufen hatte, war er sofort in die Wohnung gefahren. Inzwischen hatte der Hausmeister die Tür aufgeschlossen und den Wasserhahn im Bad zugedreht. Das Wasser hatte zuerst das verstopfte Waschbecken und dann die ganze Wohnung überschwemmt.

»Hat einer der Arbeiter Mist gebaut?«, fragte Philipp.

Marcel schaufelte das Wasser mit einem Kehrblech vom Boden in einen Eimer. »Der Wasserhahn war bis zum Anschlag aufgedreht.«

»So was übersieht man doch nicht einfach.« Auch Vivian hatte sich einen Eimer geschnappt und wrang jetzt ihren Putzlappen darüber aus. »Das sieht doch ganz danach aus, als ob jemand die Wohnung absichtlich unter Wasser gesetzt hat.«

Yasmin, dachte Philipp. Jetzt ist sie vollkommen ausgerastet.

»Wer war denn gestern zuletzt hier?«, fragte er Marcel.

»Ich«, sagte Marcel. »Hab dem neuen Elektriker die Wohnung gezeigt und alles besprochen. Dann hab ich abgeschlossen. Als ich ging, war der Hahn abgedreht. Dafür gibt es allerdings keine Zeugen.«

»Hm.«

»Die Nachbarn waren alle schon hier oben«, sagte Marcel. »Die sind natürlich supersauer, kann man sich ja vorstellen. Ich meine, die waren ja schon vorher nicht gut auf dich zu sprechen.«

»Hast du ihnen nicht erklärt, dass ich nichts dafürkann?«

»Doch, natürlich. Aber ob sie mir das abnehmen, ist eine andere Frage.«

»Und jetzt? Was passiert denn nun?«

»Erst mal muss das Wasser hier raus. Das meiste ist allerdings schon im Estrich versickert. Das Parkett kannst du vergessen, das muss jetzt auf jeden Fall raus. Der Boden und die Wände müssen professionell getrocknet werden, bevor die Handwerker weitermachen können. Bei den Nachbarn unten sieht es wahrscheinlich nicht anders aus.«

»Und wer kommt für den Schaden auf?«, fragte Vivian erschrocken.

Marcel zuckte mit den Schultern. »Ich weiß es noch nicht, ehrlich gesagt. Wenn es einer der Handwerker gewesen wäre, müsste die Haftpflicht einspringen. Aber wie gesagt, ich kann mir nicht vorstellen, dass die was damit zu tun haben.«

»Wer soll es denn sonst gewesen sein? Die Wohnungstür war doch nicht aufgebrochen, oder?«

»Nein, sie war sogar abgeschlossen, sagt der Hausmeister.«

»Na, dann wissen wir doch schon mal, dass der Übeltäter einen Schlüssel haben muss.«

»Aber inzwischen sind mindestens fünf Schlüssel im Umlauf. Alle möglichen Leute könnten sich Kopien angefertigt haben«, gab Marcel zu bedenken.

»Dieser Elektriker, von dem du gestern erzählt hast«, sagte Vivian. »Der hier so einen Scheiß fabriziert hat, dass du ihn feuern wolltest, könnte der nicht was mit der Überschwemmung zu tun haben? Rache oder so.«

»Ich hab ja noch gar nicht mit ihm gesprochen«, entgegnete Marcel. »Außerdem wird er ganz normal bezahlt. Er hat überhaupt keinen Grund, sich zu rächen.«

»Wenn die Versicherung den Schaden nicht übernimmt, bin ich erledigt«, murmelte Philipp. »Die Wohnung ist vollkommen ruiniert. Und die anderen Wohnungen müssen ebenfalls komplett renoviert werden.«

»Nun warte doch erst mal ab«, sagte Marcel. »Wir finden schon eine Lösung.«

Nachdem sie den letzten Rest Wasser vom Parkett gewischt hatten, verabschiedete sich Vivian. »Sorry, aber ich muss wirklich«, sagte sie. »Die Klausur. Wenn ich nicht noch ein bisschen lerne, rassele ich da morgen durch.«

»Klar«, sagte Philipp müde. »Vielen Dank für deine Hilfe.«

»Jetzt haben wir gar nicht miteinander gesprochen«, meinte Vivian. »Was wolltest du mir denn vorhin eigentlich sagen?«

»Ach. Das ist jetzt nicht mehr wichtig«, sagte Philipp.

Sie stellte sich auf die Zehenspitzen und küsste ihn. »Mach dir nicht zu viele Sorgen. Marcel hat Recht, wir finden schon eine Lösung. Wenn alle Stricke reißen, hilft uns bestimmt mein Vater.«

Nicht wenn er erfährt, warum das alles passiert ist, dachte Philipp.

»So, nun aber mal Klartext«, sagte Marcel, als Vivian weg war. »Was geht hier eigentlich ab?«

Philipp ließ sich auf einen Klappstuhl fallen. Marcel zog sich ebenfalls einen Stuhl heran und setzte sich.

»Scheiße, alles Scheiße«, sagte Philipp.

Marcel nickte. »Kann man so sagen.«

»Ich hab dir doch von Yasmin erzählt.«

»Von deinem Seitensprung.«

Seitensprung. Das klang so lustig und harmlos.

»Ich glaube, dass sie dahintersteckt.«

»Wie kommst du denn darauf?«

»Sie hat mir gestern diese SMS geschickt.« Er zog sein Handy aus der Tasche, rief die Nachricht auf und zeigte sie Marcel.

»Was vergangen ist, ist nicht vergessen«, las Marcel halblaut. »Es kommt wieder. Es holt dich ein. Am 2. Juli wirst du dafür bezahlen.« Er blickte auf. »Was ist denn am 2. Juli?«

»Keine Ahnung. Frag Yasmin. Sie ist verrückt. Nachdem ich sie entlassen habe, hat sie mich wochenlang am Telefon terrorisiert. Und jetzt das. Irgendwie muss sie mitbekommen haben, dass ich mich mit Vivian verloben wollte. Ich meine, will.«

»Bist du wirklich sicher, dass sie das war?« Marcels Blick wanderte ratlos durch die verwüstete Wohnung. »Wenn das stimmt, dann gehört sie in eine geschlossene Anstalt.«

»Fällt dir irgendeine andere halbwegs logische Erklärung für das alles ein? Also, ich finde keine.«

Marcel stützte die Ellenbogen auf die Knie und legte das Kinn in die Hände. »Was hast du jetzt vor? Willst du zur Polizei?«

»Was wollen die denn unternehmen? Ich kann ihr doch nichts nachweisen.«

Marcel nickte. Er tastete nach seinen Zigaretten, aber als er die Packung aus der Hemdtasche zog, war sie leer. Frustriert knüllte er sie zusammen und warf sie auf den nassen Boden. »Du musst mit ihr reden«, erklärte er dann.

»So weit war ich auch schon. Deswegen haben Vivian und ich uns ja getroffen. Aber bevor ich ihr irgendwas beichten konnte, hast du mich angerufen.«

»Ich meinte doch nicht Vivian«, sagte Marcel. »Sondern Yasmin.«

»Yasmin? Was soll das denn bringen? Sie ist irre, da gibt es nichts zu diskutieren.«

»Vielleicht kannst du sie ja zur Vernunft bringen. Du scheinst ihr ja eine ganze Menge zu bedeuten. Und wenn das nicht klappt, musst du sie provozieren. So lange, bis sie alles zugibt. Und dann zeigst du sie an.«

»Als ob das so einfach wäre! Selbst wenn sie mir gegenüber einknicken würde, kann sie hinterher doch alles widerrufen.«

»Nicht, wenn du einen Zeugen dabeihast«, sagte Marcel.

Dad legt meinen Bauch auf seine Arme.

Das Wasser trägt dich, sagt er, auch wenn ich meine Hände wegnehme. Du gehst nicht unter.

Nimm sie nicht weg!, schreie ich und schlucke Wasser.

Alle anderen in meiner Klasse können schwimmen, nur ich nicht. Frau Heimann hat gesagt, dass ich mal einen Schwimmkurs machen soll, aber Dad sagt, das ist nicht nötig. Wenn das Wetter gut ist, bring ich es dir am Wochenende bei.

Jetzt ist Wochenende, wir sind im Wasser, Dad und ich. Ich liege auf Dads Händen und Mama liegt am Ufer auf der Decke. Aber ich kann immer noch nicht schwimmen. Ich huste, weil ich Wasser geschluckt habe.

Dad wartet, bis ich fertig gehustet habe. Ich habe Angst, dass er nun wütend wird, so wie Papa immer wütend geworden ist, wenn ich aufgegeben habe. Man muss sich ja auch mal irgendwo durchbeißen. Aber Dad wird nicht wütend. Wir gehen noch mal dorthin zurück, wo wir stehen können, sagt er. Und dann stellt er sich ein Stück von mir weg und sagt: Spring!

Das geht nicht, das ist zu weit, sage ich und er sagt: Versuch's!

Also, spring ich im Wasser, so weit ich kann, und rudere mit den Armen, bis ich bei ihm bin.

Toll!, sagt er. So geht Schwimmen. Nur ein bisschen länger.

Und dann geht er ein bisschen weiter weg und ich springe wieder und rudere und paddle mit den Armen, und ein bisschen bin ich auch mit den Zehenspitzen am Boden, aber nur ein bisschen, und dann bin ich bei ihm. Und so geht es den ganzen Morgen und den Nachmittag, und dann kann ich schwimmen und weiß gar nicht mehr, warum ich es vorher nicht konnte.

Ich bin so stolz auf dich!, sagt Dad und Mama ist auch stolz auf mich. Mein großer Junge!, sagt sie und guckt Dad an und dann fängt sie an zu weinen.

Nicht weinen!, sagt Dad. Ist doch alles gut, meine Blume.

Ist doch alles bestens, meine Blume, sage ich und da lacht Mama wieder.

7

Moritz hatte einen Tiefschlag bekommen und war zu Boden gegangen. Da lag er nun und kam nicht mehr hoch. Seit der Abiturprüfung verließ er kaum noch sein Zimmer. Und keiner wusste genau, was er den ganzen Tag machte. Vielleicht surfte er im Internet oder starrte an die Wand. Jedenfalls drang kein Geräusch aus dem Raum.

»Mir geht es gut«, sagte er, wenn man ihn fragte, was denn los sei. »Macht euch keine Gedanken.« Aber natürlich beunruhigte das seine Eltern nur noch mehr.

»Er ist total deprimiert, weil er sein Abitur vermasselt hat«, hörte Sophia ihre Mutter am Telefon sagen.

Vermasselt. Moritz hatte einen Schnitt von 1,9 auf dem Abizeugnis, von so etwas konnte Sophia nur träumen. Lächerlich, dachte sie.

»Ich weiß gar nicht, was das ganze Theater soll!«, erklärte sie ihren Eltern beim Abendessen, Moritz fehlte mal wieder. »Nach ein oder zwei Wartesemestern ist sein Schnitt doch vollkommen okay. Warum macht er in der Zwischenzeit nicht einfach eine Ausbildung zum Krankenpfleger? Oder ein soziales Jahr im Altersheim oder in den Slums von Kalkutta? Wär doch eine gute Vorbereitung auf das Studium.«

»Er wollte es eben so schaffen«, seufzte ihre Mutter. »Moritz ist Rückschläge nicht gewöhnt.«

»Der arme Kerl«, spottete Sophia. »Na, da kann ich ja froh sein, dass ich so rückschlagserfahren bin.«

Ihr Vater wollte etwas entgegnen, aber dann unterbrach er sich, weil die Tür aufging. Moritz stand plötzlich im Raum, bleich wie ein Gespenst. Dunkle Schatten lagen unter seinen Augen. Er starrte seine Familie an, aber Sophia hatte das Gefühl, dass er durch alle hindurchblickte. Wie neulich, als sie ihn unten auf der Straße gesehen hatte.

»Moritz!« Frau Rothe sprang auf und eilte auf ihren Sohn zu wie auf einen Schwerkranken, den man stützen muss. »Geht es dir besser?«

Er schüttelte unwillig den Kopf. »Hier. Das kam heute Morgen für mich an.« Er legte ein Blatt vor seinen Vater auf den Tisch.

»Die Uni Heidelberg. Deine TMS-Ergebnisse liegen vor.« Herr Rothe blickte überrascht zu seinem Sohn auf. Moritz hatte im April an dem Test für medizinische Studiengänge teilgenommen, der die Aussichten auf einen Studienplatz erheblich verbessern konnte, wenn man ihn erfolgreich bestand.

»Und? Hast du sie schon abgerufen?«

Moritz nickte. Dann kniff er sich mit Daumen und Zeigefinger in die Nasenwurzel und schloss gleichzeitig die Augen.

»Nicht gut«, flüsterte Frau Rothe.

»Überdurchschnittlich«, sagte Moritz. »Ich hab einen Testwert von 130.«

»Klär mich mal auf«, sagte sein Vater. »Was ergibt das für eine Note?«

»Eins Komma null oder so«, sagte Moritz.

Sophia unterdrückte ein lautes Stöhnen. Am liebsten wäre sie aufgestanden und hätte das Zimmer verlassen. *Eins Komma null oder so.* Wie er das sagte. Als ob das eine Selbstverständlichkeit und die unwichtigste Sache der Welt wäre.

»Ist doch super!«, sagte sie stattdessen laut. »Herzlichen Glückwunsch, du hast es geschafft!« Ihre Stimme klang nicht nett. Viel zu schneidend.

»Ob Moritz es wirklich geschafft hat, wissen wir erst, wenn er die Zusage bekommt«, sagte ihr Vater ruhig, als ob er ihren spöttischen Ton nicht gehört hätte. »Aber es vergrößert seine Chancen natürlich enorm. Ich freu mich sehr.«

»Ich freu mich auch, Moritz«, sagte Frau Rothe. »Hoffentlich schaust du jetzt wieder ein bisschen zuversichtlicher in die Zukunft. Es war ja schlimm, wie niedergeschlagen du in letzter Zeit warst.«

Moritz nahm das Schreiben der medizinischen Hochschule wieder vom Tisch und starrte darauf, als sähe er es zum ersten Mal.

»Alles in Ordnung, Moritz?«, fragte sein Vater. »Irgendwas stimmt doch nicht mit dir.«

Jetzt zerknüllte Moritz das Blatt langsam zu einer Papierkugel.

»Ich mach das nicht«, sagte er langsam.

»Du machst was nicht?« Seine Mutter fiel fast vom Stuhl.

»Ich will nicht mehr Medizin studieren. Das ist nicht der richtige Beruf für mich.«

»Wie kommst du denn auf so was?«, fragte Herr Rothe entgeistert. »Du bist dir doch seit Jahren sicher, dass du Arzt werden willst.«

»Jetzt bin ich mir eben sicher, dass es verkehrt ist.«

»Aber woher willst du das wissen? Du hast doch noch nicht einmal damit angefangen. Ich hatte ja während des Studiums auch oft Zweifel, aber wenn man es einmal geschafft hat, ist es einfach ein toller Beruf …«

»Gib dir keine Mühe, Papa«, sagte Moritz. »Es hat keinen Sinn. Du kannst mich nicht überreden.«

»Ich will dich nicht überreden!«, rief Herr Rothe empört. »Was unterstellst du mir denn da? Hab ich dich jemals dazu gedrängt, Medizin zu studieren? Es war von Anfang an deine eigene Entscheidung. Ich habe mich darüber gefreut, das gebe ich offen zu, und ich würde gerne verstehen, warum du deine Meinung plötzlich geändert hast.«

»Mir ist eben klar geworden, dass ich das nicht packe.«

»Dass du was nicht packst? Das Studium? Oder die Arbeit als Arzt?«

»Alles.«

Herrn Rothe fehlten die Worte. »Vielleicht hast du einfach zu viel um die Ohren gehabt, in letzter Zeit«, meinte er dann. »Die Schule, der viele Sport, deine sonstigen Aktivitäten – warum nimmst du dir nicht einfach mal eine Auszeit und machst eine schöne Reise? Fahr mit ein paar Freunden ans Meer oder in die Sonne.«

Moritz zuckte mit den Schultern. »Mir ist jetzt nicht nach Urlaub. Ich werd erst mal ein bisschen jobben. Und nachdenken.«

»Jobben?«, fragte Frau Rothe befremdet. »Was willst du denn machen?«

»Kellnern. Ein Freund von mir hat mir den Job vermittelt. Eine Pizzeria in der Altstadt. Morgen fang ich an.«

»Wenn das dein Wunsch ist …«, sagte sein Vater diplomatisch. »Das Medizinstudium läuft dir ja nicht weg. Ich meine, falls du dich irgendwann doch noch dazu entscheiden solltest«, fügte er dann hastig hinzu.

Moritz nickte geistesabwesend. Dann knüllte er das Schreiben noch fester zusammen und warf die Papierkugel in Richtung Abfalleimer, der neben der Tür stand. Sie prallte am Rand ab und landete direkt daneben.

Ob Felix eine Ahnung hatte, was mit Moritz los war? Warum er sich so verändert hatte? Wenn Sophia seine Telefonnummer gehabt hätte, hätte sie ihn angerufen und gefragt. Ich mach mir Sorgen um meinen Bruder, hätte sie gesagt. Du kennst ihn doch so gut, kannst du ihm nicht helfen? Das war schamlos, weil Moritz sie in Wirklichkeit ja gar nicht interessierte.

Felix interessierte sie. Seit er vor zwei Wochen plötzlich vor der Tür gestanden hatte, dachte sie Tag und Nacht an ihn. Wenn es klingelte, begann ihr Herz zu rasen. Aber es war immer nur der Postbote oder ein Vertreter oder eine Freundin ihrer Mutter. Felix hatte sich nicht mehr bei ihr gemeldet.

Vielleicht hatte ihn das Gespräch gelangweilt oder das Chaos in ihrem Zimmer hatte ihn abgestoßen. Vielleicht hatte er sich mit Moritz gestritten und ließ sich deshalb nicht mehr blicken. Vielleicht war er weggezogen.

Jungs mögen es nicht, wenn ein Mädchen zu sehr rangeht, hatte Emily Sophia einmal erklärt. Auch wenn sie alle immer das Gegenteil behaupten. In Wirklichkeit ist es heute immer noch genau wie damals in den Neandertaler-Höhlen: Die Frau muss abwarten, bis der Mann den ersten Schritt tut. Sonst kriegt der Mann Angst und läuft weg. Aber was, wenn der Mann gar nicht daran dachte, den ersten Schritt zu machen, sondern sich einfach abwandte? Dann vergiss ihn, hörte Sophia Emily sagen. Gibt auch noch andere schöne Männer auf dieser Welt.

Sophia ließ sich auf ihr Bett fallen und schloss die Augen. Sie stellte sich vor, dass Felix den ersten Schritt getan hätte und den zweiten gleich hinterher und dass er sie zu einem Urlaub auf eine Südseeinsel eingeladen hätte. Und nun lebten sie in einer Palmhütte am Strand, für ein paar Wochen oder Monate oder den Rest ihres Lebens. Sie schwammen im Meer, angelten und brieten die Fische über dem offenen Feuer und fütterten sich gegenseitig damit und tranken Kokosnussmilch dazu, obwohl Sophia Fisch eigentlich ebenso verabscheute wie Kokosnüsse. Sie küssten sich bei Sonnenuntergang. Und bei Sonnenaufgang. Und überhaupt immer.

Sophia seufzte. Ihr Computer machte leise Pling! Eine Mail war eingegangen. Felix, dachte Sophia. Sie fuhr in die Höhe, so schnell, dass ihr Gehirn nicht mitkam und ihr schwindlig wurde. Warum sollte er mir schreiben?, dachte sie. Er hat mir noch nie geschrieben. Aber das überzeugte ihren Körper nicht, der vor Aufregung zitterte, als sie zum Schreibtisch ging und die Nachricht aufrief.

Kein Absender. Aber ein Betreff: 2. Juli. Eine neue Mail von Sarah Volker. Die Nachricht lautete: *Ich sehe dich. Vergiss mich nicht.*

Du blöde Kuh!, dachte Sophia wütend. Was willst du eigentlich von mir? Warum beschwerst du dich erst jetzt? Warum hast du dich damals nicht gewehrt? Hast den Schwanz eingezogen und die Schule gewechselt, und nun, über ein Jahr später, beklagst du dich bei mir. Ausgerechnet bei mir! Aber Emily hast du nicht geschrieben, das hast du dich dann doch nicht getraut.

Ich rufe sie an, dachte Sophia. Und wunderte sich, dass sie nicht schon früher auf diese Idee gekommen war. Im Online-Telefonbuch fand sie siebzehn Einträge zu »Volker«, aber nur einer der Teilnehmer wohnte in der Nordstraße. Ihre Finger zitterten vor Wut, als sie die Nummer wählte. Na warte!, dachte sie.

»Volker.« Eine Frauenstimme.

»Sarah?«, fragte Sophia. »Bist du das?«

Kurzes Schweigen am anderen Ende. »Wer spricht denn da?«

»Sophia Rothe.«

Längeres Schweigen.

»Wir waren zusammen in einer Klasse. Auf dem Heinrich-Heine«, sagte Sophia. Wenn es überhaupt Sarah war, mit der sie redete und nicht ihre Mutter oder ihre Schwester.

»Ich weiß«, sagte Sarah. »Was willst du?«

»Das weißt du doch auch«, meinte Sophia.

»Bitte?«

»Du schickst mir doch diese Mails. *Ich sehe dich. Vergiss mich nicht.* Und diese andere Nachricht vor ein paar Wochen.«

»Spinnst du?«, fragte Sarah befremdet. »Warum sollte ich dir eine Mail schreiben? Ich kann mich kaum an dich erinnern.«

»Ach komm, Sarah! Tu doch nicht so! Wir waren total fies zu dir damals. Ich schäm mich richtig dafür, dass ich da mitgemacht habe. Diese Facebook-Aktion, das war einfach nur geschmacklos.«

»Das war doch Emily«, sagte Sarah. »Und Luzie Wanders. Und Marie und Emma. Die haben sich das ausgedacht.«

»Und ich. Ich war auch dabei.«

»Du!«, sagte Sarah verächtlich. »Du warst auch ein Opfer. Dich haben sie doch nicht ernst genommen.«

»Ich hab die Fotos bearbeitet«, sagte Sophia. Es klang nicht wie ein Geständnis, sondern wie eine Rechtfertigung. Dabei wusste sie ganz genau, dass Sarah Recht hatte. Emily und die anderen hatten sie nie richtig zur Kenntnis genommen. Sie hatten sie nur benutzt und dann fallen gelassen.

»Echt? Du warst das?«, fragt Sarah gleichgültig. »Na, dann vielen Dank!«

»Entschuldigung«, flüsterte Sophia.

»Nee. Im Ernst. Danke. Das mit den Fotos hat mir den Rest gegeben. Das war der letzte Tritt in den Arsch, danach reichte es. Danach bin ich gegangen. Und jetzt geht's mir gut. An meiner neuen Schule bin ich Stufensprecherin, kannst du dir das vorstellen?«

Nein, das konnte Sophia nicht. Pickelsarah in der Schülervertretung. Aber vielleicht hatte sie ja jetzt keine Pickel mehr.

»Ich hab dir nicht geschrieben. Echt nicht. Wahrscheinlich waren es die anderen. Weil du jetzt an der Reihe bist. Wer weiß, was sie vorhaben. Ich trau denen alles zu. Im Ernst, Sophia, du solltest auch abhauen. Die werden dich nie akzeptieren, nie. Egal wie sehr du dich erniedrigst.«

Dann legte Sarah auf und seufzte zufrieden, davon war Sophia überzeugt, auch wenn sie es natürlich nicht mehr hören konnte. Sarah hatte ja auch allen Grund, froh und erleichtert zu sein. Weil alles Weitere nicht mehr ihre Angelegenheit war, sondern einzig und allein Sophias Problem.

Wer immer die Mail geschrieben hatte, es war nicht Sarah. Und von Emily kam sie auch nicht, jedenfalls konnte Sophia sich keinen Grund denken, weshalb Emily so etwas tun sollte. Wer dann?, dachte Sophia. Wer beobachtet mich und warum?

Ich sehe dich. Vergiss mich nicht. Und dann dieser seltsame Hinweis auf den 2. Juli. Heute war der 4. Juni – es war weniger als ein Monat bis zu dem angegebenen Datum.

»Was passiert am 2. Juli?«, flüsterte Sophia. Sie trat ans Fenster und blickte nach draußen. Auf der anderen Straßenseite stand ein Mann und tippte etwas in sein Smartphone. Das ist er, dachte Sophia. Und musste sich am Fensterbrett festhalten, weil ihr plötzlich wieder total schwindlig war. Aber dann steckte der Mann sein Telefon ein und ging einfach weiter. Fehlanzeige. Oder auch nicht. Vielleicht hatte der Typ sie nur bemerkt und war deshalb weggegangen. Jeder da draußen konnte die Mail geschrieben haben.

»Ich muss zur Polizei«, murmelte Sophia. »Cybermobbing ist ein schweres Verbrechen«, hatte ihre Klassenlehrerin mit düsterer Stimme erklärt, als die Sache mit Sarah damals ans Licht gekommen war. Aber mich mobbt ja keiner, dachte Sophia. Mich bedroht man. Wenn ich zur Polizei gehe, kommt alles ans Licht, was ich damals getan habe, dachte Sophia. Aber dann wurde ihr plötzlich klar, dass sie gar nichts mehr zu verbergen hatte. Hatte sich Sarah nicht soeben bei ihr dafür bedankt, dass sie die Fotos manipuliert hatte?

Wie erstattete man eigentlich Anzeige? Sollte sie bei der Polizei anrufen oder einfach auf die Wache marschieren? Sophia schüttelte den Kopf. Sie würde zuerst einmal mit ihren Eltern reden.

»Wieso kommst du erst jetzt damit an?«, fragte Herr Rothe entgeistert, als Sophia ihm die Ausdrucke der beiden Mails auf den Schreibtisch legte. »Wann hast du die erste Nachricht bekommen?«

»Vor drei Wochen oder so. Aber ich hab's nicht ernst genommen.«

»Na hör mal!«, meinte ihre Mutter. »Das klingt ja richtig bedrohlich. *Ich bin bei euch alle Tage bis zum 2. Juli.* Was soll das mit dem Datum?«

»Hast du mit irgendjemandem Zoff?«, erkundigte sich ihr Vater.

»Nee. Ich hab keine Ahnung, wer dahintersteckt.«

»Ihr«, murmelte Herr Rothe.

»Bitte?«

»Er schreibt: *Ihr glaubt, ihr seid mich los. Aber ich vergesse euch nicht.* Er meint offensichtlich nicht nur dich.«

»Stimmt. Aber in der Mail von eben redet er nur noch von mir. *Ich sehe dich. Vergiss mich nicht.*«

»Hm. Trotzdem. Es klingt so, als ob der Typ die Mail nicht nur an dich geschickt hat, sondern auch an andere. Hast du mal mit deinen Freundinnen drüber gesprochen?«

Mit welchen Freundinnen?, dachte Sophia.

»Vielleicht ist es jemand aus deiner Klasse«, sagte ihre Mutter. »Denk doch mal nach, kommt dir da nicht vielleicht doch ein Verdacht?«

Sophia schüttelte den Kopf. »Keine Ahnung, wirklich nicht.«

»Wahrscheinlich ist es nur ein blöder Witz«, sagte ihr Vater nachdenklich. »Aber sicher können wir uns da nicht sein. Natürlich gehen wir damit zur Polizei. Wir erstatten Anzeige gegen unbekannt. Gleich morgen.«

»Wir?«, fragte Frau Rothe schnippisch. »Du meinst wohl *ihr*. Ich soll mit Sophia zur Polizei.«

»Na, ich hab morgen in der Praxis einen Termin nach dem anderen. Ich kann da wirklich nicht weg.«

»Ich kann das auch alleine«, sagte Sophia. »Ihr müsst mir nur sagen, wo ich hinmuss.«

»Nein, lass mal, ich komme mit«, erklärte ihre Mutter. »Ich versuch vormittags rauszukriegen, wer für solche Fälle zuständig ist. Und dann begleite ich dich, das ist doch klar. Mein Job ist ja nicht so wichtig«, fügte sie spitz hinzu, mit einem Seitenblick auf ihren Mann.

Bevor sie Moritz und Sophia bekommen hatte, hatte Frau Rothe als Sprechstundenhilfe in der Praxis ihres Mannes gearbeitet. Als Sophia fünf war, hatte sie dort auch wieder einsteigen wollen, aber inzwischen gab es ein modernes Computersystem in der Praxis und ein neues Abrechnungswesen und Arzthelferinnen, die keine Lust hatten, mit der Frau des Chefs zusammenzuarbeiten. Nach einem halben Jahr hatte Frau Rothe aufgegeben und jetzt jobbte sie auf 400-Euro-Basis in einem Bioladen. Unnötigerweise, wie ihr Mann fand. Die Putzfrau kostet mehr, als du verdienst, sagte er immer.

»Ich hoffe bloß, dass sie den Typ schnell finden, der diesen Schwachsinn schreibt«, meinte Frau Rothe besorgt.

»Vielleicht ist es ja auch eine Frau«, sagte Sophia.

Aber ihre Mutter schüttelte den Kopf. »Das glaube ich nicht«, sagte sie. »Dahinter steckt ein Kerl, das hab ich im Gefühl.«

»Du musst mit deinen Mitschülern reden«, erklärte ihr Vater. »Vielleicht warst du nicht die Einzige, die diese Nachrichten bekommen hat.«

In der großen Pause erzählte Sophia Marie und Eva von den anonymen Mails. »Hat vielleicht eine von euch auch so was bekommen?«

»Was schreibt der Typ denn?«, fragte Eva interessiert.

»Er macht so komische Andeutungen«, sagte Sophia ausweichend. Eva war so schrecklich vertratscht, wenn man ihr etwas anvertraute, wusste eine halbe Stunde später die ganze Schule davon.

»Ich hatte auch mal Ärger mit einem Stalker«, sagte Marie. »Also, es war eigentlich gar kein richtiger Stalker, sondern Mark Brocher aus der Elf. Boah, der ging mir vielleicht auf die Nerven!«

»Was, Mark hat dich gestalkt?« Eva machte ein Würgegeräusch. »Das ist ja voll eklig.«

»Er hat mich ständig angerufen, hat ein bisschen in den Hörer geschnauft und dann aufgelegt. Einmal hat er mir sogar eine CD geschenkt. Bushido. Ich mein, was denkt der Typ eigentlich von mir?«

»Bushido? Das ist doch total asi!«, kreischte Eva. »Dass er sich das getraut hat!«

»Er hat die CD heimlich in meinen Briefkasten geworfen. Aber ich wusste sofort, dass sie von ihm kam.«

»Ist doch auch irgendwie wieder süß«, meinte Eva.

»Süß? Wir reden hier von Mark!«, erklärte Marie angeekelt. »Ich geb mich doch nicht mit so einem Loser ab. Also bitte.«

»Und woher wusstest du, dass er es war?«, erkundigte sich Sophia.

»Der ist mir doch hier in der Schule die ganze Zeit nachgeschlichen. Wusste doch jeder, dass der was von mir wollte. Und als er wieder mal angerufen hat, hab ich nur gesagt: Ey, Mark, lass es einfach. Du gehst mir so was von auf den Keks. Danach hat er's kapiert, dann war Ruhe.«

»Vielleicht kommen deine Mails ja auch von Mark«, meinte Eva zu Sophia.

»Ich kenn den doch gar nicht.«

»Am besten, du ignorierst das einfach.« Marie schob einen Kaugummi in den Mund. »Wenn man die Typen nicht beachtet, dann geben sie ganz schnell auf.«

»Ich hab das Ganze ja ignoriert. Der gibt nicht auf«, sagte Sophia. Aber das bekam Marie schon nicht mehr mit, weil jetzt ihr Freund Alex auf der anderen Seite des Schulhofs auftauchte. Sie rannte zu ihm, ohne sich von Sophia und Eva zu verabschieden.

Eva rückte dagegen noch ein Stück näher an Sophia heran. »Jetzt erzähl doch mal. Was will der Typ konkret von dir?«, fragte sie gespannt.

»Nichts.« Sophia blickte sich nervös um. Warum hatte sie ausgerechnet Eva von den Mails erzählt? Nun hatte sie sie am Hals und würde sie so schnell nicht wieder loswerden. »Marie hat vermutlich Recht. Wenn ich ihn ignoriere, verliert er schnell das Interesse.«

»Wenn du dich da mal nicht täuschst«, unkte Eva. »Diese Typen sind hartnäckiger, als man glaubt. Manche sind ja auch total pervers. Also, wenn du mich fragst …«

In Sophias Tasche piepste ihr Handy. Eine SMS.

»Sorry.« Sie zog das Telefon heraus und wandte sich von Eva ab.

Eine Nachricht von ihrer Mutter. »Hol dich um eins von der Schule ab Mum.«

Sophia steckte das Handy wieder ein. Nun gab es kein Zurück mehr. Ihre Mutter würde sie zur Polizei schleppen und Anzeige erstatten und den Bullen so lange Dampf machen, bis sie den Täter überführt und hinter Gitter gebracht hätten. Wahrscheinlich traf es am Ende irgendeinen armen Idioten aus ihrer Schule, der sich nur einen blöden Scherz erlaubt hatte.

Und dann fällt alles auf mich zurück, dachte Sophia unbehaglich. Sie konnte die spöttischen Bemerkungen der anderen jetzt schon hören. Damals bei Pickelsarah hat sie selber mitgemacht, würden sie sagen, aber sobald es um sie selbst geht, fängt sie an zu heulen. Sophia, die Mimose. Sophia, die Petze.

Das bleibt aber unter uns, wollte sie zu Eva sagen, aber die war schon weg. Sie stand jetzt mit Lena und Mara zusammen und redete mit hochrotem Kopf auf die beiden ein. Mara warf Sophia einen neugierigen Blick zu.

Na super, dachte Sophia.

Die Anzeige war ein Felsbrocken auf der Spitze eines Berges. Wenn er erst einmal ins Rollen kam, konnte ihn keiner mehr aufhalten, dann raste er den Hang hinunter und riss alles mit sich. Dann war alles zu spät. Aber noch rollte der Stein nicht. Noch konnte Sophia die Sache stoppen. Sie hatte nur leider nicht die geringste Ahnung, wie sie das anstellen sollte.

Ihre Mutter hätte sie ja vielleicht noch überzeugen können. Aber gegen ihren Vater hatte sie keine Chance. Wenn er einmal einen Entschluss gefasst hatte, führte er ihn auch durch, vor allem, wenn es um das Wohl seiner Kinder ging. »Ich weiß am besten, was gut für euch ist«, sagte er immer. So ein Quatsch. Nicht die geringste Ahnung hatte er.

Sophia schlurfte aus dem Musikpavillon in Richtung Ausgang. Seit der großen Pause hatte sie darüber nachgedacht, wie sie ihre Eltern umstimmen konnte. Und war zu keinem Ergebnis gekommen. Zu jedem Argument fiel ihr immer gleich die Antwort ihres Vaters ein: »Mit anonymen Drohbriefen ist nicht zu spaßen. Vielleicht steckt ein Perverser dahinter. Die Polizei wird das Ganze vertraulich behandeln, keine Angst! Keiner deiner Mitschüler wird etwas davon mitbekommen.«

Vor dem Schulgebäude blickte Sophia sich suchend um. Der rote Mini ihrer Mutter war nirgends zu sehen. Vielleicht hat sie es nicht geschafft, dachte sie erleichtert, aber im selben Moment hörte sie ein Hupen und dann ihren Namen. »Sophi-ja, hi-ier!« Der Wagen parkte auf der anderen Straßenseite auf einem Behindertenparkplatz, daneben stand ihre Mutter. Und rauchte. Auch das noch.

Frau Rothe war eigentlich Nichtraucherin, sie zündete sich nur in absoluten Notfällen eine Zigarette an. Wenn sie genervt war oder total im Stress oder wütend. Wahrscheinlich hat sie sich wieder mit ihrer Kollegin gestritten, dachte Sophia.

Ihre Mutter blies einen grauen Rauchfaden in den Himmel, nahm noch einen gierigen Zug, obwohl der Filter fast schon glühte. Dann warf sie die Kippe auf den Boden und trat sie so nachdrücklich aus, dass nur noch ein gräuliches Klümpchen übrig blieb. »Steig ein«, sagte sie und schob sich auf den Fahrersitz.

Frau Rothe war ziemlich groß und langbeinig, genau wie Moritz. In dem Mini wirkte sie wie eine Giraffe in einem viel zu kleinen Käfig. Sophia quetschte sich neben sie. Sie war ebenfalls ziemlich groß, aber nicht so dünn wie ihre Mutter.

Du kommst nach meinem Vater, sagte Herr Rothe immer, wahrscheinlich sollte das ein Trost sein. Sophia hatte ihren Großvater nicht mehr kennengelernt, es gab auch nur wenige Fotos von ihm. Aber er war ziemlich fett gewesen und mit neunundfünfzig Jahren an Herzversagen gestorben. Herzlichen Glückwunsch.

»Was ist denn los?«, fragte sie ihre Mutter und ließ das Fenster herunter. Frau Rothe verbreitete einen Gestank wie ein voller Aschenbecher.

»Dein Vater«, gab Frau Rothe zurück. »Er spinnt total.«

»Wieso das denn?«

»Ich hab mir extra den halben Tag freigenommen. War echt kompliziert. Auf jeden Fall hab ich gerade alles organisiert und arrangiert, da ruft mich der Herr Doktor an, um mir mitzuteilen, dass er seine Meinung geändert hat.«

»Bitte was? Welche Meinung?«

»Er ist jetzt urplötzlich der Ansicht, dass wir doch nicht zur Polizei sollen.«

»Echt?«, fragte Sophia, ungläubig und erfreut zugleich. »Und warum jetzt plötzlich?«

»Das fragst du ihn am besten selbst.« Frau Rothe ließ den Wagen an. »Ich konnte seine wirren Argumente nämlich beim besten Willen nicht nachvollziehen. Hü und hott – wie es ihm gefällt.« Sie fuhr so abrupt aus der Parklücke, dass sie fast mit einem anderen Auto zusammenstieß. Der Fahrer hupte. Frau Rothe warf in einer Geste der Empörung beide Arme nach oben.

»Mama!«, sagte Sophia mahnend.

»Was? Hier ist eine Dreißigerzone. Und dieser Idiot rast hier entlang!«

»Vielleicht ist es ja wirklich besser so«, sagte Sophia. »Wenn wir nicht zur Polizei gehen, mein ich. Ich hab auch noch mal nachgedacht und finde das Ganze jetzt irgendwie … lächerlich.«

»Lächerlich?«, fragte ihre Mutter ungläubig. »Sag mal, seid ihr beide verrückt geworden? Dieser Kerl schreibt dir Drohmails und nennt dir sogar noch ein Datum, an dem er dich … keine Ahnung, was er vorhat. Das ist alles, bloß nicht lächerlich!«

»Wir wissen doch noch nicht, ob es überhaupt ein Kerl ist«, sagte Sophia.

Ihre Mutter schloss kurz genervt die Augen, obwohl sie inzwischen auf die Schnellstraße eingebogen war.

»Ich fahr dich jetzt nach Hause«, erklärte sie. »Heute Abend setzen wir uns noch mal zusammen. Und morgen gehen wir zur Polizei. Und wenn dein Vater sich auf den Kopf stellt.«

Sophia starrte aus dem Autofenster, an dem die Stadt vorbeiflog. Sie würde keine Anzeige erstatten und ohne sie konnte auch ihre Mutter nichts unternehmen. Die Sache war erledigt.

Sie fragte sich allerdings, woher der plötzliche Sinneswandel ihres Vaters kam. Warum ruderte er jetzt wieder zurück? Egal, dachte Sophia. Vergessen wir die Sache. Und zwar gründlich. Die nächste Mail würde sie ihren Eltern gegenüber auf keinen Fall erwähnen. Wenn überhaupt noch eine kam.

Frau Heimann ist total sauer auf mich. Ich kann deine Mutter nicht erreichen, sagt sie. Sie kommt nicht in die Sprechstunde und wenn ich bei euch anrufe, nimmt keiner ab.

Natürlich nimmt keiner ab. Mama geht nicht mehr ans Telefon. Immer wenn wir telefonieren, hören die Männer mit. Das Telefon wird nicht mehr benutzt, sagt Mama.

Die Tür macht sie auch nicht mehr auf. Nicht einmal, wenn Harry kommt. Harry ist nämlich auch einer von den Männern, das hat sie jetzt herausgefunden.

Frau Franz aus dem Erdgeschoss steckt auch mit denen unter einer Decke, sie schreibt sich auf, wann Mama und ich aus der Wohnung kommen und wann wir wieder zurückkommen und was wir im Treppenhaus sagen, und sie durchwühlt unseren Müll.

Zu mir ist Frau Franz immer scheißfreundlich. Sie will mir ständig was zum Essen geben oder Süßigkeiten. Aber ich nehme nichts, es ist bestimmt vergiftet.

Frau Heimann gibt mir einen Brief. Den bringst du morgen unterschrieben zurück, sagt sie. Wenn deine Mutter keinen Kontakt mit mir aufnimmt, muss ich das Jugendamt einschalten.

Auf dem Nachhauseweg werfe ich den Brief in den Mülleimer an der Trambahnstation. Wenn ich ihn Mama gebe, dann denkt sie, dass Frau Heimann auch mit den Männern unter einer Decke steckt. Und zur Sprechstunde geht sie sowieso nicht.

Da hab ich wirklich Wichtigeres zu tun, sagt sie.

8

Von einem Tag auf den anderen war der Sommer da. Als Sophia morgens das Haus verlassen hatte, war es noch kühl gewesen, aber gegen Mittag kletterte das Thermometer auf siebenundzwanzig Grad. Schwitzend radelte sie von der Schule nach Hause. Sie konnte es kaum erwarten, ihre lange Jeans gegen eine kurze Hose zu tauschen. Eigentlich waren ihre Beine zu dick für kurze Hosen, aber wenn sie sich damit in den Garten legte, sah sie ja keiner. Und braun gebrannte fette Beine waren definitiv besser als bleiche fette Beine.

Als sie vor dem Haus vom Fahrrad sprang, stand da Moritz. Er lehnte am Gartenzaun und sah so fertig aus, als wäre ihr Vater oder ihre Mutter gestorben oder beide zusammen.

»Was ist denn mit dir los?«, fragte Sophia erschrocken. Warum war ihr Bruder nicht bei der Arbeit? Normalerweise fuhr er mittags zu seiner Pizzeria in die Altstadt und kam dann erst nachts wieder nach Hause.

»Der K…«, begann Moritz, schluckte mitten im Wort und verstummte.

»Der was?« Nun bekam Sophia wirklich Angst. »Moritz, was ist passiert?«

»Der Kater«, stammelte er. Und sah sie dabei an, als erwartete er, dass sie den Satz für ihn beendete.

»Der Kater? Was ist mit ihm?«

»Er…trunken«, stieß er mühevoll hervor.

»Der Kater ist ertrunken?« Machte ihr Bruder sich über sie lustig? Jetzt drehte er sich um, aber er ging nicht ins Haus, sondern rannte den schmalen Fußpfad entlang, der in den Garten führte. »Warte doch mal!« Sophia rannte ihm nach.

Die Rothes wohnten im Erdgeschoss eines Altbaus und zu der Wohnung gehörte ein großer Garten. Weil jedoch keiner von ihnen Lust auf Gartenarbeit hatte, war das Grundstück völlig verwildert. Zweimal im Jahr bestellte Herr Rothe eine Gartenbaufirma, die die Anlage wieder einigermaßen in Schuss brachte.

Nun war Sommer, und dem Garten war längst nicht mehr anzusehen, dass hier vor einigen Wochen drei Gärtner geschuftet und geschwitzt hatten. Die Ligusterhecken waren außer Form geraten, in den Beeten blühten Brennnesselstauden, auf dem Rasen wuchsen Löwenzahn und Giersch, und die Rosensträucher glänzten von Blattläusen.

Moritz marschierte schnurstracks auf die Regentonne zu, die Herr Rothe im letzten Jahr angeschafft hatte, nachdem er sich so über den hohen Wasserverbrauch geärgert hatte. »Regenwasser ist doch das Beste für die Pflanzen«, hatte er verkündet. »Und noch dazu völlig kostenlos.« Leider vergaß er ständig, die Tonne zu leeren, sodass das Wasser immer wieder zu faulen begann und dann entsorgt werden musste.

»Da«, sagte Moritz und zeigte auf die runde Abdeckung, die nicht auf der Tonne, sondern mitten auf dem Rasen lag.

Sophias Herz begann mit einem Mal wie verrückt zu schlagen. Weil sie keine Katzenklappe hatten, sprang Egon immer auf ihr Fensterbrett, wenn er ins Haus wollte. Direkt darunter stand die Tonne. Wenn er nun abgerutscht und ins Wasser gefallen war …

»Nein«, sagte sie tonlos.

Moritz starrte sie schweigend an. Sein Gesicht war bleich, ein bisschen aufgedunsen. Als hätte er selbst zu lange im Wasser gelegen.

»Sag doch was!«, schrie sie ihren Bruder an. »Ist Egon etwa da drin?«

Moritz nickte stumm.

»Hol ihn raus!«, sagte Sophia.

Er glotzte sie an, als ob sie von ihm verlangt hätte hinterherzuspringen. »Er ist tot«, sagte er.

»Na und?«, schrie Sophia. »Ich will, dass du ihn da rausholst, verdammt noch mal! Du kannst ihn doch nicht im Wasser lassen. Sag mal, wie bist du denn drauf?« Ihre Stimme gellte durch den Garten. Aus einem der Bäume kreischte eine Elster.

Moritz nickte hastig. »Warte!« Er rannte in den Schuppen, in dem sie ihre Gartengeräte aufbewahrten, und kam nach ein paar Sekunden mit einer Mistgabel heraus. Einer Mistgabel!

»Hast du sie noch alle?«, schrie Sophia. »Willst du ihn aufspießen?«

Sie rannte selbst zum Schuppen, holte eine große Schaufel und wollte sie Moritz geben, aber er hielt sich mit beiden Händen an der Mistgabel fest. Es hatte keinen Sinn, sie musste es selbst machen.

Sophia atmete tief ein. Bis jetzt hatte sie keinen Blick in die Tonne geworfen. Vielleicht war es ja gar nicht Egon, der da hineingefallen und ertrunken war, dachte sie plötzlich. Hier in der Nachbarschaft gab es so viele Katzen, vielleicht hatte es eine von ihnen erwischt. Aber ein Blick über den Rand genügte. Egon trieb auf der Wasseroberfläche wie ein riesiger honigfarbener Karamellpudding. Sophia schloss einen Moment lang die Augen. Am liebsten wäre sie weggerannt.

Aber dann schob sie die Schaufel unter den schlaffen Katerkörper und hievte ihn damit aus der Tonne. Behutsam legte sie ihn ins

Gras. Sie trat einen Schritt zurück und betrachtete ihn. Und kämpfte auf einmal mit den Tränen.

Egon sah so erbärmlich aus. Durch das nasse Fell, das an seinem Körper klebte, wirkte er viel dünner und kleiner als sonst. »Er war gar nicht so dick, wie wir immer dachten«, murmelte Sophia.

Moritz antwortete nicht.

»Wir müssen ihn begraben«, sagte Sophia. »Aber vorher muss jemand Frau Blunt Bescheid sagen.«

Immer noch keine Reaktion.

»Machst du das?« Jetzt drehte sie sich zu ihrem Bruder um. Und schnappte nach Luft.

Ihr Bruder war weg.

Sie wollte ihm nach, aber dann brachte sie es einfach nicht über sich, den kalten, nassen Egon einfach so auf dem Rasen liegen zu lassen. Obwohl es jetzt eigentlich keine Rolle mehr spielte, er war ja schon tot.

Sie holte einen Spaten, grub ein Loch in eines der unkrautüberwucherten Beete und legte den toten Kater hinein. Bevor sie das Grab wieder zuschüttete, warf sie ein paar Löwenzahnblüten und Gänseblümchen hinterher. *Rest in peace.*

Frau Blunt würde sie die traurige Nachricht später überbringen, wahrscheinlich vergaß sie sie in ihrer Verwirrtheit ohnehin sofort wieder.

Jetzt war zuerst einmal Moritz an der Reihe. Vermutlich war er es gewesen, der die Regentonne nicht abgedeckt hatte. Und als er Egon dann gefunden und gemerkt hatte, was er angerichtet hatte, war er ausgerastet. Und hatte es nicht einmal geschafft, den Kater zu begraben. Weggelaufen war er vor Ekel oder vor Scham oder weshalb auch immer.

»Und so was will Arzt werden«, murmelte Sophia. Sie rieb ihre schmutzigen Hände an der Jeans ab, wodurch ihre Haut nicht sauberer, aber die Hose dreckiger wurde.

Zielstrebig marschierte sie zum Zimmer ihres Bruders, klopfte gar nicht erst an, sondern riss direkt die Tür auf. Aber Moritz war nicht da. Er war aus der Wohnung geflüchtet, bevor Sophia ins Haus gekommen war.

»Du blödes Arschloch!« Sie trat wütend gegen sein Bett, dass es gegen die Wand knallte. Kickte seinen Schreibtischstuhl um und warf einen Ordner zu Boden. Als sie das Zimmer wieder verließ, sah sie, dass ihre Schuhe dunkle Dreckspuren auf dem hellen Dielenboden hinterlassen hatten. Im selben Moment hörte sie, wie jemand die Wohnungstür aufschloss. Es war ihr Vater.

»Was ist los?«, fragte er. »Ist alles in Ordnung mit dir, Sophia?« Er war vollkommen außer Atem, als ob er fünf Treppen hochgerannt wäre.

»Mit mir schon«, sagte Sophia.

»Und Moritz?«, keuchte ihr Vater.

»Moritz? Was soll mit ihm sein?«

»Ich hab Lärm gehört. Ist wirklich alles okay?« Er sah sich so misstrauisch um, als vermutete er hinter dem nächsten Vorhang oder in einem Schrank einen Entführer, der seine Waffe auf Sophia gerichtet hielt, damit sie nichts Falsches sagte.

»Was willst du eigentlich hier?«, fragte Sophia zurück.

»Ist Moritz da?«

So kamen sie nicht weiter. Wenn sie sich die ganze Zeit gegenseitig Fragen stellten, aber keiner die des anderen beantwortete.

»Moritz war da. Ist gerade eben weggerannt.«

»Weggerannt?«

»Nachdem er den Kater umgebracht hat.«

»Wie bitte? Was redest du denn da, Sophia?«

»Moritz hat die Regentonne nicht richtig abgedeckt«, erklärte sie finster. »Egon ist reingefallen und ertrunken. Ich hab ihn gerade begraben.«

»Du hast … was?«

»Egon«, sagte Sophia gereizt. »Der Kater von Frau Blunt, den ich immer füttere. Moritz hat ihn auf dem Gewissen. Und nachdem er ihn gefunden hat, musste ich ihn auch noch begraben, weil Moritz abgehauen ist.«

»Hat Moritz … ist er …?« Ihr Vater wischte sich mit dem Handrücken über die Stirn. »Wo ist er denn hingerannt? Hat er was gesagt?«

»Ich weiß es nicht«, zischte Sophia. »Wahrscheinlich musste er zur Arbeit. Gibt schließlich Wichtigeres als so einen armen Kater.« Sie sah Egon plötzlich wieder vor sich, wie nass und klein und elend er ausgesehen hatte. Wie lange er in der Regentonne wohl gekämpft hatte, bevor er ertrunken war?

»Das mit der Regentonne war nicht Moritz' Schuld«, sagte ihr Vater. »Ich habe gestern die Blumen gegossen und hinterher vergessen, die Abdeckung wieder auf die Tonne zu legen. Es war mein Fehler.« Jetzt fuhr er sich mit dem Ärmel übers Gesicht. Wie er schwitzte! Die Haare klebten an seiner Stirn, Schweißperlen rollten über Schläfen und Wangen. »Mein Gott«, murmelte er. »Meine Güte.«

»Allerdings«, sagte Sophia. »Aber ich finde es trotzdem nicht in Ordnung, dass Moritz einfach wegrennt, wenn so was passiert. Egon war schließlich auch mein Kater, ich meine, zumindest ein bisschen.« Der Rest des Satzes ging in Tränen unter. Die Umrisse ihres Vaters verschwammen vor ihren Augen.

»Ich weiß. Es tut mir leid.« Er zog sie an sich und streichelte ihr über den Kopf. Sie weinte an seiner Schulter, ihre Tränen vermischten sich mit seinem Schweiß. Als sie sich wieder beruhigt hatte und aus seiner Umarmung löste, sah sie, dass er zitterte. Dabei hatte er Egon doch nie richtig zur Kenntnis genommen.

»Wir müssen Frau Blunt Bescheid sagen«, meinte Sophia.

»Ich mach das.«

»Nein, lass mal. Sie ist so verwirrt. Ich geh nachher bei ihr vorbei.«

»Ich sag ihr Bescheid«, beharrte ihr Vater. »Wirklich, das ist das Mindeste. Immerhin war es mein Fehler.«

Sophia zuckte mit den Schultern. »Wenn du meinst.« Sie war nicht scharf auf das Gespräch mit der verkalkten Nachbarin.

»Weißt du, ob Moritz sein Handy dabeihat?«

»Keine Ahnung.«

Er nickte. »Ich muss jetzt leider wieder los«, sagte er dann. »Kommst du zurecht, Sophia?«

»Natürlich.«

»Ich möchte, dass du heute in der Wohnung bleibst.«

Sie sah ihn verständnislos an. »Wieso das denn?«

Er räusperte sich. »Ich erwarte … ein Paket. Eine wichtige Lieferung. Ich wäre dir dankbar, wenn du es entgegennehmen könntest.«

»Heißt das, ich soll den ganzen Nachmittag auf den Postboten warten?«

»Es ist wichtig, Sophia. Bitte, tu mir den Gefallen!« Er zog sein Handy aus der Tasche, starrte auf das Display, runzelte die Stirn und steckte es dann wieder ein. »Ich kann mich doch auf dich verlassen?«

»Ist alles in Ordnung, Papa?«

»Natürlich. Bei mir schon.«

»Du bist irgendwie … ich weiß auch nicht.«

»Unsinn«, sagte ihr Vater. »Ich muss jetzt los.«

»Wolltest du nicht etwas holen?«, fragte Sophia, als er schon an der Tür war. »Deshalb bist du doch nach Hause gekommen.«

»Nein«, sagte er. »Das hast du falsch verstanden. Ich bin nur wegen diesem Paket gekommen. Du wartest auf den Boten, versprochen?«

Sie nickte widerwillig. »Warum hast du mich nicht einfach angerufen?«

»Ich hatte gehofft, dass der Paketdienst vielleicht schon hier war.« Er blickte sich suchend um, als hoffte er, die Lieferung doch noch irgendwo zu entdecken. »Na, dann. Wir sehen uns heute Abend.«

»Alles okay, Papa?«, fragte Sophia noch einmal.

Einen Moment lang wirkte er, als ob er ihr etwas sagen wollte. Aber dann nickte er ihr nur zu. Und ging.

Fünf Minuten später rief Julia an und fragte, ob Sophia mit ins Schwimmbad wolle. Inzwischen zeigte das Thermometer auf der Terrasse dreißig Grad im Schatten.

»Ich kann nicht weg«, sagte Sophia. »Ich hab meinem Vater leider versprochen, hier auf den Paketdienst zu warten.«

»Was, bei der Hitze?«, meinte Julia. »Da hätte ich ja keinen Bock drauf. Aber wie du meinst.«

»Vielleicht kann ich ja nachkommen.«

»Klar. Wir sind im Rheinstadion.«

Nachdem sie aufgelegt hatte, hätte Sophia am liebsten wieder geheult. Es kam alle Schaltjahre mal vor, dass irgendjemand irgendetwas mit ihr unternehmen wollte.

Warum, fragte sie sich jetzt, hatte ihr Vater das Paket nicht einfach in die Praxis liefern lassen? Und wieso hatte er heute Morgen nichts davon erwähnt?

Ihr Vater benahm sich total seltsam in den letzten Wochen. Es war fast, als ob er sich bei Moritz angesteckt hätte. Er war schweigsam, geistesabwesend, fahrig. Und wenn man ihn darauf ansprach, wich er entweder aus oder er wurde sauer. *Ich weiß gar nicht, was ihr immer habt.*

Seine seltsame Reaktion auf die anonyme Mail zum Beispiel. Zuerst hatte er Anzeige erstatten wollen, dann änderte er seine Meinung plötzlich wieder. Stattdessen hatte er Sophia stundenlang ausgefragt. Ob sie sich wirklich nicht denken könnte, wer hinter den seltsamen Nachrichten stand. Ob sie in letzter Zeit Ärger mit einem Mitschüler gehabt hätte. Oder mit irgendjemand anders.

»Ist vielleicht irgendetwas Außergewöhnliches vorgefallen?«, wollte er wissen.

»Wie meinst du das?«, fragte Sophia irritiert.

»So, wie ich es sage. Ist dir etwas aufgefallen? Hat dich jemand angesprochen oder angemacht? Hast du jemanden kennengelernt?«

Felix, dachte Sophia sofort. Felix war in ihr Leben getreten, aber dann hatte er es auch sofort wieder verlassen. Aber darüber würde sie mit ihren Eltern bestimmt nicht reden.

»Diese Mails haben nichts zu bedeuten«, sagte sie. »Das war irgendein Blödmann aus der Schule, der sich aufspielen wollte. Ich hätte euch gar nichts davon erzählen sollen.«

»Ich bin aber sehr froh, dass du uns davon erzählt hast«, erklärte ihre Mutter. »Und ich bin auch weiterhin der Meinung, dass wir auf jeden Fall die Polizei informieren sollten.«

»Ach Quatsch!«, sagte Sophia. »Ich hab mit ein paar Freundinnen aus der Schule gesprochen. Die meinen auch, dass man solche Typen einfach ignorieren soll. Dann geben sie ganz schnell auf, weil es ihnen nämlich langweilig wird.«

»Oder sie setzen noch eins drauf. Nein, ich will auf keinen Fall irgendetwas riskieren.« Ihre Mutter blickte jetzt Hilfe suchend zu ihrem Mann. »Sag du doch auch mal was, Jochen!«

»Ja«, sagte Herr Rothe. »Ich …« Dann massierte er sich mit den Zeige- und Mittelfingern die Schläfen, als ob er plötzlich Kopfschmerzen bekommen hätte. »Ich glaube, Sophia hat Recht«, fuhr er nach einer Weile fort. »Wir sollten nicht mit Kanonen auf Spatzen schießen. Wenn die Polizei jetzt in der Schule aufkreuzt und einen Riesenwirbel veranstaltet, dann fühlt sich dieser Idiot doch nur bestätigt …«

»… und ich bin bei allen unten durch«, ergänzte Sophia seinen Satz.

Der Blick ihrer Mutter wanderte ratlos von ihrem Mann zu ihrer Tochter und wieder zurück. »Also, ich weiß nicht. Mir ist absolut nicht wohl bei der Sache. Bist du dir denn sicher, Jochen?«

»Ganz sicher«, beteuerte Herr Rothe und lächelte seine Frau dabei an. Aber sein Lächeln hatte nichts Ermutigendes. Es war schief und kraftlos.

Sophia ging ins Wohnzimmer und blickte durch die Terrassentür hinaus in den Garten. Auf dem Beet, unter dem sie Egon begraben hatte, saß eine Elster und zog einen fetten Regenwurm aus der lockeren Erde. Sophia war sich auf einmal ganz sicher, dass der Paketdienst nicht mehr kommen würde. Weil es nämlich gar keine Lieferung gab, die zugestellt werden sollte. Das hatte ihr Vater sich nur ausgedacht, damit sie das Haus nicht verließ. Wovor hatte er Angst?

Und was, zum Teufel, war mit Moritz los? Warum war er so fertig gewesen, als er Egon gefunden hatte? Er hatte den Kater früher kaum beachtet. Wieso nahm ihn sein Tod jetzt so mit?

»Und warum, verdammt noch mal, macht keiner von euch das Maul auf und erzählt mir, was hier abgeht?«, fragte Sophia laut.

Die Elster schwang sich mit dem Regenwurm auf einen Baum und drehte Sophia den Rücken zu. Sophia wandte sich ebenfalls ab. Sie beschloss, schwimmen zu gehen. Und heute Abend würde sie ihren Vater zur Rede stellen. Und Moritz auch. Ab sofort gibt es keine Ausflüchte mehr, dachte sie. Nur noch Klartext.

Mein neues Zimmer ist viel größer als mein altes Zimmer und viel sauberer, weil Papa eine Putzfrau hat. Und viel mehr Geld als Mama.

Eigentlich ist er ja gar nicht mein Papa. Dad ist mein richtiger Papa, das hat mir Mama gesagt. Aber das sage ich nicht, das denke ich nur. Und was ich denke, ist meine Sache. Papa kann ja zum Glück nicht in mein Gehirn gucken.

Ihr werdet euch schon zusammenraufen, hat die Frau gesagt, die mich hergebracht hat. Aber wie soll man sich mit jemandem zusammenraufen, der so viel stärker ist als man selbst?

Ich hab keine Chance. Nicht einmal Mama hatte eine Chance gegen Papa, obwohl sie sich nicht vor ihm gefürchtet hat. Dad vielleicht, aber er weiß nicht, dass ich hier bin. Er weiß auch nicht, dass Mama in der Klapse ist.

Dad und Mama haben sich voll gestritten, weil Mama immer so viel weint, und Dad hat gesagt: Du bist ja total fertig!

Und da hat Mama geschrien. Aber die Schreierei kann Dad nicht ertragen, da ist er weggegangen und ein paar Tage später ist Mama in die Klapse gekommen. Ich muss ins Krankenhaus, hat sie mir gesagt, aber Sören hat mir erzählt, dass sie in Wirklichkeit in der Klapse ist.

Das ist kein schönes Wort, sagt Frau Heimann.

Jetzt wohn ich bei Papa und nach den Sommerferien geh ich in eine neue Schule.

Ist vielleicht besser so, sagt Frau Heimann.

Hoffentlich findet mich Dad bald und holt mich ab.

9

Julie und Christian. Christian und Julie. Wie man es drehte und wendete, es hörte sich seltsam an. Julie konnte sich einfach nicht an den Gedanken gewöhnen, dass sie jetzt ein Paar waren. Weil sich das, was sie für Christian empfand, nicht wie Liebe anfühlte. Sie mochte ihn, sie vertraute ihm, sie hatte ihn gerne um sich. Aber sie bekam keine Gänsehaut, wenn er sie anrief, und auch keine weichen Knie, wenn sie ihn sah.

Um nur gute Freunde zu sein, hatten sie allerdings eindeutig zu viel Sex. Seit dem Einbruch verbrachten sie eigentlich jede Nacht miteinander. Sie schliefen entweder oben in Julies Wohnung oder unten bei Christian. Glücklicherweise hatten sie beide breite Betten.

Am Abend nach dem Einbruch hatte Julie Christian beschworen, sie nicht allein zu lassen. »Wenn du nicht hier übernachtest, nehm ich mir ein Hotelzimmer. Ich bleib auf keinen Fall in der Wohnung.«

Also hatte er sein Bettzeug aus seiner Wohnung nach oben gebracht und auf dem Sofa geschlafen. Jedenfalls die halbe Nacht. Um zwei Uhr morgens war Julie zu ihm geschlichen und hatte ihn geküsst und dann war er in ihr Bett umgezogen.

Dafür, dass sie sich so wenig aus ihm machte, war der Sex mit ihm richtig gut. Vielleicht lag es daran, dass sie ihm gegenüber so entspannt war. Und dass sie wenig Vergleichsmöglichkeiten hatte. Bisher war sie nur mit Mark im Bett gewesen, mit dem sie ein knappes Jahr zusammen gewesen war. Und beim Sex mit Mark hatte sie sich die ganze Zeit selbst beobachtet. Sie war so darauf konzentriert gewesen, gut auszusehen, dass sie es nebenbei nicht mehr geschafft hatte, auch nur irgendetwas zu empfinden.

Christian dagegen musste sie nichts vormachen. Christian hatte sie schon so oft ungeschminkt erlebt, er hatte sie kotzen und heulen sehen und vollkommen hysterisch erlebt. Und fand sie trotzdem toll. Leider nicht toll genug, um für immer in Hamburg zu bleiben und auf sie aufzupassen.

Jedes zweite Wochenende fuhr er nach Bonn, besuchte seine Mutter und traf ehemalige Freunde und Arbeitskollegen, die ihn unbedingt, unbedingt wieder zurückhaben wollten. Weil er unter der Woche so viele Überstunden machte, fuhr er manchmal am Donnerstagabend schon. Wenn er am Freitag abreiste, kam er oft erst am Montag zurück.

Julie ärgerte sich darüber, dass er immer noch mit dem Gedanken spielte, nach Bonn zurückzugehen. Obwohl er doch jetzt mit ihr zusammen war und genau wusste, dass sie niemals mitgehen würde. Immerhin hatte sie in Hamburg einen Platz an der Schauspielschule. Und außerdem: Bonn oder Hamburg, da musste man doch nicht lange nachdenken!

»Ich muss Freitag wieder mal in die alte Heimat«, verkündete er ihr am Mittwochabend, als sie von der Arbeit kam. Auf dem Nachhauseweg hatte sie darüber nachgedacht, ob sie Christian nicht mal ihren alten Freunden vorstellen sollte. Immerhin waren sie jetzt schon fast drei Wochen zusammen. Vielleicht sollte sie mit Joe und Esther anfangen, die würden Christian bestimmt mögen.

»Bitte was?«, fragte sie jetzt entgeistert. »Aber du warst doch erst letztes Wochenende in Bonn. Warum fährst du denn jetzt schon wieder?«

»Ein ehemaliger Klassenkamerad feiert seinen Junggesellenabschied. Kannst ja mitkommen, wenn du magst. Meine Mutter ist ganz heiß darauf, dich kennenzulernen.«

»Ach wirklich?« Julie versuchte sich vorzustellen, wie er sie nannte, wenn er vor anderen von ihr sprach. Meine Freundin. Eine Nachbarin. Die Schauspielschülerin. »Was soll ich bei einem Junggesellenabschied? Da sind doch nur Männer, oder?«

»Stimmt«, gab er zu. »Aber vielleicht könntest du trotzdem …«

»Vergiss es. Ich häng doch nicht die ganze Zeit bei deiner Mutter rum, während du dir mit deinen Freunden die Kante gibst.«

»Nee.« Er nickte hastig. »Aber ich muss hin. Birger ist mein bester Freund. Das verstehst du doch, oder?«

Sie ging zum Küchenfenster und starrte auf die leeren Blumenkästen, in die sie immer noch keine neuen Blumen gepflanzt hatte. Alles andere hatten sie wieder in Ordnung gebracht. Sie hatte die Erde aufgesaugt und den Teppich geschrubbt, Christian hatte die Wand neu gestrichen. Viermal, bis das rote V verschwunden war.

Aber die Blumenkästen waren leer und blieben leer, um Julie jeden Tag daran zu erinnern, dass sie in ihrer eigenen Wohnung nicht mehr sicher war. Dass jeder hier eindringen und alles zerstören konnte.

»Komm, Julie.« Christian trat neben sie und legte den Arm um ihre Schultern. »Nun lass dir doch von diesem Einbrecher nicht dein ganzes Leben vermiesen. Du bist ja wie ausgewechselt, seit das passiert ist.«

»Wie würde es dir denn gehen, wenn jemand in dein Leben stiefelt und alles verwüstet?«

»Aber im Grunde ist doch nichts passiert. Der Typ hat ja nicht mal was mitgenommen.«

»Das ist es ja gerade. Wenn er die Stereoanlage geklaut hätte oder meinen Schmuck. Aber das hat ihn gar nicht interessiert. Er wollte mir Angst machen, darum ging es.«

»Vielleicht war es ja doch deine Freundin. Diese Valerie.«

Julie schüttelte den Kopf. »Ich war doch bei ihr. Sie kann das gar nicht getan haben.«

Gleich am Morgen nach dem Einbruch war sie raus nach Lohbrügge gefahren und hatte bei Valerie geklingelt.

Frau Baumann, ihre Mutter, öffnete die Tür. »Ja, Julie, das ist ja eine Überraschung! Dass man dich mal wieder sieht! Was führt dich denn zu uns?«

»Ich wollte zu Valerie.«

»Zu Valerie?« Valeries Mutter wirkte mit einem Mal sehr verwirrt. »Na hör mal, Valerie ist doch gar nicht hier.«

»Wo steckt sie denn?«

»In Kalifornien. Seit acht Wochen schon. Sie macht ein Traineeprogramm in einer amerikanischen Bank, sechs Monate soll das Ganze dauern. Wusstest du das etwa nicht?«

Julie riss die Augen auf. »Sie ist seit acht Wochen in Amerika? Nein, das wusste ich wirklich nicht. Das ist ja …«

»Habt ihr denn gar keinen Kontakt mehr?«, fragte Frau Baumann bekümmert. »Nur wegen dieser blöden Aufnahmeprüfung? Weißt du was, Julie, du solltest Valerie schreiben. Ich bin sicher, dass sie dir die Sache von damals längst nicht mehr nachträgt. Ich glaube, sie wird dir sogar noch einmal dankbar sein, dass du sie vor der Schauspielschule bewahrt hast. In einer Bank ist sie doch viel besser aufgehoben als beim Theater.« Frau Baumann bedachte Julie mit einem sonnigen Lächeln.

Du bist mir jetzt schon dankbar, dachte Julie. Weil du nämlich glaubst, dass ich später am Hungertuch nagen werde, während Valerie die dicken Boni scheffeln wird.

»Wirklich!«, sagte Frau Baumann. »Du wirst sehen, sie freut sich, wenn du dich meldest.«

Julie zuckte mit den Schultern. Ich hasse dich, du blöde egoistische Kuh, hatte Valerie gesagt, als sie sich das letzte Mal gesehen hatten. »Vielleicht mach ich das«, sagte Julie jetzt unverbindlich.

»Ich sag ihr auf jeden Fall, dass du hier warst, wenn wir das nächste Mal miteinander skypen«, versprach Valeries Mutter.

»Unbedingt«, meinte Julie und dann notierte sie sich Valeries E-Mail-Adresse in den Staaten, obwohl sie genau wusste, dass sie sich nicht bei ihr melden würde.

»Valerie ist in Amerika und will Bankerin werden«, erklärte sie Christian jetzt. »Selbst wenn sie noch sauer auf mich ist, kann sie unmöglich hier eingebrochen sein. Es sei denn, sie hat heimlich eine Pilotenausbildung gemacht und einen Privatjet gekauft.«

Christian runzelte die Stirn. »Was ist denn eigentlich damals zwischen euch vorgefallen, dass sie so sauer auf dich ist? Ist doch nicht deine Schuld, dass sie dich auf der Schauspielschule genommen haben und nicht sie.«

»Doch«, sagte Julie leise. »Es ist meine Schuld, dass Valerie den Platz nicht gekriegt hat.«

»Wieso? Hast du mit dem Akademiedirektor geschlafen?«

»Quatsch.« Sie kaute am Nagel ihres kleinen Fingers. »Wenn ich dir das erzähle, dann ziehst du sofort für immer nach Bonn.«

Er lachte. »So schlimm?«

»Ich hab echt Scheiße gebaut. Aber ich hab das nicht geplant oder so, das musst du mir glauben.«

»Ich weiß ja immer noch nicht, was eigentlich geschehen ist.«

Sie seufzte. »Kaffee«, sagte sie dann. »Ich brauch erst einen Kaffee. Dann erzähl ich dir's.«

Sie gingen nach unten in seine kleine dunkle Wohnung, in der sie sich seit dem Einbruch wohler und geborgener fühlte als in ihrer eigenen. Christian machte zwei Latte macchiato, dann setzten sie sich auf sein Sofa.

»Schieß los.«

Julie zog die Beine an den Körper und legte das Kinn auf ihre Knie. Am liebsten hätte sie einen Rückzieher gemacht. Sie hatte noch nie über diese Sache gesprochen. Nicht einmal ihre alten Freunde wussten Bescheid. Außer Valerie natürlich.

»Komm schon«, sagte Christian. »Du wirst sehen, hinterher geht es dir besser.«

Julie seufzte. »Valerie wollte immer Schauspielerin werden. Seit sie sechs oder sieben war, hat sie davon geredet. Sie hat auch immer Theater gespielt, in der Schule war sie in der Theater-AG und hat bei Musicalaufführungen mitgemacht. Später hat sie sogar im Jugendtheater mitgespielt. Sie war echt gut.« Sie nahm einen Schluck Kaffee und verbrannte sich die Zunge. »Oh Mann, ist der heiß!«

»Weiter.«

»Schon vor dem Abitur hat sie begonnen, sich bei verschiedenen Schauspielschulen zu bewerben. Sie wäre überallhin gegangen: München, Berlin, Stuttgart, Wien. Aber am allerliebsten hätte sie in Hamburg studiert.«

Christian nickte.

»Die Aufnahmeprüfung war Ende April«, fuhr Julie fort. »Und Valerie hat schon im Januar angefangen, sich darauf vorzubereiten. Ich glaube, sie hat mehr für dieses bescheuerte Vorsprechen geübt als fürs Abi. Irre!«

»Und du? Hast du dich auch so lange vorbereitet?«, fragte Christian.

»Ich hab mit ihr gelernt. Hab die Texte mit ihr geprobt, hab sie abgefragt. Gretchen und Faust. Valerie war Gretchen, ich war Faust. Ich kann die Szene heute noch auswendig.«

»Du warst Faust«, wiederholte Christian nachdenklich. »Und als Faust hast du die Prüfer dann auch überzeugt.«

Julie nickte. Sie starrte in ihren Latte macchiato, um Christian nicht ansehen zu müssen. Und spürte, wie ihr Gesicht heiß wurde, aber das lag nicht am Kaffee.

»Valerie war total hysterisch«, erklärte sie leise. »Am Tag vor der Prüfung ist sie richtig ausgerastet. Ich kann das nicht, ich bring das nicht, ich mach mich absolut lächerlich. Und so. Die hätte das wirklich nicht geschafft. Wenn sie am nächsten Tag vor den Prüfern gestanden hätte, wär sie zusammengeklappt.«

»Also bist du an ihrer Stelle hingegangen.«

»Nur weil sie wollte, dass ich zur Schule fahre. Ich sollte Bescheid sagen, dass sie krank ist.« Julie zog eine Grimasse. »Als ob das da irgendjemanden interessiert, warum einer nicht antritt. Die haben neunhundert Bewerber und acht Plätze, da sind die doch froh über jeden, der nicht erscheint.«

»Und dann?«, fragte Christian.

»Und dann hab ich die anderen Bewerber gesehen. Wie sie da saßen und an ihren Nägeln kauten und auf ihren Auftritt gewartet haben. Und da dachte ich mir … ich dachte: Was die können, kann ich auch.«

»Was die können, kannst du besser, hast du gedacht.«

Julie nickte. »Und ich konnte es auch besser. Die Prüfer fanden meinen Shakespeare-Monolog eigenwillig und überzeugend. Und sie mochten, dass ich den Faust gespielt habe und nicht das Gretchen.«

»Das Lied, das du gesungen hast«, sagte Christian. »Hast du das auch mit Valerie geübt?«

»Nee. Sie hatte für die dritte Runde eine total langweilige Szene ausgesucht.« Und Valerie wäre auch gar nicht erst so weit gekommen, dachte Julie. Weil die Prüfer sie gleich nach dem Monolog rausgeschmissen hätten. Vielen Dank, das genügt. Warten Sie bitte draußen, wir geben unsere Entscheidung später bekannt.

Valerie, da war sie sich ganz sicher, hätte nicht die Spur einer Chance gehabt. Im Schülertheater und bei den Jugendaufführungen war sie gut gewesen, aber um es auf die Schauspielschule zu schaffen, musste man nicht nur gut sein. Sondern außergewöhnlich. Wie Julie.

»Ach so«, sagte Christian und trank seinen Kaffee in einem Zug aus, obwohl er so heiß war.

»Jetzt bist du geschockt«, stellte Julie fest. »Aber es war nicht so, dass ich Valerie reinlegen wollte. Sie hat es hinterher so hingedreht, als ob ich sie verunsichert hätte. Weil ich von vornherein geplant hätte, an ihrer Stelle anzutreten. Aber das stimmt nicht. Es war eine spontane Idee.«

»Aber wenn dir das passiert wäre«, sagte Christian. »Wenn Valerie das mit dir gemacht hätte, dann wärst du doch auch richtig sauer gewesen, oder?«

»Na klar. Ich hätte ihr die Augen ausgekratzt.«

»Hm«, machte Christian.

»Was – hm?«, fragte Julie.

»Während der ganzen Zeit, in der du mit Valerie geprobt hast – ist dir da nie der Gedanke gekommen, dass du selbst Schauspielerin werden könntest?«

»Nee. Das war immer Valeries Ding. Ich wollte Geologie studieren. Oder Ethnologie.«

»Geologie.« Er schüttelte den Kopf, als ob das die absurdeste Idee wäre, die er jemals gehört hatte. »Nee, das nehm ich dir nicht ab.«

»Das nimmst du mir nicht ab? Was soll das denn heißen?«

Am liebsten wäre sie aufgestanden und aus seiner Wohnung gerannt und hätte die Tür laut hinter sich zugeknallt. Du kannst mich mal, du Arsch! Aber wenn sie jetzt wegrannte, musste sie auch ohne ihn nach oben. Und wenn er nicht nachkam, musste sie die Nacht alleine verbringen. Und schon die Vorstellung brachte sie zum Hyperventilieren.

»Komm, sei nicht sauer!«, sagte Christian. »Ich find es super, dass du Schauspielerin wirst. Das ist perfekt. Valerie hat es nicht einmal versucht. Keiner kann wissen, ob sie es geschafft hätte oder nicht. Und keiner kann dich dafür verantwortlich machen, dass sie vor lauter Lampenfieber die Flinte ins Korn geworfen hat.« Er zog Julie an sich. »Ich bin stolz auf dich«, flüsterte er ihr zu.

Sein Atem an ihrem Ohr war so warm und weich. Und seine Worte taten ihr so gut. Auch wenn sie nicht stimmten. Für den Ausgang der Sache konnte Julie nichts, das war richtig. Aber sie war dafür verantwortlich, dass Valerie die Flinte ins Korn geworfen hatte. Wenn Julie ihr damals gut zugeredet hätte, wenn sie sie aufgebaut hätte, dann hätte sie die Prüfung gemacht. Stattdessen hatte Julie nur davon gesprochen, wie stressig und unsicher und hart das Leben als Schauspielerin war.

»Kannst du mir das Lied mal vorsingen?«, fragte Christian.

Sie sah ihn entgeistert an. »Welches Lied?«

»Na das, mit dem du die Prüfer überzeugt hast. Ich würd es gerne hören.«

»Quatsch! Ich kann doch jetzt nicht einfach so drauflossingen!«

»Warum denn nicht? Damals hattest du doch auch keine Begleitung, oder? Komm, bitte, Julie! Tu's für mich!«

»Das Lied ist total scheiße. Echt. Ich hab's nur gesungen, weil mir so spontan kein anderes einfiel.«

Christian bettelte und Julie wehrte sich, aber am Ende gab sie doch nach. »Also gut. Wenn du dann Ruhe gibst.« Sie erhob sich.

Er setzte sich ganz aufrecht hin. »Super. Applaus!«

»Hör auf. Sonst sing ich nicht.«

Er nickte hastig.

Sie schloss die Augen, atmete ein paarmal ein und aus. Und dann begann sie zu singen.

»Paranoia, I feel all possessed.
Paranoia, I am such a mess.
Paranoia, paranoia, I can't get no sleep.
Paranoia, pull my hair and weep.
I lose my mind,
I go insane!
I go down, down, down. Help me, help me, pull me up!«

Sie sang alle vier Strophen, die sie auswendig kannte, seit sie drei oder vier Jahre alt war. Ihre Mutter trällerte das Lied beim Duschen, Kochen, Putzen und Fußnägellackieren. Ihr Lied. Ihr Durchbruch, der dann doch keiner gewesen war, weil Julie sie gestoppt hatte.

Ihrer Mutter hatte das Lied letztendlich kein Glück gebracht, aber vielleicht hatte es Julie die Tür zum Erfolg geöffnet.

»Paranoia, Paranoia!
Just hold me tight and let me feel you're real, you're really, really real.«

»Wow!«, sagte Christian, als sie fertig war. »Das war ganz große Klasse. Du bist echt atemberaubend, Julie.«

»Ach Quatsch!«, wehrte sie ab. »Red doch keinen Müll!«

Er schüttelte den Kopf. »Du wirst bestimmt berühmt. Und ich kann bis zu meinem Lebensende damit angeben, dass wir mal zusammen waren.«

»Du Idiot!« Sie lachte und ließ sich neben ihn aufs Sofa fallen. Dann wurde sie plötzlich wieder ernst. »Geh nicht nach Bonn am Wochenende«, flüsterte sie ihm zu. »Bleib hier bei mir. Bitte.«

Ihre Zungenspitze berührte sein Ohr. Darauf stand er, das wusste sie genau.

Er beugte sich zu ihr und küsste sie und knöpfte dabei ihre Bluse auf.

Gewonnen, dachte Julie.

»Ich muss da hin. Birger wäre superenttäuscht, wenn ich nicht komme«, flüsterte er.

»Und ich bin superenttäuscht, wenn du fährst«, säuselte Julie.

Er lächelte. »Tut mir leid, ich muss nach Bonn.«

»Du musst gar nichts.«

Christian stand auf. »Doch, Julie. Ich muss. Wenn ich die ganze Zeit hier bei dir bleibe, bin ich verloren.«

»Verloren?«, fragte sie verständnislos. »Was soll das denn wieder heißen?«

»Verloren. Du verschlingst mich mit Haut und Haar. Und verdaust mich. Und scheidest mich aus. Dann bin ich nur noch ein Haufen Scheiße.«

Sie sprang ebenfalls auf. »Sag mal, spinnst du? Was ist das denn für ein Schwachsinn?«

»Das ist kein Schwachsinn«, sagte er ernst. »Das sind meine Gefühle.«

»Dein Gefühl sagt dir, dass du mir nicht vertrauen kannst?«

Er betrachtete sie nachdenklich. Dann zuckte er mit den Schultern. »Mein Gefühl sagt: Sei vorsichtig. Das Risiko ist zu groß.«

»Welches Risiko?«

»Dass du mir das Herz brichst.«

In dieser Nacht schlief Christian in seiner Wohnung und Julie in ihrer. Bevor sie schlafen ging, drehte sie den Schlüssel zweimal um und legte das Vorhängeschloss vor. Sie machte alle Fenster zu, obwohl es eine warme Sommernacht war und die Wahrscheinlichkeit eher gering, dass jemand im vierten Stock durchs Fenster kletterte.

Sie ließ in allen Räumen das Licht brennen, sogar im Bad. Nur im Schlafzimmer machte sie es aus.

Eine Stunde später schaltete sie es wieder an. Sie konnte einfach nicht einschlafen. Weil ihr Christians Worte nicht aus dem Kopf gingen. *Wenn ich die ganze Zeit hier bei dir bleibe, dann bin ich verloren. Mein Gefühl sagt mir: Sei vorsichtig.*

Recht hat er, dachte Julie. Ich würde mir ja selbst auch nicht trauen. So wie ich ihn bisher behandelt habe. Und nach allem, was ich ihm über mich und Valerie erzählt habe.

Sie überlegte, ob sie zu ihm nach unten gehen sollte. Wie schön es jetzt wäre, sich an ihn zu schmiegen! Bestimmt wartete er nur darauf, dass sie zu ihm kam. Aber zwischen Christian und ihr lag das dunkle Treppenhaus. Vielleicht lauerte der Einbrecher da draußen. Julie erschauderte. Dann piepste ihr Smartphone, das auf dem Nachttisch lag. Und Julie lächelte. Eine SMS. Das war Christian, der es genauso wenig ohne sie aushielt wie sie ohne ihn.

»Na, endlich«, murmelte sie, während sie nach dem Telefon griff.

Sie klappte es auf und rief die Nachricht ab. Die SMS kam aber nicht von Christian. Der Absender hatte seine Nummer unterdrückt.

Gott spart das Unglück des Gottlosen auf für dessen Kinder. Er vergelte es ihm selbst, dass er's spüre, stand da. Darunter als Unterschrift ein einziger Buchstabe: *V.*

Als ich aus dem Hort komme, wartet Dad auf mich. Wie wär's mit einem Eis?, fragt er. Chocolate-Chip oder hast du jetzt eine andere Lieblingssorte?

Ich bin so froh, dass er endlich da ist, dass ich auch Pistazie essen würde, obwohl ich davon immer fast kotzen muss.

Wir essen Eis und er fragt: Wie geht es dir?

Gut, sage ich. Jetzt geht es mir ja gut.

Und Mama?, fragt er. Besuchst du sie manchmal?

In der Klapse darf man keine Besuche kriegen. Papa will auch nicht, dass ich von ihr rede. Darf ich jetzt wieder nach Hause?, frage ich Dad.

Erst muss Mama wieder gesund werden, sagt er. So lange musst du bei deinem Papa wohnen.

Kann ich nicht mit zu dir kommen?, frage ich.

Das geht nicht, sagt Dad. Ich muss oft verreisen. Da kann ich dich leider nicht mitnehmen.

Mir macht es nichts aus, wenn ich mal allein bin, sage ich.

Er isst sein Eis. Er hat mich nicht gehört. Mal sehen, sagt er dann. Mal sehen heißt Nein.

Ich bring dich nach Hause, sagt er. Er meint in Wirklichkeit: zu Papa.

Vor dem Haus, in dem ich jetzt wohne, gibt er mir einen Kuss.

Komm doch mit, ich zeig dir mein Zimmer, sage ich. Ich hab jetzt neues Lego. Wir können was bauen.

Das geht nicht, sagt Dad. Dein Papa und ich verstehen uns nicht so gut. Ist vielleicht besser, wenn du ihm nicht sagst, dass ich da war. Dann sagt er noch: Ich schreib dir. Wir sehen uns bald. Versprochen.

Ehrenwort?

Du kannst dich auf mich verlassen, sagt er.

10

Philipp war schweißgebadet, als sie in der Germersheimer Straße aus dem Auto stiegen. Dabei hatte sein Renault eine Klimaanlage. Nicht die Hitze war daran schuld, dass er so schwitzte. Es war die Angst, die pure Panik.

»Cool bleiben«, sagte Marcel, der leicht reden hatte. Es ging ja nicht um seine Zukunft und um seinen Kragen.

»Vielleicht hätte ich doch lieber vorher anrufen sollen«, murmelte Philipp.

»Quatsch. Du willst sie doch überrumpeln, oder?«

»Und wenn sie nicht zu Hause ist?«

»Dann kommen wir später wieder. Mann, Philipp, reiß dich zusammen! Wir haben unseren Plan jetzt doch oft genug durchgekaut: Du stellst sie zur Rede und nagelst sie fest. Gib ihr keine Gelegenheit, sich rauszureden oder dich irgendwie einzuwickeln! Wenn du sie hart genug angehst, ist sie nach ein paar Minuten fällig und gesteht alles.«

»Ich werd sie nicht anzeigen«, sagte Philipp. »Nur dass das klar ist.«

»Meinetwegen. Es ist deine Sache. Wenn du sie schonen willst, bitte sehr! Die Gebäudeversicherung kommt ja nun für den Wasserschaden auf, also, was soll's?« Marcel setzte seine Sonnenbrille auf. »Es muss ihr nur absolut klar sein, dass sie so was nicht noch mal bringen kann.«

»Sicher«, murmelte Philipp. »Na, dann wollen wir mal!«

Auf dem Weg zu ihrem Haus kam ihm das erste Mal der Gedanke, dass sie inzwischen woanders wohnen könnte und ihre neue Adresse nicht im Telefonbuch stand. Die Vorstellung gefiel ihm. Obwohl das die ganze Angelegenheit nicht einfacher, sondern sehr viel komplizierter gemacht hätte.

Sie war aber nicht umgezogen. »Y. Färber« stand auf der siebten Klingel von oben. Seine Hand zitterte, als er den Finger auf den Knopf legte.

»Ganz ruhig«, sagte Marcel.

»Wer ist da?«, fragte Yasmin durch die Gegensprechanlage.

»Ich bin's.« Philipp räusperte sich. »Philipp Preuss.«

»Bitte?«

Aber bevor er seinen Namen wiederholen konnte, summte der Türöffner. Im Treppenhaus standen Seidenblumen auf den Fensterbänken. Es roch nach Putzmittel mit Orangenduft. Yasmin erwartete sie an der Wohnungstür.

»Philipp? Was willst du denn hier?«

»Das kannst du dir doch denken!«, sagte er.

Sie hatte abgenommen, ihre Beine schienen jetzt noch länger, ihre Taille noch schmaler, die Brüste noch größer. Das machte ihn noch nervöser, als er ohnehin schon war.

»Ich verstehe kein Wort«, sagte Yasmin. Dann wanderte ihr Blick zu Marcel. »Wer ist das denn?«

»Ich bin Marcel Diesler. Können Sie sich wirklich nicht vorstellen, warum wir hier sind?«

Sie hob fragend die Augenbrauen. »Keinen blassen Schimmer. Brauchst du eine neue Sekretärin, Philipp? Vergiss es!«

»Das mit dem Wasser in der Wohnung«, sagte Philipp. »Das warst doch du, oder?« Falsch, ganz falsch, dachte er dann. Du stellst sie zur

Rede und nagelst sie fest, hatte Marcel vorher gesagt. Wenn du sie hart genug angehst, ist sie nach ein paar Minuten fällig. Aber gleich mit dem ersten Satz hatte er alles vermasselt. Viel zu weich, viel zu unverbindlich.

»Mit welchem Wasser?«, fragte Yasmin. »Sag mal, hast du sie noch alle, Philipp?«

»Tu doch nicht so!«, sagte Philipp wütend. »Du kannst froh sein, dass ich dir nicht gleich die Bullen auf den Hals gehetzt habe.«

»Die Bullen? Ich verstehe kein Wort.«

»Können wir reinkommen?«, fragte Marcel.

»Auf keinen Fall. Und wenn ihr mich nicht sofort in Ruhe lasst, ruf ich selber die Polizei«, rief Yasmin so laut, dass es durch das ganze Treppenhaus hallte.

»Alles klar, Yasmin?«, rief prompt eine Männerstimme. Die kam aber nicht aus dem Treppenhaus, sondern aus der Wohnung.

»Hier ist nichts klar«, gab sie über die Schulter zurück. »Kannst du mal kommen? Hier sind zwei komische Typen.«

Philipp und Marcel wechselten einen ratlosen Blick. Ein großer, dünner Mann schlurfte durch den Flur und trat neben Yasmin. »Was gibt's denn?«, fragte er feindselig.

»Keine Ahnung«, meinte Yasmin.

»Was wollt ihr?«, erkundigte sich der Mann jetzt bei Philipp, wobei er einen Arm um Yasmins Schulter legte.

Sie ist mit ihm zusammen, dachte Philipp. Das bedeutet, dass sie keinen Grund mehr hat, mir nachzustellen. Oder meine Verlobung mit Vivian zu torpedieren. Ich bin auf dem Holzweg, aber total.

Marcel dachte offensichtlich das Gleiche, denn er machte eine schnelle Kopfbewegung in Richtung Ausgang. Lass uns hier abhauen!, hieß das.

»Schon gut«, sagte Philipp zu Yasmins Freund. »War wohl ein Irrtum.«

Yasmin schnappte nach Luft. »Sag mal, geht's noch? Was sollte denn dieser Auftritt?«

»Nichts«, sagte Philipp und machte einen großen Schritt nach hinten und wäre dabei fast die Treppe hinuntergefallen. »Mach's gut, Yasmin.« Dann ergriff er die Flucht und Marcel folgte ihm polternd.

»Einen Moment mal!«, schrie Yasmins Liebhaber ihnen nach. »Bleibt sofort stehen!«

»Lass sie, Jonas!«, hörte Philipp Yasmin sagen. »Die sind doch total irre.« Dann fiel die Wohnungstür zu.

»Jonas!«, keuchte Philipp, als sie wieder im Auto saßen. »Das war ihr Ex.«

»Sah aber überhaupt nicht nach Ex aus, wenn du mich fragst«, meinte Marcel.

»Sie ist wohl wieder mit ihm zusammen.« Philipp wischte sich den Schweiß von der Stirn. »War 'ne Scheißidee hierherzukommen.«

»Stimmt. Aber zumindest weißt du jetzt Bescheid. Yasmin hat nichts mit dem Wasserschaden zu tun. Und die SMS hat sie dir auch nicht geschickt.«

»Ich hab mich total zum Affen gemacht.«

»Sie mochte dich doch vorher schon nicht. Also, was soll's?«

»Aber wenn Yasmin es nicht war, wer dann?«

»Gab es vielleicht noch eine andere, mit der du …?«

»Spinnst du?«, fragte Philipp empört. »Wofür hältst du mich?«

Marcel hob abwehrend die Hände. »War ja nur 'ne Frage.« Er kratzte sich am Kopf. »Also, wenn ich an deiner Stelle wäre, würde ich doch zur Polizei gehen.«

Philipp nickte. »Das mach ich auch. Aber nicht mehr heute. Ich fahr jetzt erst mal bei Vivian vorbei und lad sie zum Essen ein. Und hol das mit der Verlobung nach.«

»Gute Idee.« Marcel räusperte sich. »Hoffentlich bist du jetzt nicht sauer auf mich. Wegen der Sache von eben.«

»Quatsch. Du hast ja Recht – zumindest weiß ich nun Bescheid. Yasmin ist aus dem Spiel. Gott sei Dank.«

»Die sieht ja echt spitzenmäßig aus«, sagte Marcel gedankenverloren.

»Kannst ja noch mal raufgehen und nachhaken, wie ernst es zwischen ihr und diesem Jonas ist.«

»Nee danke. Ich hab was Besseres.«

»Was, echt?« Philipp sah Marcel voller Interesse an.

»Na ja.« Marcel grinste verlegen.

»Erzähl doch mal! Ist es diese Eva? Konntest du endlich bei ihr landen?«

»Nee. Nicht Eva. Vergiss sie. Sie heißt Jenny.«

»Jenny«, wiederholte Philipp. »Und weiter?«

»Vandenberg.«

»Ach Quatsch. Ihr Nachname interessiert mich doch nicht. Woher kennst du sie und wie gut kennst du sie?«

»Sie ist eine Studienkollegin. Evas Freundin, um genau zu sein. Wir sind seit letztem Wochenende zusammen.«

»Glückwunsch!«

»Danke. Nächste Woche fahr ich mit ihr in die Berge. Mal sehen, ob wir danach immer noch ein Paar sind.«

»Danach seid ihr wahrscheinlich auch verlobt«, prophezeite Philipp. Gleichzeitig fiel ihm ein, wie ungeschickt es war, dass Marcel ausgerechnet jetzt eine Auszeit nahm.

»Mach dir keine Sorgen wegen der Baustelle«, sagte Marcel, als ob Philipp den Gedanken laut ausgesprochen hätte. »Ich lass mein Handy an und kümmere mich um alles. Und wenn irgendwas ist, komm ich sofort zurück nach München.«

»Du hast sie wohl nicht mehr alle. So wird das nie was mit deiner Jenny.«

»Dienst ist Dienst«, sagte Marcel. »Und Schnaps ist Schnaps.«

»Und Sex ist Sex«, sagte Philipp.

Nachdem Philipp Marcel nach Hause gefahren hatte, rief er Vivian an und erfuhr, dass sie am Starnberger See war. »Ganz spontan!«, rief sie begeistert ins Handy. »Komm doch auch her. Hier ist es absolut geil.«

Warum eigentlich nicht, dachte Philipp. Einfach mal einen Tag blaumachen und baden gehen. Aber dann hörte er im Hintergrund Gekicher. »Mit wem bist du denn am See?«, fragte er misstrauisch.

»Mit Cindy und Jessy und Anna«, rief Vivian. »Ein Mädelsausflug. Aber du … warte mal …« Sie unterbrach sich, weil Cindy oder Jessy oder Anna etwas Wichtiges mitzuteilen hatte. »Das ist ja eine süße Idee«, kiekste sie dann. »Aber das verrat ich ihm noch nicht. Das wird total crazy.«

»Vivian?«, rief Philipp. »Bist du noch dran?«

»Klar! Ich … Seid doch mal leise, ich versteh ja kein Wort … Philipp? Hallo?«

»Hallo!«, sagte er ungeduldig.

»Kommst du? Das wär wirklich …«

»… crazy«, sagte er. »Nee, lass mal. Ohne mich habt ihr bestimmt viel mehr Spaß. Wann kommst du denn wieder zurück?«

»Sonntagabend.«

»Was? Du willst bis Sonntag wegbleiben? Heute ist doch erst Mittwoch!«

»Genau. Komm doch, Philipp. Bitte, bitte! André ist auch hier. Du bist also nicht der einzige Mann.«

André. Das war Cindys Freund. Oder gehörte er zu Jessy? Auf jeden Fall arbeitete er in einem Fitnessstudio und hatte nur Kraftsport und Bodybuilding im Kopf, ein entsetzlicher Langweiler.

»Lass mal. Wir sehen uns am Sonntagabend. Ich reservier uns dann einen Tisch bei *Amadeo.*«

»Wir sind hier noch auf einer Grillparty eingeladen. Wird also eher später.«

Du kannst mich mal, dachte Philipp und hätte es auch fast gesagt, aber im letzten Moment beherrschte er sich. »Viel Spaß noch.« Er beendete das Gespräch und warf das Handy auf den Beifahrersitz und fuhr erschrocken zusammen, als es im selben Moment laut piepste.

Eine SMS. Er bekam am Tag zwischen zwanzig und dreißig SMS. Von Kunden, von Freunden, von Frau Klopp, Marcel, Vivian. Dennoch wusste er sofort, dass es eine neue anonyme Nachricht war. Es ging also weiter. Die Schraube drehte sich.

Jedes Mal wenn ich aus dem Hort komme, gucke ich, ob Dad vielleicht auf mich wartet, aber er ist nie da.

Aber dann ist er auf einmal doch da.

Hallo, Großer, sagt er. Wie wär's mit einem Eis?

In der Eisdiele erzählt er mir, dass er in eine andere Stadt zieht. Weil er da besser arbeiten kann.

Nimmst du mich mit?, frage ich.

Das kann ich nicht. Du musst bei deinem Papa bleiben, sagt er.

Bitte!, sage ich, und mein Chocolate-Chip-Eis schmeckt plötzlich wie Pistazie.

Es geht nicht, sagt er, wirklich nicht.

Ich sage: Frag Papa doch mal. Er hat bestimmt nichts dagegen, wenn ich mitkomme. Er findet mich nämlich voll bescheuert.

Dad lacht. Das ist doch Quatsch. Weißt du was? Du kommst mich mal besuchen.

Wann?, frage ich.

Das sehen wir dann. Ich bin doch noch gar nicht weg, sagt Dad.

Aber das stimmt nicht. Eigentlich ist er schon weit weg. So weit, dass er mich kaum noch sehen kann. Seine Augen gucken durch mich durch in seine neue Wohnung in der anderen Stadt.

Ich esse mein Eis nicht auf, weil mir plötzlich die Kotze hochkommt. Ich mag kein Chocolate-Chip mehr.

11

»Gott spart das Unglück des Gottlosen auf für dessen Kinder. Er vergelte es ihm selbst, dass er's spüre.« Die beiden Sätze waren aus der Bibel, das fand Julie durch Googeln heraus. Ein Zitat aus dem Buch Hiob, Kapitel 21, Vers 19.

Der Sinn der Botschaft war ihr allerdings unklar. Offenbar ging es darum, dass das Unrecht des Vaters auf seine Kinder zurückfiel. Aber was hatte das Ganze mit ihr zu tun? Sie hatte keine Kinder und keine Geschwister und ihren Vater kannte sie so gut wie gar nicht. Du hast keinen Vater, sagte Marianne immer. Nur einen Erzeuger.

Vor zwanzig Jahren war sie nach irgendeinem Gig in irgendeiner Stadt mit irgendeinem Typ ins Bett gegangen. Als sie am nächsten Morgen aufgewacht war, war er weg. Und Marianne war schwanger und ihre Karriere im Eimer.

»Warum hast du mich überhaupt bekommen?«, hatte Julie sie einmal gefragt. »Du hättest doch einfach abtreiben können. Ich meine, du warst doch gerade so irre erfolgreich.«

»Na ja. Natürlich hab ich darüber nachgedacht, kannst du dir ja denken. Die ganze Band, mein Manager, die Agentur, meine Eltern sowieso, alle haben sie auf mich eingeredet und wollten, dass ich dich wegmachen lasse. Aber ich war ja so naiv damals. Ich hab wirklich gedacht, dass ich mit einem Kind einfach so weitermachen könnte.« Als Marianne bewusst wurde, was sie da gesagt hatte, korrigierte sie sich hastig. »Ich meine, ich bin ja gottfroh, dass ich dich bekommen habe. Das war die beste Entscheidung meines Lebens.«

Als Julie ein kleines Mädchen gewesen war, hatte sie geglaubt, dass ihr Vater nichts von ihr wusste. Sie hatte sich oft vorgestellt, dass er plötzlich vor ihrer Wohnungstür auftauchen würde, ein schöner, großer, starker Mann. *Ich hab jahrelang nach dir gesucht, kleine Julie. Du bist mein Ein und Alles.* Und dass er sie mitnehmen würde in sein aufregendes Leben in einer schönen Stadt am Meer oder in den Bergen.

Und dann war er wirklich gekommen. »Dein Vater will dich kennenlernen«, hatte Marianne an Julies zehntem Geburtstag verkündet.

»Was?« Julies Herz blieb fast stehen. »Wie hat er uns gefunden?«

»Wie meinst du das?«

»Wie hat er herausgefunden, dass es mich gibt?«

Marianne zog die Augenbrauen hoch. »Das wusste er doch die ganze Zeit.«

»Er wusste, dass ich seine Tochter bin? Warum hat er mich dann nie besucht?«

»Ich wollte das nicht«, sagte Marianne. »Er war verheiratet und wollte sich nicht trennen. Es hätte dich nur verwirrt. So wie es war, war es besser.«

Aber mit zehn Jahren, fuhr sie fort, sei Julie alt genug, selbst zu entscheiden. Ob sie ihren Vater treffen wolle oder nicht.

»Willst du?«, fragte Marianne.

Natürlich wollte Julie. Sie war sauer auf ihre Mutter, dass sie so lange gewartet hatte. All die Jahre hatte sie ihren Vater hingehalten. Und Julie auch.

Schon am nächsten Wochenende brachte Marianne Julie ins Marriott-Hotel, wo ihr Vater in der Lobby auf sie wartete. Und genau wie Julie es sich immer vorgestellt hatte, war er groß. Allerdings fand sie ihn nicht sehr schön und er wirkte auch nicht richtig stark. Auch sonst war nichts so wie in ihrer Vorstellung. Ihr Vater wusste nichts mit ihr anzufangen und sie wusste nichts mit ihrem Vater anzufangen. Er führte sie zuerst in den Zoo, wo sie schweigend vor Eisbärengehegen, Affenkäfigen und Aquarien standen. Später gingen sie ins Kino, in einen Kleinkinderfilm, für den Julie viel zu alt war und ihr Vater erst recht. Sie war trotzdem erleichtert, immerhin musste man im Kino nicht reden.

Dann brachte er sie zurück zu Marianne.

»In zwei Wochen bin ich noch einmal in Hamburg«, sagte er bei der Verabschiedung. »Wenn du magst, unternehmen wir wieder etwas Schönes.«

Julie nickte und lächelte ihn an, obwohl sie genau wusste, dass sie ihn nicht wiedersehen würde.

Mein Vater ist tot, erzählte Julie danach jedem, der sich nach ihm erkundigte. Wenn man dabei ein trauriges Gesicht machte, das lernte sie schnell, fragte niemand weiter.

Und jetzt diese SMS. Und vorher die verwüstete Wohnung. Und die erste SMS. Dummerweise hatte sie die gelöscht. Sie erinnerte sich auch nicht mehr genau an den Inhalt. Auf jeden Fall war es auch in der ersten Botschaft um Schuld gegangen. Aber nicht um meine Schuld, dachte Julie. Es geht um meinen Vater.

Die Einzige, die ihr weiterhelfen konnte, war Marianne. Julie beschloss, am Wochenende zu ihr zu fahren. Es war ohnehin an der Zeit, dass sie sich mal wieder in Lohbrügge blicken ließ. Sie hatte ihre Freunde seit Wochen nicht gesehen. Und ihre Mutter auch nicht.

»Du meldest dich auch nur, wenn du was von mir willst«, hatte Marianne ihr vorgeworfen, als sie vor zwei Wochen das letzte Mal miteinander telefoniert hatten. »Dabei wohnen wir in derselben Stadt. Komm doch wenigstens mal zum Kaffeetrinken vorbei.«

Freitagabend würde Julie zu ihr rausfahren und Sonntagabend zurückkommen. Oder vielleicht erst am Montagmorgen. Sie könnte direkt zur Arbeit in der Boutique fahren. Auf diese Weise schlug sie zwei Fliegen mit einer Klappe. Sie konnte mit Marianne über ihren Vater reden. Vielleicht gab es ja doch etwas, was ihre Mutter ihr bisher verschwiegen hatte. Und sie musste das Wochenende nicht allein in der Wohnung verbringen.

Wie hatte sie es jemals mit Marianne aushalten können? Diese Wohnung ist eine Zumutung, dachte Julie, nachdem sie die Tür aufgeschlossen hatte und in den Flur getreten war. Das Chaos im Flur. Der Garderobenständer brach unter der Last der Klamotten fast zusammen. Daneben ein Stapel Altpapier, ein Kasten Wasserflaschen, ein paar Kartons mit Altglas. Schuhe lagen mitten im Weg. Der Spiegel an der Wand war blind von Staub. Marianne hatte keinen Finger gerührt, seit Julie das letzte Mal aufgeräumt und geputzt hatte.

»Da bist du ja endlich. Ich dachte schon, du kommst gar nicht mehr.« Ihre Mutter erschien jetzt in der Küchentür, ein Glas Weißwein in der Hand. »Ich hab Essen gemacht.«

»Hi.« Julie zögerte einen Moment, bevor sie ihre Jacke vorsichtig oben auf dem Garderobenständer drapierte. Hoffentlich gab ihm das nicht den Rest.

»Risotto mit Garnelen«, sagte Marianne. »Ich freu mich so, dass du da bist.«

Das klang nicht wie eine Floskel, sondern ehrlich. Und Mariannes Lächeln wirkte auch echt.

»Wirklich?«, fragte Julie überrascht.

»Natürlich.« Marianne küsste sie auf die Wange. Kein warmer Mutterkuss, sondern ein typisches, dahingehauchtes Marianne-Küsschen.

Das Essen war natürlich angebrannt. »Ich lerne es nie«, seufzte Marianne und schob ihren Teller von sich, nachdem sie gerade mal zwei Bissen genommen hatte. »Tut mir leid.«

»Ist nicht schlimm.« Julie ließ ihre Gabel sinken. Der Risotto schmeckte wirklich abscheulich. Dabei kaufte Marianne immer die teuersten Zutaten ein.

»Kann ich dir irgendetwas anderes anbieten?«, fragte Marianne. »Wir könnten uns eine Pizza bestellen.«

»Lass mal. Ich hatte ohnehin keinen großen Hunger.« Julie nippte an ihrem Weinglas. »Hast du eigentlich noch Kontakt zu meinem Vater?«, erkundigte sie sich dann.

»Wie kommst du denn jetzt darauf?«

»Nur so. Ich hab kürzlich so eine SMS bekommen … ist ja auch egal. Auf jeden Fall hab ich mich gefragt, ob ich ihn vielleicht noch mal besuchen sollte.«

»Hm.« Marianne leerte ihr Weinglas und schenkte es gleich danach wieder voll. »Ich hab natürlich seine Adresse. Aber wir haben jahrelang nicht mehr miteinander gesprochen.«

»Was weißt du von ihm?«

»Nichts. Wir kannten uns ja überhaupt nicht. Das weißt du doch.«

»Na, irgendwas muss doch hängen geblieben sein. Ich meine, abgesehen von mir. Ihr habt euch doch garantiert ein bisschen unterhalten, bevor ihr miteinander ins Bett seid. Und danach auch.«

»Von der Nacht selbst weiß ich gar nichts mehr. Ich war ziemlich blau und konnte mich am nächsten Morgen an nichts mehr erinnern. Filmriss. Sonst hätte ich mich doch nie auf so was eingelassen.«

Ein Filmriss. Das war der Beginn von Julies Existenz.

»Er wohnt in Düsseldorf«, sagte Marianne. »Frauenarzt, verheiratet, ein Sohn. Hab ich natürlich alles erst hinterher erfahren.«

»Ein Sohn?«, fragte Julie. »Ich hab einen Bruder? Davon hast du mir nie etwas erzählt.«

»Du hast mich ja auch noch nie danach gefragt.«

»Wie alt ist der Sohn denn?«

»Neunzehn.«

»Nur ein Jahr älter als ich? Das ist ja ein Ding!«

»Na ja, das ist der Klassiker. Zu Hause schreit das Baby, die Frau ist genervt und fertig. Da sind viele Männer reif für den Seitensprung. Ich sah gut aus und war erfolgreich und unabhängig. Das hat ihn gereizt. Er konnte ja nicht ahnen, dass ich so fruchtbar bin.«

»Und er hat nie darüber nachgedacht, seine Frau zu verlassen und mit dir ein neues Leben anzufangen?« Selbst wenn er es getan hätte, wäre auch diese Beziehung inzwischen längst wieder vorbei, das war Julie klar. Ihre Mutter war nie länger als ein paar Monate mit einem Mann zusammen. Danach endete das Liebesglück in Tränen und Tobsuchtsanfällen und Selbstmitleid.

»Keine Sekunde. Nachdem ich erfahren habe, dass ich schwanger bin, hab ich ihn angerufen. Er war total schockiert. Na ja, mir ging es ja nicht anders. Gleich am nächsten Wochenende kam er wieder nach Hamburg. Er hat versprochen, mir zu helfen, finanziell, meine ich. Und das hat er auch getan. Er war sehr großzügig, das muss man ihm lassen. Die Bedingung war allerdings, dass seine Frau nichts von dir erfährt.«

»Schweigegeld«, sagte Julie. Früher hatte sie sich immer darüber gewundert, was sie sich alles leisten konnten, obwohl Marianne doch nur Sozialhilfe bezog.

»Am Anfang wollte er nichts von dir hören oder sehen«, meinte Marianne nachdenklich. »Aber das änderte sich. Als du drei oder vier warst, rief er mich plötzlich an und wollte dich kennenlernen. Aber ich wollte das nicht. Er hatte sich schließlich gegen uns entschieden.«

»Hättest du ihn denn genommen, wenn er dich gewollt hätte?«

»Versucht hätte ich es bestimmt.« Marianne seufzte. »Wahrscheinlich hätte es nicht funktioniert. Bei mir hat noch nie eine Beziehung funktioniert.« Sie wollte Julie Wein nachschenken, aber die erste Flasche war bereits leer. Sie angelte eine zweite aus dem Kühlschrank, öffnete sie und füllte beide Gläser. »Und bei dir? Wie sieht's da aus? Hast du einen Freund?« Dabei lehnte sie sich über den Tisch und sah ihre Tochter aus leicht glasigen Augen an. Julie konnte den Wein in ihrem Atem riechen. Sie hasste es, wenn Marianne zu viel trank. Und Marianne trank oft zu viel. Wahrscheinlich hatte sie die erste Weinflasche schon beim Kochen geleert.

Julie schob ihr Glas zur Tischmitte und schenkte sich Wasser ein. »Da ist niemand.« Sie hatte keine Lust über Christian zu sprechen. Sie wollte mehr über ihren Vater erfahren.

Sie wunderte sich über sich selbst, dass sie Marianne noch nie zuvor über ihn ausgefragt hatte.

»Als ich zehn wurde, hab ich ihn doch getroffen«, sagte Julie. »Warum hast du deine Meinung plötzlich geändert?«

»Du warst ja ganz versessen darauf, ihn kennenzulernen. Ich dachte, dass es vielleicht ganz heilsam wäre, wenn du siehst, dass er nichts Besonderes ist. Ein Mensch aus Fleisch und Blut. Kein Märchenprinz.«

»Aha«, sagte Julie.

»Außerdem hat er damit gedroht, dass er seine Zahlungen kürzen würde, wenn er dich nicht endlich einmal sehen dürfte.«

Julie schnaubte verächtlich. »Die Kohle mal wieder. Da bist du natürlich sofort eingeknickt.«

»Nicht sofort«, meinte Marianne gekränkt. »Aber ich brauchte das Geld. Ich konnte schließlich keinen Job annehmen, du warst ständig krank. Und einen gewissen Lebensstandard erwarte ich auch, das gebe ich offen zu.«

Die alte Leier. *Du warst so oft krank. Ich konnte nicht anders. Mein Leben war ruiniert.* Julie wäre am liebsten aufgestanden und zurück in die Stadt gefahren. Aber ihre Wohnung war dunkel und leer und Christian war in Bonn. Außerdem war sie nun wirklich neugierig.

»Wie gesagt – es ist ja alles gut gegangen. Nach dem ersten Treffen wolltest du ihn nicht mehr wiedersehen.«

»Ihm ging es wahrscheinlich genauso.« Julie zog eine Grimasse. »Jedenfalls hat er sich in all den Jahren nicht mehr bei mir gemeldet.«

»Er hat sich immer wieder nach dir erkundigt.«

»Und? Hast du ihm Bericht erstattet?«

»Bericht erstattet! Wie das klingt! Natürlich hab ich ihm erzählt, was du gerade machst und alles. Er ist immerhin dein Vater.«

»Und zahlt auch nicht schlecht.«

»Julie!«, rief ihre Mutter scharf.

»Schon gut«, sagte Julie. Marianne war betrunken, es war besser, sich nicht mit ihr zu streiten. »Hast du ihm eigentlich mal meine Handynummer gegeben?«

»Wem? Deinem Vater? Spinnst du? Warum hätte ich das denn tun sollen?«

»Keine Ahnung. Ich frag ja bloß.«

Marianne schenkte sich schon wieder nach. Julie hätte ihr am liebsten die Flasche weggenommen. »Hat er dich etwa angerufen?«

»Ich hab vor Kurzem eine komische SMS bekommen.«

»Und was stand da drin?«

»Gott spart das Unglück des Gottlosen auf für dessen Kinder. Er vergelte es ihm selbst, dass er's spüre«, sagte Julie.

Marianne starrte sie verständnislos an.

»Ein Bibelzitat«, erklärte Julie. »Aus dem Buch Hiob, Altes Testament.«

»Da hat sich jemand einen Scherz mit dir erlaubt. Das ist ja wohl klar.«

»Und danach ist der Scherzbold bei mir eingebrochen und hat meine Wohnung verwüstet.«

»Und du glaubst jetzt, dass das dein Vater war?«

»Keine Ahnung. Ich weiß nicht mehr, was ich glauben soll. Ich kenn ihn doch gar nicht.«

»Vergiss es. Damit hat er nichts zu tun. Das ist nicht sein Stil. Ich kenn ihn ja auch kaum, aber dafür leg ich meine Hand ins Feuer. Die SMS hat irgendjemand geschrieben, der sauer auf dich ist. Ein Exfreund. Ein Psychopath. Weiß der Teufel, wer. Jochen war das nicht.«

»Vielleicht ist ihm ja seine Frau auf die Schliche gekommen. Oder der Sohn. Er ist sauer, dass sein Vater ein Kind hat, von dem er nichts wusste.«

»Und deshalb fährt er nach Hamburg und verwüstet deine Wohnung? Was kannst du denn dafür, dass dein Vater seine Mutter betrogen hat?«

»Keine Ahnung. Auf jeden Fall würde ich gerne mal mit ihm sprechen. Mit meinem Vater, meine ich. Kannst du mir die Telefonnummer geben?«

»Willst du ihn wirklich anrufen?« Marianne verzog das Gesicht. »Also, ich weiß nicht. Warum gehst du nicht zur Polizei? Die können das doch viel besser regeln.«

»Die Polizei nimmt das doch gar nicht ernst. Bei mir ist nicht einmal was geklaut worden.« Außerdem war es jetzt viel zu spät, die Sache zu melden.

»Wenn du meinst. Bitte. Ich geb dir die Nummer.« Ihre Mutter erhob sich schwankend und ging zum Küchenschrank, auf dem ihr Handy lag. »Aber das bringt nichts, das sag ich dir.«

Wahrscheinlich hatte Marianne Recht, dachte Julie, während sie die Düsseldorfer Nummer in ihr Handy einspeicherte. Sie hatte keinen blassen Schimmer, was sie ihren Vater fragen wollte. Wenn er irgendetwas mit der anonymen Nachricht und dem Einbruch zu tun hatte, würde er ihr das bestimmt nicht auf die Nase binden. Und wenn er nichts damit zu tun hatte, würde er sie für bescheuert halten.

»Jetzt trinken wir noch einen«, verkündete ihre Mutter. Mit erstaunlich sicherem Griff hob sie die Flasche.

Aber nun stand Julie auf. »Nicht für mich, Mama, danke. Ich muss ins Bett.« Als sie die Küche verließ, hörte sie, wie der Wein in Mariannes Glas gluckerte.

Es war erst Freitag. Und sie hatte eigentlich vorgehabt, bis Montag bei Marianne zu bleiben. Mit einem Mal kam ihr ihre dunkle, einsame Wohnung nur noch halb so gruselig vor.

Am nächsten Tag traf sie sich zum Frühstücken mit ihren Freunden. Danach gingen sie shoppen, ins Kino, essen und in einen neuen Club. Als Julie nach Hause kam, wurde es bereits hell und Marianne war schon lange schlafen gegangen. Auf dem Küchentisch standen ein einsames Weinglas und eine leere Weinflasche. Früher hatte Marianne nur in Gesellschaft getrunken, inzwischen schaffte sie es offensichtlich auch alleine.

Am Sonntag schlief Julie bis um ein Uhr mittags.

»Ich mach uns was zu essen«, verkündete ihre Mutter, als sie endlich aufgestanden war. Sie riss ein Paket mit chinesischer Frühlingssuppe auf und schüttete den Inhalt in einen Topf mit kochendem Wasser. Julie setzte sich an den Tisch und gähnte.

»Hast du ihn schon angerufen?«, fragte Marianne.

»Wen?«, fragte Julie zurück, obwohl sie natürlich genau wusste, wen ihre Mutter meinte.

Sie hatte die Nummer ihres Vaters schon zehnmal aufgerufen, einmal hatte sie sie sogar gewählt. Nur um nach dem ersten Klingeln sofort wieder aufzulegen.

Sie wusste einfach nicht, wie sie das Gespräch beginnen sollte.

Hallo, hier ist Julie aus Hamburg.

Und dann?

Julie? Welche Julie?

Deine Tochter.

Was willst du von mir?

Ich weiß es nicht, dachte Julie.

»Was machst du denn, wenn seine Frau rangeht oder sein Sohn?«, fragte Marianne. »Hast du dir das mal überlegt?«

Als Julie nicht antwortete, schöpfte Marianne Suppe in zwei Tassen und reichte eine ihrer Tochter. Sie löffelten schweigend.

»Ich muss jetzt los«, verkündete Julie danach und stand auf.

»Ich dachte, du bleibst bis morgen?«, fragte Marianne.

»Mir ist etwas dazwischengekommen«, log Julie.

Sie nahm sich vor, ihren Vater anzurufen, sobald sie zu Hause in ihrer Wohnung wäre. Stattdessen wischte sie Staub und putzte die Fenster und schrieb ein paar E-Mails und räumte ihren Kleiderschrank auf und schrieb noch ein paar E-Mails und machte den

Fernseher an und zappte von einem Programm zum anderen. Danach ging sie schlafen.

In den nächsten Tagen regnete es in Strömen. In der Boutique ließen sich kaum Kunden blicken. Renate hatte einen Termin nach dem anderen – bei Ärzten, bei der Kosmetikerin, auf dem Finanzamt. Julie war die ganze Zeit allein im Laden.

Immer wieder rief sie die Nummer ihres Vaters auf und starrte auf die Zahlenreihe wie auf eine komplizierte Rechenaufgabe. Sonntag wäre der perfekte Tag gewesen, ihn anzurufen. Da wäre er wahrscheinlich zu Hause gewesen. Aber unter der Woche war er bestimmt in seiner Praxis.

Nur deshalb wagte sie es letztendlich doch, die Nummer zu wählen. Weil sie sich so sicher war, dass er ohnehin nicht da war.

Sie drückte auf das Hörersymbol, schloss die Augen. Irgendwo in Düsseldorf klingelte jetzt das Telefon. Ein-, zwei-, drei-, vier-, fünf-, sechs-, sieben-, acht-, neun-, zehnmal. Und als Julie gerade auflegen wollte, ging jemand dran.

»Hallo?«

Keine Männerstimme, dachte Julie erleichtert.

Ein Mädchen oder eine junge Frau.

»Wer ist denn da?«, erkundigte sich das Mädchen.

»Kann ich bitte mit Herrn Rothe sprechen?«, fragte Julie.

»Und wer sind Sie?«, fragte das Mädchen noch einmal.

»Ich bin Julie«, sagte Julie. *Julie Rothe,* kritzelte sie auf den Quittungsblock, der neben dem Telefon lag. Dann übermalte sie den Nachnamen mit einem dicken schwarzen Balken.

»Worum geht es denn?«

»Das würde ich Herrn Rothe gerne persönlich sagen.«

»Das geht jetzt nicht«, sagte das Mädchen. »Mein Vater ist nicht da.«

Mein Vater. Julie schnappte nach Luft. Jochen Rothe hatte offensichtlich nicht nur einen Sohn, sondern auch eine Tochter. Ich habe eine Schwester, dachte Julie, und auf einmal war sie sich ganz sicher, dass die anonymen Nachrichten und der Einbruch mit ihrer Vergangenheit zusammenhingen.

»Sind Sie noch dran?«, fragte das Mädchen, ihre Schwester.

»Wann kommt er denn wieder?«, erkundigte sich Julie. »Es ist wirklich sehr wichtig.«

»Das kann ich Ihnen nicht sagen. Mein Vater ist weg.«

»Weg?«

»Er ist verschwunden«, sagte ihre Schwester und dann legte sie einfach auf.

Papa hat rausgefunden, dass ich mich mit Dad getroffen habe.

Wahrscheinlich hat Frau Müller-Riehm ihn vor dem Hort gesehen und hat es Papa brühwarm erzählt. Frau Müller-Riehm muss sich immer wichtigmachen, die blöde Funzel.

Papa rastet total aus. Dieses verdammte Arschloch, ich will nicht, dass du das Schwein triffst, hörst du?

Ja, ja, ja, ja, ja!

Wenn er das nächste Mal aufkreuzt, sagst du mir Bescheid und zwar sofort! Papa schreit so laut, dass mir fast der Kopf platzt. So laut, dass ich mir die Ohren zuhalten muss. Hör mir zu!, schreit er und reißt die Hände von meinen Ohren. Dieser verdammte Scheißkerl hat deine Mama krank gemacht, der ist schuld, dass sie durchgedreht ist. Verstehst du das? Ob du das verstehst!?

Ich verstehe es, aber ich glaube es nicht.

Du triffst diesen Kerl nie mehr. Nie mehr!, brüllt Papa.

Da hole ich tief Luft. Da nehme ich meinen ganzen Mut zusammen. Weil jetzt muss ich den Mund aufmachen, sonst kann ich hier verrotten, bis ich erwachsen bin.

Er zieht sowieso um, sage ich. Und dann nimmt er mich mit.

Ist das wahr?, fragt Papa. Hat er dir das gesagt?

Hat er nicht. Aber ich will, dass es stimmt, deshalb tu ich so, als ob es stimmt. Ich nicke.

Der hat ja wohl den Arsch auf, sagt Papa. Der hat gar kein Recht auf dich.

Doch, sage ich. Der hat wohl ein Recht auf mich. Weil er mein Papa ist und nicht du, hat Mama gesagt.

Da guckt Papa wie Frau Heimann, als Sören ihr die Nacktschnecke in die Tasche gepackt hat. Und dann scheuert er mir eine. Mein Kopf reißt ab und fliegt weg und knallt gegen die Wand. Einen Moment lang bin ich tot.

Als ich wieder zu mir komme, ist Papa voll geschockt. Das tut mir leid, sagt er, das wollte ich nicht, echt nicht.

Ich sage nichts. Mein Kopf dröhnt viel zu laut, wie ein kaputter Fernseher dröhnt er. Ich warte darauf, dass ich heulen muss, weil normalerweise muss ich immer heulen, wenn mir was wehtut. Aber heute nicht. Heute fühlen sich die Schmerzen irgendwie okay an.

12

»Ich muss mit dir reden«, sagte Sophia. Sie watete durch das Klamottenchaos in Moritz' Zimmer zu seinem Schreibtischstuhl.

Ihr Bruder lag auf dem Bett, die Arme hinter dem Nacken verschränkt, den Blick starr zur Decke gerichtet, und reagierte nicht.

»Bist du tot?«, fragte Sophia.

»Was willst du?«, fragte Moritz gedehnt.

»Es geht um diese Mails«, sagte Sophia. Einfach so. Sie hatte gar keine Ahnung, ob Moritz tatsächlich ebenfalls anonyme Drohbriefe erhielt. Es war nur eine vage Vermutung. Ein Schuss ins Blaue, der aber ganz offensichtlich ins Schwarze getroffen hatte. Moritz fuhr hoch, als ob Sophia sein Bett unter Strom gesetzt hätte.

»Was?«, fragte er tonlos. »Woher weißt du davon?«

»Dreimal darfst du raten«, sagte Sophia.

Moritz war aber ganz offensichtlich nicht zum Raten aufgelegt. Er starrte Sophia an, als versuchte er sich krampfhaft zu erinnern, wo er ihr Gesicht schon einmal gesehen hatte.

»Gott spart das Unglück des Gottlosen auf für dessen Kinder. Er vergelte es ihm selbst, dass er's spüre«, sagte Sophia. Das war die letzte Mail, die sie heute Nachmittag nach der Schule erhalten hatte. Danach hatte sie beschlossen, mit Moritz zu reden.

Moritz schüttelte unwillig den Kopf und ließ sich wieder zurück aufs Bett fallen. »Was soll der Blödsinn?«, knurrte er.

»Ich sehe dich«, zitierte Sophia aus einer früheren Mail. »Vergiss mich nicht.«

Diese Worte sprachen ihn offensichtlich eher an, denn jetzt richtete er sich wieder auf.

»Warst du an meinem Computer?«, fragte er misstrauisch.

»Würde ich doch niemals wagen.«

»Woher kennst du dann diese Mail?«

»Ich krieg denselben Müll.«

»Du? Was hast du denn mit der Sache zu tun?«

»Das frage ich mich allerdings auch. Weißt du denn, worum es hier geht? Also, ich hab keinen blassen Schimmer.«

Sie reichte ihm die drei ausgedruckten Mails. Stirnrunzelnd las er, dann schüttelte er den Kopf.

»Was steht denn in deinen Mails?«, fragte Sophia.

»Ich hab nur zwei gekriegt. Und eine SMS. Im Grunde war es der gleiche Text wie bei dir. *Ich vergesse euch nicht. Ihr werdet mich nicht los.* Und dieses Datum. *2. Juli.* Das kam bei mir auch vor.«

»Und? Worum geht es?«

Moritz' Augen wurden ganz schmal. »Woher soll ich das wissen?«

»Komm, Moritz, hör auf mit dem Scheiß! Gerade eben hast du mich gefragt, was ich mit der Sache zu tun habe. Mit welcher Sache? Was meinst du?«

Er starrte über ihre Schulter zum Fenster.

»Der Typ, der das geschrieben hat, ist irre«, fuhr Sophia fort. »Der hat Egon ertränkt. Und du weißt warum.«

Moritz schluckte. Und schwieg.

»Was ist passiert, Moritz?«, fragte Sophia leise.

Er starrte auf seine Fingernägel, als gäbe es nichts Interessanteres auf der Welt.

Sie beschloss, diesen Raum nicht zu verlassen, bis er ihr eine Antwort gegeben hatte. Und wenn es bis morgen Früh dauern würde. Sie legte ihre Füße auf seinen Schreibtisch und verschränkte die Arme vor der Brust. An der Wand tickte die Uhr.

Nach einer Weile hob Moritz den Kopf und seufzte. »Ich hab ganz schön Scheiße gebaut«, sagte er.

Im März war er frühmorgens von einer Party nach Hause gefahren. Mit dem Auto. Obwohl er viel zu viel getrunken hatte. Obwohl er beim Gastgeber hätte übernachten können. Obwohl es geregnet und gefroren hatte und die Straßen spiegelglatt waren.

»Aber ich hatte mich total mit Tina gezofft und wollte nur noch weg.« Tina war Moritz' Exfreundin. »Ich bin super langsam gefahren, wirklich«, erklärte er. »Aber plötzlich war dieser Radfahrer vor mir auf der Straße. Ein Rennrad ohne Licht und der Typ war auch noch dunkel angezogen. Morgens um zwei oder drei. Ich mein, ich hatte doch keine Chance! Auch wenn ich vollkommen nüchtern gewesen wäre, hätte ich den mitgenommen.«

»Du hast ihn umgefahren?«, fragte Sophia, als Moritz innehielt.

»Ich hab ihn angetitscht«, meinte er schließlich. »Glaub ich wenigstens.«

»Glaubst du«, wiederholte Sophia ungläubig. »So was merkt man doch, oder etwa nicht?«

»Es hat so ein bisschen … gerumpelt«, gab Moritz zu. »Ich hab in den Rückspiegel geguckt, aber da war nichts.«

»Wie meinst du das … Da war nichts?«

»Ich hab den Radfahrer nicht mehr gesehen.«

»Weil er blutend auf der Straße lag«, meinte Sophia.

Moritz zuckte mit den Schultern, ohne aufzublicken.

»Du hast nicht angehalten«, stellte Sophia fest. »Du bist einfach weitergefahren.«

Schweigen. Er zitterte jetzt am ganzen Körper, und sie zitterte auch, vor Wut und Empörung. Wenn er sie wenigstens angesehen hätte, aber er hob den Kopf nicht.

»Du willst Arzt werden«, sagte Sophia, »und lässt die arme Sau einfach so liegen. Sag mal, was ist eigentlich mit dir los, kannst du mir das mal erklären?«

»Ich konnte doch überhaupt nicht klar denken, Sophia«, flüsterte er. »Ich war blau … und total fertig.«

»Wenn du gegen die Leitplanke gerast wärst oder ein Straßenschild umgenietet hättest, okay. Da wär ich wahrscheinlich auch abgehauen. Aber ein Fahrradfahrer … Wie besoffen warst du denn? Das kapier ich einfach nicht.«

»Ich versteh mich ja selbst nicht mehr«, flüsterte er. »Ich bin total durchgedreht.« Sein Kopf sank noch ein Stück tiefer nach unten.

»Und dann? Am nächsten Morgen, als du wieder nüchtern warst?«

»Bin ich noch mal dahin gefahren. Aber da war nichts zu sehen. Keine Scherben, kein Blut oder irgendwas. Und ich konnte ja auch keinen fragen.«

»Natürlich nicht. Und zur Polizei konntest du auch nicht.«

Er schüttelte den Kopf. »Mir ist inzwischen auch klar, dass ich mich scheiße verhalten habe, Sophia.«

»Stand denn irgendwas in der Zeitung von einem Unfall mit Fahrerflucht? Oder hast du die vorsichtshalber auch nicht gelesen?«

»Doch. Zwei Tage später bin ich in der Polizeipresse auf einen Bericht gestoßen. Ganz kurz, war eher eine Notiz. Da stand was von einem Unfall, dass ein Radfahrer verletzt worden ist und in ein Krankenhaus gebracht wurde. Sachdienliche Hinweise nimmt jede Polizeidienststelle entgegen. Punkt.«

»Aber natürlich hast du dich nicht gestellt.«

»Nee. Es klang auch nicht dramatisch. Sonst hätten die das bestimmt ganz anders aufgehängt.«

»Und dann?«

»Einen Tag vor dem mündlichen Abi kam die erste E-Mail. Der Text war so ähnlich wie bei dir ...«

»Zeig sie mir mal«, sagte Sophia.

»Geht nicht. Ich hab sie gelöscht.«

»Toll. Und weiter?«

»Nichts weiter. Ich hab die Prüfung vermasselt. Und die ganze Zeit darauf gewartet, dass der Typ sich wieder meldet. Vor zwei Wochen war es dann so weit. Wieder so eine komische Andeutung. So was wie: *Ich lasse dich nicht aus den Augen.*«

»Lass mich raten. Die hast du auch wieder gelöscht.«

Er nickte schuldbewusst. »Und gestern dann die SMS. Da hat der Typ das mit der Katze angekündigt.«

»In der SMS stand, dass er Egon ertränken will?«

»Na, nicht direkt. Aber dass im Garten eine Überraschung auf mich wartet.«

»Die SMS hast du natürlich auch nicht mehr«, meinte Sophia.

Moritz zuckte mit den Schultern. »Das war blöd, ist mir inzwischen auch klar. Aber weißt du, was wirklich komisch ist? Dem Radfahrer geht's gut. Dem ist gar nichts passiert. Nicht mal das Fahrrad ist kaputt.«

»Woher weißt du das denn jetzt wieder?«

»Das hat Felix rausgekriegt.«

Felix. Sophias Herz machte vor Aufregung einen Riesensatz und blieb dann irgendwo in ihrem Hals hängen. Sie hatte sich fest vorgenommen, ihn zu vergessen, es war ihr auch fast schon gelungen. In den letzten Stunden hatte sie jedenfalls so gut wie gar nicht an ihn gedacht. Aber jetzt hörte sie seinen Namen und merkte, dass sie sich etwas vorgemacht hatte. Und spürte die Entzugssymptome schlimmer denn je. Herzrasen, Übelkeit, Schwindel, Atemnot.

»Und wie hat er das rausgekriegt?« Sophias Stimme klang, als ob ihr Mund voll Watte wäre. »Ist er zu den Bullen?«

»Nee. In einen Friseurladen.«

»Hä?«

»Nachdem ich diese Katze in der Regentonne gefunden habe, hatte ich echt genug. Da hab ich Felix angerufen und ihm alles erzählt. Felix ist cool, dem fällt eigentlich immer was ein.«

Felix ist cool. Zu cool, um Sophia anzurufen. Aber das gehörte nun nicht hierher. Sie musste sich auf das Wesentliche konzentrieren. Auf ihren Bruder. Auf die anonymen Nachrichten.

»Und was ist ihm eingefallen?«, fragte Sophia.

»Er ist zu der Unfallstelle gefahren und hat gesehen, dass direkt daneben ein Friseurgeschäft ist. Und dann hat er sich die Haare schneiden lassen, um dabei die Friseuse auszuhorchen. Friseusen wissen doch immer alles.«

»Hat er denn was erfahren?«

Moritz nickte. »Der Radfahrer war ein Cousin von der Schwester der Freundin der Friseuse. Oder so. Auf jeden Fall wusste die Frau, dass ihm nichts passiert ist. Er war nur total besoffen, deshalb haben sie ihn über Nacht im Krankenhaus behalten und ausgenüchtert. Aber inzwischen ist er wieder fit und die Polizei hat die ganze Sache mehr oder weniger zu den Akten gelegt.«

»Na, Glückwunsch! Dann ist doch alles in Butter. Du hast den Typ nicht auf dem Gewissen.«

»Aber warum schickt er mir dann diese Nachrichten? Warum ertränkt er die Katze?«

»Sag mal, kapierst du das immer noch nicht? Die Mails haben überhaupt nichts mit dem Unfall zu tun. Ich hab doch den gleichen Scheiß bekommen.«

Moritz nickte nachdenklich. »Vielleicht hast du Recht.«

»Natürlich hab ich Recht. Irgendjemand beobachtet uns, Moritz. Irgendjemand will was von uns und er weiß auch eine ganze Menge über uns. Er wusste über den Unfall Bescheid und wahrscheinlich auch über Sarah.«

»Sarah?«, fragte Moritz. »Wer ist das denn nun wieder?«

Vertrauen gegen Vertrauen. Ihr Bruder hatte ihr seine Fahrerflucht gebeichtet, also erzählte sie ihm, was sie damals mit Sarah gemacht hatte. Und wie sich ihr Verdacht gegen die ehemalige Klassenkameradin in Luft aufgelöst hatte.

Als sie fertig war, nahm Moritz sich noch mal die E-Mails vor.

»V«, sagte er nachdenklich. »Die Nachricht von gestern war auch mit V unterschrieben.«

Sophia stand auf und schnappte sich die Seite. »Das ist mir gar nicht aufgefallen.« Sie sah ihren Bruder an. »V. Was bedeutet das?«

Er wollte gerade etwas erwidern, als sein Handy piepste. Eine SMS.

Einen Moment lang sahen sie sich erschrocken an. Dann lachte Moritz nervös. »Wahrscheinlich ist es nur Felix oder so.«

Nur Felix oder so, dachte Sophia, während Moritz sein Handy aus der Hosentasche zog und die Nachricht abrief. Und musste sich zusammenreißen, dass sie nicht hysterisch loskicherte.

Es war ja auch total lächerlich, dass sie sich so hemmungslos in ihn verknallt hatte. Und er interessierte sich kein Stück für sie. Als Moritz ihn um Hilfe gebeten hatte, war er sofort zur Stelle gewesen und hatte ihm zugehört und war für ihn zur Unfallstelle gefahren.

Sophia dagegen hatte er niemals angerufen, nicht ein einziges Mal. Auf einmal war ihr nicht mehr zum Lachen zumute, sondern sie hatte Tränen in den Augen.

»Scheiße«, murmelte Moritz.

Sie blinzelte die Tränen weg. »Was?«

Er streckte ihr sein Handy hin. »Dieselbe Nachricht wie bei dir.«

Gott spart das Unglück des Gottlosen auf für dessen Kinder. Er vergelte es ihm selbst, dass er's spüre, las Sophia. Und die Unterschrift: *V.*

»Ich hab Papa von den Mails erzählt«, fiel ihr plötzlich wieder ein. »Die ersten beiden hab ich ihm sogar gezeigt.«

»Und?«

»Er wollte zur Polizei. Jedenfalls zuerst. Aber dann hat er seine Meinung plötzlich geändert. Ohne Angaben von Gründen. Und gestern hättest du ihn mal erleben sollen, nachdem ich ihm erzählt hatte, was mit Egon passiert ist.«

»Was hat er denn gesagt?«

»Nicht viel, eigentlich. Dass es seine Schuld wäre, angeblich hat er vergessen, den Deckel der Tonne zuzumachen. Aber das glaube ich nicht.«

»Sondern?«

»Ich hatte das Gefühl, dass er schon etwas ahnte, als er nach Hause kam. Er war total panisch. Er fragte, wo du steckst. Und dann wollte er, dass ich zu Hause bleibe.«

»Ich glaube, wir sollten uns dringend mal mit ihm unterhalten«, sagte Moritz.

Es war Mittwoch, da kam Herr Rothe für gewöhnlich früher nach Hause, weil die Praxis nachmittags geschlossen war.

»Was willst du ihn denn eigentlich fragen?«, erkundigte sich Sophia.

»Ich will wissen, was ihm solche Angst macht.«

»Vielleicht hat es was mit der Praxis zu tun. Eine irre Patientin, die sich in ihn verliebt hat und ihn nun bedroht.«

»Sie bedroht ja gar nicht ihn. Sondern uns.«

»Na ja, vielleicht versucht sie ihm auf diese Weise näherzukommen. Oder sie hat sich ihm schon genähert.«

»Wie meinst du das?«

»Vielleicht hatte er eine Affäre mit einer Patientin«, überlegte Sophia.

»Hm.« Moritz schien nicht überzeugt. Es war ja auch schwer vorstellbar. Herr Rothe war ein Familienmensch, seine Freizeit verbrachte er am liebsten mit seinen Kindern und seiner Frau. Er beschwerte sich oft darüber, dass sie nichts mehr gemeinsam unternahmen. *Hier macht jeder, was er will. Keiner von euch hat Zeit für die Familie.*

»Ich denke eher, dass es um eine Sache geht, die schon länger zurückliegt«, sagte Moritz.

»Oder es hat doch nichts mit Papa zu tun.«

»Wir müssen uns auf jeden Fall genau überlegen, wie wir vorgehen«, meinte Moritz.

Aber dazu war keine Zeit mehr, denn jetzt hörten sie einen Schlüssel in der Wohnungstür. Moritz straffte die Schultern und stand auf.

»Ist wahrscheinlich am besten, wenn du mich erst mal reden lässt«, flüsterte er Sophia zu.

Die Erkenntnis, dass die Drohbriefe nichts mit seiner Fahrerflucht zu tun hatten, hatte ihn aufgebaut, das war unübersehbar. Er war fast schon wieder der Alte. Der selbstbewusste, starke, überlegene Moritz.

»Jochen?«, rief er jetzt laut. Seit Moritz fünfzehn oder sechzehn war, nannte er seine Eltern nicht mehr Papa und Mama, sondern Jochen und Sabine. Sophia gefiel das nicht, aber warum es ihr nicht gefiel, wusste sie nicht genau.

»Nee, ich bin's.« Frau Rothe steckte jetzt den Kopf ins Zimmer.

»Wolltest du nicht nach der Arbeit zu Bettina?«, fragte Sophia zurück.

»Hab ich abgesagt. Euer Vater wollte unbedingt, dass ich nach Hause komme.« Sie blickte sich um. »Wo steckt er denn? Ist er noch nicht da?«

»Bis jetzt noch nicht. Was habt ihr denn vor?«

»Das hat er mir nicht verraten.« Sie musterte ihre Kinder. »Ist bei euch alles in Ordnung?«

»Sicher«, sagten sie beide im Chor.

»Na dann.« Ihre Mutter verschwand wieder im Flur. »Ich muss erst mal was trinken. Diese Hitze ist wirklich unerträglich.«

»Na, hoffentlich kommt er bald«, murmelte Moritz. »Also, ich bin jetzt wirklich gespannt, was er uns zu erzählen hat.«

Er kam aber nicht.

Sein Handy war abgeschaltet. In der Praxis lief der Anrufbeantworter. Und als Frau Rothe am Abend eine der Sprechstundenhilfen erreichte, teilte die ihr mit, dass Herr Rothe die Praxis kurz nach eins verlassen habe. »Er wollte nach Hause, das hat er mir noch erzählt.«

Danach rief Frau Rothe sämtliche Freunde, Verwandte und Bekannte an. Keiner hatte ihren Mann gesprochen oder gesehen. Sie telefonierte mit den Krankenhäusern der Umgebung. Fehlanzeige.

»Ruf die Polizei an«, sagte Moritz.

»Ach, das ist bestimmt übertrieben«, meinte seine Mutter. »Wahrscheinlich hat er einfach vergessen, dass wir verabredet waren. Er hat sich spontan mit irgendjemandem verabredet oder ist in die Stadt gefahren …«

»Ohne dir Bescheid zu geben?«, sagte Sophia. »Und dann schaltet er auch noch sein Handy ab? Das ist doch gar nicht seine Art. Moritz hat Recht, Mama. Ruf die Polizei an.«

Frau Rothe weigerte sich, bis Sophia ihr die dritte Mail zeigte, die sie und Moritz bekommen hatten. Ratlos starrte sie auf den Ausdruck. »Ich verstehe nicht, was das soll. Was hat das mit eurem Vater zu tun?«

Moritz zuckte die Schultern. »Woher sollen wir das wissen? Auf jeden Fall scheint da jemand ein Problem mit ihm zu haben.«

»Hast du denn keine Ahnung, wer das geschrieben haben könnte?«, fragte Sophia.

»Das ist ein Zitat aus der Bibel«, meinte ihre Mutter. »Glaub ich, jedenfalls. Aber warum mailt jemand so was? Und ausgerechnet an euch beide?«

»Wir haben ja nun nicht viel gemeinsam«, sagte Moritz. »Außer unseren Eltern.«

Und Felix, dachte Sophia. Aber das stimmte ja gar nicht. Felix gehörte nur zu Moritz, mit ihr hatte er nichts mehr zu tun.

»Ich ruf jetzt die Polizei an«, verkündete Frau Rothe und wählte die Nummer der nächsten Polizeiwache und erklärte dem diensthabenden Beamten, was geschehen war. Zwei Minuten später legte sie wieder auf.

»Ich soll bis morgen Nachmittag warten«, erklärte sie. »Bevor er nicht mindestens vierundzwanzig Stunden weg ist, unternehmen die gar nichts.«

»Das gibt's doch nicht!« Moritz war empört. »Bis dahin kann doch alles Mögliche passiert sein.«

»Wahrscheinlich hat der Mann Recht.« Frau Rothe schüttelte den Kopf. »Bestimmt kommt er gleich nach Hause.« Aber es lag Unsicherheit in ihrer Stimme und in ihrem Blick, und Sophia wusste, dass sie ihre Worte selbst nicht glaubte.

Kurz vor Mitternacht kam Moritz zu Sophia ins Zimmer. Sie lag schon im Bett, aber er schaltete einfach das Licht an, marschierte durch den Raum und ließ sich auf ihrem Schreibtischstuhl nieder, so wie sie es vorhin bei ihm gemacht hatte.

»Hey!« Sophia richtete sich empört auf.

»Komm schon. Du kannst doch auch nicht schlafen.«

»Was willst du?«

»Nachdenken.«

»Und dazu brauchst du mich?«

»Was weißt du über Jochen?«, fragte Moritz. »Ich meine, über seine Vergangenheit.«

Sophia kratzte sich hinter dem Ohr. »Er ist in der Nähe von München geboren.« Sie versuchte sich an den Namen des Dorfes zu erinnern und schaffte es nicht. Vor ein paar Jahren waren sie einmal durch den Ort gefahren, auf dem Weg nach Österreich. Ihr Vater hatte ihnen das Haus gezeigt, in dem er aufgewachsen war. Und seine Grundschule. Aber das Einzige, was Sophia im Gedächtnis geblieben war, war ein großer schwarzer Hund, der vor dem alten Schulhaus gestanden und gebellt hatte.

»In Rosenheim ist er aufs Gymnasium gegangen.«

»Und hat Abitur gemacht. 1,1. Und dann ist er nach München und hat Medizin studiert«, ergänzte Moritz.

»Nach dem Studium hat er ein paar Jahre auf der Entbindungsstation in einem Krankenhaus gearbeitet und danach in einer Frauenarztpraxis. Später hat er sich in Düsseldorf niedergelassen. Mama war seine Sprechstundenhilfe. Sie haben ziemlich schnell geheiratet …«

»… weil ich unterwegs war«, ergänzte Moritz. »Und weiter?«

»Die Eltern von Papa kommen ursprünglich hier aus der Gegend. Und er hat keine Geschwister.« Sie hatten beide keine Erinnerungen an ihre Großeltern, die ein paar Jahre nach Sophias Geburt gestorben waren.

»Und Freunde von früher gibt es auch nicht«, sagte Moritz. »Da ist niemand, den er noch vom Sandkasten kennt. Oder von der Schule oder auch nur vom Studium.«

»Das ist nicht viel«, sagte Sophia.

»Wenn wir verstehen wollen, was hier abgeht, müssen wir mehr über ihn rauskriegen.«

»Und was schlägst du vor?«, fragte Sophia. »Eine Séance?«

»Ich dachte, wir gucken uns mal in seinem Arbeitszimmer um.«

»Was? Du willst in Papas Sachen rumschnüffeln? Das geht doch nicht!«

Moritz stand auf und blickte auf Sophia herunter. »Hast du es noch nicht mitgekriegt, Sophia? Irgendjemand spielt hier ein verdammt geschmackloses Spiel mit uns. Und wenn wir nicht bald dahinterkommen, worum es geht, dann …«

Er unterbrach sich und verließ das Zimmer. Sophia seufzte. Dann warf sie die Decke zurück und folgte ihm.

Moritz nahm sich den Computer vor, Sophia konzentrierte sich auf die Aktenordner, die in einem Regal neben dem Schreibtisch aufgereiht waren.

»Zum Glück ist er so ordentlich«, murmelte sie, während sie den ersten Ordner aus dem Schrank zog. *Finanzen 2010* stand auf dem Rücken. Sparpläne, Rentenversicherungen, Fonds, alles war sorgfältig gegliedert. Sie blätterte durch die verschiedenen Rubriken und fand nichts Auffälliges. Sie hatte ja auch keine Ahnung, wonach sie suchte.

»Beim Abheften vielleicht.« Moritz scrollte währenddessen durch den Eingangsordner des Mailaccounts. »Aber seine Mailverwaltung ist total chaotisch … dass es eine Löschtaste gibt, scheint er noch nicht mitbekommen zu haben. Jeden Scheiß hat er aufbewahrt. Und alles wild durcheinander. Private Mails, Spam, Angebote an die Praxis, Newsletter.«

»Ist doch gut, wenn er nichts gelöscht hat. Vielleicht findest du was von V.« Sophia schob den Finanzordner wieder zurück und betrachtete nachdenklich die anderen Ordner. *Wohnung. Versicherungen. Quittungen.* Sie entschied sich für den Quittungsordner. »Guck doch mal die Mails an, die gestern Vormittag eingetroffen sind. Kurz bevor wir den Kater gefunden haben.«

»Hab ich schon. Da ist nichts. Jedenfalls nichts Anonymes.«

»Vielleicht hat der Typ ihm ja auch eine SMS geschickt. So wie dir.«

»Kann sein. Aber sein Handy ist ja nun nicht hier.«

Auch die Quittungen waren ordentlich nach einzelnen Monaten sortiert.

Staubsauger, Kerzenhalter, Tennissocken, Vorhangstange, Energiesparlampen – ihr Vater bewahrte sämtliche Belege auf, klebte sie ordentlich auf ein Blatt, das er dann lochte und abheftete. Wenn das Haus abbrannte, könnte er der Versicherung gegenüber seinen gesamten Besitz reklamieren. Falls er daran dachte, den Quittungsordner vor den Flammen zu retten. Aber auch das brachte ihnen keine neuen Erkenntnisse.

»Hier ist nichts«, meinte Sophia frustriert. »Ich hab ja auch keine Ahnung, wonach ich schauen soll.«

»Such doch mal nach Kontoauszügen. Die sind bestimmt aufschlussreich«, riet Moritz, ohne dabei den Blick vom Bildschirm zu wenden.

Natürlich hatte Herr Rothe auch die Bankbelege ordentlich abgeheftet. Sophia blätterte ratlos durch Hunderte von Seiten, auf denen die Kontobewegungen der letzten Wochen, Monate, Jahrzehnte verzeichnet waren.

»Konzentrier dich auf den Monatsanfang. Und schau dir die regelmäßigen Abbuchungen und Daueraufträge an«, meinte Moritz.

Die Miete für die Wohnung, Telefonrechnung, Handyabbuchung, die Tickets für die Rheinbahn, das Taschengeld für Moritz und Sophia, die Stadtwerkerechnung, Versicherungsprämien, ein Bausparvertrag, der Dauerauftrag für Sophias Gitarrenlehrer und für Moritz' Badmintonverein. Zwei Zeitungsabos. Die Kabelgebühren. Eine Dauerkarte fürs Schwimmbad. Das Theaterabonnement. »Mann, haben wir viele Ausgaben«, murmelte Sophia. Aber das war auch das Einzige, das ihr auffiel.

»Und du? Hast du irgendwas entdeckt?«, fragte sie Moritz.

Ihr Bruder schüttelte den Kopf.

»Das war echt eine Scheißidee.« Sophia gähnte. »Ich geh wieder ins Bett.«

»Spinnst du? Wir haben doch gerade erst angefangen.«

»Die Ordner geben überhaupt nichts her. Und wenn Papa was verstecken wollte, würde er es doch auch nicht abheften und hier ins Regal stellen.«

»Wer sagt denn, dass er was verstecken will? Vielleicht gibt es ja irgendeinen Aspekt in seinem Leben, den wir noch nicht kennen und der uns weiterbringt.«

»Aber nicht in diesem Regal.«

»Und da im Schrank?« Moritz wies auf den hohen Metallschrank neben der Tür. »Hast du da mal reingeschaut?«

Sophia zog die Schranktür auf und stöhnte laut. Die Leitz-Ordner zogen sich über fünf Regalbretter. »Wenn ich mir das alles vornehme, bin ich die ganze Woche beschäftigt.«

Moritz stand auf und trat neben sie. »Da oben die Ordner, das ist alles Kram aus der Praxis. Das braucht uns erst mal nicht zu interessieren. Und hier unten … Auto, Garten, Zeitschriften … kümmert uns auch nicht.«

»Guck mal hier!« Sophia zog einen Ordner mit der Aufschrift *Sophia* aus dem Schrank. »Wow. Er hat die Protokolle von allen Elternabenden seit der ersten Klasse abgeheftet. Und sämtliche Elternbriefe. Und Klassenlisten.«

»Das Gleiche gibt's auch für mich.« Moritz zeigte auf den Ordner daneben.

»Hier steht *Privat* drauf.« Sophia griff nach einem Ordner auf dem untersten Brett.

»Das klingt doch gut«, meinte Moritz.

Er blickte ihr über die Schulter, während sie den Ordner auf den Schreibtisch legte und aufschlug. »Fehlanzeige«, konstatierte Sophia enttäuscht.

Kopien von ihren Geburtsurkunden, Impfpässen und Personalausweisen. Dahinter Kinderzeichnungen, die Einladungskarten zu Geburtstagen, Taufen und Konfirmationen. Sportauszeichnungen und Ehrenurkunden von Moritz und Teilnehmerurkunden von Sophia.

»Nichts«, murmelte Sophia enttäuscht und wollte den Ordner wieder schließen, aber im letzten Moment schob Moritz seine Hand dazwischen.

»Halt. Warte doch mal!«

»Was?«

Er zeigte auf die letzte Registerseite. »Sonstiges.«

Sophia gähnte wieder. Inzwischen war es fast eins, ihr Vater steckte Gott weiß wo – vielleicht in Schwierigkeiten, vielleicht aber auch in einem Nachtclub oder bei Bekannten. Auf jeden Fall verschwendeten sie hier ihre Zeit.

Moritz schlug das Registerblatt um. Dahinter fand sich nur ein einziges Dokument.

»Was ist das denn?«, murmelte Moritz.

Sophia riss die Augen auf. Sie war mit einem Mal hellwach.

Eine Scheidungsurkunde.

»Jochen Rothe wurde am 12. März 1988 von Birgit Rothe, geb. Preuss, geschieden«, murmelte Moritz.

»Papa war schon mal verheiratet«, flüsterte Sophia.

»Davon hatte ich keine Ahnung.« Moritz sah seine Schwester überrascht an. »Warum hat er uns nie was davon erzählt? Oder Sabine. Sie hat das doch auch gewusst.«

Aber Sophia erwiderte seinen Blick nicht. Sie starrte mit großen Augen auf den Absatz, der unter den Namen der ehemaligen Ehepartner stand.

»Das Kind Philipp Daniel Rothe, geb. 19. Januar 1987, wird unter die alleinige elterliche Sorge der Mutter gestellt. Bis zur gerichtlichen Klärung wird dem Vater kein Besuchsrecht erteilt.«

»Philipp Daniel Rothe«, sagte sie leise. »Wir haben einen Bruder.«

Wenn es gar nicht mehr geht, muss man sich eben für eine Weile trennen, hat Frau Passwald zu Papa gesagt. Das verstehe ich, Dad hat sich ja auch von Mama getrennt, als es gar nicht mehr ging. Es ist ja nicht für immer, hat er gesagt, und das sagt die Frau vom Jugendamt auch. Aber Dad hat das vor zwei Jahren gesagt. Und Mama ist auch schon lange nicht mehr in der Klapse. Sie wohnt jetzt in einer WG. WG hört sich besser an als Klapse, aber es ist eigentlich fast das Gleiche. Nur ein bisschen schlimmer.

Weil die Leute in der WG kann man voll vergessen. Die kriegen ein Zimmer und Essen und wenn sie einkaufen gehen, kommt ein Betreuer mit und hilft ihnen, damit sie sich auf dem Weg zum Supermarkt nicht verlaufen oder das Geld verlieren oder so.

Abends kommt einer und macht das Licht aus und morgens ziehen sie die Vorhänge auf, weil die Verrückten nicht mal das auf die Kette kriegen.

Ich kann Mama jetzt besuchen. Wann immer du willst, hat Frau Passwald gesagt, deine Mama freut sich, wenn du kommst. Aber das stimmt nicht, sie freut sich nicht, sie guckt immer gleich.

Sie redet auch nicht richtig mit mir. Also, sie redet schon, aber so, als wäre ich jemand, den sie nicht kennt. Einmal hat sie mich sogar mit Papa verwechselt und rumgeschrien, dass sie sich nicht schlagen lässt.

Sie freut sich, sagt Frau Passwald, sie kann es nur nicht so zeigen. Aber es tut ihr gut, wenn du kommst.

Ich frage mich, was gut daran ist, wenn man glaubt, dass einer einen schlagen will. Ist mir aber auch egal, ich will da nicht mehr hingehen. Papa ist es sogar lieber, wenn ich nicht hingehe, aber der hat jetzt sowieso nichts mehr zu melden. Weil ich nach den Ferien aufs Internat gehe. Da sind Jungs in deinem Alter, sagt Frau Passwald, das wird dir gefallen.

Was sie eigentlich meint, ist: Da ist keiner, der dich verdrischt, weil du deine Tasse nicht in die Spülmaschine gestellt hast oder den Müll nicht runtergebracht hast oder weil du einfach nur da bist. Oder weil du einen Brief kriegst.

Dad hat mir geschrieben: Mein lieber Großer, nun muss ich endlich mal wieder was von mir hören lassen. Ich hoffe, es geht dir gut. Wahrscheinlich bist du schon fünf Meter gewachsen, seit wir uns das letzte Mal gesehen haben, und kannst mir auf den Kopf spucken. Schreib mir mal oder mal mir ein schönes Bild, dann freu ich mich. Dein D.

Kein Wort davon, dass ich ihn besuchen soll. Wahrscheinlich hat er keine Zeit, weil sie ja so fliegt. Bei ihm fliegt sie, bei mir nicht. Ich bin auch keine fünf Meter gewachsen, ich bin so gut wie gar nicht gewachsen.

Na ja, jedenfalls hat Papa den Brief gefunden, obwohl ich ihn unten in meinem Bettkasten versteckt habe. Und da ist er voll ausgerastet und hat mich so geschubst, dass ich gegen die Heizung geflogen bin. Gehirnerschütterung und zwei Rippen gebrochen und Krankenhaus und das war's. Hinterher hat er geheult, aber ich nicht. Ich heul nicht mehr.

Frau Passwald sagt, dass er eine Therapie machen soll. Vielleicht kann er dann auch bald zu Mama in die WG ziehen, haha.

13

Philipp blieb an einer Parkbank stehen, er stützte sich mit beiden Händen auf die Lehne und keuchte. Was für eine bescheuerte Idee, bei diesem Wetter joggen zu gehen. Obwohl es schon sieben Uhr abends war, war es immer noch viel zu heiß. Und zu voll. Wie auf dem Oktoberfest wälzten sich die Leute durch den Englischen Garten und schwitzten vor Anstrengung, den Sommerabend zu genießen. Ich hätte ins Hallenbad gehen sollen, dachte Philipp. Da ist jetzt bestimmt keine Sau.

Er mochte keine Menschenmassen. Er war ein Einzelgänger, immer schon gewesen. In der Schule hatte er nur wenige Freunde gehabt, und zu allen hatte er inzwischen den Kontakt verloren. Geschäftlich fiel es ihm nicht schwer, auf Fremde zuzugehen und Kontakte zu knüpfen. Und um sein Privatleben kümmerte sich Vivian. Ihre Freunde waren jetzt auch seine Freunde: Cindy, Jessy, Anna, André, David und wie sie sonst noch alle hießen. Vivian organisierte Grillabende und Biergartenbesuche, Brunches, Ausflüge, Radtouren und Partys. Und Philipp fügte sich und machte mit, solange sie es nicht übertrieb.

Am liebsten bin ich allein mit dir, verteidigte er sich, wenn sie ihm vorwarf, dass er sich für keinen ihrer Freunde wirklich interessiere. Wo ist das Problem, fragte er, jede andere Frau würde sich darüber freuen.

Wenn sie nicht raus zum See gefahren wäre, säßen wir jetzt zusammen bei *Amadeo,* dachte er, während er mit der rechten Hand nach seiner rechten Fessel griff und den Fuß langsam nach oben zog, um den Oberschenkel zu dehnen. Vielleicht würde ich in diesem Moment den Verlobungsring aus der Tasche ziehen und ihr anstecken. Stattdessen hält ihr André jetzt einen Vortrag über die Fettverbrennung beim Spinning. Philipp schnaubte laut, dann ließ er seinen rechten Fuß los und griff nach dem linken.

Vielleicht hätte er ihr sogar von den SMS erzählt, wenn sie sich heute getroffen hätten. Na gut, die ersten beiden Nachrichten hätte er sicher verschwiegen, die wären ihm zu heikel gewesen. Aber die letzte SMS hätte er Vivian zeigen können.

Gott spart das Unglück des Gottlosen auf für dessen Kinder. Er vergelte es ihm selbst, dass er's spüre.

Die Signatur darunter V. V wie Vivian. Ein Zufall, da war sich Philipp sicher. Denn diese Nachricht hatte nichts mit ihm zu tun, das Ganze war ein Irrtum. Er hatte keine Kinder, für die Gott das für ihn vorgesehene Unglück aufsparen könnte. Und er hatte auch keinen Vater. Er war bei seiner Mutter aufgewachsen und die war vor sechs Jahren gestorben. Ein Unfall, verursacht von einem besoffenen Geisterfahrer auf der Autobahn, sie war sofort tot gewesen. Zwei Tage vor der Beerdigung war Philipp achtzehn geworden. Drei Wochen später hatte er Abitur gemacht. Die Schule hatte ihm angeboten, die Prüfung aufzuschieben. »Lassen Sie sich Zeit und machen Sie es nächstes Jahr«, hatte der Direktor zu ihm gesagt.

Aber Philipp wollte es so schnell wie möglich hinter sich bringen. Alles. Die Prüfung, die Schule, die Trauer. Die mitleidigen Blicke der anderen. Er paukte wie ein Besessener, das war seine Art, den Schock zu verarbeiten, auch wenn der Schulpsychologe skeptisch den Kopf schüttelte. Sein Abi-Zeugnis hatte einen Durchschnitt von 1,9. Der Psychologe lächelte nur milde, als Philipp ihm davon erzählte. War ja klar, Noten zählten für ihn nicht, er interessierte sich nur für Traumata und Seelenschäden.

Bei der Testamentseröffnung hatte Philipp erfahren, dass seine Mutter ihm fast hunderttausend Euro hinterlassen hatte. Und dass sein Vater noch am Leben war. Mit beidem hatte er nicht gerechnet. Seine Mutter hatte als Chefsekretärin ziemlich gut verdient, das war ihm natürlich klar gewesen, aber darüber hinaus hatte eben auch sein Vater gut für ihn gesorgt. Der Mann, der laut Aussage seiner Mutter ein Jahr nach Philipps Geburt an einem Hirntumor gestorben war. Und nun war sie selbst tot und der Vater wieder auferstanden.

»Wissen Sie, wo er wohnt?«, fragte Philipp den Notar, nachdem er seinen ersten Schock überwunden hatte.

»Natürlich«, meinte der nach einem Blick in seine Unterlagen. »Aber wenn Sie auf höhere Unterhaltsleistungen spekulieren, lassen Sie die Finger davon. Ihr Vater zahlt mehr als den Regelsatz, da kann man nicht meckern.«

»Warum hat meine Mutter mir nie erzählt, dass er noch lebt?«, fragte Philipp.

Aber darauf hatte der Notar auch keine Antwort. Er druckte Philipp die Adresse seines Vaters aus. Jochen Rothe in Düsseldorf.

Philipp war auch mehrmals drauf und dran gewesen, ihn anzurufen. Ein paarmal hatte er die Nummer sogar in sein Telefon eingetippt. Aber gewählt hatte er sie nie. Die Unterhaltszahlungen gingen jetzt direkt auf Philipps Konto, pünktlich zum Monatsersten trafen sie ein. Der Notar hatte seinen Vater über den Tod der Mutter informiert. Dennoch hatte Rothe sich nicht bei Philipp gemeldet. Kein einziges Mal.

Mutter wusste schon, warum sie mir erzählt hat, dass er tot ist, dachte Philipp bitter. Er zündete den Zettel mit der Telefonnummer seines Vaters an und sah zu, bis er verbrannt war. Das war natürlich albern, er kannte ja nun seinen Namen und die Nummer stand im Telefonbuch. Aber darum ging es nicht. Sein Vater war tot gewesen und auferstanden und jetzt war er für Philipp endgültig gestorben.

Philipp war sein ganzes Leben ohne Vater zurechtgekommen, nun war er volljährig und brauchte ihn erst recht nicht mehr. Mit dem ersparten Vermögen seiner Mutter, dem Waisengeld und den Unterhaltszahlungen kam er bestens zurecht. Er machte eine Ausbildung zum Programmierer und eröffnete sein eigenes Unternehmen. An den Wochenenden besuchte er oft seine Großeltern und eine Tante, die in Pasing wohnte. Dann lernte er Vivian kennen und verliebte sich in sie. Und stellte Yasmin als Sekretärin ein. Und dann …

»Na ja«, murmelte Philipp. Er stellte sich neben die Bank und drehte den Oberkörper aus der Hüfte her und hin und hin und her. Wippte auf den Fußballen. Und rannte wieder los. Aber nach ein paar Metern gab er endgültig auf. Vor ihm blockierte eine türkische Großfamilie den Weg. Außerdem schwitzte er schon wieder wie ein Pferd.

Er würde auf dem kürzesten Weg nach Hause gehen. Trinken. Duschen. Und dann? Was für ein Mist, dass Marcel ausgerechnet heute mit seiner neuen Freundin in die Berge gefahren war! Sie hätten sonst gemeinsam ins Kino gehen können oder in den Biergarten. Was Marcel wohl zu der neuesten SMS gesagt hätte?

Wenn der Typ dir die Nachricht ein bisschen früher geschickt hätte, hätten wir uns den peinlichen Auftritt bei dieser Tussi sparen können.

Nach dieser Nachricht war Yasmin wirklich endgültig raus aus der Sache, das stand fest. Aber wer steckte dann hinter den anonymen Nachrichten? Dass sie alle von demselben Absender stammten, lag ja auf der Hand.

»Irgendein Spinner«, murmelte Philipp, während er den Park verließ und die Osterwaldstraße überquerte. Ein Spinner, der die falsche Nummer erwischt hatte.

Und der Wasserschaden in der Wohnung?, hörte er Marcel fragen. *War das auch der Spinner? Nachdem er zufällig deine Nummer erwischt hat, ist er auch noch aus Versehen in deine Wohnung gestolpert? Das glaubst du doch wohl selbst nicht!*

Natürlich nicht, dachte Philipp und fühlte auf einmal eine große Wut in sich aufsteigen. Auf Vivian, die weggefahren war, ohne ihm vorher Bescheid zu sagen. Auf Marcel, der ihn auch noch im Stich gelassen hatte. Auf seinen Vater, der sich nie bei ihm gemeldet hatte und an den Philipp so wenig wie möglich dachte. Aber die blöde SMS hatte die Erinnerung an ihn zurückgebracht.

»Ihr könnt mich alle mal, aber kreuzweise!«, sagte Philipp und kickte mit dem Fuß gegen die Metalltür einer Mülltonnenbox. Die Box schepperte so laut, dass in dem Haus dahinter prompt ein Fenster aufging.

Eine ältere Frau blickte vorwurfsvoll zu Philipp herunter.

Er zeigte ihr den Finger und ging einfach weiter.

Gut, dass Vivian das nicht gesehen hatte.

Als er am nächsten Morgen ins Büro kam, empfing ihn Frau Klopp schon im Flur. »Die Polizei hat gerade hier angerufen«, flüsterte sie ihm verschwörerisch zu. Dabei war außer ihm und ihr niemand im Raum. »Sie möchten sich bitte umgehend dort melden.«

Sie drückte ihm einen Notizzettel mit der Telefonnummer in die Hand.

Hauptkommissar Becker, las Philipp. Kriminalpolizei Düsseldorf. »Düsseldorf?«, fragte er laut.

»Ja«, gab Frau Klopp zurück, immer noch im Flüsterton. Auf ihrem Gesicht zeichneten sich eine Menge Fragen ab, die sie nicht zu stellen wagte.

Sie hätte auch keine Antwort bekommen. Philipp zog sich mit der Telefonnummer in sein Zimmer zurück und machte die Tür hinter sich zu. Seine Hand war ganz ruhig, als er nach dem Telefon griff, um die Nummer zu wählen. Das war komisch, weil er eigentlich zitterte, aber das Zittern war tief in ihm wie ein Tsunami, der sich unten am Meeresboden bildet, um erst später an die Oberfläche zu treten.

»Es geht um Ihren Vater«, erklärte ihm Hauptkommissar Becker und machte eine Pause. Vielleicht wartete er darauf, dass Philipp aufschrie oder auflegte oder wenigstens nachfragte. Er tat aber nichts dergleichen. Er wartete ab, bis der Hauptkommissar weitersprach.

»Er wird vermisst.«

Philipp räusperte sich. »Ich kenne meinen Vater nicht«, sagte er. »Ich hab ihn nie getroffen.«

»Das weiß ich«, sagte der Hauptkommissar. »Wir haben dennoch einige Fragen an Sie. Reine Routine.«

Die SMS, dachte Philipp. Also doch. Die Geschichte ist nicht vorbei. Sie fängt jetzt erst richtig an.

»Ich nehme nicht an, dass Sie in den nächsten Tagen in Düsseldorf sind?«, fragte Becker.

»Natürlich nicht«, sagte Philipp.

»Dann müsste ich Sie bitten, mit den Kollegen in München Kontakt aufzunehmen.« Er nannte ihm einen Namen und eine Telefonnummer. Polizeipräsidium, Ettstraße 2. Philipp notierte sich die Angaben mechanisch.

»Können Sie mir bitte erklären, was passiert ist?«, fragte er dann.

»Das versuchen wir ja gerade herauszubekommen. Wie schon

gesagt, Ihr Vater ist verschwunden. Seit Mittwoch letzter Woche fehlt jede Spur von ihm. Die Familie macht sich natürlich größte Sorgen.«

»Die Familie?«, fragte Philipp und stellte überrascht fest, dass er bisher davon ausgegangen war, dass sein Vater allein lebte. Dabei lag es auf der Hand, dass es eine Familie gab. Wahrscheinlich war die neue Frau der Grund gewesen, warum er sich damals von Philipps Mutter getrennt hatte. »Gibt es … Kinder?«

»Das wissen Sie nicht?«

»Ich sagte doch, ich hatte keinen Kontakt zu meinem Vater.«

»Na ja, aber über die Familienverhältnisse weiß man doch im Allgemeinen Bescheid.« Philipp stellte sich vor, wie Kommissar Becker seinen Namen in diesem Moment von der Zeugenliste strich. Vielleicht setzte er ihn stattdessen auf die Liste der Verdächtigen.

»Ich weiß nichts über ihn. Hat mein Vater denn nun weitere Kinder oder dürfen Sie mir darüber keine Auskunft geben?«

»Zwei«, sagte Becker. »Ein Junge, neunzehn, und ein Mädchen, sechzehn.«

Ein Bruder und eine Schwester. Als Philipp klein gewesen war, hatte er sich immer vorgestellt, dass er eine unsichtbare kleine Schwester hatte. Willa hatte er sie genannt. Die Vorstellung war fast zur Manie geworden, irgendwann hatte seine Mutter ihn deshalb sogar zum Kinderpsychologen geschleppt, der ihr allerdings versichert hatte, dass das vollkommen normal sei. *Das erledigt sich mit der Zeit.* Aber nun war die Vorstellung Wirklichkeit geworden.

»Wie heißen sie denn?«, fragte er mit belegter Stimme. Wenn Becker jetzt Willa gesagt hätte, wäre er wahrscheinlich ohnmächtig geworden.

»Ihr Bruder heißt Moritz. Und das Mädchen Sophia.«

Philipp notierte sich schwachsinnigerweise die beiden Namen auf seinem Zettel. Dabei hätte er sie auch so nicht mehr vergessen.

»Also, Sie melden sich dann bei den Kollegen in München?«, erkundigte sich Becker. »Bitte rufen Sie heute noch an und vereinbaren Sie einen Termin. Wie schon gesagt, es ist eine reine Routineangelegenheit und wird nicht lange …«

»Ich hab es mir überlegt«, unterbrach ihn Philipp und schlug dabei seinen Terminkalender auf. Er stellte fest, dass er in den nächsten Tagen drei wichtige Kundentermine hatte.

»Bitte?«

»Ich komme nach Düsseldorf. Wir sehen uns morgen im Präsidium.«

»Neun Uhr?«, fragte Becker. »Schaffen Sie das?«

»Sicher.« Philipp legte auf und ging zu Frau Klopp ins Vorzimmer, um ihr mitzuteilen, dass sie ihm einen Flug nach Düsseldorf und ein Hotel buchen sollte.

»Für heute?«, fragte sie entgeistert. »Und wie lange wollen Sie bleiben?«

»Das weiß ich noch nicht.«

»Und was soll ich Dr. Campbell-Schildknecht sagen? Der Termin mit dem Vorstand der Treubur AG steht seit vier Wochen.«

»Canceln.« Philipp zuckte mit den Schultern. »Familiäre Gründe. Es geht um meinen Vater.«

Frau Klopp machte den Mund auf und wieder zu wie ein Fisch auf dem Trockenen. Wieder standen ihr viele Fragen ins Gesicht geschrieben, auf die auch Philipp keine Antwort hatte.

Das Hotel war schäbig. Ein Doppelbett mit geblümter Tagesdecke. Senfgelbe Vorhänge. Hellblaue Fliesen. Immerhin kein dreckiger

Teppichboden. Die Übernachtung kostete fast 200 Euro pro Nacht, ohne Frühstück.

»Wir haben Messe«, hatte die verschwitzte Dame am Empfang erklärt, als Philipp sich angemeldet hatte. »Sie können froh sein, dass wir überhaupt noch was freihaben.«

Egal. Er schob seinen Koffer unter den wurmstichigen Schreibtisch und ließ sich aufs Bett fallen. Starrte an die hässliche Porzellanlampe an der Decke, orange mit schwarzen Fliegendreckpunkten.

Gott spart das Unglück des Gottlosen auf für dessen Kinder. Er vergelte es ihm selbst, dass er's spüre.

Inzwischen wusste er, dass das ein Zitat aus dem Alten Testament war. Aus dem Buch Hiob, in dem es um eine Wette zwischen Gott und dem Teufel ging. Satan setzte darauf, dass Hiob seinen Gott früher oder später verfluchen würde, wenn dieser ihn auf die Probe stellte. Gott hielt dagegen. Und testete Hiob, indem er ihm alles nahm: sein Vermögen, seine Kinder, seine Gesundheit. Alles wegen einer Wette. Wider alle Vernunft blieb Hiob stark im Glauben und Gott gewann die Wette, sonst hätte die Geschichte ja auch nicht in der Bibel gestanden.

Vor diesem Hintergrund war die Botschaft des anonymen Absenders eindeutig. *Du, mein lieber Philipp, wirst sterben, weil ich eine Rechnung mit deinem Vater offen habe.* Allerdings, dachte Philipp, würde es seinen Vater im Gegensatz zu Hiob nicht allzu sehr bekümmern, wenn Philipp starb. Ihn verband ja nichts mit seinem Sohn, außer dass er ihn gezeugt und eine Menge Kohle für ihn ausgegeben hatte. Bei seinen ehelichen Kindern sah die Sache natürlich anders aus. Philipp musste herausfinden, ob sie ebenfalls anonyme Nachrichten erhalten hatten. Und zwar bevor er sich morgen mit diesem Kommissar traf.

Er suchte in seinem Adressbuch nach der Nummer seines Vaters und tippte sie in sein Handy. Sein Herz schlug jetzt sehr schnell. Ob seine Geschwister überhaupt von seiner Existenz wussten? Wie sollte er sich ihnen vorstellen? *Philipp Preuss mein Name, ich bin Ihr Halbbruder?*

»Lächerlich«, murmelte Philipp.

Er legte das Telefon auf den Nachttisch und ging zur Minibar. Schnappte sich eine kleine Flasche Wodka und trank sie in drei Zügen leer. Er war das Trinken nicht gewöhnt, der Alkohol stieg ihm sofort zu Kopf und vernebelte alles, aber er erfüllte Philipp gleichzeitig mit einer gewissen Schwerelosigkeit. Eine Erleichterung. Jetzt kommt endlich Licht in die Sache, dachte er und nahm das Telefon wieder in die Hand. Und dann drückte er die Wahltaste.

Wir sind hier zu viert auf einem Zimmer. Echt der Hammer, dass es in diesem Scheißinternat keine Einzelzimmer gibt wie in Fürstenhof. Dabei zahlt der Alte hier mindestens genauso viel Schulgeld für mich. Aber wahrscheinlich hat er auch extra das beschissenste Angebot für mich rausgesucht.

Das tut dir vielleicht ganz gut, sagt er. Vielleicht denkst du dann mal nach. Vielleicht kommt dir dann mal, wie bescheuert du dich aufgeführt hast. Zweimal von der Schule fliegen, wo gibt's denn so was. Sechzehn und noch in der Achten, das muss man sich mal reinziehn.

Halt du doch dein blödes Maul, sag ich. Wenn du mich damals nicht immer so verdroschen hättest, hättest du dir das Scheißgeld sparen können. Dann hätte ich jetzt schon meinen Abschluss oder würde Abi machen.

Da guckt er, als würd er mir am liebsten gleich wieder eine knallen, aber das traut er sich nicht.

Ich teil mir das Zimmer mit einer Aknefresse, einem Stotterer und einem Bindestrich-Bubi. Ist ja klar, dass die mich als Neuen zu den Losern stecken, da will ja sonst keiner rein. Mir ist scheißegal, mit wem ich auf dem Zimmer bin und was die anderen von mir denken. Ich will nur, dass die mich in Ruhe lassen. Das mach ich auch direkt am Anfang klar.

Der Oberchecker in meiner Klasse heißt Marco, der hat den Rest im Griff. Der muss nur einmal kurz husten und schon fallen sie über dich her wie die Fliegen über ein Stück Scheiße. Der guckt mich beim Abendessen so schräg an, mit einem komischen Grinsen in der Fresse.

Is was, frag ich ihn.

Was soll sein?, fragt er und grinst noch blöder.

Er sitzt und ich stehe, aber jetzt beug ich mich runter zu ihm, ganz dicht, als ob ich ihn knutschen will. Er riecht nach Schinkenbrot und Früchtetee, ich frag mich, wonach ich rieche.

Wenn du mir auf den Sack gehst, fick ich dich, sag ich ganz leise. Und richte mich auf und seh, wie einer der Lehrer aufsteht und zu uns rüberkommt wie ein Aufseher im Knast.

Gibt's hier Probleme?, fragt er.

Nee, sag ich und geh weg.

Marco, die feige Sau, erzählt ihm sofort, was ich gesagt habe. Ich bin gerade mal einen Tag im Internat und hab schon die erste Verwarnung.

Aber danach lassen sie mich in Ruhe.

14

Für Sophia war ihr Vater immer der Fels in der Brandung gewesen. Ihre Mutter war oft launisch und änderte ihre Meinung von einem Moment zum anderen. Aber auf ihren Vater war Verlass.

Und jetzt das. Eine Exfrau. Ein Halbbruder, von dem sie und Moritz keine Ahnung gehabt hatten. Und das war vermutlich nur die Spitze des Eisbergs.

»Warum habt ihr uns nie davon erzählt?«, fragte Moritz ihre Mutter am Morgen, nachdem sie das Scheidungsurteil gefunden hatten.

»Was verbergt ihr sonst noch alles vor uns?«, wollte Sophia wissen.

Frau Rothe schaltete die Espressomaschine an. Sie war gerade aufgestanden und trug noch ihren Schlafanzug. Die Haut unter ihren Augen war grau und zerknittert wie Seidenpapier. Auf ihren Wangen winzige rote Äderchen. Wahrscheinlich hatte sie die ganze Nacht nicht richtig geschlafen.

»Woher wisst ihr das?«, fragte sie, ohne ihre Kinder dabei anzusehen.

»Ist doch jetzt egal«, sagte Moritz. »Wir wissen es eben.«

Frau Rothe nickte stumm. »Es war Jochens Entscheidung, er wollte nicht, dass ihr von eurem Stiefbruder erfahrt. ›Später, wenn sie größer sind‹, hat er immer gesagt. Aber je älter ihr wurdet, desto schwieriger wurde es, euch alles zu erzählen. Also haben wir es ganz gelassen.«

»Aber warum?«, rief Moritz. »So eine Scheidung ist doch heute keine Schande mehr. Jedes zweite Ehepaar trennt sich.«

»Ich glaube, euer Vater hat sich dafür geschämt, dass er keinen Kontakt zu Philipp hatte. Er war doch sein Sohn.«

»Und woran lag das?«, fragte Sophia.

»Seine Exfrau wollte das nicht. Sie konnte ihm nicht verzeihen, dass er sie verlassen hat.«

»Warum haben sie sich denn getrennt? Wegen dir?«, erkundigte sich Moritz.

»Nein. Das war lange vor unserer Zeit. Als ich Jochen kennenlernte, war er schon geschieden.«

»Philipp ist inzwischen dreiundzwanzig. Und in all den Jahren hat seine Mutter Papa den Kontakt zu ihm verboten?«, wollte Sophia wissen. »Geht das überhaupt? Ein Vater hat doch automatisch Besuchsrecht, es sei denn, er ist gewalttätig oder vollkommen asozial.«

»Die Mutter hat sich aber mit Händen und Füßen dagegen gewehrt, dass er den Jungen sieht. Sie hat sehr darunter gelitten, dass Jochen sich von ihr getrennt hatte. Und er wollte sie nicht noch mehr verletzen. Ihr kennt doch euren Vater, er ist so konfliktscheu.«

Sophia unterdrückte ein verächtliches Schnauben. *Ihr kennt doch euren Vater.* Das war ja wohl ein Witz.

»Jochens Exfrau ist vor fünf oder sechs Jahren gestorben, da war Philipp gerade achtzehn. Damals war Jochen hin- und hergerissen, ob er sich bei ihm melden sollte. Aber irgendwie hat er sich nicht getraut. Ich glaube, er hat darauf gehofft, dass Philipp als Erster Kontakt aufnimmt. Aber nichts, kein Anruf, kein Brief.«

»Vielleicht hat Philipp ja darauf gewartet, dass Papa sich meldet«, gab Sophia zu bedenken.

»Vielleicht.« Aber dann schüttelte ihre Mutter den Kopf. »Ich muss gestehen, ich war erleichtert, dass sie sich nicht getroffen haben. Man kann sich ja vorstellen, was Philipps Mutter ihrem Sohn über seinen Vater erzählt hat. Er hat sicher ein vollkommen verqueres Bild von Jochen. So was lässt sich nach so langer Zeit doch kaum wieder zurechtrücken.«

»Ich möchte bloß mal wissen, ob er auch diese Mails bekommen hat«, meinte Moritz nachdenklich.

»Philipp?«, fragte seine Mutter alarmiert. »Wie kommst du denn darauf? Das wäre doch total verrückt!«

»Na und? Passt doch. Die ganze Geschichte ist total verrückt.«

Ihre Mutter füllte Espressopulver in den Filtereinsatz der Kaffeemaschine und stellte zwei Espressotassen unter die Düse. Die Maschine heulte kurz auf, dann strömte schwarzer Kaffee in die Tassen. Frau Rothe reichte eine Tasse Moritz, die andere Sophia.

»Du musst los, Sophia.«

»Ich geh heut nicht in die Schule. Was soll ich denn dort? Schon in einer Woche sind Ferien. Wir müssen zur Polizei. Wenn die von den anonymen Botschaften hört, kommt sie bestimmt in Bewegung. Es ist höchste Zeit, dass sie der Sache nachgeht.«

Der zuständige Kriminalkommissar hieß Becker. Ein Mann um die fünfzig, mit Bierbauch, Schnauzbart, spiegelnder Glatze und einem resignierten Ausdruck im Gesicht. Als sie ihm die E-Mails und die anonymen SMS zeigten, verwandelte sich die Resignation jedoch in verhaltenes Interesse. »Drohbotschaften?«, fragte er hoffnungsvoll. »Da hätten wir ja etwas in der Hand …«

Aber dann las er die Nachrichten und schüttelte ratlos den Kopf.

»Meiner Meinung nach hört sich das eher nach einem Scherz unter Jugendlichen an. Die Drohung richtet sich ja auch gar nicht gegen Ihren Vater.«

»Ein Scherz?«, fragte Moritz befremdet. »Der Typ, der das geschrieben hat, hat unsere Katze in der Regentonne ertränkt. Und vorher hat er mir das Ganze per SMS angekündigt. Finden Sie das etwa auch lustig?«

»Er hat Ihnen mitgeteilt, dass er Ihre Katze ertränken will?«

»Es war unser Kater. Na ja, eigentlich gehörte er gar nicht uns, sondern der Nachbarin«, korrigierte Sophia. »Aber …«

Becker unterbrach sie mit einer ungeduldigen Handbewegung. »Wo ist denn diese SMS?«

»Die hab ich gelöscht.«

»Aha«, sagte Becker und machte sich eine Notiz, die Sophia nicht entziffern konnte.

»Wir werden herausfinden, ob die einzelnen Vorfälle miteinander in Verbindung stehen«, murmelte er dann. »Allerdings ist Ihr Vater nicht an dem Tag verschwunden, der in der Mail erwähnt wird …« Er schob seine Lesebrille wieder auf die Nase und suchte die betreffende Stelle, »… am 2. Juli.« Dann strich er grübelnd über seinen Schnauzer.

»Die Mail bezieht sich ja auch nicht auf ihn, sondern auf uns«, sagte Sophia.

»Diese letzte SMS«, Moritz reichte ihm sein Handy mit der Nachricht auf dem Display, »da spricht der Entführer von den *Kindern des Gottlosen.* Damit meint er uns.« Er machte eine kurze Pause. »Es gibt aber noch ein Kind.«

Becker blickte fragend zu Frau Rothe, die einen kurzen Moment zögerte und dann nickte. »Ein Sohn aus der ersten Ehe meines Mannes. Er lebt in München.«

Sophia kramte das Scheidungsurteil aus ihrer Tasche und reichte es dem Kommissar, der es eine Weile lang studierte.

»Und? Hat dieser Philipp ebenfalls anonyme Mails oder SMS bekommen?«

»Das wissen wir nicht. Wir haben keinen Kontakt zu ihm«, sagte Frau Rothe leise.

»Aha«, sagte Becker wieder. »Dann werde ich ihn einmal anrufen und nachfragen. Haben Sie seine aktuelle Telefonnummer oder Adresse?«

»Nichts«, sagte Frau Rothe. »Wie gesagt, ich kenne ihn gar nicht. Mein Mann hat seit der Scheidung keine Verbindungen mehr nach München.«

»Das kriegen wir schon raus. Und wir werden versuchen den Urheber der E-Mails ausfindig zu machen. Bitte leiten Sie mir sämtliche Nachrichten weiter, die Sie bisher erhalten haben.« Er reichte Sophia seine Visitenkarte. »Den Absender der SMS werden wir natürlich ebenfalls überprüfen.«

»Der Typ hat unter Garantie eine Prepaid-Karte benutzt, die nicht registriert ist«, meinte Moritz.

Becker erhob sich. »Vermutlich. Aber wer weiß, vielleicht haben wir Glück. *Nobody is perfect.*«

Frau Rothe und Sophia standen ebenfalls auf, nur Moritz blieb sitzen.

»Herr Rothe.« Der Hauptkommissar streckte ihm die Hand hin, um sich zu verabschieden. »Sie können sicher sein, dass wir alles unternehmen, um Ihren Vater zu finden.«

»Und wenn Sie mit den SMS und den Mails nicht weiterkommen? Was machen Sie dann?«

»Ein Schritt nach dem anderen. Wir stellen jetzt ein Ermittlerteam zusammen. Dann sehen wir weiter.«

Moritz lachte verächtlich.

»Wir machen das nicht zum ersten Mal«, sagte Becker ruhig.

Nur für uns ist es das erste Mal, dachte Sophia.

Am Nachmittag kam Becker mit vier Kollegen zu ihnen nach Hause.

»Haben Sie diesen Philipp erreicht?«, fragte Sophia, als die Beamten im Wohnzimmer standen. Ihre Augen glitten suchend durch den Raum, als erwarteten sie, Herrn Rothe in irgendeiner Ecke zu finden.

Becker nickte.

»Und? Was sagt er?«

»Das erfahren wir morgen. Ihr Halbbruder ist gerade auf dem Weg nach Düsseldorf.«

Dann wandte er sich an Frau Rothe. »Wir würden uns gerne im Arbeitszimmer Ihres Mannes umsehen.«

»Sie gehen also von einer Entführung aus?«, erkundigte sich Sophia.

»Wir gehen von gar nichts aus. Wir ermitteln.«

»Wenn es sich um eine Entführung handelt, warum gibt es dann keine Lösegeldforderung?«, fragte Frau Rothe, aber auch darauf hatte Herr Becker keine Antwort.

Er war jedoch fest entschlossen, sie zu finden. »Es ist von größter Bedeutung, dass Sie uns alle Informationen über Ihren Mann zukommen lassen«, sagte er.

Frau Rothe zuckte hilflos mit den Schultern. »Aber ich hab Ihnen doch schon alles mitgeteilt, was ich weiß.«

»Hatte er eine Geliebte?«

»Wie kommen Sie denn darauf?«

Erfahrungsgemäß, das erklärte Hauptkommissar Becker ihnen jetzt, liefen fast alle Entführungen auf zwei Motive heraus: Geldgier. Oder Eifersucht. Solange keine Lösegeldforderung eingegangen war, konnte man das erste Motiv ausschließen. Blieb also die Eifersucht.

»Nein«, sagte Frau Rothe. »Er hatte keine Freundin. Ganz bestimmt nicht.«

»Dürfen Sie sein Arbeitszimmer überhaupt durchsuchen?«, wollte Moritz wissen. »Was ist denn, wenn wir Ihnen den Zugang verweigern?«

»Dann gehen wir wieder. Ganz wie Sie wünschen. Wir haben keinen Durchsuchungsbeschluss, es liegt also ganz bei Ihnen, ob Sie uns Einblick gewähren.«

Frau Rothe schüttelte erschrocken den Kopf, dann führte sie die Beamten ins Arbeitszimmer, aber nach einer Stunde kamen sie ohne neue Erkenntnisse wieder heraus.

»Und nun?«, fragte Moritz.

»Wir haben eine Fangschaltung installiert«, erklärte Becker. »Und wir werden alle eingehenden Anrufe aufzeichnen, um gegebenenfalls eine Spracherkennung durchführen zu können. Natürlich nur, wenn Sie damit einverstanden sind.«

»Selbstverständlich«, meinte Frau Rothe.

»Wir würden uns auch gerne in der Praxis Ihres Mannes umsehen«, sagte Becker.

»Ich bringe Sie hin.« Frau Rothe stand auf, um die Schlüssel zu holen.

Ein Polizeibeamter blieb bei Sophia und Moritz. Er erklärte ihnen gerade, wie das Aufnahmegerät funktionierte, als das Telefon klingelte.

Der Polizist hob warnend die Hand. »Einen Moment«, sagte er, obwohl weder Sophia noch Moritz Anstalten gemacht hatten, nach dem Hörer zu greifen.

Der Beamte setzte einen Kopfhörer auf und drückte einen Knopf, dann nickte er Sophia zu.

»Gehen Sie bitte dran.«

Der Anrufer hatte seine Nummer nicht unterdrückt, es war eine Handynummer, Sophia sah sie auf dem Display, bevor sie den Hörer abnahm.

»Hallo?« Sie fragte sich, warum sie Moritz nicht den Vortritt gelassen hatte. Ihr Bruder war doch in solchen Dingen so viel geschickter als sie. Sie hatte das Gefühl, jemanden atmen zu hören, aber vielleicht bildete sie sich das auch nur ein.

»Kann ich bitte mit Herrn Rothe sprechen?«, erkundigte sich eine unbekannte Stimme. Ein Mädchen oder eine junge Frau.

»Und wer sind Sie?«, fragte Sophia. Das Blut rauschte und brauste in ihren Ohren.

»Ich bin Julie«, drang die Stimme der Frau durch den Sturm in ihrem Innern.

Das ist Papas Geliebte, dachte Sophia und atmete schneller, wodurch das Rauschen lauter und das Brausen mächtiger wurde. Becker hatte Recht. Eifersucht und Liebeskummer und gekränkter Stolz waren die stärksten Motive, stärker als Geldgier und Hass.

Der Polizist am Aufnahmegerät vollführte eine drehende Handbewegung in der Luft. Reden Sie weiter, hieß das. Vielleicht brauchten sie Zeit, um den Anruf zurückzuverfolgen.

»Worum geht es denn?«, fragte Sophia mit zitternder Stimme.

»Das würde ich Herrn Rothe ganz gerne persönlich sagen.«

Moritz starrte sie mit offenem Mund an. Der Polizeibeamte nickte ihr zu. Weiter, machen Sie weiter. Aber wie, verriet er ihr nicht.

»Das geht jetzt nicht. Mein Vater ist nicht da.«

Schweigen am anderen Ende. Wie ein professioneller Kidnapper benahm sich die Anruferin nicht gerade. Es kam Sophia eher so vor, als ob sie sich überhaupt nicht überlegt hatte, was sie sagen wollte.

»Sind Sie noch dran?«, fragte sie in das Schweigen hinein.

»Wann kommt er denn wieder?«, erkundigte sich die Frau.

Ein fragender Blick zu Moritz, der genauso fragend zurückblickte. Der Polizeibeamte war auch keine Hilfe.

»Das kann ich Ihnen nicht sagen. Mein Vater ist weg.«

»Weg?«, fragte die Fremde irritiert.

»Er ist verschwunden«, sagte Sophia und merkte gleichzeitig, wie ihr schwindlig wurde. Der Raum begann sich um sie zu drehen, schneller und immer schneller, wie in einem Kettenkarussell. Dann kippte die Zimmerdecke nach unten und der Boden schwang nach oben und Sophia wurde ohnmächtig.

Als sie wieder zu sich kam, lag sie auf dem Sofa. Der Polizist und Moritz schauten besorgt auf sie herunter.

»Liegen bleiben«, sagte der Polizeibeamte, als sie sich aufsetzen wollte. »Wir holen einen Arzt.«

»Ach Quatsch. Mir geht's schon wieder gut.« Der Raum schwankte jetzt nur noch sanft hin und her, als wäre sie auf einem Schiff. Sie schloss die Augen, aber das machte das Schwanken schlimmer, also öffnete sie sie wieder.

»Sind Sie sicher?«, fragte der Polizist.

Sophia nickte »Konnten Sie den Anruf zurückverfolgen?«, erkundigte sie sich dann.

»Natürlich. Die Anfrage läuft. Ich nehme nicht an, dass Sie die Stimme erkannt haben?«

Sophia schüttelte den Kopf, was den Raum sofort wieder stärker in Bewegung versetzte.

»Das Material dürfte für die Stimmerkennung genügen. Aber vielleicht verrät uns der Anschluss ja bereits die Identität der Anruferin.«

»Vielleicht war es seine Freundin«, sagte Moritz.

Die Stimme der Frau hatte so jung geklungen. Ihr Vater war fünfundfünfzig, neun Jahre älter als ihre Mutter. Vielleicht war sie ihm ja trotzdem zu alt, man hörte ja oft, dass sich ältere Männer Freundinnen im Alter ihrer Töchter nahmen. Aber Papa doch nicht, dachte Sophia.

»Sind Sie sicher, dass wir nicht doch einen Arzt holen sollen?«, fragte der Polizist.

»Ganz sicher. Ich bleibe nur noch ein bisschen liegen«, flüsterte Sophia. »Tut mir leid, dass ich die Sache vermasselt habe.«

»Unsinn«, sagte der Beamte. »Sie haben das sehr gut gemacht. Machen Sie sich keine Sorgen. Alles läuft bestens.«

Sie glaubte ihm kein Wort. Der Raum stand jetzt endlich still und er blieb auch still, als sie die Augen wieder schloss.

Sie hörte den Beamten und Moritz reden, aber was sie sagten, verstand sie nicht.

Sie wachte wieder auf, weil ihr Zigarettenrauch in die Nase stieg. Als sie die Augen aufmachte, sah sie ihre Mutter mitten im Zimmer stehen und rauchen.

Sie hatte noch nie zuvor erlebt, dass ihre Mutter in der Wohnung rauchte. Das konnte nur bedeuten, dass etwas Schlimmes passiert war.

Sie haben Papa gefunden, dachte sie.

»Ihre Tochter ist wieder zu sich gekommen«, sagte Herr Becker, der neben ihrer Mutter stand.

Frau Rothe nahm einen letzten tiefen Zug und drückte die Zigarette dann in einer Untertasse aus.

»Alles okay, Sophia?«, fragte sie mit rauer Stimme.

»Was ist mit Papa? Ist er …?«

»Nein, nein!« Kommissar Becker hob erschrocken beide Hände. Dann räusperte er sich. Vielleicht wartete er darauf, dass Frau Rothe das Wort ergriff. Aber sie putzte sich nur die Nase und schwieg.

»Es ist nämlich so«, fuhr Becker fort, »dass Ihr Vater nicht nur für den Sohn in München Alimente zahlt. Es gibt auch noch eine Tochter in Hamburg.«

»Wie bitte?« Moritz starrte zuerst den Kommissar an, dann seine Mutter, dann wieder den Kommissar.

»Wie alt?«, fragte Sophia tonlos.

»Achtzehn Jahre. Ich gehe davon aus, dass Sie auch von dieser Schwester nichts wussten?«, fragte Becker.

»Da liegen Sie richtig«, sagte Moritz.

»Also, so was!«, sagte Frau Rothe. Sie hielt sich an ihrem Glas fest wie an einem Treppengeländer. Es war schon ihr dritter Cognac, den ersten hatte sie sich eingeschenkt, bevor sich die Tür hinter den Polizisten richtig geschlossen hatte. Auch Moritz hatte sich ein Glas eingeschenkt, obwohl er nie etwas anderes als Bier trank.

Vielleicht sollte ich es auch versuchen, dachte Sophia. Vielleicht wird die Sache erträglicher, wenn man blau ist. Aber allein der Gedanke an Cognac machte sie schwindlig, also verzichtete sie lieber.

»Achtzehn Jahre«, murmelte Moritz. »Als diese Julie geboren wurde, war ich gerade mal ein Jahr alt.«

»Mir ging es nicht gut, damals.« Seine Mutter leerte ihr Glas und schenkte sich noch einmal nach. »Du warst ein anstrengendes Kind, du hast nie geschlafen und viel geweint. Ich war total fertig.«

»Du meinst, ich war schuld an Papas Seitensprung?«, fragte Moritz spöttisch, aber seine Mutter ging gar nicht auf die Bemerkung ein.

»Er war damals viel unterwegs. Fortbildungen, Kongresse. Und ich hier allein mit dem Kind, also mit dir, mir ist alles über den Kopf gewachsen. Manchmal bin ich morgens aufgestanden und hab geheult. Und währenddessen …« Sie schüttelte den Kopf und leerte ihr Glas und wollte wieder nach der Flasche greifen, aber Moritz war schneller. Er schraubte sie zu und stellte sie zurück in den Schrank.

»Wir haben einen Bruder und eine Schwester«, sagte Sophia. Ihre Zunge war schwer, als ob sie ebenfalls Schnaps getrunken hätte. »Philipp und Julie. Und zumindest Julie hat ebenfalls Drohmails bekommen.«

»Woher willst du das wissen?«, fragte ihre Mutter.

»Sie hat doch vorhin hier angerufen. Warum hätte sie sich denn sonst melden sollen, ausgerechnet jetzt?«

Ihre Mutter nickte und blickte sehnsüchtig zum Schrank, in dem der Cognac stand, aber sie hielt sich zurück.

»Ich wusste, dass er immer wieder was hatte. Mit anderen Frauen. Einmal sogar mit einer Sprechstundenhilfe. Ich hab es immer gemerkt, wenn er mir untreu war.«

»Aber das mit Julie hast du nicht gemerkt«, stellte Moritz fest.

»Vielleicht ging es ja nicht lange. Ein One-Night-Stand.« Frau Rothe schüttelte den Kopf. »Ich kann es nicht fassen, dass er ein Kind gemacht und mir nie etwas davon erzählt hat. Achtzehn Jahre lang. Das ist so erbärmlich.«

»Nun weißt du, wie es für uns war, als wir von Philipp erfahren haben«, sagte Sophia. »Wieso hast du das Spiel mitgespielt? Ich meine, wenn er dich immer wieder betrogen hat, warum hast du ihn nicht vor die Tür gesetzt?«

»Mit zwei kleinen Kindern und ohne Arbeit?« Frau Rothe sah sie entgeistert an. »Ich war doch so schon überfordert. Das hätte ich nicht geschafft.«

»Also hast du die Augen zugemacht.«

»Euer Vater war eben so. Er konnte einfach nicht treu sein. Und ich wollte ihn nicht verlieren. Also hab ich es akzeptiert. Und es war richtig so. Er hat sich gebessert. Ich meine, das mit den Frauengeschichten hat einfach aufgehört.«

»Denkst du«, meinte Sophia. »Vielleicht ist er einfach nur geschickter geworden.«

»Ich muss mich vor dir nicht rechtfertigen.«

»Natürlich nicht. Aber ich könnte das nicht.«

»Sag das nicht«, meinte ihre Mutter leise. »Du hast keine Ahnung, wie das ist, Sophia. Du weißt nichts.«

Wo sie Recht hatte, hatte sie Recht. Sophia war nicht verheiratet, sie hatte noch nicht einmal einen Freund.

»Ich frag mich, was mit Papa ist«, sagte Moritz leise.

»Vielleicht hat dieser Philipp ihn ja entführt«, murmelte Sophia. »Oder es war Julie.«

»Warum sollten sie so etwas tun?«

Sie zuckte mit den Schultern.

Ihre Mutter erhob sich. Einen Moment lang stand sie leicht schwankend da, dann bewegte sie sich in Richtung Terrassentür.

»Wo willst du denn jetzt hin?«, fragte Moritz entgeistert, als sie sie öffnete.

»Eine rauchen«, gab sie mit belegter Stimme zurück. »Ohne Alkohol und Zigaretten übersteh ich diese Nacht nicht.«

Sie war gerade draußen, als das Telefon klingelte. Diesmal schaltete Moritz das Aufnahmegerät an, dann nahm er den Hörer ab.

»Hier ist Philipp Preuss«, tönte eine Männerstimme durchs Zimmer. Moritz hatte den Lautsprecher angeschaltet.

»Hi, Philipp.« Moritz klang ganz ruhig, so als ob er jeden Tag mit seinem Bruder telefonierte. »Ich bin Moritz.«

»Ich … äh … bin jetzt in Düsseldorf«, sagte Philipp.

Sophia blickte nach draußen in den Garten, in dem es langsam dunkel wurde. Ihre Mutter war nur noch schemenhaft zu erkennen, aber die Glut der Zigarette leuchtete zu ihnen herein. Immer wenn ihre Mutter einen Zug nahm, wurde der leuchtende Fleck größer, wie ein Tier, das ruhig atmete.

»Warum kommst du nicht einfach her?«, fragte Moritz.

»Gerne«, sagte Philipp. »Ich glaube, wir haben einiges zu besprechen.«

»Das glaube ich auch«, murmelte Sophia.

Manchmal schreib ich ihm, aber ich fang die Briefe immer nur an und bringe sie nie zu Ende.

Du wolltest doch wissen, was ich so mache, schreib ich. Gewachsen bin ich immer noch nicht so richtig, ich bin einer der Kleinsten in der Klasse. Aber das kommt schon noch, du bist schließlich auch groß.

In der Schule bin ich nicht gerade der Überflieger. Eher der Rausflieger, haha. Ich hab hier schon wieder die dritte Verwarnung, bei der nächsten Kleinigkeit krieg ich einen Schulverweis und dann heißt es: *Tschau amore!* Aber das passiert nicht, diesmal pack ich's.

In der Klasse hab ich nicht so viele Freunde, die sind alle seit der Fünf zusammen und ich bin der Neue. Aber ich werd auch nicht gemobbt oder so. Ich bin halt da.

Ich lese jetzt oft in der Bibel, schreibe ich. Es ist eine richtige Sucht, ich komm nicht mehr von dem Zeug los. Es hat angefangen, weil Markus seine Bibel vergessen hat, als er ausgezogen ist. Seine Alten sind in so einer Sekte und Markus auch. Er hat ständig in der Bibel gelesen. War ihm egal, dass sich alle über ihn lustig gemacht haben. Als er ausgezogen ist, hat er die Bibel dagelassen, das war bestimmt kein Versehen. Er wollte, dass sie jemand findet und liest und vom Heiligen Geist erfüllt wird und bekehrt wird. Jemand wie ich.

Ich hab sie ja auch gefunden und in den Müll geschmissen, aber dann hab ich sie wieder rausgeholt. Nur mal sehen, was da so drinsteht. Und jetzt lese ich ständig drin, genau wie Markus, schreibe ich.

Nur dass ich nicht an den Scheiß glaube, also an den lieben Gott, an den glaub ich nicht. Der kommt in der Bibel aber auch nicht vor, nur im Reliunterricht. Der Gott in der Bibel ist nicht lieb.

Die Gottlosen müssen zuschanden werden und schweigen in der Hölle.

Das steht da drin, Original. Das ist doch Hammer, oder?, schreibe ich.

Manchmal schreib ich auch von Elli. Sie ist in der Parallelklasse, ich seh sie nicht so oft, nur in Französisch sind wir zusammen. Ich bin echt schlecht in Französisch, weil ich mich überhaupt nicht konzentrieren kann. Ich muss immer nur Elli ansehen. Sie hat so wahnsinnig schöne Locken. Ich stell mir vor, dass ich meine Hände in ihre Locken stecke. Einfach nur reingreifen und gucken, wie sich das anfühlt. Ich würd natürlich auch gerne wissen, wie sich der Rest von Elli anfühlt.

Schreib ich und dann schmeiß ich den Brief in den Müll.

So was will doch keiner lesen. Und überhaupt, vielleicht stimmt die Adresse ja auch gar nicht mehr.

15

Nach dem Telefongespräch mit ihrer unbekannten Schwester beschloss Julie, nach Düsseldorf zu fahren. Eine Schulfreundin von ihr studierte dort, sie hatte Julie schon oft eingeladen. Sie buchte online ein Zugticket und dann rief sie Renate an und nahm sich die nächsten Tage frei. Renate war nicht begeistert. Seit Julie bei ihr arbeitete, rannte ihr die Kundschaft förmlich die Bude ein. Manchmal hatte Julie das Gefühl, dass Renate sich nach den alten Zeiten zurücksehnte, in denen sie nur eine Handvoll Stammkundinnen gehabt hatte und kaum Umsatz.

Beim Nachhausekommen klingelte sie bei Christian, den sie in den letzen Tagen kaum zu Gesicht bekommen hatte. In dem Jugendzentrum, in dem er arbeitete, hatte es einen Selbstmord gegeben, deshalb machte er ständig Überstunden. Aber am Wochenende hab ich frei, da machen wir mal richtig einen drauf, hatte er Julie versprochen.

Sie hörte den hellen Zweiklang seiner Klingel durch die geschlossene Tür hindurch. Er war nicht zu Hause. Über sein Handy erreichte sie nur seine Mailbox.

Aber als sie ihr Essen aus der Mikrowelle zog, rief er zurück. »Ich bin in der Notaufnahme der Uniklinik.«

»Was ist denn passiert?«, fragte Julie erschrocken.

»Nichts«, beruhigte er sie. »Einer unserer Stammgäste hatte einen Nervenzusammenbruch. Ich hab ihn in die Psychiatrie gebracht, nicht dass er sich am Ende auch noch was antut. Aber hier ist die Hölle los. Wird wohl noch eine Weile dauern, bis ich hier rauskomme.«

»Kommst du nachher noch bei mir vorbei?«

Er zögerte. »Es wird bestimmt spät.«

»Trotzdem.«

»Nimm's mir nicht übel, Julie. Ich bin total fertig. Mir ist heute auch nicht mehr nach reden. Die Sache nimmt mich doch mehr mit, als ich dachte.«

»Wie du meinst.«

»Bist du jetzt sauer?«

»Quatsch. Wieso denn?«

»Wir sehen uns morgen.«

Sie verabschiedete sich, ohne ihm zu erzählen, dass sie am nächsten Tag nach Düsseldorf fahren wollte. Er hatte seine Sorgen und sie hatte ihre.

Hinterher saß sie am Küchentisch, das Telefon in der Hand. Sie hätte gerne mit jemandem gesprochen, aber sie wusste nicht, mit wem. Das Fertiggericht, das sie sich aufgewärmt hatte, wurde langsam kalt. Sie hatte keinen Appetit.

Morgen lerne ich meine Schwester und meinen Bruder kennen, dachte sie. Sie spürte, dass das ihr Leben verändern würde.

Vom Düsseldorfer Hauptbahnhof nahm sie ein Taxi, dann stand sie eine halbe Stunde vor dem rot verklinkerten Altbau, in dem ihr Vater mit seiner Familie wohnte, und konnte sich einfach nicht dazu durchringen zu klingeln.

Mein Vater ist weg, hatte das Mädchen, ihre Schwester, gestern zu ihr gesagt.

Vielleicht war er auch heute nicht da. Es war schließlich Freitag, die Arztpraxen waren nachmittags geschlossen, aber das bedeutete ja nichts.

Julie trat von einem Fuß auf den anderen. Eine alte Dame ging mit einem Hund an ihr vorbei und warf ihr einen misstrauischen Blick zu. Aber vielleicht bildete sie sich das auch nur ein. Ich geh erst mal zu Nina, dachte Julie, meine Sachen abstellen, und dann sehen wir weiter.

Aber das war albern. Die Sache wurde nicht leichter, indem sie sie aufschob, dachte Julie und rührte sich trotzdem nicht.

Dann klingelte ihr Handy. »Hallo?« Sie erwartete Christians Stimme, aber es war ihre Mutter.

»Du kannst dir nicht vorstellen, wer gerade hier angerufen hat«, verkündete Marianne atemlos.

»Mein Vater?«, fragte Julie.

»Die Polizei. Dein Vater ist verschwunden. Am Wochenende haben wir noch von ihm gesprochen und jetzt … Ist das nicht ein grandioser Zufall?«

»Und da rufen die bei dir an? Glauben sie, dass du ihn versteckst?«

»Keine Ahnung, was sie glauben. Ich hatte irgendwie den Eindruck, dass sie von einem Verbrechen ausgehen. Dich wollten sie auch sprechen.«

»Mich? Wieso? Ich kenn ihn doch gar nicht.«

»Das kannst du diesem Kommissar ja selbst erzählen. Ich geb dir mal seine Telefonnummer. Hast du was zu schreiben?«

»Schieß los.« Während Marianne die Nummer diktierte, starrte Julie wieder auf die Fenster des Hauses auf der anderen Straßenseite. Sie hatte das Gefühl, dass hinter den Vorhängen jemand stand und zu ihr hinausblickte.

»Hast du das?«, fragte ihre Mutter.

»Ja«, sagte Julie, die keine Anstalten gemacht hatte, die Nummer zu notieren.

»Wo bist du eigentlich? In dieser Boutique?«

»Genau. Ich muss jetzt auch weitermachen.«

Sie legte auf und versuchte sich darüber klar zu werden, was hier los war. Was die SMS und ihre verwüstete Wohnung und ihre Halbgeschwister und das Verschwinden ihres Vaters miteinander zu tun hatten. Es war wie in dem Handarbeitskurs, den sie einmal an der Volkshochschule belegt hatte. Sie hielt eine Vielzahl an Fäden in der Hand und sollte sie zu einem sinnvollen Gebilde zusammenfügen. Aber je mehr sie sich abmühte, desto mehr verwirrte sich das Ganze.

In einem der Fenster gegenüber spiegelte sich die Nachmittagssonne. Es sah aus, als blinzelte das Haus ihr zu.

Julie gab sich einen Ruck und überquerte die Straße. Sie suchte den Namen ihres Vaters auf den Klingelschildern, fand ihn, klingelte. Sofort begann der Türöffner zu summen. Als ob da drinnen jemand auf sie gewartet hätte.

Das Mädchen, das die Wohnungstür öffnete, war ein bisschen jünger als Julie. Recht groß, ziemlich moppelig. Wilde braune Locken und ein hübsches Gesicht mit wunderschönen Lippen.

»Hallo. Ich bin Julie. Wir haben gestern miteinander telefoniert.«

»Ich bin Sophia«, sagte das Mädchen.

»Seine Tochter.«

»Genau wie du.«

Julie versuchte, irgendetwas Vertrautes in dem Gesicht der anderen zu erkennen. Eine Ähnlichkeit mit sich selbst. Aber da war nichts. Sophia war üppig, Julie dünn. Sophia hatte dunkles Haar, Julies Haar war blond und glatt. Sophia hatte ein hübsches Gesicht, aber Julie sah besser aus.

»Mein Vater ist verschwunden«, sagte Sophia.

Unser Vater, dachte Julie. »Ich weiß«, sagte sie laut. »Die Polizei hat meine Mutter angerufen.«

»Kommissar Becker ist gerade hier. Ich bring dich gleich zu ihm. Kommst du?«

Sophia drehte sich um und führte Julie durch einen langen Flur. Sie war barfuß, ihre nackten Fußsohlen schmatzten leise auf dem Parkett. Julies hochhackige Sandaletten klackerten dagegen laut, es hörte sich furchtbar affektiert an.

Das Wohnzimmer war groß und hell. Stuckverzierungen an der Decke, ein Klavier an der einen Wand, ein Kamin an der anderen. Ein riesiges abstraktes Gemälde über dem Sofa, davor ein leuchtend roter, weicher Teppich. Geschmackvoll, dachte Julie. Und teuer.

Hier waren also Sophia und ihr Bruder aufgewachsen, während Julie in Hamburg gegen Mariannes Chaos gekämpft hatte.

»Da drüben ist Kommissar Becker«, sagte Sophia. Ein untersetzter Mann mit Glatze, der sich mit zwei Polizisten unterhalten hatte, kam nun auf sie zu.

»Ich bin Julie Klausen aus Hamburg.« Sie gab ihm die Hand.

»Das vierte Kind. Das ging aber schnell.«

»Das vierte Kind?«

»Ihr Vater hatte noch einen Sohn aus erster Ehe«, erklärte Becker, »von dem ihre Geschwister allerdings bis vor Kurzem auch nichts wussten.«

»Na, so was!«

»Dass Ihr Vater entführt wurde, haben Sie mitbekommen?«

»Meine Mutter hat es mir erzählt.«

»Na, am besten kommen Sie erst mal mit. Der Rest der Familie ist in der Küche. Sie wollen sich bestimmt erst mal kennenlernen.«

Philipp nahm einen Schluck Kaffee und betrachtete dabei die hochgewachsene Blonde, die der Kommissar gerade eben in die Küche gebracht hatte. Julie aus Hamburg. Seine zweite Schwester.

Vorgestern war er vollkommen unabhängig gewesen. Einmal abgesehen von Vivian natürlich. Jetzt hatte er auf einmal eine Familie. Drei Geschwister. Und eine Stiefmutter. Die allerdings keinen sehr lebendigen Eindruck machte. Bleich und zittrig war Frau Rothe gewesen, als sie ihn vorhin begrüßt hatte. »Hallo, Philipp. Jetzt lernen wir uns also endlich einmal kennen.« Als ob sie sich schon lange danach gesehnt hätte. Dann hatte sie sich entschuldigt. »Mir ist nicht gut, ich muss mich dringend noch mal hinlegen.«

Das wiederum konnte Philipp gut nachvollziehen. Am liebsten hätte er sich ebenfalls zurückgezogen. Und zwar für immer.

Dieser Moritz, sein Stiefbruder, war ihm herzlich unsympathisch. Ein Sonnyboy, ein Goldjunge, dem alle Herzen zuflogen. Diese Typen hatte Philipp schon in der Schule gehasst. *Bist ja nur neidisch!*, hörte er Yasmin flüstern. Ausgerechnet Yasmin, was hatte die jetzt eigentlich noch in seinem Kopf verloren? Was sie sagte, stimmte auch nicht, er war nicht neidisch. Er war genervt.

Weil er nun in diese Familiengeschichte verwickelt war und nicht mehr davon loskam. Irgendein Idiot, der ein Problem mit seinem Vater hatte, hatte ihn ausspioniert und dann diese bescheuerten SMS geschrieben. Und nun war sein Vater verschwunden und die Polizei stürzte sich auf ihn. Fragen über Fragen hatte dieser Kommissar ihm heute Morgen schon gestellt. Fragen, auf die er keine Antworten hatte. Er hatte seinen Vater nie kennengelernt. Er wusste nicht, was er verbarg. Ob er überhaupt etwas verbarg.

Zum Glück war jetzt diese Julie da. Nun konnten die Bullen sie in die Mangel nehmen. Stochern im Nebel, dabei kam doch nichts raus.

Sie sah gut aus, seine Schwester aus Hamburg. Und die Art, wie sie sich jetzt nachlässig durch die Haare fuhr und dann die Kaffeetasse entgegennahm, die Becker ihr anbot, das hatte was. Aber sobald sie die ersten drei Sätze von sich gegeben hatte, war sie Philipp genauso unsympathisch wie Moritz. Julie war kalt wie Eis. Und ehrgeizig, verbissen ehrgeizig, so schätzte er sie ein. »Ich fang im Herbst auf der Schauspielschule an«, verkündete sie und strich sich wieder die Haare aus dem Gesicht, aber jetzt wirkte die Geste nur noch affektiert auf Philipp. Da passt du auch hin, dachte er. Du bist bestimmt ganz großartig darin, anderen etwas vorzumachen.

Sophia schien dagegen ganz nett zu sein. Wahrscheinlich hatte sie ihr Leben lang unter ihrem Sonnyboy-Bruder gelitten. Der natürlich Mediziner werden wollte, genau wie sein Vater. Wie *mein* Vater, dachte Philipp. Ihn verband nichts mit diesen Menschen. Er wollte sie auch nicht besser kennenlernen. Er wollte zurück nach München zu Vivian, in sein Büro. In sein eigenes Leben.

»Habt ihr vielleicht mal ein Foto von eurem … ich meine, von unserem Vater?«, fragte Julie. »Ich kann mich nämlich gar nicht mehr erinnern, wie er aussieht.«

»Warte, ich hol dir ein Bild«, sagte Sophia und verschwand im Wohnzimmer und kam kurz danach mit einem Familienfoto zurück. Ausgerechnet. »Ich hab auf die Schnelle nichts anderes gefunden«, sagte sie entschuldigend, während sie Julie den Bilderrahmen reichte.

Philipp trat einen Schritt näher. Er sah vier lachende Menschen in einem sommerlichen Garten. Vater, Mutter, zwei Kinder. Das perfekte Glück.

Die Aufnahme war schon ein bisschen älter, Sophia war deutlich jünger und dünner auf dem Bild. Moritz hatte sich kaum verändert und Frau Rothe sah genauso aus wie heute. Sein Vater war ein großer, breitschultriger Mann, sportliche Figur, offenes Lachen. Dichtes braunes Haar, das nur an den Schläfen grau war. Kein Wunder, dass die Frauen so auf ihn fliegen, dachte Philipp.

Julie betrachtete das Foto eine ganze Weile lang. Dann hob sie den Kopf und musterte erst Sophia und Moritz und dann Philipp.

»Du siehst ihm am ähnlichsten.«

»Ich?«, sagte Philipp ungläubig. Er konnte keine Ähnlichkeit erkennen.

»Du hast auch ziemlich viel von ihm«, sagte Sophia zu Julie. »Die braunen Augen. Und wenn du so die Brauen zusammenkneifst. Das erinnert mich total an ihn.«

»Echt?«

Sophia nickte. »Komisch. Moritz und ich sehen ihm so gar nicht ähnlich. Dabei sind wir doch …« Sie unterbrach sich erschrocken.

Philipp grinste. »… seine echten Kinder«, beendete er ihren Satz.

»Das hab ich nicht gesagt.« Sophia wurde rot.

»Stimmt doch«, sagte Julie gleichmütig. »Könnt ihr mich mal updaten?«, fragte sie dann. »Was ist eigentlich mit unserem Vater passiert? Wie lange ist er schon weg? Gibt es irgendein Lebenszeichen oder hat sich ein Entführer gemeldet?«

»Darüber kann auch ich Sie informieren.« Becker, der aus ein paar Metern Entfernung beobachtet hatte, wie sich die Geschwister beschnupperten, trat jetzt näher. »Ich hätte natürlich auch noch die ein oder andere Frage an Sie. Ich schlage vor, wir gehen dazu ins Arbeitszimmer, da sind wir ungestört.«

»Die tappen ja wohl völlig im Dunkeln«, meinte Philipp, als der Kommissar mit Julie abgezogen war.

»Becker muss sich doch erst mal ein Bild machen«, verteidigte Sophia die Polizisten. »Die Geschichte ist mehr als verworren. Ich frage mich bloß, warum dieser Entführer sich nicht meldet.«

»Vielleicht gibt es keinen Entführer«, sagte Moritz. »Vielleicht liegt Papa irgendwo in einem Straßengraben oder im See.«

»Hör auf!«, rief Sophia.

»Warum?«, fragte Philipp. »Warum sollte ihn jemand umgebracht haben?«

»Keine Ahnung.« Moritz massierte sich die Nasenwurzel. Eine Geste, die Philipp zutiefst unsympathisch war.

Sophia bot ihm noch einen Kaffee an. Philipp schüttelte den Kopf. Er wollte keinen Kaffee, er wollte nach Hause. Oder wenigstens zurück ins Hotel.

»Was wisst ihr über euren Vater?«, fragte er.

»Nichts, wie es scheint«, meinte Moritz. »Und unserer Mutter geht es im Grunde genauso. Ich hab das Gefühl, dass sie keinen blassen Schimmer von seiner Vergangenheit hat. Dich kannte sie ja auch nicht. Oder deine Mutter. Und Julie war die totale Überraschung für sie. Vielleicht tauchen ja noch ein paar andere uneheliche Kinder auf, wenn die Polizei weiter recherchiert.«

»Kennst du denn jemanden, der mehr über ihn wissen könnte, Philipp?«, fragte Sophia.

»Ich kenne ihn doch selbst nicht.«

»Deine Großeltern?«

»Sind tot. Genau wie meine Mutter.« Philipp runzelte die Stirn. »Ihre beste Freundin«, sagte er dann. »Die müsste ihn gekannt haben. Meine Mutter und Ella kommen aus demselben Dorf, sie sind schon zusammen zur Schule gegangen.«

»Wo wohnt diese Ella denn?«, fragte Moritz.

»In München. Glaub ich jedenfalls. Ich hab sie schon ewig nicht mehr gesehen.« Seit der Beerdigung seiner Mutter, um genau zu sein. Am Grab hatte Ella ihm noch die Hand gegeben. *Ich bin immer für dich da, wenn du mich brauchst, Philipp.* Er hatte sie aber nie gebraucht.

»Kannst du sie nicht mal anrufen? Oder vielleicht sogar besuchen, wenn du wieder in München bist?«, fragte Moritz.

»Ich weiß nicht. Das bringt doch nichts.«

»Das kannst du doch vorher nicht wissen«, sagte Moritz. »Ich würde einfach mal mit ihr reden.«

»Würdest du das, ja?«, gab Philipp zurück. Sein Ton war aggressiver, als er beabsichtigt hatte.

Moritz zog überrascht die Augenbrauen hoch. Er wollte etwas entgegnen, aber seine Schwester war schneller.

»Moritz hat Recht«, sagte sie ruhig. »Ich würde auch Kontakt zu dieser Ella aufnehmen. Irgendjemand hat einen Hass auf uns. Nicht nur auf mich und Moritz, auch auf dich und Julie. Und auf unseren Vater natürlich. Und ich für meinen Teil will wirklich wissen, wer das ist.«

»Schon gut«, sagte Philipp. »Ich rede mit Ella.«

Sophia schenkte sich die dritte Tasse Kaffee ein. Sie war todmüde. Am Vorabend hatten sie bis um Mitternacht mit Philipp geredet, dann war er wieder ins Hotel gefahren, obwohl sie ihm angeboten hatten, im Gästezimmer zu übernachten. Sie selbst hatte danach kaum geschlafen, genau wie in der Nacht zuvor.

Philipp war ein komischer Typ, sie konnte ihn nicht richtig einschätzen. Dass er und Moritz sich nicht mochten, war offensichtlich. Sie reagierten total aggressiv aufeinander. Wahrscheinlich lag es daran, dass sie sich einfach zu ähnlich waren. Beide waren Macher, Bestimmer. Alphatiere.

Sophia gähnte. Und nun war auch diese Julie bei ihnen aufgekreuzt. Genau wie Moritz und Philipp strotzte sie vor Selbstbewusstsein. Das hatten sie alle drei von ihrem Vater geerbt. Als Sophia gezeugt worden war, war der Vorrat an Selbstvertrauen leider aufgebraucht gewesen, sodass sie nichts mehr abbekommen hatte.

Auch in puncto Aussehen waren ihr ihre drei Geschwister weit voraus. Philipp war groß und dunkelhaarig wie ihr Vater. Er hatte die hohen Wangenknochen und die lange, gerade Nase geerbt. Und wenn er lachte, bildeten sich bei ihm genau die gleichen Falten an der Nasenwurzel und an den Augen. Allerdings lachte er ziemlich selten.

Moritz und er sahen sich überhaupt nicht ähnlich. Moritz war blond und hatte ein freundliches, offenes Gesicht. Philipp wirkte dagegen irgendwie düster. Und Julie sah einfach atemberaubend aus. Schlank und langbeinig wie ein Model, mit glänzendem blonden Haar, das sie in einem fransigen Bob trug. Und dazu braune Augen, eine seltene Kombination. Wie sie Sophia angestarrt hatte, als sie ihr vorhin die Tür aufgemacht hatte. Bestimmt war sie total entsetzt gewesen, dass Sophia so fett und hässlich war.

Papa wäre stolz auf dich, dachte Sophia plötzlich. Eine wunderschöne, selbstbewusste, kluge Tochter, eine junge Frau, die weiß, was sie will, und die ihre Ziele erreicht. Das hat er sich doch immer gewünscht. Und Philipp würde ihm ebenfalls gefallen. Er war erst dreiundzwanzig und hatte eine Ausbildung abgeschlossen und sogar sein eigenes Unternehmen aufgezogen. Und das alles ohne die Hilfe seiner Eltern. Wunderkinder, wohin man nur schaut, dachte Sophia. Bis auf mich natürlich.

»Puh, hat der Typ euch auch so auseinandergenommen?«, fragte Julie, nachdem Becker seine Befragung endlich beendet hatte. »Ich hatte die ganze Zeit das Gefühl, dass der nur darauf lauert, dass ich mich in irgendeinen Widerspruch verwickle.«

Die vier Geschwister standen jetzt draußen auf der Terrasse unter der Markise. Ein sanfter Nieselregen hatte eingesetzt, das leise Geräusch der Tropfen auf den Blättern hatte etwas ungemein Friedliches. Sophia fühlte sich auf einmal schwindlig vor Müdigkeit.

»Bei mir war's genauso«, erklärte Philipp. »Er fand es total seltsam, dass ich sofort hierhergefahren bin, wo ich meinen Vater doch noch nie zuvor gesehen habe. Und er hat mich bestimmt zehnmal gefragt, warum ich nicht schon früher Kontakt mit ihm aufgenommen habe.«

»Und? Was hast du ihm geantwortet?«

»Bis zum Tod meiner Mutter war ich ja überzeugt davon, dass er tot war. Und danach hat er sich auch nicht bei mir gemeldet. Es war ja wohl offensichtlich, dass er kein Interesse an mir hatte.«

»Ihr habt doch auch anonyme Nachrichten von diesem V bekommen«, wechselte Julie jetzt das Thema. »Und? Habt ihr einen Verdacht, wer das sein könnte?«

»Keine Ahnung«, meinte Moritz.

»War bei euch auch dieses Datum drin?«

»*Ich bin bei euch alle Tage bis zum 2. Juli*«, zitierte Sophia.

»Der 2. Juli, genau. Was passiert dann?«

»Keine Ahnung«, sagte Moritz. »Verbindet einer von euch was mit dem Tag?«

Allgemeines Schulterzucken.

»Vielleicht ist das der Tag, an dem er …« Philipp unterbrach sich und verstummte.

»Bis zum 2. Juli ist es noch eine Woche«, sagte Sophia.

»Das ist alles so bescheuert«, murmelte Julie.

»Will jemand von euch noch was trinken?«, fragte Moritz. »Einen Tee vielleicht? Oder ein Bier?«

»Nee, lass mal«, sagte Julie. »Ich muss jetzt los. Ich übernachte bei einer Schulfreundin, die wartet bestimmt schon auf mich.«

»Ich breche auch auf. Ich fahr heute noch zurück nach München«, sagte Philipp. Sophia hatte das Gefühl, dass er das gerade eben beschlossen hatte.

»Denk dran, mit dieser Ella zu reden«, erinnerte ihn Moritz. »Und wenn dir sonst noch irgendwas einfällt, immer raus damit! Du bist unsere einzige Verbindung zu Jochens Münchner Zeit.«

»Tolle Verbindung«, sagte Philipp verächtlich.

Julie atmete erleichtert auf, als sie endlich in der Straßenbahn saß. Drei neue Geschwister, das war doch ein bisschen viel auf einmal. Moritz und Sophia schienen ganz nett, aber dieser Philipp war ein Albtraum. Wie angeekelt er sie jedes Mal angesehen hatte, wenn sie etwas gesagt hatte. Wahrscheinlich hatte er ein Problem mit selbstbewussten Frauen. Seine Freundin war bestimmt ein niedliches, harmloses Mäuschen mit Piepsstimme. *Aber gerne, Schatz. Was immer du meinst.*

Julie schauderte. Dann blickte sie auf ihre Armbanduhr. Gleich halb vier.

Um acht musste sie wieder bei den Rothes sein, Moritz und Sophia hatten sie zum Abendessen eingeladen. Vorher musste sie ihre Sachen zu Nina bringen und mit ihr über vergangene Zeiten plaudern. Es gab nichts, worauf sie weniger Lust hatte. Warum hatte sie sich kein Hotelzimmer genommen wie Philipp?

Sie beschloss, gleich am nächsten Morgen zurück nach Hamburg zu fahren. Was sollte sie noch in Düsseldorf? Ihr Vater war verschwunden und ihre Geschwister wussten genauso wenig über V wie sie selbst.

Als sie auf ihrem Smartphone die Bahnverbindungen checkte, rief Christian an.

»Ich bin schon auf dem Weg nach Hause«, verkündete er stolz. »Hab's heute endlich mal geschafft, früher rauszukommen. Hast du Lust, mit mir essen zu gehen?«

»Wenn du nach Düsseldorf kommst, gerne.«

»Bitte? Was soll das denn jetzt?«

»Ich bin spontan ins Rheinland gefahren. Machst du doch auch immer.«

»Sag mal – hallo? Warum fährst du einfach so weg und sagst mir nichts davon?«

Sie überlegte kurz, ob sie ihm von ihrem verschwundenen Vater und den drei Geschwistern erzählen sollte, und entschied sich dagegen. Nicht jetzt. Nicht hier am Telefon.

»Ich besuch eine Schulfreundin.«

»Na super. Hättest du gestern ja mal erwähnen können. Ich hab mich total auf unser gemeinsames Wochenende gefreut.«

»Dann komm doch einfach her. Fahr zum Bahnhof, setz dich in den nächsten Zug, in vier Stunden bist du hier«, schlug sie vor und stellte mit einer gewissen Verwunderung fest, wie sehr ihr diese Vorstellung gefiel. »Ich mein das ganz ernst.«

Er zögerte ein paar Sekunden lang. »Nee«, sagte er dann. »Echt, das ist mir jetzt zu spontan. Und zu viel Stress nach so einer harten Woche. Das tu ich mir nicht an.«

»Schade.«

»Ich find's schade, dass du nicht hier bist.«

»Nimm's nicht so schwer. Jetzt kannst du dich mal richtig ausschlafen und erholen. Damit du bis zum nächsten Wochenende wieder fit bist. Da geht es doch bestimmt wieder nach Bonn.« Wie bissig das klang. Aber sie konnte sein Gejammer einfach nicht mehr hören. Die letzten Tage waren auch für sie alles andere als einfach gewesen, das schien ihn jedoch gar nicht zu interessieren.

»Wie bist du denn drauf? Hab ich dir irgendwas getan?«

Nein, hast du nicht, dachte sie. Aber du könntest etwas für mich tun. Du könntest hierherkommen und mich aufbauen.

»Ist schon gut, Christian«, sagte sie kühl. »Wir sehen uns ja dann in Hamburg.«

»Wann kommst du denn wieder?«

»Weiß ich noch nicht. Bald.«

Dann legte sie auf und fühlte sich noch ein bisschen schlechter als vorher.

Als Julie bei den Rothes eintraf, wollte Becker gerade gehen.

»Das ist gut, dass wir uns sehen«, meinte er erfreut. »Ich wollte Sie auch noch anrufen. Wir haben nämlich neue Erkenntnisse.«

»Was denn?«

»Es gibt eine Zeugin, die beobachtet hat, wie ihr Vater am Mittwoch in einen Wagen gestiegen ist.«

»Was, echt? Das ist ja der Hammer! Was ist das für eine Zeugin und warum meldet sie sich erst jetzt?«

»Die Frau arbeitet in einer Bäckerei, ganz in der Nähe der Praxis. Sie kennt Ihren Vater, hat aber erst jetzt von der Entführung gehört.«

»Ist er freiwillig in den Wagen eingestiegen? Oder hat man ihn reingezerrt?«

»Die Zeugin hat keine Gewaltanwendung beobachtet.«

»Dann kannte er den Entführer.«

»Sieht so aus. Der Wagen war ein roter Volkswagen Polo. An die Nummer kann sie sich natürlich nicht erinnern.«

»Aha.«

»Ich nehme nicht an, dass Ihnen der Fahrzeugtyp etwas sagt.«

»Nein, natürlich nicht.«

Becker nickte. »Na, dann will ich mal nicht länger stören. Hier riecht es ja köstlich.«

Er schnupperte sehnsüchtig. »Wünsch Ihnen noch einen guten Appetit. Ich krieg heute wohl wieder mal Tiefkühlpizza.«

Es gab Kaninchen mit Rosmarinkartoffeln, dazu einen Salat mit Rucola, Tomaten und Himbeeressig. Und zum Nachtisch Eis mit frischen Erdbeeren.

»Mir war heute nicht nach großer Küche«, meinte Frau Rothe entschuldigend, als sie das Dessert servierte.

»Das war absolut köstlich«, sagte Julie. »Grandios.« Vor allem, wenn sie es mit dem Risotto verglich, den ihr Marianne am vergangenen Wochenende aufgetischt hatte. Kein Wunder, dass Sophia Gewichtsprobleme hatte.

»Ich hab noch mal nachgedacht«, sagte Sophia.

»Worüber?«, erkundigte sich Moritz.

»Über Papa natürlich. Und dass wir so wenig über ihn wissen. Ich meine, über seine Vergangenheit.«

»Und?«

»Da war doch dieser Typ, der uns vor ein paar Jahren besucht hat. Erinnerst du dich noch, Mama? Dieser Freund von Papa aus Frankfurt?«

Frau Rothe runzelte die Stirn. »Keine Ahnung, von wem du sprichst.«

»Papa und er haben zusammen studiert. Er war wegen der Messe in Düsseldorf und hat uns zum Kaffeetrinken besucht. Das kannst du doch nicht vergessen haben. So ein fetter Kerl mit Vollbart.«

»Ach richtig! Der Urologe. Wie hieß er noch mal? Thorsten oder so.«

»Und weiter?«

»Warum interessiert dich das denn?«

»Ich will wissen, wie Papa früher so war.«

»Na, hör mal!«, sagte ihre Mutter unbehaglich. »Wie soll er schon gewesen sein. Überlass diese Nachforschungen doch der Polizei.«

»Becker hat mir erzählt, dass die alle Patientinnen überprüfen wollen«, sagte Moritz. »Ob vielleicht eine darunter ist, die sich für eine schlechte Behandlung rächen wollte. Oder für irgendwas anderes.«

»Unterliegt so was nicht dem Datenschutz?«, fragte Julie. »Ärztliche Schweigepflicht und so?«

»Die Untersuchungsergebnisse schon, aber die Namen und Adressen nicht. Auf jeden Fall wird die Polizei ganz schön lange beschäftigt sein, bis sie die ganze Kartei durchhaben.«

»Es kann doch nicht schaden, wenn wir diesen Thorsten mal anrufen«, beharrte Sophia. »Vielleicht weiß er ja was.«

»Was soll er denn wissen?«, fragte Frau Rothe.

»Wie hieß dieser Thorsten mit Nachnamen?«

Frau Rothe runzelte die Stirn. »Brutzler«, sagte sie dann widerwillig. »Er schreibt uns jedes Jahr eine Weihnachtskarte, aber sonst haben wir keinen Kontakt zu ihm.« Sie stand auf. »Möchte jemand noch Eis? Oder einen Espresso?«

»Für mich nicht«, sagte Julie. »Aber vielen Dank für das Essen.«

»Bitte«, sagte Frau Rothe. »Beste Zutaten. Alles aus unserem Bioladen.« Sie wollte noch etwas hinzufügen, aber stattdessen begann sie zu weinen. Moritz erhob sich bestürzt, legte einen Arm um seine Mutter und führte sie nach draußen.

Sophia und Julie schwiegen betreten.

»Sie ist total mit den Nerven runter«, sagte Sophia.

»Kann man verstehen«, murmelte Julie.

Sophia schenkte Wein nach. »Kannst du den nicht mal googeln?«, fragte sie und wies dabei mit dem Kinn auf Julies Smartphone.

»Wen?«

»Diesen Urologen. Thorsten Brutzler aus Frankfurt.«

Julie tippte den Namen ein und fand die Adresse der Praxis und eine private Telefonnummer. »Willst du ihn etwa jetzt anrufen? Es ist fast zehn.«

»Ist ja auch ein Notfall.«

»Was willst du ihn denn fragen?«

»Na, ich erzähl ihm, was passiert ist. Mal sehen, was ihm dazu einfällt.«

Julie reichte ihr das Handy. »Bitte sehr.«

Als Sophia die Nummer wählte, kam Moritz wieder ins Zimmer. »Was soll das denn jetzt?«, fragte er, aber Sophia hob eine Hand und brachte ihn zum Schweigen.

Ihr Gespräch mit Brutzler war recht kurz, sie fasste die Ereignisse der letzten Tage zusammen, lauschte, fragte nach, hörte wieder zu. Nach ein paar Minuten legte sie auf.

»Und?«, fragte Moritz.

»Er kann es sich auch nicht erklären. Papa war ein ganz normaler Student. Recht ehrgeizig, aber beliebt. Vor allem bei den Frauen.« Sie verzog das Gesicht. »Er hatte wohl ziemlich viele Freundinnen. Aber Namen konnte Brutzler mir keine nennen. Waren wohl zu viele.«

»Fehlanzeige also«, konstatierte Julie.

»Es gab einen Freund, mit dem Papa immer zusammen war«, meinte Sophia. »Werner hieß er.«

»Werner? Und wie weiter?«

»Das wusste Brutzler nicht mehr. Er selbst kannte diesen Werner auch kaum und nach dem Studium hat er ihn aus den Augen verloren. Aber er sagte, dass die beiden unzertrennlich waren. Er hat versprochen, mich anzurufen, wenn ihm noch was einfällt.« Sophia seufzte, während sie Julie ihr Handy wieder zurückgab. »Also, das hat sich doch gelohnt, oder? Jetzt sind wir doch schon einen gewaltigen Schritt weiter.«

»Herzlichen Glückwunsch«, sagte Moritz. »Wahrscheinlich hat ihn dieser Werner entführt. Er ist schwul und in Jochen verliebt und der hat ihm mit seinen Frauengeschichten das Herz gebrochen.« Er gähnte. »Nehmt's mir nicht übel, Mädels. Aber ich geh jetzt schlafen. Ich bin hundemüde.«

Als sie sich bereits voneinander verabschiedet hatten, fiel Julie noch etwas ein. »Philipp wollte doch mit dieser Freundin seiner Mutter reden. Er soll sie mal fragen, ob ihr der Name Werner was sagt.«

»Gute Idee«, meinte Sophia. »Ich schick ihm eine SMS.«

Ich bin hier.

Ich stehe vor dem Haus meines Vaters und die Tür geht auf und ein Mädchen kommt raus. Es hat Locken und ein grünes Fahrrad. Und fährt weg, ohne mich zu beachten.

Ich stell mir vor, dass das seine Tochter ist.

Kann doch sein, dass er Kinder hat. Eine Frau hat er auf jeden Fall. Das hab ich im Telefonbuch gesehen.

Wenn er jetzt rauskommt, ob er mich dann wiedererkennt? Und wenn? Freut er sich? Ist er genervt? Ist er wütend? Was willst du hier, warum spionierst du mir nach? Was hab ich noch mit dir zu tun?

Du bist doch mein Vater. Ich wohn jetzt ganz in der Nähe. Hat Herr Jacobs für mich klargemacht, bevor er mich rausgeschmissen hat.

Hocke ist schuld, dass ich geflogen bin. Hat die ganze Zeit von seinem verdammten Urlaub erzählt, dass er mit seinem Alten nach Kalifornien fliegt und dann drei Wochen lang mit einer Harley den Highway runter von Motel zu Motel. Eigentlich will er ja lieber nach Kroatien, aber na gut, der Alte ist eben so scharf drauf und außerdem hat er voll die Asche. Und Hocke labert und labert immer so weiter. Ich sag, hör doch mal auf, das will doch keiner hören. Und Hocke ist echt überrascht, weil ich sonst nie was sage, und nimmt mich nicht ernst und labert weiter.

Und da werd ich eben richtig sauer und verpass ihm eine.

Denn ich bin der HERR, dein Gott, der das Meer bewegt, dass seine Wellen wüten; sein Name heißt HERR Zebaoth.

Hocke blutet aus dem Mund und ich flieg von der Schule.

Ich kann dich nicht hierbehalten, sagt Herr Jacobs zu mir. Ich weiß ja, deinem Vater geht's schlecht. Aber die anderen Eltern. Die Schulversammlung.

Er hat eine Lehrstelle für mich klargemacht, aber dafür muss ich in ein Scheißjugendwohnheim ziehen. Wahrscheinlich ist das wie bei meiner Mutter: Sie gehen mit mir einkaufen und drehen abends das Licht aus.

Aber es ist ganz hier in der Nähe. Dass mein Vater hier wohnt, wusste Jacobs natürlich nicht. Das weiß nur ich.

16

Jedes Mal wenn Philipp sein Handy oder den Computer einschaltete, erwartete er eine neue Nachricht von V. Aber es kam nichts. Er hatte dennoch das Gefühl, dass ihn jemand beobachtete. Abends ließ er in seiner Wohnung die Rollos runter und im Büro zog er die Vorhänge zu. Frau Klopp wunderte sich wahrscheinlich, aber sie sagte nichts.

Dagegen nervte Sophia ihn ständig mit ihren SMS. *Hast du diese Ella schon angerufen? Wann triffst du dich mit ihr? Kannst du dich nicht mal melden?*

Philipp antwortete ausweichend. Wenn überhaupt.

Über eine Woche wurde Jochen Rothe nun schon vermisst. Und noch immer gab es keine Nachricht des Entführers.

Er ist tot, dachte Philipp und wunderte sich, wie traurig ihn der Gedanke machte. Er kannte Jochen doch gar nicht. Aber vielleicht war das ja gerade der Grund für seine Trauer.

Pling!, machte sein Handy. Wieder eine SMS von Sophia. »Wenn du Ella anrufst, dann frag sie unbedingt nach einem Werner, mit dem Papa angeblich früher befreundet war.«

Er ignorierte die Nachricht. Ein paar Minuten später kam eine neue. »Wenn du sie nicht anrufst, mach ich es. Schick mir bitte ihre Nummer.«

Er verdrehte die Augen. »Ich ruf sie an«, simste er zurück.

Er fand die Telefonnummer in einem verstaubten Adressbuch im Keller. Sie war mindestens zehn Jahre alt, vermutlich war sie längst nicht mehr gültig. Er wählte und versuchte gleichzeitig, sich Ellas Gesicht vorzustellen, aber es gelang ihm nicht. Er wusste nur noch, dass sie sehr groß gewesen war und ihr Haar mit Henna leuchtend rot gefärbt hatte. Und dass sie geraucht hatte wie ein Schlot. Wahrscheinlich ist sie inzwischen an Lungenkrebs gestorben, dachte er, aber im selben Moment nahm sie ab.

»Philipp!«, rief sie erfreut, als er seinen Namen nannte. »Dass ich das noch erleben darf auf meine alten Tage.«

Als er ihr erklärt hatte, weshalb er anrief, lud sie ihn sofort zu sich ein.

»Ich kann dir wahrscheinlich überhaupt nicht helfen«, teilte sie ihm fröhlich mit, als sie ihm eine halbe Stunde später die Wohnungstür öffnete. »Aber ich freu mich wie verrückt, dich endlich mal wiederzusehen.«

Sie wohnte immer noch in derselben Wohnung am Olympiapark. Dritter Stock, toller Blick auf die Grünanlagen und den Spielplatz, auf dem Philipp als Kind oft gespielt hatte, während Ella und seine Mutter oben auf dem Balkon gesessen und Kaffee getrunken hatten. Ellas Haare waren immer noch grellrot, allerdings trat an den Schläfen und am Haaransatz die graue Wahrheit zutage. »Ich hab auf dem Balkon gedeckt«, erklärte sie. »Es gibt Erdbeerkuchen, selbst gekauft.«

Auf dem blumengeschmückten Tisch stand ein Aschenbecher. Und kaum, dass sie saßen, zündete sich Ella auch schon eine Zigarette an. »Ich kann es nicht lassen. Aber immerhin rauch ich jetzt nur noch fünf Stück am Tag«, seufzte sie. »Aber nun schieß mal los. Was willst du wissen?«

»Mein Vater«, sagte Philipp einfach. »Du hast ihn doch gekannt. Wie war er?«

Sie blies einen Rauchring übers Balkongeländer und blickte ihm nach, bis er zerplatzte.

»Jochen. Er war Birgits erste große Liebe. Obwohl sie schon dreiundzwanzig war, als sie sich kennengelernt haben. Sie haben ziemlich schnell geheiratet, ich war damals total überrascht, als sie mir davon erzählt hat.«

»Wo hat sie ihn denn kennengelernt?«

»Im Krankenhaus. Er war Assistenzarzt auf der gynäkologischen Abteilung und hat ihr eine Zyste an den Eierstöcken entfernt. 1980 war das.«

»Wie romantisch.«

»Unterschätze nie die Erotik eines weißen Arztkittels«, sagte Ella. »Obwohl ich persönlich eher auf Pilotenuniformen stehe. Aber das gehört jetzt nicht hierher. Birgit und Jochen waren verrückt nacheinander. In den ersten Jahren ihrer Ehe hab ich sie kaum zu Gesicht bekommen. Muss allerdings auch gestehen, dass ich mich mit deinem Vater nicht allzu gut verstanden habe.«

»Warum nicht?«

Sie drückte ihre Zigarette aus. »Er war ein Frauenheld. Immer auf Eroberungskurs, wenn du verstehst, was ich meine. Bei mir kam sein Charme aber nicht an. Und als er das gemerkt hat, hat er mich links liegen lassen.« Sie zuckte mit den Schultern. »Sorry, wenn ich das so deutlich sage.«

»Ist schon okay. Erzähl weiter.«

»Sie waren sehr glücklich miteinander. Birgit strahlte immer, wenn ich sie gesehen habe. Ich glaube, ehrlich gesagt, das waren die besten Jahre ihres Lebens.«

Philipp nahm einen Schluck Kaffee. Die besten Jahre ihres Lebens. Bevor er überhaupt auf der Welt war. »Und dann kam ich.«

»Nein«, sagte Ella gedankenverloren. »Dann kam erst mal eine andere. Jochen hatte ein Verhältnis.«

»Mit wem?«

»Keine Ahnung.«

»Wieso nicht? Hat Mama ihn nicht zur Rede gestellt?«

»Sie wollte es ja nicht glauben. Er hat eine Krise, sagte sie. Ihm geht's grad nicht so gut. Der Stress im Krankenhaus. Aber ich war und bin felsenfest davon überzeugt, dass eine andere Frau im Spiel war. Denn er kam abends nicht mehr nach Hause, musste am Wochenende ständig verreisen und im Bett lief bei ihm und Birgit auch nichts mehr.«

»Aber dann hat er sich wieder gefangen?«

Ella griff nach ihrer Zigarettenpackung, betrachtete sie sehnsüchtig und legte sie wieder weg.

»Ich weiß es nicht. Birgit wurde schwanger. Sie war überglücklich. Sie hatten sich so lange ein Kind gewünscht und nie hatte es geklappt. Sie hatte die Hoffnung fast aufgegeben.«

Philipp blickte hinunter in den Park. Vor der Schaukel, auf der er als Kind immer gesessen hatte, saß ein Hund und kackte.

»Jochen hat sich auch gefreut. Ich glaube, er hat wirklich versucht noch mal neu anzufangen. Seiner Ehe eine Chance zu geben. Aber es hat nicht funktioniert. 1988 haben sie sich scheiden lassen. Du warst gerade mal ein Jahr alt.«

»Gab es eine andere?«

»Nicht dass ich wüsste. Ein paar Jahre später hat er sich dann mit seiner Praxis in Düsseldorf niedergelassen und seine Sprechstundenhilfe geschwängert. Den Rest kennst du, du warst ja dort.« Nun nahm sie sich doch noch eine Zigarette. »Wer ihn entführt haben könnte – keine Ahnung. Vielleicht ein eifersüchtiger Ehemann, dem er die Frau ausgespannt hat.«

»Werner«, sagte Philipp. »Sagt dir der Name was?«

Ella riss die Augen auf. »Na klar! Das hätte ich ja fast vergessen. Werner war ganz, ganz wichtig für Jochen. Und seine Frau. Wie hieß die denn noch? Hach, mein Gedächtnis, ich komm nicht mehr drauf.«

»Wer war dieser Werner?«

»Ein Freund – ach was – *der* Freund. Jochen und er waren wie Pech und Schwefel. Werner hat fast zur gleichen Zeit geheiratet wie Jochen. Und Birgit hat sich mit seiner Frau sehr gut verstanden. Ich war immer ein bisschen eifersüchtig auf sie. Annette hieß sie, jetzt weiß ich's wieder.«

»Kennst du den Nachnamen von diesem Werner?«

Ella blies Rauch durch die Nase, dachte nach, dann schüttelte sie den Kopf. »Vielleicht fällt er mir gleich wieder ein. Er kann aber nichts mit der Entführung zu tun haben. Er ist tot.«

»Wann ist er denn gestorben? Und woher weißt du das?«

»Ich hab die Todesanzeige in der Zeitung gesehen. Ist aber schon lange her, deine Mutter war auf jeden Fall noch am Leben, als er gestorben ist.«

»An was ist er denn gestorben?«

»Keine Ahnung. Das weiß ich wirklich nicht mehr.«

»Und seine Exfrau?«

»Die machte einen auf Künstlerin.«

»Sängerin?«, fragte Philipp.

»Nee, sie malte. War damals auch recht erfolgreich. Ich hab sie nur ein paarmal getroffen. Nach der Scheidung ist der Kontakt zwischen ihr und Birgit eingeschlafen.«

Philipp blickte auf seine Uhr. Gleich sechs. In einer Stunde war er mit Vivian verabredet.

»Sonnabend«, sagte Ella.

»Wie bitte?«

»So hießen die beiden. Kam mir gerade wieder. Werner und Annette Sonnabend.«

»Super«, sagte Philipp. »Das ist doch schon mal was.« Er trank seinen Kaffee aus. »Ich muss jetzt leider wieder.«

»Das geht aber nicht«, protestierte Ella. »Du hast mir noch gar nichts von dir erzählt.«

»Da gibt's auch nicht viel zu berichten. Ich hab ein kleines IT-Unternehmen, es läuft ganz gut.« Ella nickte ratlos. Wahrscheinlich konnte sie mit dem Begriff IT nichts anfangen. »Und eine Freundin. Wir ziehen bald zusammen.«

Jetzt hellte sich ihr Gesicht auf. »Ach wirklich? Das freut mich.«

»Nach Schwabing.« Glücklicherweise lief mit dem Penthouse inzwischen alles rund. Die Trocknungsmaschinen arbeiteten auf Hochtouren und die Nachbarn grüßten Philipp inzwischen sehr viel freundlicher, nachdem klar war, dass ihre Wohnungen auf Versicherungskosten komplett renoviert werden würden. Neue Böden, neue Tapeten, neue Möbel.

Philipp erhob sich. »Vielen Dank für den Kaffee. Und dass du dir die Zeit genommen hast.«

»Na, hör mal.« Ella stand ebenfalls auf. In der Erinnerung war sie ihm so groß vorgekommen, aber in Wirklichkeit überragte er sie um ein Stück. »Ich hab mich gefreut, dich mal wiederzusehen. Siehst gut aus. Deine Mutter wäre stolz auf dich.«

Das war nur eine Floskel, aber es freute ihn trotzdem.

»Lass dich mal wieder blicken«, sagte Ella und umarmte ihn. »Oder ruf wenigstens an.«

»Natürlich«, sagte Philipp und wusste, dass es eine Lüge war, und Ella wusste es auch.

Auf dem Weg nach Hause rief er Marcel an.

»Dass du dich auch mal wieder meldest«, sagte Marcel.

»Na, du warst doch die ganze Zeit unterwegs. Wie läuft's mit deiner neuen Flamme?«

Marcel lachte. »Alles bestens, danke der Nachfrage.«

»Willst du sie mir nicht mal vorstellen?«

»Auf jeden Fall. Aber im Moment ist es schlecht. Jenny ist voll im Stress. Sie jobbt in einem Architekturbüro und die machen sie echt lang da.«

»Die Arme. Na, vielleicht sehen wir uns ja mal, wenn deine Freundin so viel arbeitet.«

»Klar«, sagte Marcel. »Ich muss nur für ein paar Tage nach Landshut, meine Eltern besuchen. Aber Montag bin ich wieder da, dann machen wir was aus, okay? Mit der Wohnung läuft so weit alles klar, das hab ich im Griff. Ende nächster Woche kommen die Trocknungsmaschinen raus, dann kann der Parkettleger kommen. Bis Mitte August müssten wir wirklich mit allem durch sein. Du weißt ja: Was lange währt …«

»Super«, sagte Philipp.

»Alles in Ordnung bei dir?«, fragte Marcel. »Du klingst irgendwie bedrückt.«

»Quatsch. Es ist alles okay.« Er war nicht bedrückt, er war gereizt. Weil es ihn nervte, dass Marcel schon wieder abhaute, wo er ihn doch hier in München brauchte. Marcel war der Einzige, auf den er sich verlassen, der Einzige, mit dem er offen reden konnte.

Er wusste natürlich, dass seine Haltung ungerecht, selbstsüchtig, kindisch war. Dass Marcel ihm in den letzten Monaten mehr als genug Zeit geopfert hatte. Dass er sein eigenes Leben und seine eigenen Probleme hatte.

Aber das stimmte Philipp nicht versöhnlicher, sondern machte ihn nur noch ärgerlicher.

»Hast du Stress mit Vivian?«, bohrte Marcel weiter.

»Ich sag dir doch, es ist alles in Ordnung. Ich treff sie gleich und verlob mich mit ihr.«

Marcel lachte. Dabei war es kein Witz, Philipp hatte sich wirklich fest vorgenommen, Vivian noch heute den Verlobungsring an den Finger zu stecken. Es war höchste Zeit, die Wohnung war fast fertig, im September konnten sie endlich zusammenziehen und zum Jahresende vielleicht schon heiraten.

»Sagt Bescheid, wenn ihr noch einen Trauzeugen braucht«, sagte Marcel.

Direkt nachdem Philipp aufgelegt hatte, klingelte sein Handy.

»Becker, Düsseldorf.« Der Kriminalkommissar, um diese Zeit. Philipps Herz begann sofort schneller zu schlagen.

»Gibt's was Neues?«

»Nichts von Ihrem Vater, tut mir leid. Ich muss aber noch einmal mit Ihnen reden.«

»Schießen Sie los!« Philipp klemmte das Handy zwischen Ohr und Schulter, während er sich links einordnete und in Richtung Innenstadt abbog. Gut, dass der Kommissar ihn nicht sehen konnte.

»Wir müssten uns dazu sehen«, sagte Becker.

»Bitte was? Na, hören Sie mal. Ich bin Unternehmer, ich habe hier zu tun. Ich kann nicht ständig nach Düsseldorf reisen. Worum geht es denn überhaupt?«

»Es gibt einige Unstimmigkeiten, die ich gerne mit Ihnen abklären würde«, sagte Becker vage, während Philipp vor einer roten Ampel stoppte.

»Können wir das nicht telefonisch besprechen?«

Hinter ihm hupte jemand. Die Ampel war inzwischen auf Grün gesprungen. Philipp legte hektisch den Gang ein, gab Gas und verlor das Telefon.

»Sagen Sie mal, sitzen Sie am Steuer?«, fragte Becker, als Philipp das Handy endlich wieder aus dem Fußraum gefischt hatte.

»Es war gerade Stau. Aber jetzt geht es weiter. Ich ruf sie in zehn Minuten von zu Hause aus an.«

Becker hatte Philipps Telefonrechnung überprüft. Und dabei festgestellt, dass Philipp in den letzten Monaten mehrmals mit Moritz telefoniert hatte. »Mir haben Sie aber erzählt, dass Sie Ihren Halbbruder erst bei Ihrem Besuch in Düsseldorf kennengelernt haben. Angeblich wussten Sie vorher nicht einmal, dass er überhaupt existiert.«

»Das stimmt ja auch«, sagte Philipp verwirrt. »Natürlich hab ich ihn nicht angerufen. Oder doch, einmal. Vergangenen Mittwoch aus dem Hotel, da hab ich mit Moritz gesprochen. Aber vorher hatten wir keinen Kontakt.«

»Auf Ihrem Verbindungsnachweis taucht die Nummer aber mehrmals auf. Und es waren meist lange Gespräche. Worum ging es denn dabei?«

»Ich habe nicht mit ihm gesprochen, das hab ich Ihnen doch schon erklärt. Warum hätte ich das tun sollen?«

»Um die Entführung Ihres Vaters zu planen, beispielsweise.«

»Bitte? Sind Sie verrückt? Das ist doch absurd!«

»Sie haben Ihrem Bruder, den Sie ja angeblich erst eine knappe Woche lang kennen, im Mai auch Geld überwiesen. 5000 Euro. Der Betrag ging von Ihrem Firmenkonto ab.«

»Das ist doch totaler Blödsinn!« Philipp sprang auf und ging mit großen Schritten im Zimmer auf und ab. »Sie müssen sich irren. Ich habe kein Geld überwiesen!«

»Das Geld ging am 17. Mai auf dem Sparkonto Ihres Bruders ein.«

»Auf sein Sparkonto? Hören Sie, ich weiß wirklich nicht, was das soll. Ich muss das erst mal überprüfen.«

Er notierte sich die Daten und den Betrag. »Ich check das ab. Kann ich Sie in einer halben Stunde noch mal erreichen?«

»Heute nicht mehr. Ich hab auch mal Feierabend. Rufen Sie mich morgen Früh wieder an. Aber vergessen Sie es nicht.«

Er schaltete den Computer an, um seine Kontoauszüge abzurufen, aber er konnte sich im Online-Kundenportal nicht einloggen. »Die PIN wurde dreimal falsch eingegeben«, teilte ihm seine Bank mit. »Aus Sicherheitsgründen haben wir Ihren Zugang gesperrt.«

Die Dame vom 24-Stunden-Telefon-Service der Bank konnte ihm auch nicht weiterhelfen. »Schicken Sie uns ein formloses Schreiben, in dem Sie eine neue PIN beantragen. Dann erhalten Sie innerhalb von drei bis fünf Werktagen eine neue.«

»Aber ich muss meine Kontoauszüge heute noch einsehen.«

»Haben Sie sich die Belege denn nicht regelmäßig ausgedruckt?«, fragte sie verwundert.

Wutschnaubend legte er auf und verfluchte die Internetbank, die sich die Filialen und Kontoauszugsdrucker sparte und dafür die Gebühren senkte, sodass ihr gutgläubige Kunden wie er auf den Leim gingen. Danach meldete er sich bei seinem Telefonanbieter an. Wider Erwarten konnte er hier seine Verbindungsnachweise problemlos abrufen. Er durchsuchte die Liste der Telefonverbindungen. Eine Handynummer, die er nicht zuordnen konnte, tauchte immer wieder auf. In den letzten sechs Monaten hatte er sie mehrmals angerufen.

Philipp starrte immer noch ungläubig auf die Ausdrucke, als seine Türglocke ging. Er öffnete und hätte sich nicht gewundert, wenn draußen Becker in Begleitung einer Hundertschaft der GSG 9 auf ihn gewartet hätte, die Schnellfeuerwaffen im Anschlag. Es war aber Vivian.

»Hi, Philipp!« Sie hauchte ihm einen Kuss auf die Wange. »Wir waren verabredet.« Sie trug ein geblümtes, weit ausgeschnittenes Seidenkleid und roch nach Parfüm und Prosecco.

»Ich weiß.«

»Du siehst aber nicht so aus. Willst du etwa so mit uns ausgehen?« Sie musterte missbilligend sein zerknittertes Hemd.

»Entschuldigung. Ich hab hier gerade ein Riesenproblem.«

Sie zog eine Grimasse. »Nicht schon wieder, Philipp! Das wird langsam langweilig. Was ist es denn diesmal?«

»Stell dir vor, ich …« Er unterbrach sich und schüttelte den Kopf. Nein, Vivian hatte Recht. Sie hatten sich in letzter Zeit kaum gesehen und er würde sich diesen Abend nicht von Becker und seinen haltlosen Verdächtigungen ruinieren lassen. Und von V schon gar nicht. »Nicht so wichtig. Ich mach mich kurz frisch, zieh mir ein anderes Hemd an und bin in fünf Minuten bei dir.«

»Hurra.« Vivian strahlte. »Ich renn mal wieder runter. Jessy hat nämlich keinen Parkplatz gefunden, wir stehen direkt vor der Tür im Halteverbot.«

»Jessy?«

»Jessy und André kommen mit. Hatte ich dir doch erzählt.«

Ihr Blick war nervös und trotzig zugleich. Vielleicht hatte sie es wirklich erzählt. Vielleicht hatte er es nur vergessen. Mach jetzt keine Szene!, sagte sich Philipp und Vivians Gesicht sagte dasselbe. Er atmete tief durch.

»Ich bin gleich unten.«

Sie warf ihm erleichtert eine Kusshand zu und hüpfte die Stufen hinunter.

Er ging ins Bad und wusch sich. Als er sich aufrichtete, sah er sich im Spiegel. Sein nasses Gesicht, die dichten Brauen, die dunklen Augen. *Du siehst ihm am ähnlichsten,* hatte Julie zu ihm gesagt. Er glich ihm, seinem Vater, den er nicht kannte und vermutlich auch nie mehr kennenlernen würde. Wer bist du?, fragte er sich selbst. Woher kommst du? »Ich weiß es nicht«, murmelte er. Aber V wusste es. V wusste alles über ihn, da war er sich plötzlich ganz sicher.

Er blieb eine ganze Weile lang so stehen und sah sich an.

Bis sein Handy klingelte.

»Wo bleibst du denn?«, zischte Vivian. »Wir warten!«

»Vivian. Ich komme nicht mit. Ich kann nicht.«

»Wie bitte?« Er hörte sie nach Luft schnappen. »Das ist jetzt nicht wahr«, flüsterte sie, noch leiser als vorher. »Das kannst du mir nicht antun, Philipp.« Er stellte sich vor, wie sie auf dem Bürgersteig auf- und abging, das Telefon ans Ohr gepresst, während Jessy und André im Auto die Ohren spitzten.

»Es tut mir leid, Vivian. Aber in meinem Leben ist gerade die Hölle los …«

»Und was ist mit meinem Leben? Interessiert es dich eigentlich noch, wie es mir geht? Du hast keine Zeit mehr für mich, du findest meine Freunde zum Kotzen, warum sind wir überhaupt noch zusammen?«

»Jetzt mach mal einen Punkt …«

»Den mach ich auch«, wisperte sie. »Wenn du mich jetzt hängen lässt, wenn du mir das antust, dann ist Schluss. Dann kannst du mich ein für alle Mal.«

Danach schwiegen sie beide, weil sie alles gesagt hatte, was zu sagen war, und ihm einfach nichts einfiel, was er hätte entgegnen können.

»Also gut«, sagte Vivian schließlich und legte auf.

Während er sich abtrocknete, erschrak er ein bisschen darüber, wie befreit er sich fühlte. War das das Ende ihrer Beziehung? So kurz und knapp, so schmerzlos? So einfach? Hatte sein Vater sich auch so gefühlt, als er mit Philipps Mutter Schluss gemacht hatte? Wie viel Jochen steckte in Philipp? Zuerst Yasmin, nun Vivian. Philipp, der Herzensbrecher, kalt und beziehungsunfähig.

Er ging zum Kühlschrank und holte sich ein Bier. Plötzlich sehnte er sich nach seiner Mutter, wie er sich weder nach ihrem Tod noch zu ihren Lebzeiten je nach ihr gesehnt hatte. Er sehnte sich so sehr nach ihr, dass er zu heulen begann. Mit der Bierflasche in der Hand stand er in der Küche und heulte, weil seine Mutter tot war.

Dann klingelte das Telefon. Er stellte das Bier weg, wischte sich mit einem Küchenhandtuch übers Gesicht und räusperte sich.

»Philipp Preuss.«

»Hier ist Moritz. Hat Becker dich angerufen?«

»Er hat behauptet, dass wir miteinander telefoniert haben.«

»Ich weiß. Von mir wollte er auch wissen, worüber wir gesprochen haben.«

»Ich hab deine Handynummer auf meiner Verbindungsliste. Keinen blassen Schimmer, wie die da draufkommt.«

»Warum ist dir das denn vorher nicht aufgefallen?«

»Ich hab eine Flatrate, ich prüf meine Verbindungen nie.«

»Wer hat Zugriff auf dein Handy?«

»Alle möglichen Leute.« Vivian. Frau Klopp. Marcel. Keiner von ihnen hatte einen Grund, mit Moritz zu telefonieren.

»Und dass du mir 5000 Euro überwiesen hast, hast du auch nicht gemerkt?«

»Ist das so?«

»Die Kohle ist auf meinem Sparkonto. Das nutz ich aber nicht mehr, deshalb ist es mir auch nicht aufgefallen.«

»Wer war das? Ich komm nicht an meine Bankauszüge, mein Internetbanking-Zugang ist gesperrt.«

»Was passiert hier?«, fragte Moritz.

Philipp hörte eine Stimme im Hintergrund.

»Sophia will wissen, ob du mit Ella geredet hast.«

»Hab ich.« Philipp fasste das Gespräch kurz zusammen.

»Annette Sonnabend«, sagte Moritz. »Die müssen wir finden.«

»Soll ich Becker von ihr erzählen, wenn ich morgen Früh mit ihm rede?«

»Nee, lass mal!«, sagte Moritz. »Ich trau ihm nicht. Er hat sich irgendwie ganz auf uns eingeschossen. Wir reden erst mal selbst mit ihr. Ich hab mir übrigens ein Prepaid-Handy besorgt. Solltest du auch tun. Ich kann mir vorstellen, dass sie deine Leitung bald abhören.«

»Ich hab nichts zu verbergen«, sagte Philipp.

»Wie du meinst.«

Philipp hatte plötzlich das Gefühl, dass er in der Leitung jemanden atmen hörte. So ein Blödsinn. »Ich hab irgendwo noch ein altes Kartenhandy rumfliegen. Ich schick dir die Nummer, sobald ich es aufgeladen habe.«

Ich werde Gebäudetechniker. Das ist ein anderes Wort für Hausmeister. So wie Reinigungskraft anstatt Putzfrau. Als ich das meinem Alten erzähle, zieht er den linken Mundwinkel nach oben. Hat mal mehr von mir erwartet. Medizin, Jura, Informatik, aber doch keine Lehre. Der Sohn, der Glühbirnen auswechselt und den Hof fegt. Bin nicht dein Sohn, denke ich. Du und ich, wir haben nichts miteinander zu tun. Vielleicht wär ihm das ein Trost. Aber ich sag es nicht, ich denk es nur.

Das kommt davon, wenn man die Kinder zu oft auf den Kopf schlägt, sag ich. Dann bringen sie's nicht weit.

Da geht der Mundwinkel wieder nach unten. Er röchelt. Er stöhnt. Er will was sagen, aber es kommt nichts aus ihm raus als ein bisschen Spucke. Hau ab!, will er wahrscheinlich sagen.

Na dann tschüss, sag ich. Mach's gut, sag ich. Die Krankenschwester sieht mich böse an.

Dabei kann man mir keinen Vorwurf machen. Zwölf Stunden auf der Autobahn, sechs Stunden hin, sechs Stunden zurück, nur um den Alten noch mal zu sehen, bevor er eingeäschert wird. Und alles nur, damit er den Mund verzieht.

Fick dich doch, denk ich. Wär ich bloß nicht gekommen.

17

Für Moritz war die Sache klar. »V ist Papas Geliebte«, sagte er. »Er hat sie verlassen, sie ist nicht damit zurechtgekommen. Deshalb hat sie ihn entführt. Und darum gibt es auch keine Lösegeldforderung. Sie will ihn für sich.«

Aber Sophia war nicht überzeugt. »Warum schickt diese V dann anonyme Nachrichten an dich und mich und die anderen? Warum manipuliert sie Philipps Konto? Und diese komischen Anrufe, die in Wirklichkeit nie stattgefunden haben. So was macht doch keine eifersüchtige Geliebte.«

»Vielleicht hängt Philipp ja da auch mit drin, schon mal darangedacht?«, sagte Moritz. »Er macht mit der Tussi gemeinsame Sache.«

»Und warum?«

»Er will uns erpressen. Und versucht gleichzeitig, den Verdacht auf mich zu lenken.«

»Und belastet sich selbst. Das ist doch Quatsch.«

Moritz schüttelte den Kopf. »Ich hab keine Ahnung mehr, was ich glauben soll.«

»Annette Sonnabend«, sagte Sophia. »Lass uns doch da mal ansetzen.«

»Na, dann setz mal an.«

Sie suchte den Namen im Internet und fand nichts.

»Vielleicht wurde ihre Ehe geschieden und sie hat ihren Mädchennamen wieder angenommen«, mutmaßte Moritz.

»Hier ist ein Nachruf auf Werner Sonnabend«, sagte Sophia. »Vom Klinikum rechts der Isar in München.«

»Echt? Lass mal sehen!«

Sophia überflog den Artikel. »Dr. Werner Sonnabend war seit Januar 1987 als Anästhesist in unserem Hause tätig. Am Sonntag, den 24. September 2006 erlag er nach langem, schwerem Leiden seiner Krebserkrankung«, murmelte sie halblaut.

Moritz sah ihr über die Schulter. »Von Angehörigen steht hier nichts. Er scheint sich wirklich von seiner Frau getrennt zu haben.« Er blickte seine Schwester ratlos an. »Und nun?«

»Ich hab noch eine andere Idee«, sagte Sophia und griff nach dem Telefon.

»Wen willst du denn anrufen? Nimm lieber das andere Telefon.« Moritz warf ihr sein neues Handy zu. »Die Bullen müssen ja nicht alles wissen.«

»Du musst für uns ins Archiv«, teilte Sophia Philipp am Telefon mit.

»Was soll das denn jetzt?« Seine Stimme klang dumpf, als ob er sich selbst den Mund zuhielte.

»Deine Ella hat doch gesagt, dass diese Annette als Künstlerin recht erfolgreich war. Dann hat sie auch Ausstellungen gemacht. Und darüber hat sicher die Presse berichtet.«

»Oder auch nicht.«

Sophia seufzte. »Hast du einen besseren Vorschlag?«

Schweigen.

»Wo ist dieses Archiv denn?«, fragte er widerwillig.

»Bayerische Staatsbibliothek, Ludwigstraße 16, du brauchst einen gültigen Leseausweis.«

»Ich muss jetzt eigentlich ins Büro.«

»Philipp«, sagte Sophia. »Irgendjemand versucht uns fertigzumachen. Hast du das denn immer noch nicht begriffen? Wenn wir jetzt nichts unternehmen, hast du bald kein Büro mehr. Und vielleicht auch kein Leben. Willst du nicht langsam mal in die Gänge kommen?«

Er schwieg wieder. Wieso sagte er nichts, wieso war er so stumpf und gleichgültig? Vielleicht hatte Moritz ja Recht und Philipp steckte wirklich selbst hinter der Entführung.

»Sorry, Sophia. Ich hab mich gestern von meiner Freundin getrennt. Und mich hinterher besoffen. Bin total durch den Wind.«

»Oh.« Mehr fiel Sophia dazu nicht ein.

»Also. Ich geh jetzt in die Stabi. Meld mich, sobald ich was rausgefunden habe.«

»Das mit deiner Freundin tut mir leid«, sagte Sophia, aber da hatte er schon aufgelegt.

Gegen Mittag rief er wieder an. »Wir haben sie.«

»Wen? Annette Sonnabend?« Sophia hatte sich gerade Kaffee eingeschenkt, den sie prompt verschüttete.

»Genau. Ella hatte Recht. Annette war in den Achtzigerjahren eine richtig große Nummer in der Münchner Kunstszene. Sie war für ihre spektakulären Installationen und Performances bekannt. Sie hat im Schlachthof nackte Männer mit Tierblut bespritzt und am Flughafen Riem eine Flugzeugmotorensymphonie aufgeführt. Nur so als Beispiel.«

»Wow! Scheint aber in Vergessenheit geraten zu sein. Ich hab ihren Namen jedenfalls noch nie gehört.«

»Den hat sie ja auch gar nicht verwendet. Sie hatte einen Künstlernamen.«

»Und? Wie hat sie sich genannt?«

»Annette Rose.«

»Wie die Blume?«

»Das war ihr Mädchenname. Annette Rose hieß sie vor der Heirat mit Sonnabend.«

»Was ist aus ihr geworden? Hast du das auch rausgekriegt?«

»Als Künstlerin arbeitet sie, glaub ich, nicht mehr. Die letzte Ausstellung, über die das Abendblatt berichtet hat, hat Anfang der Neunziger stattgefunden. Ich hab ein Interview aus dieser Zeit gefunden, das war ganz interessant. Ich mail dir das mal, wenn du mir deine Adresse gibst.«

»Meinst du, sie lebt noch in München?«

»Das mein ich nicht nur, das weiß ich sogar.«

»Was? Wo hast du sie gefunden?«

»Ich hab in allen Langzeiteinrichtungen für psychisch Kranke angerufen und hab gefragt, ob bei ihnen eine Annette Sonnabend oder Rose wohnt. Und in einer Wohngruppe in Bogenhausen war ich erfolgreich. Der fünfzehnte Anruf. Puh.«

»Aber … wie kommst du denn darauf, dass sie psychisch betreut werden muss?«

»Lies den Artikel. Ich muss jetzt zu einem Kunden, aber ich melde mich später wieder.«

Sie rannte zu Moritz, um ihm von ihrem Gespräch mit Philipp zu erzählen, und riss die Tür zu seinem Zimmer auf. Und da saß Felix.

Mit ausgestreckten Beinen fläzte er sich in Moritz' Schreibtischstuhl und grinste sie an. Und ihr Herz, das gerade eben noch wie verrückt geschlagen hatte, blieb einfach stehen. Sie schnappte nach Luft und wartete darauf, dass sie ohnmächtig wurde oder gleich tot umfiel. Zumindest würde sie Felix auf diese Weise ewig in Erinnerung bleiben.

»Is was?«, fragte Moritz, der wieder mal auf seinem Bett lag.

»Schön, dich zu sehen«, sagte Felix.

»Was willst du denn?«, erkundigte sich Moritz.

»Philipp hat angerufen.« Sie wollte noch etwas hinzufügen, aber ihre Stimme versagte.

»Felix weiß Bescheid«, sagte Moritz. »Wir haben gerade über die ganze Geschichte gesprochen.«

Sophias Herz begann jetzt wieder zu schlagen, am Anfang ganz zaghaft, dann trommelte es los, als ob es die verpassten Schläge so schnell wie möglich wieder aufholen wollte.

»Und? Was hältst du davon?«, fragte sie über das Herzgetrommel hinweg und hätte viel lieber etwas ganz anderes gefragt. *Warum hast du dich so lange nicht bei mir gemeldet? Was hab ich falsch gemacht? Weißt du eigentlich, wie sehr ich dich vermisst habe?*

»Eine irre Sache«, fand Felix. »Ich weiß echt nicht, was ich dazu sagen soll. Da will euch jemand richtig ans Leder. Aber warum? Ich kapier einfach nicht warum.«

»Philipp hat Annette Sonnabend im Zeitungsarchiv gefunden. Oder vielmehr Annette Rose, das war nämlich ihr Künstlername. Und er hat mir gerade ein Interview mit Annettes früherem Galeristen Harry Rosinski gemailt. Sehr aufschlussreich, finde ich.«

»Warum?«, fragte Moritz.

»Kannst es ja einfach mal lesen. Der Artikel ist auf meinem Computer.«

Moritz stand auf, in der Tür drehte er sich noch einmal zu Felix um. »Bin gleich wieder da«, sagte er, als wäre Felix ein kleines Kind.

Felix nickte. Er sah Sophia an. Er schaute ihr in die Augen und sie spürte den Blick zuerst in ihrem Magen und dann in ihren Knien, die ganz weich wurden.

»Tut mir total leid«, sagte er, als Moritz weg war.

»Was?«, krächzte Sophia.

»Dass ich mich nicht bei dir gemeldet habe.«

Warum hättest du dich bei mir melden sollen, wollte Sophia erwidern, aber sie brachte die Worte nicht hervor. Es war auch lächerlich. Es hatte keinen Sinn, ihm irgendetwas vorzuspielen. Felix wusste, dass sie verliebt in ihn war.

»Warst du weg?«, fragte sie.

»Nee. Ich hatte nur sehr viel um die Ohren.«

»Aha.«

»Ich hab oft an dich gedacht.«

»Hast du das?« Wenn sie nicht so vollkommen durcheinander gewesen wäre, hätte sie jetzt gelacht.

»Ich muss mit dir reden«, sagte Felix. »Ich …« Dann verstummte er, weil nun Moritz wieder im Zimmer stand. »Das ist ja ein Ding«, sagte er und reichte Felix den Ausdruck des Zeitungsartikels, den Philipp vor ein paar Minuten gemailt hatte. »Die Alte war vollkommen durchgeknallt.«

Felix überflog das Interview. »Dieser Galerist erzählt, dass Annette Angstattacken hatte«, sagte er. »Und Stimmen hörte, die ihr Befehle gaben. Ganz schön gewagt, mit so was an die Öffentlichkeit zu gehen.«

»Vielleicht war es eine Masche, um die Frau als Künstlerin interessanter zu machen«, sagte Moritz. »Hat Philipp sonst noch was dazu gesagt?«

»Hallo, Sophia?«, rief er, als sie nicht reagierte.

»Was?« Sie hörte seine Stimme wie durch einen Wasserfall. »Ach so. Nein, es war keine Masche. Nach dem Interview ist Annette nämlich von der Bildfläche verschwunden.«

»Na super«, sagte Moritz.

»Aber Philipp hat sie gefunden – in einer Wohngruppe für psychisch Kranke mit erhöhtem Hilfsbedarf.«

»Heißt übersetzt – Klapse?«, fragte Moritz.

»Na ja, es ist eine offene Einrichtung, in der die Kranken betreut werden.«

»Das ist ja ein Ding. Annette Sonnabend, unser einziger Anhaltspunkt auf der Suche nach der Vergangenheit unseres Vaters, ist irre.«

»Gespenster, wohin man schaut«, sagte Sophia.

»Wenn sie nicht mehr in einer geschlossenen Anstalt ist, kann sie tun und lassen, was sie will. Ich wette, sie hat uns die E-Mails geschrieben.«

»Und Papa entführt?« Sophia schüttelte den Kopf. »Kann ich mir nicht vorstellen. Sie wird doch überwacht. Wo sollte sie ihn denn verstecken?«

»Vielleicht ist sie gar nicht so verrückt. Diese psychisch Gestörten sind ja oft total intelligent. Ihren Betreuern gegenüber spielt sie die Unschuldige, während sie heimlich ihre Rache plant und durchführt.«

»Rache – wofür?«, fragte Sophia.

»Keine Ahnung. Philipp soll da mal hinfahren und mit ihr reden. Vielleicht findet er ja was raus«, meinte Moritz.

Felix räusperte sich. »Habt ihr euch mal überlegt, ob euer Vater vielleicht selbst hinter der ganzen Sache steckt?«

»Wie meinst du das denn?«, fragte Moritz.

»Na, dass er das Ganze inszeniert hat. Er versteckt sich irgendwo, macht euch richtig Angst, damit ihr ordentlich Lösegeld zahlt. Und mit der Kohle fängt er dann einfach ein neues Leben an. Zusammen mit einer neuen Frau natürlich.«

»Und die anonymen Nachrichten? Was soll das?«

»Keine Ahnung. War nur so ein Gedanke. Ich kenn euren Vater ja nicht. Ich kann mir aber vorstellen, dass die erste Scheidung und die unehelichen Kinder ganz schön ins Geld gegangen sind. Vielleicht kann er sich das nicht noch mal leisten.«

»Ich glaube das nicht«, sagte Sophia leise. »Ich glaube, dass er sich geändert hat. Mama hat auch gesagt, dass die Frauengeschichten vorbei sind. Er macht das nicht mehr.«

Felix nickte. Aber er wirkte eher mitleidig als überzeugt.

»Wie gesagt. Ich kenn ihn ja nicht.«

»Philipp soll mal zu dieser Verrückten fahren.« Moritz erhob sich. »Wie sieht's aus, Felix? Sollen wir los?«

Felix stand ebenfalls auf.

»Wo wollt ihr denn hin?«

»Badminton. Bisschen Bewegung könnte dir übrigens auch nicht schaden. Macht schlank.«

Sophia spürte, wie sie rot anlief. Moritz war offensichtlich wieder ganz der Alte. Dieser verdammte Scheißkerl!

Julie bekam keine Luft. Ihre Nase lief, ihr Hals war geschwollen, ihre Augen tränten. Eine Sommergrippe. Obwohl von Sommer keine Rede sein konnte, in Hamburg regnete es seit Tagen in Strömen.

Sie war am Morgen nicht zur Arbeit gegangen, obwohl Renate sie zurzeit brauchte wie ein Junkie seinen Stoff. »Aber das ist egal«, fand Christian. »Du musst jetzt an dich selbst denken. Erhol dich mal ordentlich. Das ist jetzt das Allerwichtigste.«

Er und Julie hatten sich endlich ausgesprochen. Nach ihrer Rückkehr aus Düsseldorf hatte er sie zum Essen eingeladen. Und sich entschuldigt, dass er nicht zu ihr gekommen war. »Und für alles andere auch.«

»Für alles andere?«

»Na, dass ich in letzter Zeit so wenig für dich da war. Ich gelobe Besserung.«

Sie lachte. »Schön wär's!«

»Wirklich!« Er wurde plötzlich ernst. »Ich liebe dich, Julie.«

Da wurde ihr ganz schwindlig. *Ich liebe dich.* Sie konnte sich nicht erinnern, dass das jemals irgendjemand zu ihr gesagt hatte.

»Ich liebe dich auch«, sagte sie mit belegter Stimme und sah ihn ganz verschwommen, weil sie auf einmal Tränen in den Augen hatte.

»Alles okay mit dir?«, fragte er betroffen.

Sie schüttelte den Kopf und blinzelte die Tränen weg. Dann erzählte sie ihm alles. Von ihrem verschwundenen Vater, seinen Affären, ihren Geschwistern. Von V. Und von ihrer Angst.

Christian war bestürzt. »Das klingt ja alles schlimm.«

»Ist es ja auch.«

»Und die Polizei hat keine Ahnung, wer dahinterstecken könnte?«

»Nichts.«

»Bis zum 2. Juli ist es nicht mehr lange hin …«

»Eine knappe Woche«, sagte Julie. »Samstag ist der 2. Juli.«

»Und dann?«

»Keine Ahnung.«

»Haben die euch keinen Polizeischutz angeboten?«

Julie zog eine Grimasse. »Dafür haben die gar nicht genug Leute.«

»Na, dann muss ich dich wohl beschützen. Ich lass dich einfach nicht mehr aus den Augen«, versicherte er ihr und küsste sie.

Aber schon am Dienstag brach er sein Versprechen, weil er zu einer Fortbildung nach Oldenburg musste. »Warum fährst du nicht zu deiner Mutter, solange ich weg bin?«, schlug er ihr vor.

Julie schnaubte verächtlich. »Meine Mutter ist viel schlimmer als V. Nee, mach dir keine Sorgen, ich komm schon zurecht.«

Kaum war Christian abgefahren, da begann ihr Hals zu schmerzen und ihr Kopf zu dröhnen. Sie nahm ein Aspirin, kochte Tee und legte sich ins Bett. Und stand viermal wieder auf und kontrollierte, ob die Haustür auch wirklich abgeschlossen war. Und ob alle Fenster zu waren. Am Ende war sie nass geschwitzt und fragte sich, ob es an ihrem Fieber lag oder an der Angst. Sie starrte an die Decke, lauschte auf Schritte im Treppenhaus, warf sich hin und her, schwitzte noch mehr. Irgendwann schlief sie ein.

Und wachte wieder auf, weil ihr Handy piepste.

Schlaftrunken rief sie die neue SMS ab, starrte auf das Display und war sofort hellwach. Sie versuchte zuerst Christian zu erreichen, dann Moritz und Sophia. Vergeblich. Sie wählte Philipps Nummer und hinterließ eine Nachricht auf dem Anrufbeantworter. Dann rief sie Kommissar Becker an.

»Ich habe gerade eine neue SMS von V bekommen«, sagte sie.

»Was schreibt er denn?«

»Noch drei Tage. V«

Becker schwieg.

»Haben Sie mich gehört?«

»Wir werden das überprüfen.«

»Wie denn?« Sie ließ sich wieder auf ihr Kissen fallen. »Sie konnten die anderen Nachrichten doch auch nicht zurückverfolgen.«

»Wer sagt das?«

»Sie.«

»Wir sind jetzt aber einen Schritt weiter. Ihr Bruder Philipp hat heute Morgen die gleiche SMS bekommen. Und bei Frau Rothe hat sich der Entführer ebenfalls gemeldet. Er fordert eine Million.«

»Was, wirklich? Das ist ja irre viel! Haben die denn überhaupt so viel Kohle?«

»Es wird schwierig, aber Frau Rothe ist entschlossen zu zahlen. Sie wird allerdings weiter mit uns kooperieren. Wir hoffen, den Entführer bei der Geldübergabe zu stellen.«

»Wann soll die denn stattfinden?« Sie kannte die Antwort, bevor der Kommissar sie aussprach.

»Samstag, den 2. Juli. Der genaue Zeitpunkt und der Übergabeort werden noch bekannt gegeben.«

»Und sonst?«

»Auch in diesem Fall konnten wir den Anrufer nicht ermitteln, es war ein Prepaid-Handy. Aber beide Nachrichten kommen aus demselben Sendebereich.«

»Ach. Und woher?«

»Hamburg.«

»Hamburg?« Nun saß sie aufrecht im Bett.

»Stadtteil Ottensen.«

»Ottensen? Da wohne ich«, flüsterte sie.

»Das ist uns bewusst.«

»Wo genau in Ottensen?«

»Das können wir noch nicht genau sagen. Aber wir arbeiten dran.«

Sie schloss die Augen und hatte das Gefühl, dass ihr Bett zur Seite kippte. Verdammt, warum musste sie ausgerechnet jetzt krank sein? Und warum war Christian nicht da? Immer wenn sie ihn am nötigsten brauchte, war er nicht zu erreichen.

»Haben Sie vielleicht eine Idee, wer Ihnen schreiben könnte?«

Christian, dachte Julie. Die SMS kamen aus Ottensen. Vielleicht stammten sie ja von ihm. Und Christian hatte auch bei ihr eingebrochen.

Wenn die Wohnung damals nicht verwüstet worden wäre, wären wir niemals zusammengekommen, dachte Julie. Hatte Christian das Ganze inszeniert? Aber warum sollte er ihren Vater entführt haben? Woher wusste er von ihm? Und wieso schrieb er auch an ihre Geschwister?

»Keine Ahnung?«, fragte Becker.

»Natürlich nicht«, sagte Julie. »Ottensen ist groß. Da wohnen Tausende von Leuten.«

»Sicher«, sagte Becker.

Er war überzeugt, dass sie selbst die SMS verschickt hatte, das war Julie klar. Sie hatte schon bei ihrem ersten Gespräch in Düsseldorf gemerkt, wie misstrauisch er ihr gegenüber war. Und dass er sie nicht mochte, auch das hatte sie sofort gespürt. Sie war ihm zu selbstbewusst, zu forsch.

Noch 3 Tage. Und in drei Tagen, was wäre dann? Würde V das Lösegeld kassieren, ihren Vater wieder freilassen und dafür Julie und ihre Geschwister töten?

»Wenn das ein blöder Trick von dir ist, Christian«, murmelte Julie, »dann bring *ich dich* um. Verlass dich drauf.«

Vielleicht sollte sie seine Abwesenheit nutzen, um sich ein bisschen in seiner Wohnung umzusehen. Er hatte ihr den Schlüssel dagelassen. »Wenn du meine Blumen gießt, darfst du dafür meine Espressomaschine benutzen.«

Sie setzte sich auf, schob die Beine aus dem Bett und versuchte aufzustehen, aber es ging nicht. Ihr Zimmer wankte und schwankte wie die Titanic kurz vor dem Untergang.

Die Idee war auch total schwachsinnig. Selbst wenn Christian die SMS geschrieben hatte, wäre er bestimmt nicht so blöd, das Handy mit der Prepaid-Karte in der Wohnung zu lassen. Oder irgendwas anderes Belastendes.

Sie legte sich wieder hin und schloss die Augen. Noch drei Tage.

»Becker verdächtigt Julie«, sagte Moritz, nachdem der Kommissar wieder weg war. »Und ich glaube, er hat Recht.«

»Warum?«, fragte Sophia. »Nur weil die SMS aus Hamburg kommen? Das ist doch lächerlich.«

»Ich find sie irgendwie komisch«, beharrte Moritz. »Sie wirkt so kalt und berechnend. Und ein Motiv hat sie auch. Sie ist neidisch, weil Jochen sich um uns gekümmert hat und um sie nicht. Vielleicht will sie endlich richtig abkassieren.«

»Eine Million.« Frau Rothe griff schon wieder nach ihren Zigaretten. Inzwischen rauchte sie fast eine Packung am Tag. »Dieser Erpresser muss verrückt sein. So viel Geld würden wir bis übermorgen beim besten Willen nicht zusammenkriegen.«

»Vielleicht rechnet dieser V damit, dass wir mit der Polizei zusammenarbeiten«, sagte Sophia. »Und dass die das Geld für uns besorgen.«

»Damit kommt er doch nicht durch, das muss ihm doch klar sein!«, meinte Moritz.

»Ich glaub jedenfalls nicht, dass Julie dahintersteckt«, sagte Sophia. »Ich glaub, dass V das arrangiert hat.«

»Was?«

»Na, dass die SMS aus Hamburg kommen. Und das mit dem Geld, das Philipp dir überwiesen hat. Und diese Anrufe. Ich weiß nicht, wie er das angestellt hat, aber er will, dass wir uns gegenseitig verdächtigen.«

Moritz schwieg. »Vielleicht stimmt das ja«, meinte er dann widerwillig.

Frau Rothe ging zur Terrassentür. »Sagt dir der Name ›Annette Rose‹ eigentlich was?«, fragte Moritz, bevor sie im Garten verschwinden konnte.

»Wie?«

»Annette Rose. Eine Künstlerin. Sie und ihr Mann Werner waren eng mit Jochen und seiner ersten Frau befreundet.«

»Sie hieß eigentlich Annette Sonnabend«, meinte Sophia.

Frau Rothe zog die Brauen zusammen. »Sonnabend. Irgendwie erinnere ich mich an den Namen. Aber woher?« Sie zuckte mit den Schultern. »Keine Ahnung.«

»Gib dir mal ein bisschen Mühe. Könnte wichtig sein.«

»Werner Sonnabend hat mit Papa studiert«, half Sophia nach. »Er ist 2006 gestorben.«

»Ja, das war's!« Frau Rothe nickte erleichtert. »Jochen und ich waren auf der Beerdigung. Werner war ein Studienkollege von Jochen. Er war noch keine fünfzig. Schlimm.«

»Er war Papas bester Freund«, sagte Moritz.

»Nein.« Seine Mutter schüttelte den Kopf. »Bestimmt nicht. Das hätte er mir erzählt. Ich hab den Namen zum ersten Mal kurz vor der Beerdigung gehört. Jochen mochte ihn, aber sein bester Freund … so eng waren sie nicht.«

»Brutzler behauptet, dass sie früher wie Pech und Schwefel waren. Und diese Freundin von Philipps Mutter sagte das Gleiche. Sie hingen ständig zusammen. Wie … Blutsbrüder. Aber dann ist irgendwas geschehen, das sie auseinandergebracht hat.«

»Ich weiß nicht. Davon hätte Jochen mir sicher erzählt.«

»Ach, Mama«, sagte Sophia. »Papa hat dir so vieles nicht erzählt.«

Frau Rothes Hand zitterte, als sie ihre Zigarette zwischen die Lippen schob. »Ich bin dann mal draußen«, murmelte sie und verschwand.

»Sehr feinfühlig, Sophia«, sagte Moritz.

»Ach, hör doch auf! Es ist höchste Zeit, dass wir die Dinge beim Namen nennen. Ich will wissen, was passiert ist.«

»Noch drei Tage«, sagte Moritz. »Dann weißt du's.«

Mit zwanzig im ersten Lehrjahr. Aber die anderen sind auch nicht viel jünger als ich. Und genauso fertig. Schulabbrecher, Exknackis, Exjunkies, ein lustiges Trüppchen. Jede Woche steigt einer aus und dann fängt wieder ein Neuer an.

Ich bin noch nicht ausgestiegen. Im Wohnheim ist es besser als in diesen Scheißinternaten. Klare Regeln: kein Terror, keine Drogen, keine Weiber. Wer Ärger macht, fliegt. Ohne Schulkonferenz.

Wer aber den Heiligen Geist lästert, der hat keine Vergebung ewiglich. Die Bibel hab ich mitgenommen. Ich les immer noch drin, jeden Tag, die anderen nennen mich nur noch »den Propheten«. Halten mich für gläubig. Vielleicht bin ich es ja auch, nur mit Kirche und Christentum hat das nichts zu tun.

Die meisten von denen können kaum lesen und schreiben. Deutsch ist für sie eine Fremdsprache. Aber keiner jammert drüber, dass er mit seinem Alten den Highway in Kalifornien runterbrettern muss. Die meisten kennen ihren Vater gar nicht. Oder nur kaum.

Nicht so gut wie ich. Ich fahr jedes Wochenende hin. Stell mich vor sein Haus und warte, bis er rauskommt.

Als ich ihn das erste Mal sehe, fall ich fast um. Weil er sich nicht verändert hat. Kein Stück. Die Haare ein bisschen dünner, ein bisschen grauer. Das ist alles. Das macht mich fertig. Ich meine, ich bin doppelt so alt und doppelt so groß wie damals und er ist ganz der Alte.

Er schaut zu mir rüber und ich will abhauen oder wenigstens weggucken, aber es geht nicht. Ich starr ihn an, er starrt zurück, er sieht mich nicht. Er sieht durch mich durch. Und geht einfach weg.

Ich geh hinter ihm her, bis zu seinem Auto, dann steigt er ein und fährt weg und ich bleib zurück. Jedes Mal wenn ich hinfahre, nehm ich mir vor, ihn anzusprechen. *Ich bin's. Dein Großer.* Und dann? Was dann? Nichts dann. Ich tu's ja nicht.

18

Das Haus sah aus, als wäre es mit frischem Eiter gestrichen worden. Die Fassade glänzte gelblich, krank. Fünf Fensterreihen übereinander, vor jeder Wohnung klebte ein Balkon. Auf den Schildern neben den Klingeln standen keine Namen. WG1, WG2, WG3, WG4, WG5.

Annette Rose lebte in Wohngruppe 5. Philipp klingelte, der Türöffner summte. Er drückte die Tür auf und trat ins Haus. Er nahm die Treppe statt den Aufzug. Als er im fünften Stock ankam, war er vollkommen außer Atem. Dabei hätte er sich denken können, dass die fünfte Gruppe ganz oben wohnte. Die Wohnungstür war geschlossen. Er rang nach Luft.

»Hallo?« Jetzt streckte eine junge Frau den Kopf in den Hausflur. Als sie Philipp vor der Tür entdeckte, zuckte sie zusammen. »Du lieber Gott, haben Sie mich erschreckt!«

»Sorry. Das wollte ich nicht.« Er hob beide Hände. »Mein Name ist Preuss. Ich möchte zu Frau Rose.«

»Jaja, Sie hatten angerufen.« Die Frau machte die Tür ganz auf. »Ich bin Silke Kurz. Ich betreue die Gruppe als Sozialpädagogin. Frau Rose ist im Gemeinschaftsraum, kommen Sie bitte mit.«

Er folgte ihr durch einen dunklen Flur, von dem zu beiden Seiten Türen abgingen. »Jede unserer Bewohnerinnen hat ihr eigenes Zimmer und Bad«, erklärte Silke. »Die Küche und den Gruppenraum nutzen wir gemeinsam.«

»Aha.« Eine der Türen stand offen, im Vorübergehen warf er einen Blick hinein. Ein großer Raum mit hellbrauner Einbauküche und einem ovalen Tisch, um den sechs Stühle standen. Praktisch. Sauber. Und scheußlich.

Der Gemeinschaftsraum war ähnlich funktional eingerichtet. Ein dezent gemustertes Sofa, vier Sessel, eine vertrocknete Zimmerlinde, Usambaraveilchen auf dem Fensterbrett.

Auf dem Sofa saß eine große Frau, ihr blondes Haar war von grauen Strähnen durchzogen. Sie starrte auf ihre Hände und blickte nicht auf, als Silke mit Philipp den Raum betrat.

»Frau Rose, Ihr Besuch ist jetzt da«, sagte die Sozialpädagogin. Ihre Stimme hatte sich verändert, sie sprach nun sehr behutsam und leise.

Philipp blieb unsicher auf der Türschwelle stehen. Ein unbedachter Schritt, ein falscher Ton – und die Frau würde aufstehen und weglaufen wie ein scheues Tier, zumindest bildete er sich das ein.

»Ich lasse Sie jetzt alleine. Ist das in Ordnung, Frau Rose?« Die Frau rührte sich nicht, ihr Blick war immer noch starr auf ihre Hände gerichtet.

»Ich bin im Büro, erste Tür links im Flur, wenn was ist«, sagte Silke und dann war sie weg.

Und Philipp war allein. Allein mit der Irren, die einmal mit seinem Vater befreundet gewesen war und die vielleicht etwas mit seinem Verschwinden zu tun hatte. Und hatte keine Ahnung, wie er das Gespräch beginnen sollte. Er hätte sich vorher etwas zurechtlegen sollen, ein paar Worte, mit denen er das Gespräch beginnen konnte, eine Erklärung, irgendetwas. Aber er hatte ja nicht gewusst, was ihn erwartete. Er hatte keine Ahnung von geistesgestörten Menschen.

»Frau Rose? Können Sie mich hören?«, begann er vorsichtig. So ein Blödsinn, dachte er. Natürlich konnte sie ihn hören, sie war verwirrt, nicht taub.

Aber es wirkte, endlich hob sie den Kopf. »Ich höre dich«, sagte sie.

Sie war wunderschön. Ein schmales Gesicht mit hellen Augen und hohen Wangenknochen, der Mund groß und geschwungen, die grau-blonden Haare fielen ihr in sanften Wellen auf die Schultern. Ein ausdrucksstarkes Gesicht, ein Gesicht, das man nicht vergaß und das Philipp dennoch vertraut vorkam. Wie eine alte Liebe.

»Jochen«, sagte die Frau und lächelte. »Ich wusste, dass du mich finden würdest.«

Und Philipp widersprach nicht, sondern setzte sich auf einen Sessel, der Frau gegenüber, sodass ihre Knie sich fast berührten. Es war keine Taktik, dass er sich so direkt zu ihr setzte und dass er seinen Namen verschwieg. Er wollte ihr nah sein. Er wollte dieses Lächeln nicht zerstören.

»Ich habe lange auf dich gewartet«, sagte die Frau.

»Ich habe dich lange gesucht«, sagte Philipp und das war nicht gelogen.

»Nimmst du mich jetzt mit? Gehen wir weg?«

Philipp schüttelte den Kopf. »Du weißt, dass das nicht geht.«

Annette sah ihn an. Diese Augen. Ein helles Grün in einem grauen Ring. Er hatte das Gefühl, dass er schon tausendmal in diese Augen geblickt hatte.

»Werner ist tot. Hast du das gehört?«

Das schöne Gesicht zeigte keine Regung, es war, als habe sie ihn nicht gehört. Wie alt mochte sie sein, überlegte Philipp. Sein Vater war fünfundfünfzig, aber diese Frau schien deutlich jünger.

»Ich bin hier nicht glücklich«, sagte Annette.

»Annette.« Philipp streckte seine Hand aus und ergriff ihre. »Ich bin gekommen, um mit dir über früher zu reden. Über das, was damals geschehen ist.«

Annette seufzte. »Wir sind zusammen zum See gefahren. Weißt du noch?«

»Nein, daran kann ich mich nicht mehr erinnern. Erzähl es mir. Was haben wir am See gemacht?«

Sie lächelte versonnen, ein wenig verschämt. »Liebe haben wir gemacht. Weißt du noch, der Geißschädel? Der Bauer hat uns mit der Mistgabel gejagt.«

»Mit der Mistgabel?«

Sie entzog ihm ihre Hand wieder. »Du hast alles vergessen.«

So kam er nicht weiter. »Malst du noch?«, erkundigte er sich und fragte sich gleichzeitig, ob sie überhaupt jemals gemalt hatte. Sie war mit ihren spektakulären Installationen und Performances bekannt geworden. Tierblut auf nackten Männerkörpern. Eine Symphonie aus Flugzeugmotoren.

Annette zuckte mit den Schultern. »Weiß nicht.«

Philipp hatte das Gefühl, dass sie sich wieder in sich selbst zurückzog. Wenn er sie erreichen wollte, musste er sich beeilen. Aber was konnte er sie noch fragen?

»Gott spart das Unglück des Gottlosen auf für dessen Kinder«, sagte er. Keine Reaktion. Jetzt begann sie leise zu summen, er kannte die Melodie, aber er wusste nicht, welches Lied es war. Vielleicht ein Schlager, zu dem sie früher mit Jochen getanzt hatte.

»Du hast mir gesagt, dass du mit mir an den See fährst. Aber du bist nicht gekommen«, murmelte sie.

»Ich konnte nicht kommen.«

Sie lächelte versonnen. Und wieder dieses Gefühl, dass er sie kannte, dass er sie schon oft angesehen hatte. Gab es das, dass ein Vater seine Erinnerungen auf seinen Sohn übertrug? Weitervererbte wie die Form der Ohrläppchen, die Haarfarbe?

»Du hast mich nicht genug geliebt«, flüsterte sie.

»Sag mir, wie der See hieß, an den wir immer gefahren sind«, beschwor er sie.

Sie schlang ihre Arme um die Brust, umfasste sich selbst an den Schultern und wiegte sich langsam hin und her. Und summte das Lied, das er kannte und nicht erkannte.

Es ist sinnlos, dachte Philipp. Ich werde nichts von ihr erfahren, weil ich die richtigen Fragen nicht weiß. Als er aufstand, erwartete er Tränen, Vorwürfe. Dass sie versuchen würde ihn zurückzuhalten. Aber sie schien es gar nicht zu bemerken.

Er war schon an der Tür, als ihm noch etwas einfiel. »Was passiert am 2. Juli?«

Sie war wieder in sich zusammengesunken, der Kopf war gesenkt, der Blick auf ihre Hände gerichtet. Er wartete ein paar Sekunden, ohne Hoffnung auf eine Antwort. Annette war fort, zurückgeblieben war nur eine leere Hülle. Philipp wandte sich zum Gehen, als sie ihm doch noch antwortete.

»Das ist unser Tag«, sagte sie. »Unser Jahrestag. Der Tag, an dem du zu mir kommen wirst.«

Silke erwartete ihn im Flur. »Wie war's?«, fragte sie neugierig.

Er zuckte mit den Schultern. »Sie hat mich gar nicht richtig wahrgenommen.«

»Frau Rose lebt in ihrer eigenen Welt.«

»Wie lange ist sie schon hier?«

»Schon lange. Viel länger als ich. Sie ist irgendwann in den Neunzigern eingezogen. Aber wann genau – da müsste ich in den Akten nachschauen.«

»Auf jeden Fall sind es mehr als zehn Jahre. Eine lange Zeit.«

Sie nickte. »Für die meisten Menschen sind unsere Wohngruppen nur eine Übergangslösung. Nach ein paar Jahren ziehen sie aus, weil sie ihr Leben wieder im Griff haben. Aber in der Wohngruppe 5 sind die schweren Fälle untergebracht. Frau Rose wird sicher ihr Leben lang Hilfe benötigen.«

»Das ist ja schrecklich.«

Sie zuckte mit den Schultern. »Warum? Wir brauchen alle Hilfe, der eine mehr, der andere weniger. Von außen betrachtet wirkt ihr Leben vielleicht furchtbar, aber keiner von uns weiß, wie sie selbst es empfindet. Sie scheint nicht unglücklich.«

»Sie war Künstlerin.«

»Sie ist es immer noch. Kommen Sie, ich zeige Ihnen die Bilder, die sie in der Kunsttherapie gemalt hat.«

Im Büro zog sie eine Mappe mit Buntstiftzeichnungen und Aquarellen aus dem Regal. Auf allen Blättern fand sich dasselbe Motiv: ein kleiner, runder blauer See. Im Sonnenschein, im Regen, am Tag und bei Nacht. Auf manchen Bildern waren Menschen zu sehen, ein Liebespaar, Familien, Kinder. Auf anderen lag der See einsam und verlassen da.

»Was ist das?« Philipp zeigte auf einen Tierschädel, der auf einem der Aquarelle über dem Blau des Sees schwebte wie ein Geist.

Silke kniff die Augen zusammen. »Sieht aus wie eine Ziege.« Sie lachte. »Keine Ahnung. Mich dürfen Sie da nicht fragen, ich hab keine Ahnung von Kunst.«

»Die Bilder sind sehr schön.«

»Das finde ich auch. So kraftvoll und ausdrucksstark.« Sie verstaute die Mappe wieder im Regal.

»Woher kennen Sie Frau Rose eigentlich?«

»Sie war mit meinem Vater befreundet«, sagte Philipp. »Sie war seine Geliebte. Aber das ist lange her.«

Silke nickte.

»Meine Geschwister und ich, wir haben in letzter Zeit anonyme E-Mails und SMS bekommen. Seltsame Drohungen.«

»Und da dachten Sie, dass Frau Rose …?« Silke lachte. »Als sie in die Psychiatrie eingewiesen wurde, gab es das Internet noch gar nicht. Und niemand benutzte Handys. Ich bin mir absolut sicher, dass sie keine Ahnung hat, wie man eine Mail oder eine SMS verschickt.«

Wieder eine Spur, die im Sande verlief. Philipp fühlte sich auf einmal unendlich müde. »Na, ich denke, da haben Sie Recht. Danke für Ihre Unterstützung.«

»Bitte, gerne. Ich freue mich, dass Sie da waren. Frau Rose bekommt sonst nie Besuch.«

»Hat sie keine Familie, die sich um sie kümmert?«

»Es gibt keine Geschwister, ihr Exmann ist tot. Und ihre Freunde haben sie anscheinend auch vergessen.« Sie seufzte. »So ist das in unserer Gesellschaft. Wenn man nicht mehr richtig funktioniert, ist man abgeschrieben.«

Philipp nickte, obwohl er genau wusste, dass das nicht stimmte. Irgendjemand da draußen hatte Annette Rose ganz und gar nicht vergessen.

Im Auto sah er, dass auf beiden Handys angerufen worden war. Frau Klopp hatte versucht, ihn über die offizielle Nummer zu erreichen. Moritz' Handynummer war auf dem Kartentelefon.

Er meldete sich zuerst im Büro. »Ich hab hier eine Rechnung, aus der ich nicht schlau werde«, sagte Frau Klopp.

»Was für eine Rechnung?«

»Von einer Mietwagenfirma aus Düsseldorf. Den Wagen haben Sie angeblich am 15. Juni gemietet. Aber an diesem Tag waren Sie doch überhaupt nicht in Düsseldorf …«

»Natürlich nicht«, sagte Philipp. »Das muss ein Irrtum sein.«

»Ich frag mal nach, was das soll.«

15. Juli, Philipps Gehirn ratterte. War das nicht der Tag gewesen, an dem sein Vater verschwunden war …?

»Was für ein Wagen soll das gewesen sein?«, fragte er.

»Bitte?«

»Welcher Fahrzeugtyp?«

»Ein Volkswagen Polo.«

Ein roter Volkswagen Polo. Der Wagen, in den Jochen eingestiegen war, bevor er verschwunden war.

»Sind Sie noch dran, Herr Preuss?«

»Lassen Sie die Rechnung erst mal liegen«, sagte er. »Ich kümmere mich selbst drum.«

»Kommen Sie denn heute noch rein?«

»Nein. Morgen auch nicht. Wir sehen uns am Montag.«

»Sie denken aber an den Termin bei der Treubur? Zehn Uhr?«

»Natürlich.«

Er legte auf und ließ das Gesicht in seine Hände sinken. Die fünftausend Euro auf Moritz' Sparkonto, die Telefonate, die er nie geführt hatte, und jetzt der Mietwagen … Irgendjemand versuchte ihm die Entführung in dic Schuhe zu schieben.

Er ließ das Autofenster herunter. Draußen regnete es. Er atmete die kühle Luft ein und fühlte sein Herz schlagen, so ruhig und gleichmäßig, als ob es nicht zu ihm gehörte. Du willst mich fertigmachen, dachte er. Aber das wird dir nicht gelingen.

Er rief Moritz zurück und erzählte ihm von der Mietwagenrechnung. »Aber ich war am 15. Juni nicht in Düsseldorf. Ich hab mit der Entführung nichts zu tun.« Worte, leere Worte. Philipp und Moritz waren Fremde und hatten keinen Grund, einander zu vertrauen.

»Er will uns auseinanderbringen«, sagte Moritz.

»Was?«

»V will, dass wir uns gegenseitig verdächtigen. Je weniger wir miteinander reden, je weniger wir uns trauen, desto einfacher ist die Sache für ihn.«

»Mag sein.«

»Auf jeden Fall kannst du sicher sein, dass die Polizei auch bald Wind von der Mietwagenrechnung bekommt. Wenn sie es nicht schon weiß.«

»Das ist mir klar.«

»Der Entführer hat sich übrigens gemeldet. Er will eine Million Euro. Übermorgen. Der Typ hält uns definitiv für reicher, als wir sind.«

»Was wollt ihr machen?«

»Becker will die Summe bereitstellen. Und die Geldübergabe überwachen.«

»Da wird er Pech haben. Die Forderung ist ein Fake, da bin ich mir ganz sicher. V will kein Geld.«

»Sondern?«

»Rache.« Philipp berichtete Moritz von seiner Begegnung mit Annette.

»Und? Meinst du, sie ist V?«

»Auf keinen Fall. Sie ist total weggetreten.«

»Vielleicht simuliert sie nur.«

»Nee, keine Chance. Aber unser Vater hatte eine heiße Affäre mit ihr, so viel steht fest. Er muss sie damals sitzen gelassen haben, als er deine Mutter kennengelernt hat.«

»Und daraufhin ist sie verrückt geworden?«

»Keine Ahnung, vielleicht war da vorher schon was. Man verliert ja nicht einfach so von jetzt auf gleich den Verstand. Aber bestimmt war das Ende der Beziehung der Auslöser für ihre Geisteskrankheit.«

»Die Liebesaffäre zwischen Jochen und Annette hat bei beiden die Ehe zerstört. Das erklärt auch, warum Jochen und Werner keinen Kontakt mehr hatten«, meinte Moritz.

»Dieser Werner hätte allen Grund, Jochen zu hassen«, sagte Philipp.

»Aber er ist tot.«

»Ist er das wirklich?«

»Meinst du nicht?«

»Keine Ahnung. Ich weiß nur, dass ich erst mal untertauchen werde. Sonst sitz ich spätestens morgen in U-Haft.«

»Wenn du jetzt abtauchst, machst du dich erst recht verdächtig.«

»Kann sein. Aber wenn ich im Knast sitze, bin ich handlungsunfähig. Und ich will rauskriegen, was hier gespielt wird. An eurer Stelle würd ich auch ein paar Tage verschwinden. Dieser V weiß alles über uns und wir haben immer noch keine Ahnung, wer er ist.«

Moritz schwieg.

»Es geht ihm nicht um Geld«, sagte Philipp. »Es geht um uns. Um dich und Sophia und Julie und mich. Da bin ich mir sicher. Und ich glaube, dass uns der Typ einzeln fertigmachen will. Einen nach dem anderen.«

»Okay, vielleicht hast du Recht«, meinte Moritz. »Aber wo sollen wir uns verstecken? Hast du eine Idee?«

»Ja, aber die verrat ich dir nicht am Telefon. Wenn du willst, hol ich euch ab.«

»Wie bitte? Du bist doch in München.«

»Na und? Mit dem Auto bin ich in sechs Stunden bei euch. Ich lad euch ein und wir fahren direkt weiter.«

»Und Julie? Was ist mit Julie?«

»Die holen wir auch ab.«

Moritz zögerte. »Meine Mutter rastet aus, wenn wir auch noch verschwinden.«

»Schreib alles auf, was wir herausgefunden haben. Und dass wir uns ein paar Tage verstecken wollen, damit uns dieser Irre nicht findet. Den Brief legst du deiner Mutter hin, die soll ihn dann an Becker weitergeben.«

»Das wird die Polizei kaum davon abhalten, uns zu suchen.«

»Sie werden uns aber nicht finden. Solange wir alle dichthalten. V darf nicht mitkriegen, dass wir abhauen. Das ist unsere einzige Chance.«

Er kam kurz vor Mitternacht in Düsseldorf an. Unterwegs hatte er drei Tassen Kaffee getrunken, aber eigentlich hätte er das Koffein gar nicht gebraucht. Er fühlte sich hellwach. Moritz und Sophia erwarteten ihn an einer S-Bahn-Station außerhalb der Stadt.

»Geht getrennt aus dem Haus und nehmt nicht viel Gepäck mit«, hatte Philipp Moritz am Telefon angewiesen. »Vielleicht beobachtet V das Haus. Oder die Polizei.«

»Wo fahren wir hin?«, fragte Sophia.

»Erst mal nach Hamburg.«

Moritz übernahm das Steuer, Philipp setzte sich auf den Beifahrersitz. Er versuchte zu schlafen, aber sobald er die Augen schloss, sah er Annettes schönes Gesicht vor sich. *Ich habe lange auf dich gewartet.*

Warum hatte Jochen sie verlassen? Seine jetzige Frau war doch total langweilig im Vergleich zu Annette. Vielleicht hat ihn gerade das Normale gereizt, dachte Philipp. Das Verlässliche. Keine ausgeflippte Künstlerin. Keine Irre. Eine Nullachtfünfzehn-Frau, mit der man eine Familie gründen kann. Ohne Angst vor bösen Überraschungen. Eine Frau wie Vivian, die er selbst fast geheiratet hätte. Und nun hatten sie sich getrennt und er vermisste sie kein Stück.

Du bist genau wie dein Vater.

»Wie machen wir das mit Julie?«, fragte Sophia vom Rücksitz. »Sollen wir einfach bei ihr aufmarschieren oder wie habt ihr euch das vorgestellt? Was ist, wenn der Typ ihr Haus beobachtet?«

»Wir können sie anrufen und irgendwohin bestellen.«

»Und wenn ihr Telefon abgehört wird?«

»Ich kann mir nicht vorstellen, dass V ihr Handy überwacht«, meinte Philipp, ohne die Augen zu öffnen. »Die Bullen vielleicht. Aber die wissen eh bald, dass wir uns aus dem Staub gemacht haben. Wir rufen Julie aber erst kurz vor Hamburg an.«

»Und dann?«, fragte Moritz. »Wohin willst du uns dann bringen?«

»In Sicherheit«, sagte Philipp. »Ich bringe euch in Sicherheit.«

Ein kleines Haus in den Dünen. Bis zur Ostsee waren es ein paar Hundert Meter, bis zum nächsten größeren Ort fast zehn Kilometer.

»Boah, ist das abgelegen!«, rief Julie, als Philipp vor der Tür parkte.

»Boah, ist das schön!« Sophia stieg aus und legte den Kopf in den Nacken. Graue Wolkenungetüme jagten über den riesigen Himmel wie eine panische Elefantenherde. Über dem Meer regnete es bereits, aber hier war noch alles trocken.

Julie nieste. Ihre Augen waren rot und verquollen, die Wangen glühten. »Ich bin total krank«, hatte sie gekrächzt, als Philipp sie vor ein paar Stunden angerufen hatte. »Ich geh ganz bestimmt nirgendwohin.«

»Du bist aber nicht sicher in deiner Wohnung. Zieh dich warm an und nimm ein Taxi zum S-Bahnhof Altona. Wir sind in einer halben Stunde da und holen dich ab.«

»Das überleb ich nicht.«

»Wenn du zu Hause bleibst, bestimmt nicht. Komm, beeil dich! Im Auto kannst du wieder pennen.«

»Ich bring dich ins Haus«, sagte Philipp jetzt. »Du musst sofort ins Bett.«

Er fischte den Schlüssel aus dem Zeitungskasten, wo ihn der Vermieter am Abend vorher für ihn deponiert hatte.

»Woher kennst du die Hütte denn?«, fragte Moritz.

»Ich war vor zehn Jahren mal hier. Mit der Familie eines Klassenkameraden. Mein Freund und ich haben einen Surfkurs gemacht und sind mit dem Fahrrad durch die Gegend gefahren. War eine geile Zeit. Seitdem wollte ich immer mal wieder herkommen, hab's aber nie geschafft. Vor ein paar Wochen hab ich den Vermieter angerufen und mich erkundigt, ob es das Haus überhaupt noch gibt.« Er hatte mit Vivian hier Urlaub machen wollen, aber das erzählte er Moritz nicht. Es war auch eine bescheuerte Idee gewesen, das wurde ihm jetzt klar. Vivian wäre entsetzt gewesen, wenn sie das einsame Ferienhaus gesehen hätte. Eine Woche ohne die anderen Mädels, ohne Unterhaltungsprogramm und Remmidemmi. Was für eine Zumutung!

»Wenn V uns hier findet, sind wir allerdings geliefert. Bis die Bullen da sind, sind wir tot«, meinte Moritz.

Julie schnappte nach Luft. »Oh Mann, wär ich bloß nicht mitgekommen. Ihr könnt einen echt aufbauen.«

»Er wird uns hier nicht finden«, meinte Philipp ruhig. »Ich zeig euch jetzt die Zimmer.«

Vom Wohnzimmerfenster aus konnte man das Meer sehen, bleigrau und schwer wälzten sich die Wellen ans Land. In der Ferne stand ein Leuchtturm, der aussah, als ob er fröstelte. Bei Philipps erstem Urlaub an der Ostsee hatte praktisch ununterbrochen die Sonne geschienen. »Diesen Sommer kannst du echt in die Tonne treten«, meinte er. »Regen, nichts als Regen!«

»Ich mag dieses Wetter«, behauptete Sophia. »So wild und gewaltig.«

»Du hast ja wohl ein Rad ab«, meinte Moritz. »Ich find es voll deprimierend hier.«

»Am liebsten würd ich einen Strandspaziergang machen.«

Julie nieste. »Ich leg mich hin. Gute Nacht, Leute!«

»Du gehst nicht spazieren. Das ist viel zu gefährlich«, sagte Philipp zu Sophia.

»Wie spielst du dich denn jetzt auf?«, fragte Moritz. »Wenn Sophia raus will, kann sie raus. Du bist doch hier nicht der Bestimmer!«

»Nee, lass mal! Ich geh bestimmt nicht allein an den Strand. Ich hab viel zu viel Schiss«, sagte Sophia. »Und danke, Moritz, aber ich kann für mich selbst sprechen.«

Philipp räusperte sich. »Ich hab ein paar Lebensmittel aus München mitgebracht, aber so richtig viel hatte ich nicht zu Hause. Wir sollten einen Großeinkauf in Kühlungsborn machen.«

»Du und ich?«, fragte Moritz.

»Vielleicht ist es sicherer, wenn du hier bei Julie bleibst. Und Sophia mich begleitet.«

Er erwartete Moritz' Protest, aber der nickte nur. »Geht auf jeden Fall in der Apotheke vorbei und holt Paracetamol. Und was gegen Husten. Julie ist echt nicht gut drauf.«

Sie kauften ein, als ob ein Atomkrieg vor der Tür stünde. Konserven, Dosensuppen, Obst, Toilettenpapier, Reis, Nudeln.

»Mir kommt das alles so unwirklich vor«, sagte Sophia, als sie die Vorräte in Philipps Auto verstauten.

»Was?«

»Dieser V. Dass er Papa entführt hat. Und dass er uns jetzt kaltmachen will. Wegen irgendeiner Affäre, die in der Steinzeit stattgefunden hat.«

»Wir wissen ja nicht, ob er uns wirklich umbringen will. Wir wissen gar nichts über ihn.«

»Auf jeden Fall können wir uns nicht ewig vor ihm verstecken.«

»Nein. Aber diesen verdammten 2. Juli können wir erst mal abwarten. Und dann sehen wir weiter. Vielleicht kriegen wir ja in der Zwischenzeit auch mehr über V raus.«

»Hier in dieser Einöde? Wie denn? Wir können ja nicht mal ins Internet. Wartest du darauf, dass uns der Heilige Geist erleuchtet?«

Philipp zuckte mit den Schultern.

»Da drüben ist eine Apotheke. Ich spring da mal rein und besorg die Medikamente für Julie. Bleibst du so lange im Wagen?«

»Klar.«

Als er weg war, schaltete sie ihr Handy an. Obwohl sie eigentlich vereinbart hatten, dass sie ihre Mobiltelefone nur im äußersten Notfall benutzen wollten. Aber ihr Handy war nicht registriert, niemand würde sie darüber orten können. Und die neue Nummer hatte sie noch niemandem gegeben.

Sie loggte sich in ihrem Internet-Account ein und rief ihre E-Mails ab. Atemlos überflog sie die Nachrichten in ihrem Eingangsordner. Konzerteinladungen, Schulmitteilungen, Spam, Spam, Spam. Und dann …

»Oh mein Gott«, flüsterte Sophia. Eine Mail von Felix. *Reden?*, lautete der Betreff.

Liebe Sophia,
ich würde dich gerne sehen. Hast du in den nächsten Tagen mal Zeit für mich?
Felix

Darunter stand seine Handynummer. Das war alles. Zwei Sätze. Aber damit erreichte Felix, was V bisher nicht geschafft hatte. Er brachte Sophia fast zum Herzinfarkt.

Ja, dachte Sophia. Ja, ja, ja. Und hätte am liebsten sofort geantwortet, aber das ging ja nicht. Zu niemandem ein Wort, hatten sie ausgemacht. Sie durfte ihm nicht schreiben. Sie durfte nicht reagieren. Aus dem Augenwinkel sah sie, wie Philipp wieder aus der Apotheke kam. Hastig kritzelte sie Felix' Nummer auf die Rückseite einer Quittung und schaltete ihr Handy aus. Weil ihre Hände so zitterten, brauchte sie drei Anläufe, bis sie es zurück in ihre Handtasche gestopft hatte.

»Was war das?«, fragte Philipp, als er einstieg. »Hast du telefoniert?«

»Quatsch!«

»Du hattest doch gerade ein Telefon in der Hand. Hab ich doch gesehen.«

»Meinen MP3-Player. Ich hab Musik gehört.« Zum Beweis zog sie den Player aus der Tasche.

»Ach so. Sorry. Ich wollte nicht … meine Nerven liegen ziemlich blank.«

»Schon gut.«

Er ließ den Wagen an und fuhr aus der Parklücke. »Ich hab mir immer eine kleine Schwester gewünscht«, sagte er. »Weißt du das?«

Sie lachte. »Jetzt hast du eine. Nur dass sie nicht gerade klein ist.«

»Nee. Aber schön ist es trotzdem.«

»Ich hab mir auch immer eine Schwester gewünscht«, sagte Sophia. »Einen Bruder hatte ich ja schon.«

»Eine Schwester hast du jetzt auch.«

»Mal sehen, ob wir warm werden miteinander«, meinte Sophia. »Zeit dazu haben wir in den nächsten Tagen ja mehr als genug.«

Freitag, der 1. Juli. Der zweitletzte Tag ihres Lebens. Wenn es nach diesem verrückten V ging. Vielleicht würde Julie ihren angekündigten Todestag aber gar nicht mehr erleben. Sie fühlte sich sterbenselend.

Ihr Kopf dröhnte wie eine kaputte Leuchtstoffröhre, ihr Hals brannte, ihre Nase war zu. Hoffentlich kam Philipp bald mit diesen verdammten Tabletten zurück.

Aber vielleicht war es ja gar nicht das Fieber, das ihren Kopf zum Dröhnen brachte, sondern die Angst. Die Gewissheit, dass jemand sie beobachtete.

Sie hätte nicht hierherkommen sollen. Ein einsames Haus an der Ostseeküste, was für eine bescheuerte Idee! In ihrer Wohnung in Hamburg wäre sie viel sicherer gewesen als hier im Nirgendwo. Christian hätte sie beschützt.

Christian. Julie war bei Nacht und Nebel aufgebrochen, ohne ihn zu informieren. Sie hatte ihm nur einen Zettel in den Briefkasten geworfen. Bin ein paar Tage unterwegs, melde mich bald. Mach dir keine Sorgen. Julie. Was für eine schwachsinnige Nachricht! Es klang, als habe ihr beim Schreiben jemand eine Pistole an den Kopf gehalten.

Sie warf einen Blick auf ihre Uhr. Gleich zehn. Kurz nach Feierabend würde Christian vor ihrer Wohnungstür stehen und klingeln und sich wundern, dass sie nicht öffnete. Und dann? Würde er ganz bestimmt nicht in aller Seelenruhe zum Briefkasten gehen, um nachzusehen, ob Post für ihn gekommen wäre.

Er kannte doch die ganze Story, die anonymen Drohungen, dass ihr Vater entführt worden war. Er wusste, dass Julie krank war. Wenn ich nicht aufmache, bricht er die Tür auf, dachte Julie. Das Dröhnen in ihrem Kopf wurde zu einem Hämmern. Alle Handys bleiben aus, hatte Philipp gesagt. Erste Bedingung. Und alle hatten zugestimmt. Klar, das ist ja wohl selbstverständlich.

Aber da hatte sie nicht an Christian gedacht. Eine SMS, beschloss Julie. Ich schreib ihm eine kurze Nachricht, damit er informiert ist. Als sie nach ihrer Tasche griff, die auf dem Nachttisch lag, wurde ihr so schwindlig, dass sie fast aus dem Bett gefallen wäre. Ruhig, Julie. Ganz langsam.

Sie schaltete ihr Smartphone ein, öffnete den Nachrichtenordner und sah, dass sie acht neue Textnachrichten hatte, aber sie rief sie nicht auf. Wahrscheinlich hatte V sich wieder gemeldet. Noch ein Tag. Ich will es gar nicht wissen, dachte Julie.

»Bin weggefahren«, begann sie zu tippen. Als sie beim f von *weggefahren* war, klingelte das Handy. Sie nahm das Gespräch sofort an, damit Moritz das Klingeln nicht hörte.

»Julie!« Es war Christian. »Warum machst du denn nicht auf? Ich war schon zweimal oben bei dir und hab verzweifelt versucht dich zu erreichen.«

»Wieso bist du nicht bei der Arbeit?«

»Mann, ich mach mir Sorgen um dich!«

»Ich bin gar nicht zu Hause«, sagte Julie. »Christian, bei mir ist alles in Ordnung, wirklich! Aber ich bin für ein paar Tage untergetaucht.«

»Ohne mir was davon zu sagen? Sag mal, vertraust du mir nicht oder was ist los?«

»Doch.« Julie hustete.

»Mein Gott, Julie. Du klingst wirklich schrecklich. Bist du sicher, dass es dir gut geht?«

»Ich bin erkältet. Aber ansonsten ist alles okay. Ehrenwort. Ich meld mich übermorgen wieder, dann erklär ich dir alles.«

»Übermorgen? Julie, ich …«

»Ich muss jetzt auflegen. Ich liebe dich.«

»Ich liebe dich auch.«

Sie drückte den Anruf weg und hörte, wie Moritz an die Tür klopfte. »Herein!« Sie versteckte das Handy unter der Bettdecke.

»Alles klar bei dir? Ich hab was gehört … sag mal, hast du telefoniert?«

»Nee, Quatsch. Hier ist alles in Ordnung. Also, mal abgesehen von meinen verdammten Kopfschmerzen.«

»Philipp und Sophia sind gerade zurückgekommen. Ich bring dir eine Tablette, dann kannst du erst mal schlafen.«

Den Rest des Tages schauten sie fern, lasen und spielten Karten. Moritz brachte Philipp und Sophia das Pokern bei. Philipp hatte ziemlich schnell den Dreh raus, aber Sophia verlor in einer Tour. »Jetzt hab ich keine Lust mehr«, meinte sie. Sie ging zum Fenster und starrte nach draußen. Der Regen peitschte gegen die Scheibe, als wollte auch er ins Trockene.

»Immer noch Lust rauszugehen?«, fragte Philipp.

Ein Windstoß fuhr durch den Garten, riss einen Ast von einem Apfelbaum, fegte Blätter durch die Luft und blies die Zweige der Johannisbeersträucher auseinander. Dahinter stand ein Mann.

Sophia schrie erschrocken auf.

»Was ist denn jetzt los?« Philipp stand sofort neben ihr.

»Da ist jemand. Da draußen, hinter den Beerensträuchern. Ich bin mir ganz sicher.«

Moritz stand jetzt auch am Fenster.

»Wo?«

Die Zweige hatten sich wieder geschlossen. Der Typ war weg.

»Da war jemand, hundertpro. Ein Mann.«

»Wie sah er denn aus?«, fragte Philipp.

»Groß. Er trug eine Mütze. Eine dunkle Jacke. Sonst konnte ich nichts erkennen.«

Philipp nickte und ging zur Tür.

»Was hast du denn vor?«, rief Moritz.

»Ich geh raus. Nachsehen.«

»Warte, ich komm mit!«

»Nee, lass mal! Du bleibst hier bei den Mädchen.«

Dann war er weg und tauchte im Garten wieder auf. Der Regen prasselte auf seine Schultern, seinen Kopf, seinen gebeugten Rücken. Innerhalb weniger Sekunden war er völlig durchnässt. Er rannte zwischen den Bäumen auf und ab, drehte sich schließlich zu Sophia um und hob beide Arme.

»Da ist niemand«, sagte Moritz.

»Da war jemand«, sagte Sophia. Aber richtig sicher war sie sich inzwischen auch nicht mehr.

Während Philipp eine heiße Dusche nahm, begann Moritz Abendessen zu kochen. Spaghetti bolognese. Das war das einzige Gericht, das er beherrschte.

»Soll ich dir helfen?«, fragte Sophia und war erleichtert, als er den Kopf schüttelte. Sie ging in ihr Zimmer, schaltete ihr Handy ein und wählte Felix' Nummer.

Ganz schnell, bevor ihr Bedenken kommen konnten.

»Hallo?«

»Felix? Hier ist Sophia.«

»Sophia.« Seine Stimme war so warm und tief. So erfreut. Als habe er die ganze Zeit nur darauf gewartet, dass sie ihn anrief.

»Wir … ich bin für ein paar Tage weggefahren. Aber ich hab deine Mail gelesen und wollt mich mal melden.«

»Wo steckst du denn?«

»Am Meer. Im Regen.« Sie machte das Fenster auf und hielt ihr Handy davor. »Hörst du das?«

»Da hättest du auch hierbleiben können. Hier schüttet es genauso.«

»Du wolltest mit mir reden.«

»Ich wollte dich sehen.«

Ich wollte dich sehen. Wie schön das klang. Wie gut das tat. Sie spürte seine Stimme wie eine Berührung, ein Finger, der von ihrem Ohrläppchen über ihre Wange zu ihrem Mund glitt.

»Warum jetzt plötzlich? Du hast dich wochenlang nicht bei mir gemeldet.«

»Ich weiß. Mir ging es nicht gut.«

»Was war los?«

»Ich hab mich von meiner Freundin getrennt.«

Warum hast du dich von ihr getrennt?, dachte Sophia. Bestimmt nicht wegen mir. Oder doch?

»Das tut mir leid.«

»Wirklich?«

»Nein.«

Er lachte.

»Ich wusste gar nicht, dass du mit jemandem zusammen warst.«

»Nee, das hab ich ja auch geschickt verschwiegen. Ehrlich gesagt hat unsere Beziehung schon länger nicht mehr richtig funktioniert. Und jetzt ist eben Schluss.« Sophia musste an Philipp denken, der sich auch von seiner Freundin getrennt hatte. Zeit des Abschieds. Zeit des Neubeginns. Des einen Freud ist des anderen Leid, sagte ihre Mutter immer.

»Das wolltest du mir erzählen?«, fragte sie.

»Ich dachte, es interessiert dich.«

»Und sonst?«

»Sonst gibt es nichts mehr zu sagen. Aber wenn du jetzt hier bei mir wärest oder wenn ich dort bei dir wäre, dann würde ich dir etwas zeigen.«

Im Hintergrund hörte sie Musik. Was wollte er ihr zeigen? Seine Worte wühlten sie auf, sie bohrten und suchten etwas und fanden es nicht. Sophia klemmte das Handy zwischen Schulter und Kinn und schlang ihre Arme um ihren Körper und hielt sich selbst fest.

»Was würdest du mir zeigen?«, fragte sie mit heiserer Stimme.

Er lachte wieder. »Komm her, dann siehst du's.« Wieder war die Musik zu hören.

»Wo bist du eigentlich?«

»Auf einer kleinen Kirmes. Ein Kettenkarussell, ein paar Schießbuden, ein Losverkäufer. Und gerade hat es aufgehört zu regnen. Die Sonne scheint. Wir könnten zusammen eine Runde Karussell fahren.«

»Wie romantisch. Aber mir wird immer schlecht vom Karussellfahren. Wenn du hier wärst, könnten wir im Regen an den Strand gehen. Und auf den Leuchtturm steigen und runterspucken.«

»Einen Leuchtturm hast du auch?«

»Besser als ein Kettenkarussell, oder?«

»Viel besser. Sag mir, wo du bist und ich komme.«

Sie zögerte. »Übermorgen«, sagte sie dann.

Er schwieg einen Moment lang. War er gekränkt?

»Ist es wegen dieser Drohmails? Bist du deshalb weg? Oh Mann, Sophia, das hatte ich total vergessen. Ich war so mit meinem eigenen Kram beschäftigt. Tut mir leid, tut mir echt leid.«

»Was denn? Du musst dich doch nicht entschuldigen.«

»Du bist mit Moritz weg. Nee, sag lieber nichts, ich will's gar nicht wissen.«

»Bist du sauer?«

»Quatsch. Ihr macht das schon richtig. Verschwindet für ein paar Tage. Sag keinem irgendwas. Meld dich, wenn du kannst. Und dann komm ich zu dir, egal wo du bist.«

»Ich mach das Handy jetzt aus. Und ich ruf dich wieder an, bald.«

»Ich kann es kaum erwarten«, flüsterte er.

Nachdem sie aufgelegt hatte, stand sie lange am Fenster und fühlte ihren Körper langsam zerfließen wie die Regentropfen an der Scheibe.

»Essen!«, schrie Moritz aus der Küche. »Alle, die Hunger haben, sofort herkommen!«

Bevor Sophia ins Wohnzimmer ging, schaute sie noch einmal nach Julie. Sie hatte die Rollläden heruntergelassen und die Vorhänge zugezogen. »Schläfst du?«

Keine Antwort. Auf Zehenspitzen schlich Sophia zu ihrem Bett. Legte ihre Hand auf Sophias Stirn. Heiß.

»Sie hat hohes Fieber«, teilte sie Moritz mit, der gerade die Soße über die Spaghetti schüttete.

»Wenn sie schläft, ist es doch super. Morgen geht es ihr bestimmt wieder besser.«

Moritz verteilte die Nudeln auf drei Tellern.

»Mir bitte nicht so viel«, sagte Philipp.

»Wirst du jetzt auch krank?«, fragte Moritz.

»Nee. Ich hab nur keinen Appetit.« Philipp nahm seinen Teller entgegen. »Ich frag mich, ob da wirklich jemand im Garten war.«

»Ich hab vorhin noch mal alle Türen und Fenster kontrolliert. Alles abgeschlossen, alles dicht. Wenn hier einer einbricht, dann hören wir es zumindest.«

Sophia schauderte. »Vielleicht hab ich mich doch vertan.«

»Ach, plötzlich!«, meinte Moritz spöttisch.

»Wir sollten heute Nacht Wache halten«, sagte Philipp nachdenklich.

»Wie die Cowboys am Lagerfeuer.«, Moritz grinste.

»Ich verstehe nicht, was daran so witzig ist.«

»Ich auch nicht, Moritz«, sagte Sophia. »Philipp hat doch Recht …« Weiter kam sie nicht.

»Verbündet ihr euch jetzt gegen mich, oder was?«, fuhr Moritz sie an. »Der große Macker aus München, der weiß, wo 's langgeht. Das beeindruckt dich natürlich, ist ja klar.«

»Spinnst du, Moritz?«, fragte Sophia.

»Hey, hey, hey. Ruhig Blut. Ich wollte dich nicht anmachen«, sagte Philipp.

»Dann halt doch einfach mal die Fresse! Ich kann dein überlegenes Gelaber nämlich nicht mehr hören. Ich frag mich echt, warum ich mich auf diesen Schwachsinnsausflug eingelassen habe. Das ist doch total bekloppt! Was für eine Scheiße!« Er knüllte seine Serviette zusammen, warf sie auf den Tisch und stand auf. »Guten Appetit noch!«

Die Tür knallte. Moritz war weg.

»Da waren's nur noch zwei«, sagte Sophia. »Also, wenn du auch abhauen willst, bitte, nur zu. Aber ich ess jetzt.«

Philipp schüttelte langsam den Kopf. »Ich versteh nicht, warum er so ausgerastet ist. Ich hab ihm doch nichts getan.«

»Er ist genau wie du«, sagte Sophia mit vollem Mund.

»Bitte?«

»Moritz will immer bestimmen. Er kann es nicht ertragen, wenn man ihn rumkommandiert.«

»Ich kommandier ihn doch gar nicht.«

»Doch natürlich. Die ganze Zeit. Und wenn Moritz was vorschlägt, schießt du dagegen.«

»Das ist doch …«

»Ihr seid euch so ähnlich. Und genau wie Papa. Alphamännchen.« Sie schob noch eine Gabel Spaghetti in den Mund. »Das Essen ist echt lecker. Du solltest mal anfangen, bevor es kalt wird.«

»Was meinst du, soll ich ihm hinterher? Mich entschuldigen?«

»Lass ihn erst mal runterkommen«, sagte Sophia. »Morgen Früh kannst du mit ihm reden.«

Philipp zögerte.

»Er beruhigt sich schon wieder.« Sophia lächelte. »Glaub mir, ich habe Erfahrung mit dieser Gattung.«

Er griff zu seiner Gabel, aber dann ließ er sie gleich wieder sinken. »Eines würde ich gerne wissen.«

»Was denn?«

»Warum du so nett bist, im Gegensatz zum Rest der Familie. Moritz, Julie, ich, unser Vater mit seinen ganzen Affären – wir sind doch alle total zum Kotzen. Einer schlimmer als der andere. Nur du hast einen guten Charakter abbekommen.«

Sophia lachte. »Du bist doch total bekloppt.«

Sie spülten gemeinsam das Geschirr, dann ging Sophia in ihr Zimmer und Philipp setzte sich vor den Fernseher. Normalerweise ging er nicht vor Mitternacht zu Bett, aber heute kämpfte er schon um halb elf mit dem Schlaf. Dabei hatte er mit Sophia vereinbart, dass er bis um ein Uhr wach bleiben würde, um sie dann zu wecken.

Nachdem ihm zum zweiten Mal die Augen zugefallen waren, schaltete er den Fernseher wieder aus, ging im Zimmer auf und ab, machte Liegestützen, Sit-ups, Crunches. Er kochte sich Kaffee und trank ihn am Fenster. Draußen regnete es immer noch. Wenn V wirklich irgendwo im Garten hockte, war er zu bedauern.

»Aber hier kommst du nicht rein«, sagte Philipp. »Vergiss es.«

Als er seine leere Kaffeetasse zurück in die Küche trug, fiel ihm der Termin mit Dr. Campbell-Schildknecht wieder ein. Montagmorgen um zehn. Den Vorstandsvorsitzenden der Treubur AG hatte er vor drei Wochen schon einmal versetzt. Frau Klopp musste ihn entschuldigen, sonst konnte er diesen Auftrag ein für alle Mal vergessen.

Aber Frau Klopp hatte keine Ahnung, dass Philipp an der Ostsee war. Er musste sie morgen zu Hause anrufen. Dann konnte sie sich Montagfrüh mit Campbell-Schildknecht in Verbindung setzen und den Termin canceln. *Herr Preuss ist leider erkrankt.* Oder verstorben. Je nachdem, wie erfolgreich V war.

Philipp kurbelte den Rollladen im Wohnzimmer hoch und starrte nach draußen. Das Unwetter tobte, der Wind heulte wie ein wütendes Tier. Eine Sturmböe fegte einen Schwall Regentropfen gegen die Scheibe. Die Regenwolken verdeckten den Mond, es war so dunkel, dass Philipp nicht einmal den Baum sehen konnte, der unmittelbar vor dem Haus stand.

Er warf einen Blick auf seine Armbanduhr. Kurz vor Mitternacht. In wenigen Minuten begann der 2. Juli. Er ließ die Jalousie wieder herunter und ließ sich aufs Sofa fallen. Fernseher wieder an. Eine Talkshow zum Thema Schuldenkrise. Bitte nicht! Er griff zur Fernbedienung, zappte von Sender zu Sender und blieb schließlich bei *Mission Impossible* hängen. Den Film hatte er mit Vivian, die Tom Cruise sexy fand, im Kino gesehen. Gerade hing er an einem Finger an einer Hochhauswand und riss Witze, während auf ihn geschossen wurde. Was für ein Mann. Philipp legte die Beine auf den Wohnzimmertisch und gähnte.

Und dann ruf ich ihn einfach an. Nur mal seine Stimme hören, denke ich. Wenn er abnimmt, leg ich wieder auf.

Aber seine Frau geht dran. Wer sind Sie denn?, fragt sie.

Frank Mesemann, sage ich. So heißt mein Ausbilder.

Mein Mann ist nicht da, sagt die Frau. Er ist auf einem Kongress in Kiel.

Wann kommt er denn wieder?, frage ich.

Morgen Abend, sagt sie. Möchten Sie eine Nummer hinterlassen?

Nein, das möchte ich nicht.

Ich rufe wieder an, sage ich. Aber als ich auflege, weiß ich genau, dass ich das nicht tun werde. Dass ich es niemals tun werde.

Kiel, denke ich, das sind fünfhundert Kilometer.

Wenn ich jetzt losfahre, bin ich um halb vier da. Ich rede mit ihm und dann sehen wir ja. Dann sehen wir ja, warum er sich nie mehr gemeldet hat. Dann sehen wir ja, ob er sich überhaupt noch an mich erinnert. Dann sehen wir ja, was er für mich ist und was ich für ihn bin. Denke ich, und dann höre ich auf zu denken und fahre los und fahre wie der Teufel und bin in drei Stunden in Kiel.

Es gibt nur ein Kongresszentrum in Kiel, und natürlich will man mich am Haupteingang nicht einlassen, aber es gibt einen Seiteneingang für die Kellner und da passt keiner auf.

Die Halle ist voll mit Tischen und Menschen und Lärm, auf dem Podium sitzen vier Männer und diskutieren, aber keiner scheint ihnen zuzuhören. Die Ärzte in der Halle essen und trinken und unterhalten sich.

Ich gehe zwischen den Tischen durch und suche ihn und finde ihn nicht. Als ich gerade aufgeben will, find ich ihn doch.

Er sitzt ganz am Rand der Halle an einem runden Tisch und neben ihm sitzt eine Ärztin. Jedenfalls nehme ich an, dass es eine Ärztin ist, sonst wäre sie ja wohl nicht hier.

Die beiden unterhalten sich, sie berühren sich nicht, sie lächeln sich nicht einmal an, aber etwas in ihrer Haltung, in ihren Blicken, in ihren Gesichtern sagt mir, dass sie sich nicht über Gebärmutterkrebs oder Scheidenpilz unterhalten.

Da drehe ich mich um und gehe einfach weg. Und alles ist vorbei, bevor es richtig angefangen hat.

Nein, das stimmt nicht. In Wirklichkeit gehe ich gar nicht weg, sondern auf ihn zu.

19

Er wachte auf, weil ihn jemand an der Schulter berührte. »Hey, willst du nicht lieber ins Bett gehen?«

Mit einem leisen Aufschrei fuhr er hoch.

»Keine Panik, ich bin's nur.« Julie hob beschwichtigend beide Hände.

»Wie spät ist es denn?«

»Gleich sechs. Mir geht's ein bisschen besser. Ich glaub, das Fieber ist runter.«

Das war allerdings schwer zu glauben. In ihrem weißen Nachthemd und mit den dunklen Ringen unter den Augen sah sie aus wie eine Untote.

»Verdammt.« Philipp erhob sich ächzend. »Ich hab Sophia versprochen, sie um eins zu wecken.«

»Wolltet ihr Wache halten?« Julie schaltete den Fernseher aus. »Glaubst du etwa …?«

»Quatsch.« Aber nun verstummte er ebenfalls und lauschte in die Dunkelheit des fremden Hauses. Ein Knacken, ein Knistern. Das war das Holz, das arbeitete. Hoffentlich.

»Weißt du was? Ich kontrollier mal eben die Türen und Fenster. Bin sofort wieder da.«

Es war alles in Ordnung. Die Eingangstür war doppelt verriegelt, die Kellertür und sämtliche Fenster waren verschlossen. Im Wohnzimmer öffnete Julie den Rollladen. »Die Sonne ist schon aufgegangen«, stellte sie erleichtert fest.

Von Sonne konnte zwar keine Rede sein, der Himmel war immer noch von dichten Wolken bedeckt. Aber wenigstens regnete es gerade einmal nicht. Philipp gähnte.

»Warum legst du dich nicht einfach hin?«, fragte Julie. »Ich koch mir einen Tee und halt hier die Stellung, bis die anderen wach sind.«

Er schlief tief und traumlos bis um neun. Dann wachte er genauso plötzlich wieder auf, wie er eingeschlafen war. Aus dem Wohnzimmer drangen Stimmen. Er hörte Sophia lachen. Wenn sie nicht wäre, hätten wir uns längst die Köpfe eingeschlagen, dachte er. Dann schaltete er sein Handy an und rief Frau Klopps Privatnummer auf. Das war gegen die Regel, die er selbst aufgestellt hatte, aber sein Handy war nicht registriert und das private Telefon von Frau Klopp würde die Polizei sicher nicht überwachen. Und Dr. Campbell-Schildknecht war definitiv zu wichtig, als das Philipp ihn hätte verärgern dürfen.

Philipp zögerte kurz, bevor er die Nummer wählte. Samstagmorgen, neun Uhr, vielleicht schlief Frau Klopp um diese Zeit ja noch?

»Hoffentlich hab ich Sie nicht aufgeweckt«, sagte er, als sie den Anruf entgegennahm.

»Natürlich nicht, wo denken Sie hin?«, fragte sie empört. »Ich war sogar schon einkaufen. Aber gut, dass Sie sich melden. Ich hab auch schon versucht Sie zu erreichen. Aber Ihr Handy war aus.«

»Was gibt's denn?«

»Herr Diesler hat gestern viermal bei mir angerufen. Es geht um Ihre Wohnung. Es sei sehr, sehr dringend, sagt er.«

»Marcel? Ach du Scheiße.«

»Sie waren ja partout nicht zu sprechen. Außerdem wollte eine Frau Fluck Sie sprechen.«

Frau Fluck … das war Ella. Ob ihr noch etwas zu Annette eingefallen war?

»Ich melde mich bei beiden. Tut mir leid, dass ich nicht erreichbar war. Aber mein Handy ist kaputt und ich … Ist ja auch egal. Sie müssen den Termin bei der Treubur absagen.«

»Bitte? Das ist nicht Ihr Ernst! Herr Dr. Campbell-Schildknecht war schon beim letzten Mal äußerst ungehalten.«

»Ich weiß. Aber es lässt sich nun einmal nicht ändern. Sagen Sie ihm, dass ich einen Unfall hatte. Ich bin im Krankenhaus. Ich kann unmöglich kommen.«

»Im Krankenhaus? Ach, du liebe Zeit. Ist es sehr schlimm?«

»Wird schon wieder. Ich melde mich am Montag bei Ihnen. Halten Sie die Stellung, Frau Klopp.« Bevor seine Sekretärin etwas entgegnen konnte, hatte er schon aufgelegt.

Diese verdammte Wohnung. Das Penthouse hatte ihm von Anfang an nichts als Pech gebracht, und jetzt war eine neue Katastrophe passiert, da war sich Philipp ganz sicher. Er musste Marcel anrufen, er konnte ihn jetzt nicht hängen lassen.

»Hallo?« Marcels Stimme klang misstrauisch, als er den Anruf annahm.

»Ich bin's, Philipp.«

»Na endlich! Hast du eine neue Handynummer? Hab wie verrückt versucht dich zu erreichen. Hier ist die Kacke am Dampfen. Du musst sofort herkommen!«

»Was ist denn passiert?«

»Gestern wurde im Penthouse eingebrochen. Wurde natürlich nichts geklaut, die Wohnung ist ja leer. Aber das hat die Einbrecher wohl sauer gemacht.«

»Heißt?«

»Die haben alles verwüstet. Die Wände sind besprüht, die Fliesen im Bad und in der Küche haben sie mit Säure verätzt. Im Wohnzimmer haben sie ein Loch in den Putz gehauen und in die Ecke gepisst. Blinde Zerstörungswut. Hier sieht's echt zum Kotzen aus. Ich hab die Bullen geholt, du warst ja nicht zu sprechen.«

Philipp ließ sich auf sein Bett sinken. Das ist das Ende, dachte er. Das zahlt keine Versicherung. Und er hatte auch keine Kraft mehr, die Wohnung ein drittes Mal zu sanieren.

»Haben die Typen … irgendein Zeichen hinterlassen?«, fragte er tonlos.

»Was denn für ein Zeichen?«

»Ein V.«

»Ein V?« Marcel zögerte. »Da sind so Haken. Könnte auch ein V sein. Was hat das zu bedeuten? Philipp, hast du Ärger?«

»Ich kann dir das jetzt nicht erklären, Marcel.«

»Wo bist du denn? Kannst du mir das nicht wenigstens sagen?«

»An der Ostsee. Ich mach ein paar Tage Urlaub.«

»Mit Vivian?«

»Nee, allein. Wir haben uns getrennt.«

Schweigen am anderen Ende. »Mensch, das tut mir leid«, sagte Marcel schließlich.

»Is so. Wenigstens waren wir noch nicht verheiratet.« Philipp lachte bitter.

»Hat sie … oder du? Ich meine …«

»Wir beide. Wir passen einfach nicht zusammen.«

»Mann, Philipp, das ist ja ein Mist. Und nun auch noch das mit der Wohnung. In letzter Zeit ziehst du das Pech richtig an. Ich weiß gar nicht, was ich sagen soll. Soll ich hochkommen zu dir?«

»Nee, mir geht's gut. Den Umständen entsprechend. Wird schon wieder. Also das mit der Wohnung. Und wegen Vivian – du weißt ja: lieber ein Ende mit Schrecken und so.«

»Trotzdem. Ich komm gerne zu dir, wenn dir das hilft. Wirklich.«

»Danke, Marcel. Aber mir tut das Alleinsein jetzt ganz gut. Ich muss erst mal mit allem klarkommen.«

»Geh vielleicht mal in die Sauna. Schwitzen ist gut. Das macht den Kopf frei – ist bei mir jedenfalls so.«

Philipp lachte. »Hier gibt's keine Sauna. Nur einen Golfclub. Und so verzweifelt bin ich noch nicht.«

»Pass auf dich auf, Alter! Und meld dich, wenn was ist.«

Danach beschloss Philipp, gleich noch Ella anzurufen. Darauf kam es nun auch nicht mehr an.

Im Gegensatz zu Frau Klopp riss er Ella allerdings aus dem Tiefschlaf. »Philipp? Bist du verrückt geworden?«, fragte sie benommen, als sie nach dem siebten Klingeln endlich den Hörer abnahm. »Es ist mitten in der Nacht!«

»Sorry. Ich wusste ja nicht … Soll ich mich später noch mal melden?«

»Jetzt bin ich schon wach. Was ist los?«

»Das wollte ich dich fragen. Du hast gestern im Büro angerufen.«

»Ach so. Mir ist noch was eingefallen. Ist wahrscheinlich total unwichtig, aber ich dachte, ich erzähl's dir trotzdem. Nachdem sich deine Eltern getrennt haben, bin ich Annette nämlich mal in der Stadt begegnet. Sie hatte einen kleinen Jungen bei sich.«

»Na, und? Vielleicht war es ihr Neffe oder ein Nachbarskind.«

»Sie sagte aber, dass es ihr Sohn sei. Hat ihn mir sogar vorgestellt. Den Namen weiß ich natürlich nicht mehr.«

»Wann war das denn?«

»Kann ich dir nicht mehr sagen. Aber der Junge muss so in deinem Alter gewesen sein.«

Dadurch veränderte sich natürlich alles. Annette hatte einen Sohn. Einen Sohn, der heute erwachsen war. Und der Jochen hasst, dachte Philipp. Weil er glaubt, dass die Liebe zu Jochen seine Mutter verrückt gemacht hat.

Silke Kurz hatte gesagt, dass Annette ohne Angehörige war. Warum wusste man in der Wohngruppe nichts von Annettes Sohn? Es gab doch Unterlagen, Patientenakten, in denen so etwas stehen musste. Selbst wenn sich der Sohn von seiner Mutter losgesagt hatte, auch wenn es keinen Kontakt mehr zwischen beiden gab. Vielleicht war er ja tot. Vielleicht war das die letzte Katastrophe gewesen, die Annette in den Wahnsinn getrieben hatte. Aber auch davon hätte Silke gewusst.

Bei Philipps Besuch hatte Annette ihren Sohn nicht erwähnt. Ihre Sehnsucht nach Jochen, ihre Liebe, ihr See, das war ihr einziges Thema gewesen. Das ist der springende Punkt, dachte Philipp.

Ein Klopfen an der Tür, dann streckte Sophia den Kopf ins Zimmer.

»Du bist ja wach. Willst du nicht rüberkommen? Wir frühstücken gerade.«

Er stand auf. Seine Beine fühlten sich seltsam zittrig und kraftlos an, als ob er stundenlang gejoggt hätte. »Ich komme.«

»Du hast telefoniert?«, rief Moritz entrüstet. »Die ganze Zeit predigst du uns, dass wir unsere Handys ja nicht anrühren sollen, aber für dich selbst gilt das natürlich nicht. Für den Boss gibt es Ausnahmen. Ist schon klar.«

»Tut mir leid«, sagte Philipp. »Ich weiß, dass es falsch war. Ich … Scheiße, Mann, mir ist eingefallen, dass ich am Montag einen ultrawichtigen Termin habe. Deswegen hab ich meine Sekretärin angerufen, sie sollte ihn absagen. Und da hab ich eben gehört, dass Ella mich sprechen wollte.« Das Telefonat mit Marcel verschwieg er vorsichtshalber.

»Ich hab am Montag auch einen ultrawichtigen Termin«, sagte Moritz. »In der Pizzeria, in der ich jobbe. Aber ruf ich deshalb da an? Nein. Wahrscheinlich schmeißen die mich deswegen raus, aber egal, ich bin ja nicht Mister Wichtig.«

»Jetzt lass mal stecken, Moritz«, sagte Julie. »Wir haben jetzt ein anderes Thema. Annette Sonnabend hat einen Sohn, von dem offenbar keiner was weiß. Das ist ja wohl der Hammer.«

»Das ist V«, sagte Sophia.

»Er ist ungefähr in meinem Alter«, sagte Philipp. »Also ist er aus der Ehe mit Werner.«

»Oder ebenfalls von Jochen«, meinte Julie.

»Noch ein Bruder. Ach, du liebe Scheiße!«

»Jochen hat uns anerkannt, diesen Sohn aber nicht«, sagte Julie.

»V!«, rief Sophia. »Natürlich. Das ist die römische Fünf. Er ist das fünfte Kind, das will er uns damit sagen.«

»Da könnte was dran sein«, sagte Moritz.

»Und deshalb will er uns töten? Wir sind doch nicht schuld an der Sache. Warum bringt er nicht einfach Jochen um?«, fragte Julie.

»Er will, dass Jochen leidet. Er will, dass er miterlebt, wie seine Kinder sterben, eins nach dem anderen. Er soll verrückt werden vor Angst und Schmerz«, meinte Philipp.

»Wie Annette«, sagte Sophia. *»Gott spart das Unglück des Gottlosen auf für dessen Kinder.«*

»Er vergelte es ihm selbst, dass er's spüre«, ergänzte Philipp. »Das macht Sinn, stimmt.«

»Und jetzt?«, fragte Sophia.

»Müssen wir die Polizei informieren«, meinte Julie. »Die Sache ist klar, wir haben endlich was in der Hand.«

»Was haben wir denn in der Hand?« Philipp runzelte die Stirn. »In der Wohngruppe wissen sie nichts von Annettes Sohn. Wenn er wirklich V ist, hat er seine Spuren gründlich verwischt.«

»Es gibt doch Melderegister«, sagte Moritz.

»Ich wette mit dir, dass er seinen Namen geändert hat. Und bevor die Polizei ihn findet, findet er uns«, erklärte Philipp. »Und da ist noch was anderes: Ich bin mir ganz sicher, dass das mit dem Mietwagen nicht der letzte gefakte Hinweis ist. V hat bestimmt noch mehr in petto. Womöglich manipulierte Fotos oder Dokumente, die beweisen, dass wir uns die Entführung und die Erpressung ausgedacht haben. Er ist uns immer einen Schritt voraus.«

»Aber heute ist der 2. Juli«, sagte Sophia. »V's großer Tag der Rache. Und er hat keine Ahnung, wo wir sind. Das ist unser Vorteil.«

»Hoffen wir mal, dass er keine Ahnung hat«, meinte Moritz. »Hier wird ja ständig telefoniert. Und mit jedem Anruf hinterlassen wir Spuren.«

»Wir sind zu viert. Wenn wir zusammenhalten, kann uns nichts passieren«, erklärte Sophia.

»Apropos zusammenhalten – ich geh jetzt wieder in mein Zimmer«, sagte Julie. »Mir geht's immer noch nicht so gut, ich leg mich wieder hin.«

»Ist okay«, sagte Philipp. »Aber lass die Rollläden unten. Sicher ist sicher.«

»Du bist immer so herrlich aufbauend, Philipp. Jetzt krieg ich bestimmt kein Auge zu, weil ich bei jedem Windstoß denke, dass V an den Läden rüttelt. Aber keine Angst, die Dinger bleiben unten. Macht auch keinen Unterschied, draußen wird es heute ohnehin nicht mehr hell.«

»Ist schon komisch«, meinte Philipp, als Julie weg war. »Mein ganzes Leben lang hab ich keinen Vater gehabt, und auf einmal bestimmt er mein ganzes Leben.«

»Ich frag mich bloß, wo er ist«, meinte Sophia. »Wo V ihn versteckt. Oder ob er ihn schon ...« Sie unterbrach sich.

»Er hat ihn nicht umgebracht«, sagte Moritz. »Philipp liegt sicher richtig: V will, dass Jochen mitbekommt, wie wir sterben. Das ist sein Plan.«

»Und das wird ihm nicht gelingen«, fügte Philipp finster hinzu.

Moritz ging zum Fenster und blickte in den Garten. »Das Ganze ist irgendwie so unwirklich«, murmelte er. »So absurd.«

»Geh lieber vom Fenster weg!«, sagte Sophia nervös.

»Meinst du, er schießt auf mich?« Moritz lachte, aber er trat trotzdem einen Schritt zurück.

»Ich würd ihn gerne mal kennenlernen«, sagte Philipp.

»Wen? Diesen V?«

»Jochen.«

»Das wirst du«, sagte Moritz. »Ganz bestimmt.«

Es war, als ob alle Uhren im Haus stehen geblieben wären. »Erst zwölf«, stöhnte Moritz. »Ich dachte, es ist mindestens schon vier oder fünf.«

»Vielleicht ist das ja V's Taktik«, meinte Sophia. »Dass wir vor Langeweile sterben. Wenn wir wenigstens raus könnten.«

»Bei dem Wetter?« Der Regen klatschte wieder gegen die Scheiben.

»Will noch jemand einen Kaffee?«, fragte Philipp.

»Ich nicht, danke. Der kommt mir schon zu den Ohren raus«, sagte Moritz.

»Was ist mit Mittagessen?«

»Keinen Hunger.« Sophia gähnte. »Ich frag mich, ob V sich noch mal bei Mama gemeldet hat. Wegen dem Lösegeld.«

»Selbst wenn. Zur Übergabe wird er nicht auftauchen«, sagte Philipp. »Es geht ihm nicht um Geld.«

Sophia fand ein Monopolybrett im Schrank. Sie beschlossen zu spielen, obwohl keiner von ihnen richtig Lust hatte. Sie hatten das Spielbrett gerade ausgebreitet, als Julie wieder ins Zimmer schlurfte. Sie trug einen ausgeleierten Jogginganzug und Flip-Flops, ihre Haare waren ungewaschen, ihre Augen verschwollen. Und trotzdem sieht sie super aus, fand Sophia. Das Leben ist so ungerecht. Warum war Julie so schön, hatte eine tolle Figur und ein unerschütterliches Selbstbewusstsein, und sie selbst war fett und unansehnlich? *Nur du hast einen guten Charakter abbekommen,* hörte sie Philipp wieder sagen. Großartiger Trost: das hässliche Entlein mit dem guten Herzen.

Aber Felix, dachte Sophia plötzlich, Felix liebt mich. Nicht Julie oder irgendeine andere wunderschöne Frau. Mich, nur mich will er. Der Gedanke erfüllte sie mit großem Stolz und mit einer solchen Sehnsucht, dass ihr ein bisschen schwindlig wurde.

»Was spielt ihr denn da?«, fragte Julie. »Monopoly? Das hab ich nicht mehr gemacht, seit ich zehn war. Kann ich noch einsteigen?«

Sophia war als Erste pleite. »Natürlich.« Sie raffte ihre letzten Geldscheine zusammen und übergab sie Moritz, der die Bank hatte. »Spielt mal schön zu Ende. Ich geh jetzt unter die Dusche.«

Als sie wieder zurückkam, hatte Moritz gerade gewonnen und räumte die Spielkarten und Geldscheine wieder in die Schachtel. »Wie viel Uhr ist es denn jetzt?«

»Erst drei«, sagte Sophia. »Der Tag ist nicht totzukriegen.«

»Toller Vergleich«, meinte Philipp.

Julie lachte. »Stellt euch mal vor, wir wären alle zusammen aufgewachsen wie richtige Geschwister. Das hab ich mir als Kind immer gewünscht. Einen Bruder oder eine Schwester. Oder beides.

»Was hätten wir gestritten!«, sagte Philipp.

»Manchmal«, sagte Julie. »Und manchmal auch nicht.«

»Eigentlich müssten wir V dankbar sein, dass er uns endlich zusammengebracht hat.« Moritz verstaute die Monopolyschachtel wieder im Schrank.

»Das sieht Jochen bestimmt anders«, sagte Julie.

Das Abendessen übernahm Julie. »Penne mit Pfifferlingen«, meinte sie, als sie die Teller auf den Tisch stellte. »Hoffentlich schmeckt's euch einigermaßen.«

Moritz öffnete eine Flasche Wein und schenkte ein. Sie wollten gerade mit dem Essen beginnen, als das Telefon klingelte.

»Was ist das denn?« Moritz ließ alarmiert seine Gabel sinken.

»Keine Ahnung.« Philipp stand auf. »Hat einer von euch die Nummer hier weitergegeben?«

»Wie denn? Ich kenn die doch gar nicht«, sagte Moritz.

Philipp ging zum Telefon, das auf einem Tischchen neben dem Fenster stand, aber er nahm den Hörer nicht ab, sondern starrte es nur misstrauisch an.

»Geh ran!«, sagte Julie. »Worauf wartest du?«

»Es ist bestimmt der Vermieter«, sagte Moritz.

Philipps Hände schwitzten. Als er den Hörer abhob, wäre er ihm beinahe aus der Hand geglitten.

»Hallo?«

»Reifenberg hier. Hoffe, ich störe nicht.«

Es war der Vermieter. Philipp atmete auf.

»Nein, natürlich nicht. Das heißt, wir wollten gerade essen …«

»Ich mach's kurz. Wollte mich eigentlich nur erkundigen, wann ich den Schlüssel wieder abholen kann.«

»Den Schlüssel?«

»Den Ersatzschlüssel.« Der Vermieter räusperte sich. »Ich gebe immer nur einen Schlüssel an die Mieter raus, der andere bleibt hier bei mir. Ist mir lieber so, falls mal was ist. Und wir sind ja auch so gut wie immer zu Hause.«

»Wir haben nur einen Schlüssel hier.«

»Aber Ihre Schwester hatte Sie doch ausgeschlossen.« Die Stimme des Mannes klang plötzlich verunsichert.

»Meine Schwester …?«

Philipp blickte fragend von Julie zu Sophia und beide blickten genauso fragend zurück.

»Deshalb waren Sie doch heute Nachmittag bei mir und haben den Ersatzschlüssel geholt«, erklärte Reifenberg. »Weil Ihre Schwester die Tür zugeschlagen hat, als Sie alle draußen waren. Wenn es Ihnen recht ist, komm ich morgen Vormittag so gegen zehn vorbei und hol den Zweitschlüssel wieder ab.«

»Natürlich«, sagte Philipp. Er kapierte immer noch nicht, was der Mann von ihm wollte, aber sein Herz schien es begriffen zu haben, denn es raste, als wollte es sich aus seiner Brust an einen sicheren Ort flüchten. »Kein Problem.«

»Was war denn los?«, fragte Moritz, als Philipp aufgelegt hatte.

»Jemand hat sich heute Nachmittag für mich ausgegeben und den Ersatzschlüssel vom Vermieter abgeholt.«

»Was?« Julie stand auf. »V. Das war V. Wir müssen …« Ihre Stimme versagte.

»Wir müssen die Polizei holen«, vervollständigte Moritz.

»Ruf Becker an!«, sagte Julie. »Scheiße, wenn der Typ schon im Haus ist …«

Philipp fischte sein Handy aus der Hosentasche, aber inzwischen zitterten seine Finger so, dass es eine halbe Ewigkeit dauerte, bis er es endlich eingeschaltet hatte. Und dann brauchte er zwei Anläufe, bis er seine PIN eingegeben hatte.

»Vergiss Becker«, sagte Moritz, während Philipp noch nach der Telefonnummer suchte. »Das ist doch Quatsch, was soll der denn machen? Mann, wähl den Notruf.«

Philipp nickte, aber bevor er die Nummern eingeben konnte, hörte er, wie die Tür ging – und Sophia nach Luft schnappte. Seltsamerweise blickte er zuerst sie an und sah, wie alle Farbe aus ihrem Gesicht wich, und dann schaute er Julie an, die ungläubig lächelte, und dann erst wandte er den Blick zur Tür.

Da stand Marcel. Mit einer Waffe, die er auf Philipp gerichtet hielt.

»Leg das Handy weg«, sagte Marcel sanft. »Es ist vorbei.«

Julie hatte ein Déjà-vu. Genau diese Situation hatte sie schon einmal erlebt. Sie war früher schon einmal hier in diesem Haus, in diesem Raum gewesen, mit Sophia und Moritz und Philipp, und hatte auf die Tür gestarrt, die langsam aufging. Und dann trat Christian ein. Er hielt eine Waffe auf Philipp gerichtet.

»Leg das Handy weg«, sagte Christian sanft. »Es ist vorbei.«

Während die anderen noch auf Philipp einredeten, hörte Sophia die Schritte auf dem Flur. Sie wollte Philipp anschreien, er solle sich beeilen, solle endlich die verdammte Nummer wählen, aber sie brachte keinen Ton heraus. Weil sie wusste, dass es zu spät war. Dass sie V unterschätzt hatten. Sie hatten geglaubt, eine Chance gegen ihn zu haben, dabei hatte er die ganze Zeit nur mit ihnen gespielt.

Sophia sah, wie sich die Türklinke nach unten bewegte, ganz langsam, wie in Zeitlupe. Und dann ging die Tür auf, und ihr Herz schlug so heftig, dass es den Halt verlor und sich aus ihrer Brust löste und zu Boden fiel. Denn es war Felix, der jetzt ins Zimmer trat. Er hielt eine Waffe auf Philipp gerichtet.

»Leg das Handy weg«, sagte Felix sanft. »Es ist vorbei.«

Ich bleibe vor dem Tisch in der Kongresshalle stehen, an dem mein Vater sitzt und eine Frau anmacht. Nachdem er meine Mutter verrückt gemacht, nachdem er eine andere Frau geheiratet hat, nachdem er mit der anderen Frau ein Kind gemacht hat und dann noch eines. Ich sehe ihn so lange an, bis er es merkt.

Ist irgendwas?, fragt er.

Kennst du mich nicht?, frage ich zurück.

Da werden seine Augen ganz schmal. Er versucht sich zu erinnern, aber das kann er nicht, ich war neun, als wir uns zum letzten Mal gesehen haben. Als er mir versprochen hat, dass er mich nie vergisst.

Du kannst dich auf mich verlassen.

Ich weiß wirklich nicht, sagt er.

Da sag ich ihm meinen Namen. Trotzdem dauert es eine ganze Weile, bis es ihm dämmert. Zehn, zwanzig, dreißig, vierzig Sekunden. Da war doch was. Da war mal was, aber dann war es vorbei. Für ihn jedenfalls. Nur für mich nicht.

Du liebe Zeit, sagt er. Das ist ja … Was machst du denn hier? Bist du etwa auch …?

Nein, sage ich. Ich bin nur wegen dir hier. Ich hab dich gesucht.

Er lacht, zuerst in meine Richtung, dann in Richtung der Frau, die aber nicht zurücklacht. Na, hör mal!, sagt er. Das ist ja …

Wer iss 'n das?, fragt die Frau.

Er antwortet nicht, aber ich antworte. Ich bin sein Sohn, sage ich. Sein Großer.

So ein Quatsch! Nun steht er auf und tritt auf mich zu, aber nach zwei Schritten bleibt er stehen, weil auch ich stehen bleibe.

Bloß kein Aufsehen, die anderen gucken schon. Ich versteh nicht, was das soll!, zischt er.

Du bist mein Vater, sage ich.

Er schwitzt. Das stimmt doch nicht. Ich und deine Mutter, wir waren bloß …

Was?, frage ich.

Was?, fragt die Frau.

Ich diskutiere hier nicht mehr weiter, sagt mein Vater, mein Dad, der mich auf seinen Händen durchs Wasser getragen hat. Das ist absolut lächerlich, sagt er. Du kennst mich doch gar nicht. Und das sagt er laut und aufgeregt, er schreit beinahe, sodass sofort ein Ordner angewedelt kommt, als wäre er Papas Hündchen.

Gibt's hier ein Problem?, fragt der Ordner.

Und ob, sagt mein Vater. Der junge Mann hier belästigt mich.

Sind Sie Kongressteilnehmer?, fragt der Ordner. Wo ist denn Ihr Schild?

Die Frau schaut mich an. Sie ist viel jünger als mein Vater.

Mein Vater schaut mich nicht an.

Darf ich Sie bitten mitzukommen?, sagt der Ordner.

Dürfen Sie, sage ich. Aber vorher muss ich noch was sagen.

Er ist mein Vater, sage ich zu der Frau. Aber er will es nicht hören, weil er scharf auf dich ist. Weil er dich bumsen will, wie er meine Mutter gebumst hat. Bis sie einen Riesenknall hatte und in die Geschlossene kam. Kannst dir ja mal überlegen, ob dir das gefällt.

Und dann gehe ich zu meinem Vater und spucke ihm vor die Füße. Und als ich aufschaue, sehe ich, dass er Tränen in den Augen hat.

Aber auch das ist gelogen. In Wirklichkeit war es ganz anders.

20

»Was machst du denn hier?«, fragte Julie. »Das kann doch wohl nicht wahr sein.« Sie wollte auf ihn zugehen, aber dann blieb sie stehen. Die Pistole in seinen Händen. Dieser Ausdruck in seinem Gesicht. Christian. Der harmlose, hilfsbereite, liebenswerte Christian, den sie nicht ernst genommen hatte, bis sie sich in ihn verliebt hatte. Christian war V. Der Entführer ihres Vaters. Der Stalker.

»Felix«, sagte Moritz. »Was soll das? Wenn das ein Scherz sein soll …«

»Ihr setzt euch jetzt alle da hinten aufs Sofa«, sagte Christian. Ganz ruhig.

»Warum …«, begann Sophia, aber danach kam sie nicht mehr weiter, ihre Stimme versagte, als ob man ihr einen Schlag in die Magengrube versetzt hätte. Wortlos stand sie auf und ging zum Sofa.

»Ihr anderen auch.« Christian hielt seine Pistole mit beiden Händen fest, die Waffe passte nicht zu ihm, der ganze Auftritt passte nicht zu ihm.

»Okay, okay!« Philipp hob beide Hände und setzte sich neben Sophia und nach kurzem Zögern folgten ihm auch Moritz und Julie.

Er hat mir die ganze Zeit was vorgespielt, dachte Julie. Bricht bei mir ein, verwüstet meine Wohnung und spielt dann den großen Retter. Und ich blöde Kuh fall darauf rein und geh sogar mit ihm ins Bett.

»Du Arsch!«, sagte sie tonlos.

»Halt den Mund, Julie«, sagte Christian.

»Nein, das tu ich nicht. Ich hab keine Angst vor dir, du Idiot.«

»Du hast keine Angst vor mir?« Er hob spöttisch die Augenbrauen.

Julie schnaubte verächtlich. »Du bist absolut lächerlich. Diese ganze Aktion, nur weil dein Papa dich nicht akzeptiert. Warum hast du …«

Der Schuss riss ihren Satz in der Mitte auseinander. Sophia schrie gellend, auch Moritz und Philipp brüllten auf. Und dann starrten alle auf Julies Bein, auf ihre hellblaue Jogginghose, die jetzt dunkelrot wurde. Auf das Blut, das ihr Herz aus dem Körper pumpte. Das muss doch verdammt wehtun, dachte Julie. Und dann spürte sie den Schmerz.

Er wird uns alle umbringen, dachte Philipp.

»Ich will, dass ihr still seid«, sagte Marcel, der in Wirklichkeit natürlich nicht Marcel hieß. »Dass ihr mir zuhört. Habt ihr das jetzt verstanden?«

Philipp und Moritz nickten. Sophia weinte. Julie hielt ihren Fuß fest und wimmerte.

»Ich bin Jens, Jochens ältester Sohn. Mein Vater hat mich verraten, er hat meine Mutter verrückt gemacht und mein Leben zerstört. Und nun zerstöre ich sein Leben.«

Julie stöhnte laut auf.

»Die Blutung muss sofort gestillt werden«, sagte Moritz ruhig. »Kann ich mir die Wunde bitte mal ansehen?«

Jens zögerte einen Moment. »Also gut«, sagte er dann. »Wenn es ein Trick ist, erschieß ich dich.«

Moritz rutschte vom Sofa und ging vor Julie in die Knie. »Ich brauche Verbandszeug«, erklärte er. »Im Bad ist ein Erste-Hilfe-Kasten.«

Wieder ein kurzes Zögern. »Sophia soll ihn holen. Aber vorher gebt ihr mir eure Handys.«

Philipp sammelte die Telefone ein und reichte sie ihm. Jens, dachte er. Annette Roses Sohn. Wie ähnlich er seiner Mutter sah. Warum war ihm das nicht schon früher aufgefallen? Deshalb war ihm Annette auch so vertraut erschienen.

Sophia holte den Verbandskasten, Moritz legte einen Druckverband um Julies Unterschenkel. Er arbeitete mit ruhiger Hand und erstaunlich professionell, dafür dass er sein Medizinstudium noch nicht mal begonnen hatte.

»Und jetzt? Was hast du mit uns vor?«, fragte Philipp Jens.

»Ich werde euch töten.« Jens lächelte. »Zuerst dich«, sagte er. »Und dann Julie und Moritz.«

»Und Sophia?«

»Sie auch.« Ohne sie dabei anzusehen.

»Warum?«, fragte Philipp. »Julie und ich haben von Jochen genauso wenig mitbekommen wie du.«

»Weniger«, meinte Jens. »Viel weniger.«

»Warum willst du uns dann umbringen?«

»Weil ihr wie er seid. Genauso kalt und berechnend und böse.«

»Was hat er dir getan?«, fragte Sophia leise.

»Er hat versprochen, mich zu beschützen. Ich bin immer für dich da, Jens, kannst dich drauf verlassen, hat er gesagt. Er hat bei uns gewohnt und ist mit uns in Urlaub gefahren und hat mir Schwimmen beigebracht und Fahrradfahren. Und wir haben ihm vertraut, meine Mutter hat alles für ihn aufgegeben. Aber er hat uns im Stich gelassen. Weil er wieder mal eine andere kennengelernt hat, weil er einfach nicht treu sein konnte, weil er sich nicht festlegen wollte. Dass meine Mutter vor lauter Kummer den Verstand verloren hat, das war ihm scheißegal. Und ich war sechs, gerade mal sechs, aber meinen Vater hat das nicht gekümmert, er hat mich einfach fallen lassen, als wär ich nicht sein Kind. Mama haben sie in die Anstalt gebracht und ich war allein.«

»Und dann?«, fragte Sophia. »Haben sie dich ins Heim gesteckt?«

»Ich musste zu Werner. Aber Werner hat mich gehasst, weil er wusste, dass ich nicht sein Sohn bin, sondern nur ein Kuckucksei.«

»Warum hat er dich dann aufgenommen?«, fragte Philipp. »Das musste er doch nicht tun.«

»Er wollte es aber. Weil er mich quälen wollte, weil er mich dafür bestrafen wollte, dass es mich gibt. Er hat mich geschlagen, bis das Jugendamt eingeschritten ist. Da kam ich in ein Internat und dann in ein anderes. Die wollten mich alle nicht haben und ich wollte sie auch nicht. Ich wollte zu meinem Vater, der mir versprochen hatte, dass er für mich da ist. Aber der hatte keine Zeit, denn er war ja damit beschäftigt, wild in der Gegend rumzuvögeln.«

»Wie hast du das rausgefunden?«, fragte Philipp. »Nicht einmal Moritz und Sophia wussten von mir und Julie.«

»War nicht allzu schwer. Ich bin in die Praxis eingebrochen, da hab ich es rausgefunden. Er hat ja Alimente für euch alle gezahlt, nur für mich nicht.«

»Und seitdem beobachtest du uns?«

»Ich weiß alles über euch. Ich kenn euch besser, als ihr euch selbst kennt.«

»Ich hab dir vertraut«, sagte Philipp. »Du warst mein Freund.«

»Ach was. Du weißt doch gar nicht, was Freundschaft ist. Du willst alle nur ficken. Diese Geschichte mit Yasmin, das ist doch erbärmlich, das kotzt mich einfach nur an.« Jens verzog das Gesicht. »Und Julie. Die ihrer besten Freundin eiskalt den Studienplatz wegschnappt. Die alle ausnutzt. Kannst mir mal eben die Küche aufbauen, dann darfst du mich auch vögeln.«

Julie reagierte nicht. Sie hatte die Augen geschlossen, ihr Kopf lag auf Sophias Schulter, die den Arm um sie gelegt hatte. Moritz hatte ihre Jogginghose aufgeschnitten, der Verband war schon dunkelrot.

Sie muss ins Krankenhaus, dachte Philipp. Sonst stirbt sie. Aber dann wurde ihm bewusst, dass sie alle sterben würden, wenn nicht irgendein Wunder geschah.

»Und Moritz«, fuhr Jens fort. »Papas Stolz. Will Arzt werden wie sein Vater. Und steigt besoffen ins Auto, fährt einen Radfahrer um und lässt ihn liegen. Ganz der Papa. Nur nicht nach links und rechts schauen. Nur nach vorn sehen und an sich selbst zuerst denken. So seid ihr alle drei.«

»Wie hast du uns hier entdeckt?«, fragte Moritz.

»Ihr habt euch verraten. Ich wusste von Philipps Sekretärin, dass ihr weg seid. Irgendwo an der Ostsee, das hat mir Julie erzählt. Und Sophia hat einen Leuchtturm erwähnt, der hier in der Nähe ist. Und Philipp den Golfplatz. Den Rest hat Google für mich erledigt. Jedenfalls fast. Es gab zehn Ferienhäuser, die infrage kamen. Der vierte Vermieter war der richtige und hat auch gleich bereitwillig den Ersatzschlüssel rausgerückt.« Er lächelte. »Da bin ich nun. Der fünfte Sohn.«

»Damit kommst du doch nie im Leben durch«, sagte Moritz. »Wenn du uns umbringst, wirst du sofort geschnappt.«

»Es ist dann gar nicht mehr nötig. Wenn ihr tot seid, geh ich auch.«

»Und Jochen?«

»Stirbt. Oder wird gefunden, bevor er verdurstet ist. Ist mir egal. Erledigt ist er in jedem Fall.«

»Was ist mit Sophia?«, fragte Philipp.

»Was soll mit ihr sein?«

»Warum willst du Sophia töten?«

»Sie ist Jochens Tochter.«

»Ist das alles?« Philipp schüttelte den Kopf. »Komm schon, zu Moritz, Julie und mir ist dir doch so viel eingefallen. Sophia ist noch nicht mal siebzehn, sie hat niemandem was getan. Warum muss sie jetzt schon sterben?«

Sophia hörte Julies rasselnden Atem. Julies Kopf lag schwer und heiß auf ihrer Schulter. In ihrem eigenen Kopf rauschte das Blut so laut, dass sie Schwierigkeiten hatte, Philipp zu verstehen. Es interessierte sie auch nicht, was er sagte. Es war sinnlos, Felix, der in Wirklichkeit Jens hieß, würde sich nicht überzeugen lassen. Er hatte sich ihr Vertrauen erschlichen, er hatte sie alle monatelang betrogen. Nun war er am Ziel. Nichts und niemand konnte ihn aufhalten.

»Los, antworte! Warum willst du Sophia töten?«, fragte Philipp.

Und jetzt sah Sophia Jens an. Wie er dastand, mit seiner Pistole in der Hand, und seinen Sieg genoss.

»Warum?«, fragte sie ebenfalls.

Und merkte, wie Jens die Kontrolle verlor, wie sein Blick von Philipp zu ihr herüberflatterte. Bis er ihn wieder einfing und zurückholte.

»Sophia ist nicht wie wir«, sagte Philipp. »Das weißt du.«

Julies Kopf sackte noch weiter auf ihre Brust. Langsam schien das Leben aus ihrem Körper zu rinnen, es versickerte Tropfen für Tropfen im Teppich.

»Das stimmt nicht«, widersprach Sophia. »Ich bin vielleicht anders. Aber ich bin auch nicht besser.«

Jens' Blick flog erneut zu ihr und wurde wieder zurückgerissen.

»Ich habe eine Klassenkameradin so gemobbt, dass sie die Schule verlassen hat«, sagte Sophia. »Nur damit die anderen mich akzeptieren. Und ich würde alles dafür geben, so beliebt wie Moritz zu sein. Oder so schön und stark wie Julie oder so erfolgreich wie Philipp. Bin ich aber nicht. Ich bin hässlich und fett und nicht besonders intelligent.« Sie sah Jens an und sah Felix in ihm und spürte noch einmal, wie sehr sie ihn geliebt hatte. Und erinnerte sich an das erste Gespräch im Stehcafé und wie er plötzlich bei ihr zu Hause aufgetaucht war und wie sie gestern telefoniert hatten. Und während sie vor Liebe brannte, hatte Jens seine Waffe geladen. Und während sie vor Glück fast zersprungen war, hatte er sich angeschlichen. »Wie konntest du mir das nur antun«, sagte sie.

Er schüttelte den Kopf. »Ich hab dir nichts vorgemacht. Und ich hab dich auch nicht angelogen. Wenn du nicht Jochens Tochter wärst, dann wären wir … dann hätte ich …«

»Was?«, fragte Sophia. »Was hättest du?«

»Du willst uns richten?«, fragte sie, als er nicht antwortete. »Du urteilst über Julie und Philipp und Moritz und unseren Vater und bist doch selbst so erbärmlich. Und verlogen. Ich habe dich geliebt. Und Julie hat dich geliebt.«

Und während sie redete, wich allmählich ihre Angst. Vielleicht lag es daran, dass Jens ihr nicht in die Augen sehen konnte. Man muss einen Menschen anschauen, bevor man ihn erschießt. Vielleicht hatte sie auch einfach genug vom Leben. Felix, den sie geliebt hatte, existierte nicht mehr. Ihre Liebe war nur ein Traum gewesen, eine Fantasie. Es war vorbei, für sie war alles vorbei. Es machte keinen Unterschied, ob sie dem Ganzen jetzt ein Ende setzte oder noch zwanzig oder vierzig oder auch achtzig Jahre wartete. Es war vorbei, für sie war alles vorbei.

Sie schob Julies schweren Kopf vorsichtig von ihrer Schulter und bettete ihn auf die Sofalehne. Dann erhob sie sich.

»Sophia«, sagte Jens warnend.

»Bleib sitzen«, murmelte Moritz.

»Sei vernünftig, Sophia.« Das war Philipp.

Aber sie hörte nicht. Beim Aufstehen nahm sie die Bewegung vor dem Fenster wahr. Einen Schatten, der vorüberhuschte. Da war jemand.

Etwas.

»Setz dich wieder hin!«, befahl Jens.

»Nein.« Sie ging nicht auf ihn zu. Sie ging zum Fenster und blickte hinaus in den Garten, in dem es nicht mehr regnete. Das Wasser tropfte von den Blättern und Zweigen und Ästen wie Tränen, wie Blut. Kein Mensch weit und breit. Sie hatte sich getäuscht.

»Setz dich wieder hin!«, sagte Jens noch einmal, diesmal lauter. Es war nicht gut, ihm den Rücken zuzudrehen. Sie wandte sich zu ihm um.

Und nun endlich begegnete er ihrem Blick. Sie hielt sich an ihm fest und ließ ihn nicht mehr los. Sie sah Jens an, als wäre er nicht der Feind, der sie töten wollte, sondern ihr Freund, ihr Geliebter, ihr Retter.

»Setz dich, Sophia!«, sagte Jens jetzt ganz leise.

»Töte mich!«, erwiderte sie. »Worauf wartest du noch?« Und merkte, wie er seinen Blick von ihr lösen wollte, und wusste, dass sie verloren war, dass sie alle sterben würden, wenn das geschah.

»Sieh mich an, Jens«, sagte sie.

Da schloss er die Augen und drückte ab.

Der Ordner packt mich an einem Oberarm und ein zweiter Ordner packt mich am anderen und dann marschieren sie mit mir raus. Und draußen lassen sie mich los und ich gehe zu meinem Auto und fahre wieder zurück und diesmal brauch ich sieben Stunden für fünfhundert Kilometer, weil ich immer wieder anhalte.

Um zu heulen. Jetzt kommt's raus. Ich heule die ganzen Scheißtränen, die ich mein Leben lang zurückgehalten habe. Aber irgendwann ist mein Kopf leer. Und da fang ich an zu denken. Was machst du jetzt?, denke ich. Wie geht's weiter?

Du hast einiges auf dem Kasten, hat Herr Jacobs gesagt, bevor er mich rausgeschmissen hat. Wenn du es nur mal nutzen würdest, Junge.

Genau das werde ich jetzt tun, denke ich.

Du kennst mich doch gar nicht, hat mein Vater gesagt.

Aber nun werde ich ihn kennenlernen. Besser als jeder andere werde ich ihn kennenlernen. Besser als er sich selbst kennt. Und dann wird er *mich* kennenlernen. Es wird lange dauern, aber das macht nichts.

Denn der Tag der Rache wird kommen.

Bald.

21

Das Geschoss schlug ein gutes Stück entfernt von Sophias Kopf ein und traf die Fensterscheibe. Durch den Glasscherbenregen nahm sie wahr, wie Philipp sich auf Jens stürzte und ihn zu Boden riss und die Tür aufflog. Plötzlich war der Raum voller Männer in schwarzen Uniformen, mit Sturmmasken und Gewehren. Sophia stand jetzt nicht mehr, sie lag auf dem Boden in den Glasscherben und neben ihr kniete ein Polizist.

»Wir brauchen einen Krankenwagen!«, flüsterte sie. »Meine Schwester ist schwer verletzt!«

»Die Rettungswagen sind schon da«, sagte der Mann. »Es ist vorbei, beruhigen Sie sich. Wir haben alles unter Kontrolle.«

Die Polizisten führten Jens ab. Die Sanitäter trugen Julie in den Krankenwagen und nahmen auch Sophia mit, die aus mehreren Schnittwunden blutete. Am liebsten hätten sie auch Philipp und Moritz ins Krankenhaus gebracht, aber beide weigerten sich. »Mir geht's gut«, sagte Philipp. Das war eine glatte Lüge, ihm ging es erbärmlich. Aber es gab einfach nichts, was die Sanitäter für ihn tun konnten.

Ein drahtiger Polizist mit rasiertem Schädel und Dreitagebart kam jetzt auf Philipp und Moritz zu. »Mein Name ist Müller, ich bin hier der Einsatzleiter«, sagte er. »Sind Sie in der Lage, mir ein paar Fragen zu beantworten?«

»Fragen Sie!«, sagte Philipp.

»Kannten Sie den Mann? Wissen Sie, wie er heißt?«

»Jens Sonnabend. Oder Rose, nach dem Mädchennamen seiner Mutter«, sagte Moritz.

»Alias Marcel Diesler«, ergänzte Philipp.

»Alias Felix Weimer«, fügte Moritz hinzu. »Oder Christian Was-auch-immer.«

»Er ist unser Halbbruder. Der uneheliche Sohn unseres Vaters«, sagte Philipp. »Zumindest behauptet er das.«

»Hat er irgendwelche Angaben zum Verbleib Ihres Vaters gemacht?«

»Sie meinen, wo er ihn versteckt?«, fragte Philipp.

Der Einsatzleiter nickte.

»Nein. Nichts. Er wollte uns umbringen. Und dann sich selbst. Er hat angekündigt, dass unser Vater verdursten wird, wenn er nicht gefunden wird.«

Müller drückte die Sprechtaste an seinem Funkgerät. »Es scheint sich um einen Einzeltäter zu handeln. Jens Sonnabend oder Rose. Es gibt leider keinen Hinweis auf den Aufenthaltsort des Entführten.«

Das Funkgerät antwortete mit lautem Knattern und Rauschen, aber Müller schien das als Antwort zu genügen, denn er nickte.

»Wir bringen Sie jetzt erst mal hier raus. Draußen wartet ein Polizeipsychologe …«

»Ich will keinen Psychologen«, sagte Philipp. »Ich will wissen, wie es unseren Schwestern geht. Julie. Wird sie durchkommen?«

»Nach Auskunft des Arztes sieht es gut für sie aus«, sagte Müller.

»Kann ich Sie auch etwas fragen?«, erkundigte sich Moritz, als sie den Raum verließen. »Woher wussten Sie, dass wir hier sind?«

»Die Kollegen in Düsseldorf haben Ihre Handys geortet«, sagte Müller. »Ihre Schwester aus Hamburg hat gestern einmal telefoniert. Und Frau Rothe hat ihren E-Mail-Status abgefragt, danach hatten wir ihre Nummer und konnten ihr Handy ebenfalls orten. Bis wir Ihren exakten Standort ausfindig machen konnten, hat es allerdings gedauert, wir kannten ja nur den Sendebereich. Glücklicherweise ist die Gegend hier nicht allzu dicht besiedelt.« Er schüttelte den Kopf. »Wir waren gerade ins Haus eingedrungen, als der Schuss fiel. Danach haben wir sofort zugegriffen. Sie haben ein Riesenglück gehabt.«

Philipp nickte müde. Ja, sie hatten Glück gehabt. Aber er fühlte sich nicht danach.

»Wenn Sie Papa nicht finden, stirbt er«, sagte Sophia.

Sie saß auf dem Fußboden ihres Hotelzimmers, ihre bandagierten Hände umklammerten eine Kaffeetasse. Ihr Gesicht war voller Pflaster und Stiche.

»Die Polizei hat keinen blassen Schimmer, wo sie ihn suchen soll«, meinte Philipp. »Jens schweigt.«

»Er wird auch weiter schweigen«, prophezeite Moritz. »Und in seinen Wohnungen in Düsseldorf, Hamburg und München haben sie auch nichts gefunden. Keine Spur von Jochen.«

»Vielleicht hat er ja doch einen Helfer. Jemanden, der Papa bewacht, solange Jens unterwegs ist.«

»Glaub ich nicht. Der hat keinen an sich rangelassen. Nee, ich denke, unser Vater sitzt in irgendeinem Loch mit einem Vorrat an Lebensmitteln und Wasser. Und wenn der aufgebraucht ist …« Philipp verstummte.

»Schrecklich«, flüsterte Sophia. Sie schob ihre Kaffeetasse von sich. Ihr war schlecht.

»Vielleicht sollten wir doch zurück nach Düsseldorf fahren«, schlug Moritz vor.

»Nee.« Sie schüttelte den Kopf. »Julie braucht uns hier. Sie ist total einsam.«

Bevor sie am Morgen aus dem Krankenhaus entlassen worden war, hatte Sophia ihre Schwester auf der Unfallstation besucht. Julie war in Tränen ausgebrochen, als sie Sophias zerschnittenes Gesicht gesehen hatte.

»Alles halb so schlimm«, beruhigte Sophia sie. »Die Ärzte sagen, dass keine Narben zurückbleiben.«

»Trotzdem«, flüsterte Julie. »Dieses Arschloch. Der hat auf uns geschossen. Dabei hab ich ihn geliebt.«

»Ihre Mutter ist schon unterwegs hierher«, sagte Moritz jetzt. »Aber nach dem, was Julie über sie erzählt hat, ist sie vermutlich keine große Hilfe.«

»Ich versteh immer noch nicht, wie Jens uns dermaßen reinlegen konnte«, meinte Philipp.

Moritz nickte nachdenklich. »Wir haben ihm vertraut. Und er hat uns nach Strich und Faden manipuliert. Mir hat er immer was von einem Kumpel in Flensburg erzählt, der nach einem Motorradunfall auf der Intensivstation liegt und um den er sich kümmern muss. Deshalb war er ständig unterwegs.«

»Bei Julie war es die kranke Mutter in Bonn«, sagte Philipp. »Und mir hat er was von einer Freundin vorgelogen.«

»Ich frag mich, wie er es geschafft hat, das Geld von deinem Konto auf meines zu überweisen. Hat er sich in dein Onlinebanking gehackt?«

Philipp schüttelte den Kopf. »Es war viel einfacher. Das Geld hab ich selbst überwiesen. Er hat mir eine gefakete Rechnung untergejubelt mit deiner Kontonummer drauf. Er war schließlich mein Bauleiter.«

»Und dein Freund«, sagte Moritz. »Meiner auch. Mein bester. Scheiße, wenn ich überlege, was ich ihm alles anvertraut habe.«

Sophias Augen standen plötzlich voller Tränen. »Und ich erst«, murmelte sie.

Philipp legte seine Hand auf ihre Schulter. »Dir hat er in gewisser Weise die Wahrheit gesagt. Ich weiß, dass das kein Trost ist, aber er mochte dich wirklich. Deshalb hat er auch danebengeschossen. Er konnte dich nicht töten.«

»Ich versteh nicht, warum Papa ihn nicht als Sohn anerkannt hat«, sagte Sophia. »Dich und Julie hat er doch auch akzeptiert. Nur von Jens wollte er nichts wissen.«

»Weil er nicht sein Sohn war«, erklärte Moritz. »Davon geht die Polizei jedenfalls aus. Der Vaterschaftstest läuft noch, aber höchstwahrscheinlich ist Jens der leibliche Sohn von Annette und Werner Sonnabend.«

»Wenn wir nur wüssten, wo Papa ist«, flüsterte Sophia. »Ich will ihn so viele Dinge fragen.«

»Vielleicht hat Annette Rose ja eine Idee«, sagte Moritz.

»Vielleicht.« Philipp zuckte mit den Schultern. »Aber sie kann sie uns nicht mitteilen. Sie ist viel zu weit weg, wir erreichen sie einfach nicht.«

»Sie hat dir doch was von einem See erzählt«, sagte Sophia. »Zu dem sie und Jochen immer gefahren sind. Und Jens hat gestern gesagt, dass Jochen mit ihnen Urlaub gemacht hat. Und ihm das Schwimmen beigebracht hat.«

»Der See.« Philipp runzelte die Stirn. »Das stimmt, sie war vollkommen besessen von diesem See. Auf jedem ihrer Bilder ist er zu sehen.«

»Und wie hieß der See?«, fragte Moritz.

»Keine Ahnung.« Philipp stand auf. »Ich red noch mal mit der Polizei. Die sollen jemanden zu ihr schicken und sie fragen. Obwohl es wahrscheinlich vergeblich ist. Sie wird ihnen keine Auskunft geben.«

Der See. Philipp konnte nicht aufhören, daran zu denken. Der See, an dem Annette und Jochen glücklich gewesen waren. In dem Jens Schwimmen gelernt hatte. Aber da war noch mehr gewesen. Irgendetwas hatte Annette ihm erzählt, irgendeinen Hinweis hatte sie ihm gegeben. Aber er konnte sich nicht mehr daran erinnern.

Der See. *Unser See. Wir haben Liebe gemacht, weißt du noch.*

Verdammt noch mal, warum hatte er sich nach dem Gespräch keine Notizen gemacht? Was immer er gehört hatte, es war weg. Vielleicht war da ja auch gar nichts gewesen.

Er lag schon im Bett, als es ihm wieder einfiel. Der Ziegenkopf! *Weißt du noch, der Geißschädel? Der Bauer hat uns mit der Mistgabel gejagt,* hatte Annette gesagt. Und auf einem ihrer Bilder war der Kopf einer Ziege zu sehen gewesen.

Er schaltete das Licht an, stand wieder auf und nahm sein Handy vom Nachttisch. Beckers Privatnummer war eingespeichert.

Jetzt schien er allerdings schon geschlafen zu haben, es dauerte jedenfalls ein paar Minuten, bis er begriff, was Philipp ihm sagen wollte. »Moment.« Philipp hörte, wie er einen Computer einschaltete, dann seinen Atem.

»In Oberbayern gibt es einen Berg, der Geißschädel heißt. Etwa hundert Kilometer von München entfernt. Und ganz in der Nähe liegt der Grubsee.«

»Das ist es!«, flüsterte Philipp. »Genau dort hält er meinen Vater versteckt.«

»Wir überprüfen das sofort«, sagte Becker.

Um vier Uhr morgens rief er Philipp zurück.

Sie hatten Jochen im Keller eines Ferienhauses gefunden.

»Er ist ziemlich ausgetrocknet und entkräftet, er hat in den letzten Tagen so gut wie nichts getrunken. Die Kollegen haben ihn ins Krankenhaus gebracht. Aber es geht ihm den Umständen entsprechend gut.«

»Was war das für ein Haus, in dem sie ihn entdeckt haben?«

»Rose hat es vor einigen Jahren unter einer weiteren falschen Identität erworben«, erklärte Becker. »Wir vermuten, dass es dasselbe Gebäude ist, in dem er früher mit seiner Mutter und Ihrem Vater Urlaub gemacht hat. Auf jeden Fall hat er die Entführung von langer Hand geplant und vorbereitet.«

»Wann kann ich ihn sehen?«

»Das müssen Sie seine Ärzte fragen. Aber bestimmt bald.«

Bestimmt bald. Philipps Mund war auf einmal trocken vor Aufregung.

»Sagen Sie Ihren Geschwistern Bescheid, dass Ihr Vater gefunden wurde?«, fragte Becker. »Ich informiere die Ehefrau.«

»Natürlich«, sagte Philipp. »Vielen Dank«, fügte er noch hinzu, aber da hatte Becker schon aufgelegt.

Und am Ende triumphiert der Gottlose und seine Kinder jubilieren. Und der Gerechte wird verurteilt und wandert in den Knast.

Ich hab es vermasselt.

Ich hab einfach nicht mit Sophia gerechnet. Dass ich sie liebe. Nicht wie man eine Schwester liebt, sondern viel mehr.

Wie kannst du mir das antun?

Wie konnte ich ihr das antun?

Und mir selbst.

Ich schlage die Bibel auf und lese den ersten Satz, auf den mein Blick fällt:

Denn alles Fleisch ist wie Gras und alle Herrlichkeit der Menschen wie des Grases Blume. Das Gras ist verdorrt und die Blume abgefallen.

Ich habe alles kaputt gemacht.

Epilog

Als es an der Tür klingelte, zog Sophia gerade den Apfelstrudel aus dem Ofen.

»Das wird Philipp sein«, sagte Moritz.

»Ich geh schon!« Die Schritte ihres Vaters auf dem Flur – schlurfend, schwerer als früher. Es war immer noch ungewohnt, dass er wieder da war.

»Guten Tag, Philipp.« Seine Stimme klang verunsichert.

Sophia ließ die Topflappen fallen. »Ich geh mal zu ihm.«

Als Sophia in den Flur trat, schüttelten sich die beiden Männer gerade die Hand.

»Herzlich willkommen. Ich freu mich, dich endlich kennenzulernen«, sagte Herr Rothe.

»Ich freu mich auch.«

»Hi, Philipp.« Sophia schob sich an ihrem Vater vorbei und umarmte ihren Halbbruder. »Schön, dich zu sehen.«

»Hi!« Nun kam auch Moritz aus der Küche.

»Herzlichen Glückwunsch.« Philipp klopfte ihm auf die Schulter. »Sophia hat mir erzählt, dass du die Zusage für Medizin bekommen hast.«

Dann klingelte es wieder. Diesmal war es Julie und die Begrüßungszeremonie begann von Neuem.

»Wie geht es dir?«, erkundigte sich Philipp bei seinem Vater, als sie alle im Wohnzimmer saßen.

»Gut«, behauptete Herr Rothe. »Bestens.«

Aber das stimmte nicht, das wussten sie alle. Er litt unter Angstzuständen und Albträumen. Sein Selbstvertrauen, sein Optimismus, seine Sicherheit, all das hatte er in dem finsteren Verschlag verloren, in dem Jens ihn zwei Wochen lang gefangen gehalten hatte. Die Ehe kriselte, Frau Rothe weinte viel. Nichts war wie früher.

»Und wie geht's dir? Hast du dich wieder mit Vivian versöhnt?«, fragte Sophia.

Philipp hob überrascht die Augenbrauen. »Nein, das ist vorbei. Ist auch besser so. Wir haben uns aber noch mal getroffen und ausgesprochen.«

»Das ist gut«, sagte Herr Rothe.

Julie räusperte sich. »Aber bei mir gibt's was Neues. Ich fang jetzt doch nicht mit der Schauspielschule an.«

»Echt?«, fragte Moritz. »Warum das denn?«

»Ich geh wahrscheinlich für ein Jahr nach Afrika. Ich hab mich für eine Praktikumsstelle bei einer Entwicklungshilfeorganisation beworben.«

»Was, du?« Sophia musste sich zusammenreißen, um nicht zu lachen.

»Komm, das ist doch nicht dein Ernst!«, sagte Philipp.

»Das hättet ihr mir nicht zugetraut, was?« Julie grinste. Dann wurde sie wieder ernst. »Dieser Scheißkerl hat mich echt getroffen. Ich frag mich die ganze Zeit, ob ich wirklich so oberflächlich und falsch bin, wie er mich gesehen hat.«

»Nein«, sagte Sophia. »Bist du nicht.«

Julie lächelte. »Du siehst immer nur das Gute im Menschen, Sophia. Aber ist ja auch egal. Bevor ich Schauspielerin werde, muss ich mich erst mal selbst kennenlernen. Und dazu muss ich weg von Hamburg und raus aus Deutschland.«

»Ich find's schade, dass du weggehst«, sagte Sophia.

»Ihr könnt mich doch mal in Afrika besuchen. Außerdem komm ich ja wieder.«

Sophia dachte an das Telefongespräch, das sie und Julie vor ein paar Tagen geführt hatten. »Ich bin echt fertig«, hatte Julie ihr anvertraut. »Immer wenn ich an dieser verdammten Wohnungstür vorbeigehe, muss ich an ihn denken. Ich vermisse ihn, ist das nicht bescheuert?«

»Total«, hatte Sophia erwidert, während sie mit den Tränen kämpfte. Jedes Mal wenn ihr Handy klingelte, jedes Mal wenn sie eine neue Mail abrief, jedes Mal wenn jemand an der Tür war, sehnte sie sich nach Felix. Obwohl sie genau wusste, dass es ihn nicht gab, dass es ihn nie gegeben hatte.

»Der Kaffee ist fertig.« Frau Rothe stellte ein Tablett mit Tellern und Tassen auf den Tisch. »Und Apfelstrudel, den hat Sophia gemacht.«

Moritz verteilte das Geschirr, während seine Mutter den Kuchen holte.

»Wisst ihr, was ich mich die ganze Zeit frage?«, meinte Sophia, nachdem sie zu essen begonnen hatten. »Warum wusste niemand in der Wohngruppe, dass Annette einen Sohn hatte?«

Philipp zuckte mit den Schultern. »Jens hat die Unterlagen sicher manipuliert. Die arbeiten da immer noch mit Karteikarten. Er hat sich einfach ausradiert.«

»Warum? Um seine Spuren zu verwischen?«

»So weit hat er, glaub ich, gar nicht gedacht. Er wollte einfach nichts mehr mit ihr zu tun haben. Er war vollkommen fixiert auf Jochen. Seinen Vater.«

»Der gar nicht sein Vater war«, sagte Moritz. »Der Test war negativ. Das wird Jens ganz schön getroffen haben.«

Herr Rothe schob seinen Teller von sich. Er hatte seinen Kuchen nicht angerührt.

»Werner, seinen richtigen Vater, hat er auf jeden Fall gehasst wie die Pest«, sagte Philipp. »Nachdem Annette eingewiesen wurde, musste Jens zu ihm ziehen. Und das ist total schiefgelaufen. Die beiden kamen überhaupt nicht miteinander zurecht.«

Herr Rothe nickte. »Werner war immer schon ungeduldig und cholerisch, schon als Kind. Er hat sich auch gerne mal geprügelt – nur mir hat er nie was getan. Ich war ja sein bester Freund. Und Annette, seiner Annette hätte er auch kein Haar gekrümmt. Früher jedenfalls. Er hat sie angebetet. Auf Händen getragen. Vergöttert. Meine *kleine Künstlerin*, hat er sie immer genannt. Aber dann wurde aus der kleinen Künstlerin eine große, erfolgreiche Frau. Damit kam er nicht zurecht. Er war unglaublich eifersüchtig, auf jeden Mann, der auch nur in ihre Nähe kam, in jedem hat er einen Liebhaber gesehen.«

»Nur in dir nicht«, sagte Moritz.

»Nur in mir nicht«, bestätigte sein Vater. »Deshalb haben wir ja auch so viel zusammen unternommen, Annette und ich. Sie war immer froh, wenn sie mal rauskam, ohne dass er ihr eine Szene machte.«

»Werner hat dir vertraut«, sagte Frau Rothe bitter. »Er war überzeugt, dass seine eigene Frau für dich tabu wäre. Aber so war es nicht. Für dich war keine tabu.«

»Wir haben uns zuerst lange nicht eingestanden, dass wir ineinander verliebt waren. Aber irgendwann ging es einfach nicht mehr. Wir fühlten uns so stark zueinander hingezogen.« Herr Rothe starrte auf seine Hände. »Als Annette schwanger wurde, haben wir aufgehört, uns zu treffen. Zumindest für eine Weile. Aber nachdem Jens auf der Welt war, fing alles wieder an.«

»Werner hat es rausgekriegt«, sagte Moritz.

»Er ist natürlich total ausgerastet. Hat Annette beschimpft und geschlagen. Daraufhin ist sie ausgezogen und hat sich scheiden lassen. Und ich wollte mich von Birgit trennen. Aber an dem Abend, als ich reinen Tisch machen wollte, hat Birgit mir erzählt, dass sie schwanger ist. Und da hab ich nichts gesagt.«

»Hat Birgit nicht gewusst, dass du mit Annette zusammen warst?«, fragte Sophia.

»Doch natürlich. Werner hatte es ihr brühwarm erzählt. Sie dachte, es wäre vorbei. Ich ja auch. Aber es war nicht vorbei.«

»Du hast Birgit verlassen«, sagte Philipp. »Und dann hast du Annette doch nicht geheiratet.«

»Als ich endlich bei Birgit ausgezogen war, hatte Annette sich schon sehr verändert. Ihre Krankheit, die Schizophrenie, das hat damals angefangen. Irgendwann ging es einfach nicht mehr. Sie hörte Stimmen, sie hatte Wahnvorstellungen, sie war vollkommen durch den Wind.«

»Hast du sie einweisen lassen?«, fragte Sophia.

Er nickte. »Es ging nicht mehr«, wiederholte er. »Sie war auch eine Gefahr für den Jungen.«

»Der arme kleine Kerl«, flüsterte seine Frau. »Er hatte schon seinen Vater verloren. Und dann hast du ihn auch noch fallen lassen.«

»Ich hätte ihn nicht zu mir nehmen können«, sagte Herr Rothe. »Ich war ja nicht sein Vater.«

Frau Rothe zuckte mit den Schultern.

»Er kam einmal zu mir«, sagte Herr Rothe nach einer Weile. »Es ist ein paar Jahre her. Er tauchte in diesem Kongresszentrum in Kiel auf, ich erinnere mich noch daran. Es war mir unangenehm.« Er fuhr sich nervös durch die Haare. »Ich hab mich total falsch verhalten, total falsch«, flüsterte er.

»Vielleicht war das der Auslöser«, sagte Philipp. »Danach hat er beschlossen, sich zu rächen.«

»Warum bist du in seinen Wagen eingestiegen?«, fragte Julie. »Die Polizei sagt, dass du dich nicht gewehrt hast. Wenn er dich schon mal aufgesucht hat, musst du ihn doch wiedererkannt haben.«

»Er sah damals ganz anders aus«, sagte Herr Rothe. »Seine Haare waren länger, damals war er auch viel dicker. Als er mit dem Auto neben mir gehalten hat, hat er mir erzählt, dass Moritz einen Unfall hatte und im Krankenhaus liegt. Er sei sein Freund und würde mich zu ihm bringen. Da bin ich eingestiegen. Ich war vollkommen durcheinander, ich hab ihn gar nicht richtig angesehen.«

»Das kann doch wohl nicht wahr sein!«, sagte Moritz. »Ein wildfremder Mann erzählt dir, dass dein Sohn im Krankenhaus liegt, und du steigst einfach zu ihm ins Auto?«

»Du hast auch anonyme Nachrichten bekommen, stimmt's?«, meinte Philipp.

Sein Vater nickte. »Er hat mir eine SMS geschickt, kurz bevor ich mit Sophia zur Polizei wollte. Es war …« Er schüttelte den Kopf und unterbrach sich.

»Was hat er dir geschrieben?«, fragte seine Frau. »Los, raus mit der Sprache! Schlimmer kann es doch nicht mehr werden.«

Herr Rothe nickte. »Frauennamen«, sagte er leise. »Eine Liste mit Frauennamen.«

»Deine Affären«, sagte Frau Rothe.

»Und ein Satz: Lass die Polizei aus dem Spiel, dann wird deinen Kindern nichts passieren.«

»Und darauf hast du dich eingelassen?«, fragte Sophia entgeistert. »Der Typ schickt dir eine SMS und du kneifst den Schwanz ein? Nur damit deine Affären nicht rauskommen?«

»Ich dachte, er will Geld. Ich wollte erst einmal abwarten, bis er sich wieder meldet. Ich konnte doch nicht ahnen, wie irre der Typ war.«

»Das wurde dir aber klar, als er Egon ertränkt hat.«

Ihr Vater nickte. »Da hat er mir die zweite Nachricht geschickt. Zu Hause erwartet dich eine schöne Überraschung oder etwas in der Art.«

»Trotzdem konntest du dich immer noch nicht dazu entschließen, zur Polizei zu gehen.«

»Doch«, sagte Herr Rothe. »Ich war auf dem Weg zur Polizei, als dieser Wagen neben mir hielt. Das könnt ihr mir glauben oder nicht, aber es stimmt. Ich wollte Anzeige erstatten. Nur war es schon zu spät. Er muss mich irgendwie betäubt haben, ich kann mich nicht mehr daran erinnern. Ich weiß nur, dass ich in diesem Keller wieder aufgewacht bin. Jens hat sich tagelang nicht blicken lassen. Und wenn er da war, hat er nicht mit mir gesprochen. Er trug eine Maske, die ganze Zeit trug er eine Maske. Ich hab ihn angefleht, ich hab ihn beschworen, ich hatte ja keine Ahnung, wer er war. Nur ein einziges Mal kam er zu mir. Beugte sich zu mir runter und fragte mich: *Weißt du, wer du bist?*«

»Und was hast du geantwortet?«, fragte Sophia.

»Nichts. Ich brachte keinen Ton heraus.«

»Und dann?«

»Hiob, sagte er. Du bist Hiob.

Und du, wer bist du?, hab ich ihn gefragt.

Ich bin Gott, sagte er.«

»Er ist genauso wahnsinnig wie seine Mutter«, meinte Julie.

»Er wollte mir alles wegnehmen. Und er hätte es fast geschafft.« Herr Rothe legte die Hände vors Gesicht.

Frau Rothe nickte. »Aber er hat es nicht geschafft«, sagte sie. »Du lebst. Und die Kinder auch. Alle. Sogar Jens. Vielleicht wird irgendwann alles wieder gut.«

Philipp schenkte Julie Kaffee nach. Moritz reichte ihr die Milch.

Wie ähnlich sie sich sehen, dachte Sophia. Philipp und Julie und Moritz. Und Papa. Wie ähnlich sie sich sind. Nur ich bin aus der Art geschlagen. Aber im Unterschied zu früher störte sie der Gedanke nicht mehr. Er machte sie fast ein bisschen stolz.

Vielen Dank

… an alle, die dazu beigetragen haben, dieses Buch zu verwirklichen:

Dem Kulturamt Düsseldorf, das mir ein Arbeitsstipendium gewährt hat.

Klaus Döneke von der Düsseldorfer Polizei für die konstruktive Ermittlungshilfe.

Dr. Christian Duwe für die psychotherapeutische und Frank Reifenberg für die kollegiale Unterstützung.

Lidan Chai, Ruth Mayer, Ida Kretschel und Clara Pietrek fürs Testlesen.

Harry Olechnowitz fürs Vermitteln. Iris Praël fürs Lektorieren und Mitdenken. Und dem Ravensburger Buchverlag fürs Verlegen.